다시 만나랴 서리꽃 인연

다시 만나랴 서리꽃 인연

초판 발행일 / 2018.11.1.

지은이 / 김덕중
펴낸이 / 이선규
펴낸곳 / 도서출판 아침
　　　　등록 제21-27호(1988.5.31)
　　　　주소 서울시 서대문구 북아현동 1-495
　　　　전화 326-0683
　　　　팩스 326-3937

ⓒ 김덕중 2018
ISBN 978-89-7174-062-0　03810

世和 김덕중 장편소설

다시 만나랴 서리꽃 인연

도서출판
아침

기대고 싶은 여자   7

이별   17

그 여자 복선이   22

가출   29

가난한 동행   34

첫사랑   45

잃어버린 사랑   56

욕망이 빚은 비극   67

또 다른 배신   76

뿌리의 근원   88

어머니의 그 신성함   94

아름다운 영혼들의 우정   103

상속   110

그녀와의 우연은 아직 끝나지 않았다   115

폭설에 묶인 밤   121

스토커   137

당신을 나보다 더 사랑한다고 말하리라   158

변이된 사랑   163

환상 그리고 죽음   171

몰락   189

전설의 여인들   200

속죄   207

화해   217

어머니의 체취   230

그 여자   238

재기의 희망   256

부를 수 없는 이름이여   264

고통은 내 어깨가 감당할 무게였다   271

출가   280

내 아이를 낳은 여자   286

작가의 말   313

작품평   316

〈다시 만나랴 서리꽃 인연〉

기대고 싶은 여자

요란한 알람소리, 눈을 뜬 태운은 누운 채 담배를 찾는다. 며칠 동안 설경을 담기 위해 설악산을 뒤지고 돌아와 간밤에는 송장처럼 잠을 잤다. 새벽 세시를 넘기고서야 설핏 잠깃을 하던 버릇이 한번 씩 작업을 하고 돌아오게 되면 당분간 그 버릇이 없어지곤 했다. 깊은 잠을 자고나면 머리도 한결 가볍고 기분이 좋았다. 그런데 오늘은 마음이 영 무거웠다. 어머니 때문이다.

의사와 약속한 면담 시간까지는 조금 여유가 있었다. 설악산 숙소에서 간병인을 통해 어머니 상태가 이상하다는 것을 알았다. 방금 있었던 일을 기억 못하고 화장실에서 병실로 돌아오지 못하는 일이 종종 있다고. 의사가 환자 나이로 봐서 일시적인 현상일 수도 있다고 했으니 너무 걱정하지 말라는 위로까지 하는 것으로 보아 아마도 조기 치매를 염두에 두고 있는 것 같았다.

입이 깔깔한 것이 아무것도 들어갈 것 같지 않았다. 세수를 하는 동안 커피포트에서는 경쟁하듯 물이 끓어오른다. 아침 대신 진한 커피 한잔으로 때우고 집을 나섰다. 잠실 운동장이 바로 눈앞에 보인다. 온 국민이

7

도가니처럼 들끓었던 88올림픽을 거쳐 간 거대한 운동장이 지금은 흡사 노숙자처럼 엎드려 침묵하고 있다. 유신정권 발판을 딛고 헌법까지 개정하여 대통령이 된 전두환의 마지막 유산이다.

그 당시, 편법을 동원해서 대통령이 된 그는 청와대 쪽으로 고개만 돌려도 잡아간다는 소문이 나돌았다. 술 마시고 생각 없이 유행가를 부르다가 금지곡을 불렀다 하여 잡혀가고, 시를 쓴 문인들이 세상을 풍자한 글이라 하여 옥살이를 하고 나와 폐인이 되기도 했다. 대통령 머리가 대머리라고 했다고 잡혀가고 영부인의 튀어나온 턱주가리가 시비가 되어 잡혀 갔다는 소문들도 심심찮게 나돌았다.

신군부는 10.26 사건 이후 사회적 혼란을 수습한다는 명분으로 국보위(국가보위비상대책위원회)를 신설했다. 모든 언론 매체들을 장악해 놓고 폭력배로 인한 혼란한 질서를 정화한다고 집중 홍보를 하면서 군부대내에 삼청교육대를 설치하여 교육대상자들을 잡아 들였다. 정작 사회의 독풀인 중죄인이나 조직폭력배들은 이미 몸을 숨겨 앙금처럼 엎드려 있었고 잡혀간 사람들 중에는 선량한 시민들이 대다수였다. 술 먹고 암울한 세상을 비난하다가 옆 사람과 시비 좀 걸었기로 사회문란죄로 잡혀가고 곁에서 말리다가 같이 휩쓸려서 잡혀가기도 했다. 불심검문에서 몸에 문신이 보이면 연행했고 장발이라고 잡아갔다. 심지어 시골에서는 돼지를 팔러 나왔다가 막걸리 한잔 먹고 취중에 소리 좀 높였다고 잡혀간 사람도 있었다.

잡혀 온 사람들을 조사하는 과정에서 연고가 없고 증인을 서줄만한 사람이 없으면 교육대상으로 분류해 버렸다. 군부대에서는 산속을 개조해 이중 철조망에 교육생들을 가두어 놓고 군인들로 하여금 훈련이 아닌 멸종을 시키기 위한 노동과 구타를 명령했다. 명령을 받은 군인들은 눈

뜨면 마주치는 동네 형님 아저씨 같은 사람들에게 몽둥이를 휘두를 때 이 개 같은 세상에 살아야 하는 자신에게 치를 떨어야 했다. 시간이 흘러 정세가 바뀌고 나서 밝혀진 사실이다.

아무리 은폐하려 해도 진실은 밝혀지게 되어 있다. 그물을 친다고 바다의 고기를 다 잡을 수 있다던가. 그 시대의 눈과 귀를 모두 막을 수는 없다. 이 기막힌 인권유린을 한 제5공화국 지도자의 얼굴을 지금도 봐야 하는 국민들 마음은 참으로 괴롭다. 게다가 공무원들의 청렴결백을 약속한 정부에서 대통령이라는 지도자가 부정 축재로 천문학적인 나랏돈을 꿀꺽 삼키고도 건재하니 우리나라 참 좋은 나라다.

전직 대통령들이 줄줄이 오랏줄에 묶여 감방으로 호송되는 사진을 찍기 위해 인파를 헤치고 뛰어다니던 생각을 하면서 자동차에 부착된 담배통을 열고 담배를 꺼내 불을 붙인다.

담배연기를 내보내려 창문을 여니 찬 공기가 날카롭게 얼굴을 때린다. 무겁던 머릿속이 씻기듯 개운하다. 그는 담뱃불을 끄고 나서도 얼마간 찬바람을 더 쐬다가 창문을 닫는다. 빈속에 마신 커피가 위를 자극하는지 속이 쓰리다.

태운이 병실에 들어섰을 때 어머니는 창밖을 멀건이 쳐다보고 있었다. 간병인 아주머니는 보이지 않았다.

"저 왔어요."

어깨에 손을 얹자 어머니는 천천히, 아주 천천히 고개를 돌려 태운을 쳐다보더니 배시시 웃는다. 백치처럼 웃는다. 세상의 고뇌를 한 번도 접해보지 않은 천진한 얼굴이다. 태운은 신선해야 할 그 해맑음이 순간 섬뜩하면서 가슴이 무너져 내린다. 천진한 것은 아이로서 충분하다. 숱한 세월 고뇌와 오욕을 겪었으면 그 찌꺼기 정도는 얼굴에 담고 있는 그런 얼굴이 내가 기댈 수 있는 얼굴이고 세상을 품을 수 있는 얼굴이다.

기억회로가 망가지면서 저장된 기억이 날아가 버린 얼굴은 자궁에서 갓 나온 아이처럼 표정이 없다. 망가진 기억회로는 원상복구가 어렵고 이미 빠져나간 기억도 복구되기가 힘든 것이 현대의학의 한계다.

답답한 마음에 담배라도 피우지 않으면 숨이 막힐 것 같아 병실을 나오는데 같은 병실 환자들의 혀 차는 소리가 들린다.

"젊은 나이에 안 됐어 쯧쯧쯧. 병중에 저 병이 제일 더러운 병이여."

복도 끝으로 가서 막막한 벽을 향해 그 또한 막막한 기분으로 담배를 빨아들인다. 간병인이 물병과 컵을 쟁반에 받쳐 들고 병실로 들어가려다 태운의 뒷모습을 보고 다가온다.

"오셨어요? 컵을 닦느라고…."

자리를 비운 것이 미안한지 변명을 한다.

"저도 방금 왔습니다. 저런 증세가 … 저러다 다시 돌아오지는 않았었나요?"

"아직은요.… 말을 통 안하세요."

"… 그래요?"

"의사 선생님을 만나보세요."

"그래야지요."

간병인이 병실로 들어가자 태운은 마른 얼굴을 한번 문지르고 나서 의사를 만나기 위해 무거운 발걸음을 뗀다. 일시적인 현상이길 기대하면서.

의사실 팻말이 붙어있는 문 앞에서 노크를 한다. 의사실의 무거운 침묵이 밖에까지 전달되는 것 같았다. 조심스럽게 문을 열어본다. 의사 몇 명이 고개조차 들지 않고 각자 자기 일에 빠져 있었다. 태운은 문 가까이에 있는 의사에게 다가간다.

잠시 후 검사에 따른 보호자의 동의가 필요하다는 거역할 수 없는 의사의 지시를 승낙하고 의사실을 나왔다. 금단증상일 수도 있다는 의사의 말에 실낱같은 희망을 걸어본다. 환자는 다시 술을 먹기 시작하면서 잠을 못 자고 점점 몸이 쇠약해져 입원을 했던 것이다.

병실을 벗어나자 꺼질 듯한 외로움과 함께 허기가 밀려왔다. 아침을 거른 탓이겠거니 하다가 함께 밥을 먹고 싶은 얼굴이 떠오른다. 그 여자 얼굴이었다. 서인희라고 했던가, 생각해 보니 병실에 그녀의 어머니가 보이지 않은 것 같았다. 당조절만 되면 퇴원할 거라 하더니 아마도 퇴원을 한 모양이다. 딱히 그 여자가 아니라도 지금은 누군가가 옆에 있었으면 싶었다. 갓난아이 같은 어머니의 얼굴을 혼자서 감내하기에는 아직 준비가 되어 있지 않았다.

태운은 전화기 폴더를 열고 그 여자 번호를 찾는다. 두 번째의 우연으로 만난 것이 예사롭지 않아 전화번호를 주고받았었다. 이름을 입력하자 어김없이 입력된 번호가 튀어 나온다. 통화를 누르는 순간 그 여자의 목소리도 튀어 나올 것이다.

"서인희입니다."

"김태운입니다. 오늘은 제가 청이 있어 전화를 했습니다."

"청이라면…, 들어드릴 수 있다면 기꺼이 응해 드려야죠."

"감사합니다. 다른 약속이 있지 않으시다면 점심식사를 같이 해 주셨으면 합니다. 점심시간에 맞춰 그 쪽으로 가겠습니다."

"네, 어려운 청은 아니군요. 사실은 지금 제부도 현장엘 가야 하는데 괜찮으시다면 점심을 그 근처에서 하면 어떨까요? 매운탕을 일품으로 잘 하는 집이 있거든요."

"좋습니다. 답답한 가슴이 뻥 뚫리는 기분이군요."

"선생님 차 가지고 나오셨으면 그 차로 가도 좋아요. 지금 나가는 중이니까 제가 택시를 타고 그쪽으로 가죠."

그렇게 해서 두 사람은 우연은 아니지만 세 번째 만나는 계기가 되었다.

현장에서의 일은 그리 오래 걸리지 않았다. 설계상 문제로 몇 가지 사항을 살펴보고 내일부터는 당분간 현장으로 직접 출근해서 처리하면 될 문제였다.

인희가 볼일로 뛰어다니는 동안 태운은 주체하기 어려운 시간을 한곳에서 그 여자를 기다리는 것으로 때우고 있었다. 다른 때 같으면 카메라를 열고 주위 정경을 담느라 시간가는 줄 모를 텐데 지금은 무력증처럼 카메라 뚜껑조차 열고 싶지가 않았다.

면바지에 헐렁한 해지 남방을 걸친 여자가 저만치서 걸어오고 있다. 남자들 틈에 섞여 있다면 같은 동성으로 전혀 손색이 없을 것 같았다. 태운은 그런 여자가 참 편안하게 느껴진다. 우연히 만난 것이 두 번이다. 그리고 오늘. 고아처럼 허전해서 불러낸 여자에게 소나기를 피해 동굴에 뛰어든 것 같은 위안을 갖는다.

폭설이 쏟아지던 날, 병원 마당에서 고장난 와이퍼를 가지고 쩔쩔 매는 여자에게 다가가 주머니칼을 꺼내 와이퍼를 고쳐준 것이 계기였다. 며칠 후에 병실에 들어서는데 뜻밖에 그녀가 거기 있었다. 그 여자 어머니가 같은 병실에 입원하고 있었다. 그녀를 보는 순간 기분이 묘했다.

병실을 나온 그들은 인근에 있는 찻집으로 발길을 옮기고 있었다. 질척거리는 바닥에서 흙탕물이 튀어 여자의 하얀 종아리에 흔적을 남긴다. 뉘 집 강아지인지 천방지축 뛰어다니느라 흙탕물을 뒤집어 쓴 채 지금은 약국 처마 밑에 서서 오가는 사람들 눈치를 보고 있다. 더러운 것을 보니 버려진 강아지인지도 모르겠다.

찻집은 한산했다. 김이 모락모락 오르는 따뜻한 찻잔이 앞에 놓였을 때는 정작 대화가 궁해 두 사람은 찻잔을 감싸 쥐는 것만이 유일한 행위처럼 똑같은 행동을 하고 있었다. 무심코 찻잔을 쥔 남자의 손을 본 인희는 얼른 제 손을 밑으로 감춘다. 남자의 손이 너무 매끄럽고 섬세한 것에 비해 제 손은 땔나무꾼 손 같았다. 그리고 혼자 피씩 웃는다.

"왜요?"

"댁의 손을 보니 제 손이 험해서요."

"여자 손이 곱다면 그것은 비생산적인 손이지요. 주부의 손이 어디 그냥 손만의 존재인가요? 가족들의 목숨 손이지요. 끝없이 베풀기만 하는 손, 머리를 숙여야 할 숭고한 손이죠."

"듣고보니 그렇군요. 전 언제나 험한 제 손에 대해 열등감이 있거든요. 반갑다고 악수하는 것이 제게는 부담이랍니다. 친한 사람들은 저와 악수를 하고 나서 얼굴은 마님인데 손은 머슴이여 하고 놀려요."

"저런, 하하하 …"

손이 화제가 되어, 궁했던 대화가 물꼬가 트이면서 두 사람은 환자 얘기에서부터 시작하여 많은 얘기들을 나눴다. 서로의 이름을 알게 되고 고향을 알게 되고 일하는 직업을 알게 되고 가족상황을 알게 되었다.

남자의 이름은 김태운이고 직업은 사진기자였다. 나이는 인희와 비슷한 연배고 고향은 서울이었다. 그가 어려서 살던 곳이 의외로 인희 부모가 처음 서울에 올라와 터를 잡았던 돈암동이었다는 것에 두 사람의 거리는 부쩍 가까워져 있었다. 가족관계에 있어서는 아내의 자리가 비어 있고 홀어머니가 한 분 계시다는 것과 그러나 같이 살고 있지는 않다는 것을 알았다. 인희는 아내의 자리가 비어있는 이유는 묻지 않았다. 남자의 눈은 동굴같이 깊어 보였고 깊은 동굴 속에는 뭔지 모를 갈망이 보였다. 그럼에도 빙긋 웃을 때는 갈망이 아닌 정감을 담고 있었다.

그는 일 년이면 거의 반 년 이상을 해외에 나가 활동하고 돌아와서도 산천을 돌아다니느라 집에 붙어있는 시간이 거의 없다고 한다. 그리 자유분방하게 살아 온 사람처럼 보이지는 않는데 듣고보니 아내가 자리를 지킬 수도 없겠다는 생각이 들었다.

인희 부모는 시골에 집만 남겨놓고 물려받은 땅을 몽땅 팔아 서울에 올라와 전자제품 대리점을 했었다. 대리점 수입은 꽤 좋았다. 아이들 교육도 남부럽지 않게 시켰다. 시골에서는 감히 꿈도 꾸지 못할 만큼 여유로운 생활을 했다. 땅도 사 놓고 집도 여러 채 사서 세를 놓고 살았다. 시골 땅을 팔아 그렇게 한때의 풍요를 누렸었다.

시골 농토를 팔려고 내 놓았을 때 이웃들은 뒷공론들이 많았다. 농촌에서 땅은 곧 목숨이다. 목숨을 내 놓고 어찌 살려는지 혀를 끌끌 차면서 한심해했지만 몇 년 안 가서 거부가 되어 나타난 아버지를 본 동네에서는 땅에 대한 절대적인 믿음이 사라지게 되었다.

재산은 대를 잇기가 재상되기보다 어렵다더니 고향사람들에게 땅에 대한 믿음을 저버리게까지 했던 재산이 당대에서 바닥이 나고 말았다. 군대를 제대하고 돌아온 장남이 경험도 없이 사업에 뛰어든 것이 화근이었다. 사업은 젊은 나이에 해야 한다며 철없이 주택사업에 손을 댄 것이다. 아버지의 유업이나 이어받았다면 금상첨화였을 것을 생판 경험도 없는 건설업을 하겠다고 나대었다.

그 당시 전쟁의 후유증을 딛고 경제 발전의 문턱에서 집짓는 건설 사업이 한창이었다. 주택가의 허름한 집을 헐값에 매입하여 겉보기만 그럴듯한 새집을 만들어 되파는 집 장사들이었다. 병든 년 얼굴에 분칠만 냅다 해 놓는 격이었다.

집 장사로 돈을 번 사람들은 꽤 많았다. 몇 년씩 밑바닥생활을 하면서 현장에서의 경험을 밑천으로 시작했던 사람들이다. 하지만 장남은 사회에 발도 디뎌보지 않은 풋내기가 사업을 하겠다고 뛰어 들었으니, 그런 자식을 말리지 않고 뭉텅 밀어준 부모가 문제였다. 주먹구구식 계산으로는 몇 년 안가서 거부가 될 것 같았지만 몇 년 안가서 부도가 나버렸다. 부도는 아버지의 전 재산을 넘겨주고도 모자랐다. 빈손을 털고 고향으로 내려간 아버지는 결국 화병을 앓다가 돌아가셨고 이웃들은 다시 땅에 대한 절대적인 믿음이 되살아나게 되었다.

어릴 적 무대가 우연히도 같은 동네라는 것을 알게 되자 두 사람은 초등학교 동창처럼 편안했다. 대화는 그리 중요한 사건도 흥미로운 것도 아니지만 전혀 지루한 줄 모르고 벌써 어두워지고 있었다. 그리고 그 날은 가벼운 반주를 곁들여 저녁을 먹고 헤어졌다.

인희는 직업상 상대가 주로 남자들이다. 건설업계 남자들은 다른 업계보다 거칠고 드센 편이다. 그녀는 남자 앞이라 하여 주눅 들지 않았고 처음 만난 사람도 동료 같은 분위기를 조성해 내는 특출한 재주가 있었다. 누구나 편안함을 갖게 했고 다음에 만날 수 있는 기회를 그녀는 잘 이끌어냈다. 회사에서는 그녀의 그런 능력을 십분 이용하여 적잖은 매출을 올릴 수 있었으며 그만큼 대우를 해 주고 있었다.

그들은 점심을 먹기 위해 일품이라는 매운탕 집을 찾아 들었다. 두시가 넘는 시간이었으니 점심이라기보다는 농부들 새참시간이었다. 한산한 음식점은 일품이라는 소문이 실감이 나지 않았지만 허술한 가건물임에도 신을 벗어야 하는 방까지 있는 것을 보면 헛소문은 아닌가 보다.

인희는 이집 단골인 듯 풍선처럼 둥실한 주인아주머니가 반색을 하며 맞는다. 방으로 들어가라고 두 손을 들어 허위허위 안내를 하면서도 주인의 눈은 태운을 훑어보느라 정신이 없다. 이런 곳에서 몇 년씩 굴러먹다 보면 손님 뒤에 감추고 있는 꼬리가 너구리꼬리인지 늑대꼬리인지 정도는 알 수 있었다. 그간 인희가 동행하던 남자들과는 사뭇 다른 냄새가 나는 느낌이다.

아침을 거른 태운의 입에 매운탕은 소문대로 일품이었다. 시간은 넉넉했고 낮술로 소주를 몇 잔씩 돌려 마시고 나자 긴장이 풀리면서 앞에 앉아 있는 여자가 고향처럼 편안하다. 그 참담함 가운데 이 여자를 생각하게 된 것이 자신이 생각해도 신통했다. 그녀는 꾸밈도 화려함도 없었고 수다스럽지도 않았다. 애써 포장됨이 없는 언행과 표정은 늘 출근하면 보는 얼굴처럼 그냥 편했다. 간혹 소리 내어 웃을 때는 구김 없고 신선해서 철딱서니 없는 소녀처럼 보이기도 했다.

병실에서 본 천진난만한 어머니의 얼굴에서 홀로 느껴야 하는 고독은 무서웠다. 어디론가 무작정 도망치고 싶었다. 기댈 수 있는 가족이라도 있었다면…. 그런 복조차 타고나지 못했다는 생각에 처음으로 한탄이 되었다. 그리고 지금 길 잃은 산속에서 외딴집을 발견했을 때처럼 가족도 무엇도 아닌 여자에게 대책 없이 기대고 싶었다. 겨우 세 번째 만남에서 말이다.

태운은 소주 한 병을 더 주문하여 혼자서 자작으로 다 마셔버리고 다시 풍선아주머니가 가져온 소주병을 따고 있다. 인희는 소주병을 빼앗아 그의 잔에 따라주면서 아무렇지 않게 묻는다.

"무슨 일 있으신가 봐요."

태운은 술잔을 내밀면서 한숨처럼 대답한다.

"네….."

"무슨 일인지 물어도 될까요?"

"… 어른 얼굴이 하루아침에 어린아이 얼굴로 변한 것을 본 적 있어요?"

"……."

"기저귀 차고 발장난하면서 배시시 웃는 갓난아이 얼굴, 병원에서 어머니가 그런 얼굴을 하고 있었어요."

술잔에 눈을 고정시킨 채 독백하듯 말하고 있는 남자의 어깨에서 인희는 무서운 고독을 본다.

"나는 어머니와 여섯 살 되던 해 헤어졌어요."

이별

여섯 살 생일 미역국을 먹은 다음 날이었다. 이마에 찬 공기가 와 닿는 느낌에 눈을 떴다. 어둠은 이미 회색으로 묽어지고 있었다. 방문이 열려 있고 어머니는 잊을만하면 한 번씩 들르던 아버지라는 사람의 바짓가랑이를 붙들고 늘어지고 있었다. 얼굴은 보이지 않고 등판만 보이는 아버지는 그런 어머니의 팔을 억지로 풀어버리고 저벅저벅 마당을 걸어 나간다. 어머니는 마당까지 쫓아나가 다시 엎어져 매달렸고 그런 어머니를 거칠게 밀어내고 나가는지 대문소리가 요란하게 정적을 가른다.

아버지가 나가고 한참 만에 넝마처럼 후줄근한 모습으로 들어온 어머니는 부엌 찬장을 열고 먹다 남은 됫병 막소주를 꺼낸다. 소주를 조갑대기만한 소주잔이 아닌 대접에 줄줄 따르더니 단번에 마셔버린다. 그리고 부엌 구석에 종이처럼 구겨져서 끅끅 울었다. 그때까지 자는 척 하고 있었다. 그러다가 정말 잠이 들어버렸고 달그락거리는 소리에 눈을 떴을 때는 어머니가 예전 모습으로 돌아와 밥상을 차리고 있었다. 꼭 꿈을 꾼 것만 같았다. 아무렇지 않은 어머니를 볼 때 아마도 이런 일이 전에도 있었지만 잠이 들어서 몰랐던 것 같았다.

그리고 며칠 후 해가 서산에 기울 무렵 어머니가 바짓가랑이를 붙잡고 늘어지던 아버지라는 사람이 다시 찾아왔고 나는 검은 차에 태워졌다. 곧 어머니도 나들이옷으로 갈아입고 이 차에 타려니 했다. 그러나 어머니는 방에서 나오지 않았고 차는 곧 출발했다.

"엄마는 안 타요?"

물었지만 아버지는 듣지를 못한 듯 아무 말이 없었다. 대신 담배를 찾아 불을 붙이더니 뻑뻑 빨아대기만 했다.

남자는 간간이 뒷좌석에 앉은 아이를 넘겨다본다. 아이는 차창 밖으로 쌩쌩 지나가는 가로수와 길가의 상점과 사람들을 구경하느라 숫제 창 쪽으로 바퀴벌레처럼 납작하게 붙어 있었다. 몽롱한 담배연기 틈으로 아이의 뒤통수가 보였다. 서늘한 기운이 가슴 한쪽으로 밀려온다. 한 때, 가족을 헌신짝처럼 버리고라도 그 여자와 다시 시작하고 싶을 만큼 흠뻑 빠져 있었던 지난날들이 이제 와서 회한으로 다가오고 있었다.

세상 구경도 시들해졌는지 아이는 잠이 들었다. 차 문이 열리고 닫히는 소리에 눈을 뜬 아이는 이미 어두워져있는 세상에 어리둥절하면서 집으로 돌아 온 것이 좋아서 팔딱 뛰어 내린다. 늘 익숙했던 골목을 달려가려다 말고 두리번거린다. 있어야 할 골목길이 어디에도 없었기 때문이다.

아이의 고개가 뒤로 꺾어지면서 사방을 바라본다. 시꺼먼 돌담이 우뚝 서 있었고 돌담 안에는 불 켜진 창문이 이마빡만큼만 보였다. 눈앞에는 한 번도 열려 본적이 없는 것 같은 육중한 철 대문이 버티고 서서 밖에 있는 사람을 내려다보고 있었다.

'철커덩, 삐이익'

절대로 열릴 것 같지 않던 철 대문이 순순히 열리면서 밖에 있는 사람을 빨아들인다. 철 대문 안으로 들어서니 완전히 숲속이었다. 숲속 가운데 깔린 납작하고 하얀 돌을 밟고 가는데 갑자기 덩치가 송아지만한 개가 불쑥 앞을 가로막는다. 아이는 '꺅' 소리를 지르며 아버지 뒤로 숨고 아버지는 털이 수북한 개의 정수리를 거칠게 몇 번 쓰다듬는다. 개는 덩치에 어울리지 않게 꼬리를 흔들며 되돌아가고 제단처럼 쌓아 올린 계단을 오르고 나서야 현관문이 있었다.

아이는 주인의 알량한 배려로 내실까지 들어오게 된 거지처럼 주눅이 들어 있었다. 아버지라는 사람이 안방으로 들어가고 한참 만에 아버지 뒤를 따라 나온 여자는 잔뜩 주눅이 들어있는 아이를 찬찬히 뜯어본다. 관기(官技)를 고르는 기생어미처럼 뒤로도 보고 앞으로도 보고, 이리저리 훑어보던 여자는 들릴 듯 말 듯 한숨을 하르르 쉬더니 아이를 데리고 주방으로 간다.

"저녁 먹자."

어색한 저녁을 먹고 난 아이를 이층으로 데려가서 새 잠옷을 입혀준 여자는 침대에 걸터앉아 아이를 언제까지 쳐다만 보고 있었다. 밤을 샐 모양처럼. 그러다가 또다시 하르르 한숨을 쉬고 나서 아이를 눕게 하고는 불을 끄고 나간다.

혼자가 되자 아이는 갑자기 겁이 났다. 엄마한테 가고 싶었다. 날이 새면 엄마가 데리러 오겠거니 하면서도 마음이 조급했다. 이 화려한 방이 전혀 달갑지가 않았다. 언제나 퀴퀴한 변소냄새가 나는 골목길이 그리웠다. 제단처럼 쌓아 올린 돌계단 없이 미닫이만 열면 바로 마당이고 나무 한 그루 없이 빨랫줄에 걸린 옷이 깃발처럼 날리는 그 집에 가고 싶어 좀이 쑤셨다. 그래도 잠은 속수무책으로 쏟아진다.

아침에 눈을 뜬 아이는 달라진 벽지 무늬를 보고 앙증맞은 푸른색 옷장과 책상과 책꽂이에 빽빽하게 꽂혀진 동화 책을 보고 그리고 의자를 본다. 어제는 몰랐지만 새삼 화려한 침대와 이불, 입고 있는 잠옷을 본다. 거지가 하루아침에 자신도 모르게 왕자가 된 기분을 알 것 같았다.

조금 있으면 엄마가 데리러 올 것인데 이런 것이 다 무슨 소용인가. 아이는 잠옷을 벗고 입었던 옷을 찾았으나 없었다. 앙증맞은 옷장을 열어 보니 생전 처음 보는 옷들이 걸려 있을 뿐이다. 그때, 문이 열리면서 새 잠옷을 입혀주었던 여자가 들어왔다. 날 밝은 아침에 보니 주름투성이 할머니였다.

"일어났니? 세수하고 아침 먹을 준비해라."

"제 옷이 없어요,"

"여기 네 옷 많잖니? 이게 전부 네 옷이거든? 세수하고 입으면 된다."

"… 내 옷 입을 거예요. 내 옷 주세요."

"그 옷은 이제 없어. 너무 낡아서 버렸어,"

여자의 입이 묘하게 비틀어지면서 웃는다. 아이는 여자의 비틀어지는 웃음 속에서 가면을 쓴 어릿광대를 보는 듯 섬뜩했다. 여자가 옷장 문을 열고 입을 옷을 골라준다. 세수를 하고 할 수 없이 여자가 골라준 옷을 입는다. 여자 말대로 낡은 옷을 버리고 새 옷을 입는데 왜 이리 불안한가.

아버지라는 사람이 식탁에 앉아 신문을 보다가 아이를 힐끗 쳐다보더니 신문을 접는다.

"잘 잤느냐?"

"……."

"며칠 있으면 유치원에 가야 한다. 앞으로는 놀지 말고 공부를 해야 해."

"엄마는요?"

"지금부터 여기 있는 이 분이 네 엄마다. 네가 원하는 것은 모두 이 엄마한테 말하면 다 가질 수 있을 게다."

"우리 엄마는 어디 갔어요?"

"이분이 네 엄마라고 하지 않았느냐. 돈암동은 잊어버려라. 거기에는 이제 아무도 살지 않는다."

데리러 올 줄 알고 있는 엄마를 잊어버리라니. 돈암동에는 아무도 살지 않는다면 어제까지도 살고 있던 엄마가 어디로 갔다는 것인가. 아이는 아버지라는 사람이 하는 말이 무슨 뜻인지 도무지 이해를 못하고 있었다.

"엄마는 나 데리러 언제 와요?"

"너를 데리러 오는 사람은 아무도 없으니 그리 알아라."

아이는 제 몸 어딘가에서 바람이 쑤욱 빠져나가는 것을 느낀다. 바람이 빠져나간 몸은 허깨비처럼 가벼워 금방 공중으로 붕붕 더 오를 것만 같았다. 어떤 물체라도 붙잡지 않으면 발바닥이 땅에서 뜰 것 같아 앞에 있는 식탁 의자 등받이를 부서지게 붙잡는다. 이렇게 아이에게 새로운 세상이 열리고 있었다. 아이가 살아가기에 참으로 버거운 세상이.

바람이 제 몸 어딘가에서 쑤욱 빠져나가는 느낌은 아이가 자라 어른이 된 지금까지도 사라지지 않고 붙어 다녔다.

그 여자 복선이

'일단 기차를 타자. 무슨 수든 생기겠지.'

복선은 교복을 입은 채 서울행 밤기차에 오른다. 부산 바닥을 종일 돌아다니다가 내린 결정이었다. 더 이상은 의부의 욕구를 참을 수가 없었다. 눈물 따위는 나오지 않았다. 눈물이나 훔치는 사치를 부릴 상황이 아니었다. 독사처럼 독해져야한다. 그러나 밤기차가 움직이려 할 때는 복선의 눈에도 별수 없이 눈물이 고인다.

일찍이 혼자가 된 그녀의 어머니는 복선이가 열 살이 되던 해에 아이의 손을 잡고 지금의 의부 집으로 들어왔다. 의부는 그녀 아버지가 타던 고깃배 선주였다. 어느 날 심한 풍랑에 휩쓸린 고깃배가 뒤집힌 채 둥둥 떠다니고 있었다. 사고소식을 듣고 바닷가로 달려 나간 어머니는 산발한 머리를 하고 돌아와 땅바닥을 치면서 울었다.

선주는 고인 위로 차 몇 번 드나들더니 미망인의 미모에서 사람을 끄는 묘한 매력에 사로잡힌다. 가무잡잡한 피부는 갯바람에도 결이 곱고 짙은 눈썹과 시원한 눈이 갯벌에서는 보기 드문 인물이었다. 버들가지 같이 하늘거리는 허리에 세상이 무너지는 슬픔을 담은 얼굴이 그렇게 색정적일 수가 없었다.

선주는 점점 미망인에게 마음이 가기 시작한다. 선주로서의 책임을 핑계 삼아 물질적인 도움을 주기 시작했고 미망인은 당장 남편의 빈자리로 가계가 곤궁한 터에 선주의 물질을 황감하게 받아들였다. 선주는 심장병에 신부전증을 앓고 있는 아내를 대신하여 미망인에게 틈틈이 집 안일을 시키면서 두둑한 일당을 지불하기도 했다.

어려서부터 병객으로 태어난 선주의 아내는 애저녁에 벌써 죽을 목숨이었으나 부잣집에 태어난 덕에 근근한 성장을 해 왔다. 배를 여러 척 가지고 있는 아버지는 딸을 위해 고금천지 좋다는 약을 다 쓰면서 보살핀 것이 그럭저럭 혼기가 되도록 생존할 수 있었다. 사람 노릇하기는 애저녁에 틀린 것을 알면서도 처녀귀신만은 면하게 할 양으로 평소에 눈여겨 봐 두었던 선원에게 거래를 해 왔다. 병객인 딸을 데려가는 조건으로 배 한척을 주는 거래였다. 돈만 있으면 개도 멍첨지라고 돈으로 안 되는 일이 없었다. 명줄이야 타고난 것이고 시집도 못가보고 죽는 것 보다는 그래도 남편 앞에 죽는 것이 모양새가 낫겠다 싶어서다. 밑천이라고는 불알 두 쪽만 대그락거리는 선원은 선주의 거래를 황감하게 받아들였다. 소작인 땅뙈기 한번 가져보는 것이 소원인만큼이나 뱃놈 배 한척 가져보는 것이 소원인데 하루아침에 선주가 된 것이다.

병객인 아내가 복덩이였던가, 승선 첫날부터 그물이 찢어지게 만선으로 돌아 왔다. 다음날도, 그 다음 날도 배는 만선이었다. 다음해는 배 한척을 더 살 수 있었고 몇 년 만에 세 척의 배를 가진 대 선주가 되었다. 그는 아픈 아내를 끔찍이 위하느라 건장한 그의 몸은 병든 아내 곁에서 맴돌기만 하는 밤을 보내야만 했다.

처가는 병객인 딸이 집을 떠나고 나서부터 크고 작은 사고가 잦았다. 풍랑에 배가 뒤집히는가하면 빈 배로 돌아오기도 했다. 사고를 당한 집에 찾아가 사건수습을 하고나면 배 한 척이 속수무책으로 없어졌다. 사위가 배 한척을 살 때마다 장인은 배 한척을 팔아먹었다. 사람들은 사위가 잘못 들어와 처가의 기가 몽땅 빠져나간다고 했다. 장인은 그러나 병객인 딸을 끔찍이 위해주는 사위를 절대 밉보지 않았다.

아내는 가랑잎처럼 말라갔다. 집안일은 그만두고 아내로서 여자 역할은 진즉부터 포기한 상태인지라 새삼스러울 것도 없었다. 그런 상황에 선주의 눈에 띈 것이 갓 잡아 올린 푸른 고등어처럼 팔딱팔딱 뛰는 건강한 미망인이었으니 지금까지 누르고 있던 선주의 욕망이 고개를 들기 시작했다.

밀도가 짙은 어둠속에서 미망인을 상대로 욕망은 불처럼 타올랐고 남편이 없는 미망인의 갈증은 타오르는 불에 기름 역할을 했다. 돈도 많은 선주가 여태 병든 아내만 바라보고 욕망을 누르며 살았을 리는 없겠는데 미망인의 어디가 그리 특출했던지 선주의 마음은 온통 미망인을 떠나지 못했다. 결국 아내가 세상을 떠나자 탈상을 서둘렀고 미망인은 아이의 손을 잡고 들어와 안방을 차지했다.

자식이 없던 선주는 미망인이 데리고 들어 온 복선에게 각별했다. 퇴근할 때는 복선이 뛰어나가 의부를 맞았고 그런 아이의 볼에 입을 맞추면서 들어왔다. 그는 의붓딸에게 유난스러웠으며 세상에 둘도 없는 좋은 아버지였다. 의부의 무릎에 예사로 앉아 있는 복선에게 어머니는 냉큼 내려오라고 눈을 흘기면서도 행복한 표정이다.

"얼라도 아닌 다 큰 년이, 퍼뜩 몬 내려오나."

아이는 스스럼없이 늦게까지 의부 곁에 비비고 앉아 TV도 보고 간식도 챙겨 먹다가 제 방으로 돌아오곤 했다.

복선은 능력 있는 의부 덕에 뒤늦게 학교를 다니게 되다보니 이미 대학 들어갈 나이에 고등학교 교복을 입었다. 복사꽃 같은 얼굴에 교복을 입은 복선의 몸매는 여린 속살 꽃봉오리가 막 터질 것 같이 싱그러웠다. 사춘기의 신선함 뒤에는 어미의 내림으로 촉촉한 색기가 뭉글뭉글 붙어 있었다. 복선의 몸에 붙어있는 색기는 공교롭게도 의부의 눈에 잡혔고 불행의 시작은 거기에서 싹이 틀 준비를 하고 있었다. 어미가 의부에게서 낳은 동생을 업고 있을 때면 의부는 영락없이 다가와 아이와 복선을 싸잡아 보듬고 아이를 어른다. 의부의 얼굴 한 부분은 유감없이 복선의 목덜미에 닿았고 움츠리는 목덜미에 훈훈한 입김이 덮였다. 의부의 손은 예사롭게 복선의 가슴을 스치고 엉덩이에도 머물렀으나 어려서부터의 잦은 스침에 신체의 반응은 그냥 예사로웠다.

어느 날 어머니가 새벽 불공을 드리기 위해 복선에게 아이를 부탁하고 집을 나선다. 조금 있으니 아이가 칭얼거리는 소리가 들렸다. 복선은 아이만 안고 나오려는 심산으로 무심히 잠옷 바람에 안방으로 들어갔다. 누나를 보자 양팔 벌리고 안기는 아이를 안으려는데 의부가 예나 없이 먼저 두 사람을 싸잡아 안고 아이를 어른다. 아이는 누나와 아비를 보자 다시 잠이 들었는지 잠잠해지고 의부는 팔을 풀지 않은 채로,

"우리 복선이도 이제 다 컸구마. 좋은 신랑감만 있으모 당장 시집가도 안 되긋나. 쪼만해 같고 내 한테 왔던 기 엊그제 같은데 언제 이래 컸단 말고, 으이?"

기특하고 대견스럽다는 듯이 등을 두드려주던 손이 엉덩이로 내려와 토닥거린다.

"아배는 머 내가 언제까지 쪼만했으면 좋겠능교?"

장난처럼 눙치고 일어나려는데 얇은 잠옷을 입은 살갗에 의부의 욕망이 닿는다. 그러나 아직 남자의 생리를 속속들이 알기에는 복선이 너무 순진했고 나이는 먹었어도 아직은 학생이었다.

"아배요! 좀 비키소 마. 아는 지가 데리고 나갈랍니더."

"가만 있거라. 다시 잠 들었능갑다."

"그라모 아는 아배가 보소, 지는 아침밥이나 할랍니더."

"그래라, 반찬은 뭘로 할래?"

"내가 아요? 어매가 다 해 놓은 것이니까네 내는 밥만 하면 되지 모."

"니 밥이나 할 줄 아나?"

"치이 아배는 내를 아직도 얼라로 보능갑네? 내도 밥 할 줄 아요 와."

"죽 같은 밥은 딱 질색인거 알제?"

"압니데이~."

의부는 덜렁대는 복선이가 그냥 예뻐서 죽겠는 표정이다.

그날 이후로 복선은 의부의 시선을 종종 의식했다. 의부는 어미의 곁에 바짝 붙어 있으면서도 시선은 복선의 온 몸을 훑고 있었다. 강한 시선을 의식하고 고개를 돌려 보면 거기에는 타는 듯한 의부의 눈이 이쪽을 보고 있었다. 시선만으로도 온몸을 샅샅이 유린당하는 것 같은 느낌이겠는데 스스럼없이 부비고 지낸 의부에게 복선은 별 의식을 하지 않고 지나쳤다.

어머니는 초하루 보름이면 불공을 드리기 위해 이른 새벽에 집을 나서는 일이 종종 있었다. 초하루가 되자 그 날도 어머니는 집을 나섰고 조금 있으니 아이도 어김없이 칭얼거렸다. 복선이 안방 문을 열고 들어온다. 아이의 칭얼거림은 의부의 의도적이었음을 복선이 알 리가 없다. 그리고 그 날, 의부는 끝내 하늘을 거스르는 일을 저지른다.

의부는 복선을 볼 때마다 고뇌를 한다. 갯바람에 까맣게 그을린 얼굴로 머루 같은 눈망울을 하고 내게 왔었다. 특별하지는 않았는데 아이와 눈을 맞추면 가슴으로부터 따뜻한 정감이 느껴졌다. 부녀의 숭고한 사랑인줄 알았다. 그런데 언제부턴가 그 숭고함이 변질이 되고 있었다. 여자로 보이기 시작했다. 복선이 보이지 않으면 자신도 모르게 찾게 되고 가까이 있으면 머리카락이라도 만져보고 싶은 충동을 느꼈다. 가슴에 딸이 아닌 한 여자가 들앉아 있었다. 그런 자신이 혐오스러워 부정을 하면서도 복선을 향한 집착은 집요했다. 그날 새벽 잠옷 바람으로 안방에 들어서는 복선을 보자 그만 눈에서 번쩍 섬광이 튀었다. 당장 복선을 어찌한다 해도 장애될 만한 것은 아무것도 없는 이른 새벽에 이성과 감성의 싸움은 치열했다. 그날은 자신을 지켜내기에 안간힘을 쓰면서 가까스로 위기를 넘겼다. 위기를 넘겼다고 해서 감성이 물러서지는 않았다. 이성이 아무리 윽박지르고 말려도 오히려 다음 기회를 기다렸다. 한번만이라도 복선을 여자로 안아보고 싶었다. 그 기회는 당연히 왔으며 그러나 차마 용기가 나지 않아 약을 내밀었고 복선은 자상한 의부가 영양제라고 챙겨주는 약을 받아먹는다.

무방비 상태로 누워있는 복선을 보자 정욕이 정수리까지 뻗쳐 오른다. 아내가 올 시간은 아직 멀었고 의부의 입에서는 앓는 짐승 소리가 새벽 천장을 튀어 다닌다. 의부는 일어나면서 몽롱하게 바라보는 복선의 귀에 대고 이른다.

"내는 복선이 니가 참 좋다. 시집갈 때 까지만 입 다물고 조용히 있어주면 내가 알아서 다 해 주겠지마는 니가 어떻게 하느냐에 따라 어매하고 니 생활이 완전히 바뀔 수가 있는 기다. 지금처럼 편한 세상이 다 끝장날 끼라 그 말이다. 내 말 무슨 뜻인지 알제? 내가 존데로 시집 잘 보내 주께."

도톰한 입술에 입을 맞추는데 그때 아내의 소리가 들리고 의부는 불난 집 개 튀듯 튀어 나온다.

"복선이 가스나 아직도 안 일 나고 여태 자나? 보소, 복선이년 안즉 안 일났이오? 아침도 안 했능가베."

"몸살이 났는지 아픈 갑더라. 약 찾아 멕였더니 지금 잠들었다. 끙끙 앓는 소리까지 하더라. 깨우지 마라."

"지까짓 것이 뭐한다고 몸살이고. 공일이라 믿거라 하고 늦게 왔더마는. 당신 시장하지예. 쪼매만 지둘리소이? 금방 밥상 채릴 것일까네요."

"일 없다. 천천히 해도 된다."

방금 포식을 하고 나와 배가 터지게 부른데 무슨 염치로 밥 타령을 할까.

복선은 깊은 잠을 자고 한나절이 지나서야 눈을 떴다. 머리가 텅 빈 것 같은 소강상태로 얼마간 그냥 누워 있었다. 꿈인 것도 같고 아닌 것도 같은 일들이 머릿속에서 온통 수세미처럼 헝클어져 있었다.

요의를 느끼고 일어나려는데 머리가 맷돌처럼 묵직했다. 소변을 보는데 아래가 많이 불편한 것 같았다. 속옷을 내려다보니 붉은 반점이 떨어져 있었다. 생리인가? 차츰 정신이 맑아지면서 누군가 몸을 만진 것 같은데 꿈인지 생시인지 도무지 헷갈렸다. 아배가 뭐라고 하는 소리를 들은 것도 같고 아닌 것도 같았다. 어머니가 화장실에서 나오는 복선을 보더니 걱정되는 얼굴로 다가온다.

"인자 좀 괜안나? 몸살이 나도 단단히 났는갑다. 너 줄라꼬 죽 좀 쒔다. 한 숟가락 뜨고 약 묵으만 그만 될 끼다 마. 젊은 기 뭔 몸살이고."

몸살이었구나. 머리가 묵직하고 아래가 불편하고 생리가 불순한 것이 다 몸살 때문이구나. 하루가 지나자 모든 증상이 씻은 듯이 사라졌으므로 몸살이 다 나았구나 했다.

의부의 복선에 대한 집착은 거의 병적이 되어 있었고 대담하게도 한밤중에 복선의 방에까지 들어오기에 이른다. 깊은 잠에 빠져있는 복선을 잠시 내려다보다가 이불을 들춘다. 기척에 잠이 깬 복선이 소리를 지르려다 공포에 가까운 의부의 협박에 그만 입을 다문다.

"조용히 해라. 어매가 알게 돼 봐라. 내하고 살 수 있을 것 같나? 어매하고 니는 당장 이 집을 나가야 할기다 마. 니 시집갈 때까지만 입 다물고 조용하게 있으마 내 알아서 다 해 줄끼라 하지 않더나. 기왕 이렇게 된기, 당분간 조용히 있으라 그 말이다. 니는 시집 가불먼 그만인기라. 알긋나? 지금 까지 내 집에 와서 고생 안하고 잘 살았는데 집 나가봐라

개고생이다. 그러니까네 내만 믿으라 그 말이다. 니가 이뻐서 안 그러나. 내는 니가 너무 이쁘단 말이다."

소리는 지르지 않았지만 맨 정신으로 의부를 받아들이지 못하고 화덕에 올려놓은 마른 오징어처럼 바짝 오그라들면서 죽기 살기로 밀어낸다.

"이라믄 어매 잠 깬다. 어매가 알게 되믄 우짤래."

"아배요! 제발 이라지 마소."

"내는 니가 좋다. 정말로 이쁘고 좋다 말이다. 우리는 이래도 아무 상관이 없는 사인기라. 니는 내하고 피가 안 섞였다 그 말이다. 니만 조용하믄 문제 될 기 하나도 없다 안 하나."

달래고 협박하느라 그 밤을 다 허비하고 마는 날이 많았고 의부가 방을 나가고 나면 복선은 이불을 뒤집어쓰고 우는 일 밖에는 할 수 있는 것이 아무 것도 없었다.

어느새 안방과 건넌방을 오가며 모녀를 상대로 의부의 이중생활이 생활화 되어가고 있었다. 이제 몸보다는 마음이 한사코 오그라드는 복선이 결심을 하기에 이른다. 밤이 무섭기도 하지만 그보다 더 두려운 것은 결국 어머니가 알게 되는 일이었다. 어머니만이라도 탈 없이 잘 지낼 수 있게 하려면 지금 결단을 내리는 것이 그녀가 할 수 있는 일이었다.

가출

복선이 아침에 학교에 갈 것처럼 집을 나선다. 학교와는 정 반대 길로 접어들었고 지금 밤기차를 타고 서울을 향해 가는 중이다.

그동안 의부가 넉넉하게 준 용돈이 당분간은 복선을 지켜 줄 것이다.

이런 날을 대비해 의부가 주는 돈을 쓰지 않고 모아두었었다. 의부가 나간 자리에 비릿한 정액과 함께 돈뭉치가 있는 날도 있었다. 오늘도 아침에 집을 나서는 복선을 본 의부는 지갑을 열고 집히는 대로 돈을 꺼내 준다. 가출을 계획한 복선은 돈이 더 필요한 듯 주춤거리면서 의부로부터 제법 큰돈을 받아 챙겼다.

서울에 도착한 시간은 새벽이었다. 교복을 입은 여학생이 생뚱맞게도 새벽에 서울역 대합실에서 서성인다면 사방에서 갖은 물컷들이 몰려들 것이다.

'교복부터 벗어야겠다.'

부산에서 사 입고 왔더라면 좋았겠지만 의부의 손을 벗어날 것만 생각하느라 한가하게 여행 떠나듯 준비할 여유가 없었다. 복선은 갈 길이 바쁜 것처럼 대합실을 빠져나와 줄서있는 택시에 오른다. 기사는 새벽부터 교복을 입은 학생이 새삼스러워 백미러를 통해 훔쳐보는데 손님이 새벽시장이라고 하자 남대문 시장 앞에 내려 준다. 세상이 주검처럼 잠든 시간에 새벽시장은 대낮처럼 불을 밝힌 채 장사가 한창이었다. 신 새벽에 교복을 입은 학생을 눈여겨볼 만큼 한가한 사람은 아무도 없었다. 다들 살기 바쁜 모습이었다. 앞으로 생존하려면 자신도 저 대열에 끼어야 할 것을 생각하고 복선은 처음으로 두려움을 느낀다.

새벽이 묽어오자 시장은 거짓말처럼 한산했다. 가게 철문이 여기저기서 철거덕 철거덕 내리 닫히고 있었다. 주인이 문을 내리려다 말고 이제야 교복 입은 학생을 예사롭지 않게 쳐다보고 복선이 계면쩍게 인사를 한다.

사정이 있구나, 주인은 직감으로 느낀다. 이 시간에 교복까지 입고 나타났다면 당장 바꿔 입을 옷이 필요할 것이고 분명 피치 못할 난처한 상황에 처해 있을 것이다.

복선에게 어울릴만한 옷을 골라주면서 입어보라 한다. 복선이 구석으로 들어가 옷을 갈아입고 나오는데 주인이 눈을 동그랗게 뜨고 쳐다본다. 그저 별스럽지 않던 옷이 날개가 되어 날아오를 듯이 살아나고 있었다.

주인은 복선을 찬찬히 뜯어본다. 한눈에 쏙 들어오는 얼굴이다. 피부는 유리알처럼 맑았다. 이마는 적당히 볼록했고 가지런한 눈썹은 진했다. 쌍꺼풀진 두 눈이 시원해 보였고 콧등은 오만하게 오똑했다. 도톰하고 선이 뚜렷한 입술은 같은 여자 눈에도 선정적으로 보였다. 갈래머리 사이로 보이는 하얀 목덜미가 학처럼 기품이 있었다. 귀밑으로 은빛 솜털이 누워있고 무심코 라도 만지고 싶은 충동을 일으키게 한다. 오동통한 몸매는 생동하듯 싱그러웠다.

"이 시간에 학생이 교복차림으로 혼자 오다니, 엄마도 아나?"

"… 예~ 에. 아니 모릅니더."

걱정이 되어 이것저것 물었지만 대충 얼버무리거나 비시시 웃기만 한다. 저런 외모라면 물컷들이 채가는 것은 하루도 안 걸릴 것이다. 주인은 노파심에 부모가 기다리는 집으로 돌아가라고 몇 번을 타이른다. 복선이 시무룩하니 대답이 없자 꽃망울이 피기도 전에 비바람에 떨어져 몸살을 하는 것 같아 마음이 짠했다. 딸자식을 둔 세상 어머니의 마음이다.

새벽이 물러가자 시장은 이제 밥집들이 한창이다. 밥집마다 새벽시장에서 물건을 떼어가는 장사꾼들로 북적였다. 밤새 문을 열고 장사를 하던 가게에서는 문을 닫기 전에 해장을 하려고 배달을 시켰고 배달하는 여자들이 곡예 하듯 쟁반을 서너 칸씩 머리에 이고 시장을 누비고 다녔다.

옷을 갈아입은 복선은 어디로 가야할까, 막막했다. 순간, 날아다니는 음식 냄새에 울컥 비위가 상한다. 토하고 싶었다. 뒤늦게 기차멀미를 하는가 싶어 빠르게 골목을 빠져나왔다. 후미진 곳에 엎디어 구역질을 하고나니 속은 가라앉는 것 같은데 어지러웠다. 생각해 보니 어제 아침을 먹고 여태 아무 것도 먹지 않았다는 생각이 들었다. 복선은 장사꾼들 틈에 끼어 뭐라도 먹을 양으로 음식점을 기웃거려본다. 식욕이 당기는 음식은 없었지만 매콤하고 자극적인 음식이 들어가면 개운할 것 같았다. 그 자극적인 음식이 하필 빨갛게 양념한 닭발이 떠올랐다. 생전 먹어보지도 않은 닭발이 갑자기 환장하게 먹고 싶었다. 복선은 그 시간에 닭발집을 찾아 나선다. 이른 아침부터 닭발을 파는 집은 시장바닥 어디에도 없었다. 일 없이 시장 골목을 기웃거리다 보니 한나절이 다 되어간다.

시장 안은 다시 발 디딜 틈 없이 사람들로 북적였다. 먹거리 골목으로 들어서자 길거리 한복판에서도 음식을 팔기 시작했다. 김이 모락모락 나는 순대도 팔고 기름 위를 미끄러지는 노릇노릇한 빈대떡도 팔았다. 드디어 닭발이 눈에 띄었다. 철판 위에서 붉은 옷을 입고 지글거리는 닭발을 보자 입안에 침이 가득 고인다. 난전에 서서 닭발을 정신없이 뜯어먹는다. 드라큘라처럼 입 주위가 빨갛게 되도록 뜯어먹고 나니 속이 편해졌다. 배도 부르고 이제 쉬고 싶었다. 하루쯤 푹 쉬고 나서 일할 곳을 알아볼 작정이다. 지리도 모르고 누구를 붙잡고 물어 볼 수도 없어서 복선은 지나가는 택시를 세워 기사에게 싼 하숙집이 있는 동네에 내려 달라고 부탁한다.

"미아리고개 밑이 시내도 가깝고 좋은데 그쪽으로 갈까요?"

"기사님 알아서 데려다 주이소."

미아리 고개 밑에서 내린 복선은 생소한 좁은 골목으로 들어선다. 미로같이 구불거린 골목 안은 얕은 지붕들이 머리를 맞대고 다닥다닥 붙어 있었고 구릿한 변소 냄새가 골목을 빠져나가지 못해 헤매는지 역겨웠다. 처마가 이마까지 내려온 구멍가게 앞에 중개 한 마리가 먹을 것을 찾아 어슬렁거리다가 사람을 보자 잽싸게 달아난다.

좁고 지저분했지만 그곳에 모든 생활이 다 있었다. 구멍가게서부터 튀김집 호떡집 꼬꼬닭 집 세탁소 만화가게, 탁자는 여러 개 있으나 장정 서너 명이 들앉으면 더 이상 들어설 공간이 없는 술집도 있고 방앗간, 한복집도 있었다.

아이들은 학교에 있고 어른들은 일터에 나가있는 시간이라서 간판들이 쓸쓸해 보였고 골목은 조용했다. 일터에서 돌아올 시간이면 이 좁은 골목은 활기를 띠고 힘찬 피돌기를 할 것이다.

골목 끝에 낡아빠진 복덕방 간판이 보인다. 복덕방 문은 열린 것도 아니고 닫히지도 않은 채 미닫이 문틀 아귀가 맞지 않아 사람 하나 겨우 드나들 만큼만 열려 있었다. 복덕방 안은 낡은 탁자와 바닥이 고르지 않아 뒤뚱거리는 의자가 두 개 있고 반대편에는 구색을 갖추느라 천이 바랜 2인용 소파가 지친 몰골로 앉아있었다. 소파 틈새로 금방이라도 납작한 빈대가 기어 나올 것만 같았다. 인기척을 내자 한쪽 구석에서 중늙은이 영감이 헝클어진 머리를 하고 정말 빈대처럼 기어 나온다. 살림집이 붙어있었던가 보다. 영감은 손님을 보자 누런 이를 드러내고 반갑게 맞는다.

복덕방을 통해 들어간 하숙집은 햇살이 한 번도 들어서지 않았을 것 같은 마당이 눅눅한 문간방이었다. 복선은 마당이 눅눅한 문간방에서 오랜만에 단잠을 잤다. 의부의 욕구를 의식하지 않아도 되는 밤은 천국이었다. 앞으로 살아갈 일이 두렵지 않은 것은 아니나, 이제 의부와의 관계를 어머니가 영원히 알지 못할 것을 생각하면 세상 걱정이 하나도 없었다.

복선은 천장을 쳐다보고 누워 의부를 떠올려본다. 갑자기 돌변해버린 의부를 이해할 수가 없었다. 열 살 때 어머니 손을 잡고 처음 그 집 대문에 들어섰을 때 선주는 복선의 손부터 덥석 잡더니 집안으로 들어갔다. 집이 너무 커서 어리둥절해하는 아이에게 여기저기 집 구경을 시켜주면서 이집에서 아저씨하고 같이 사는 거라고 했다. 아저씨가 학교도 보내주고 좋은 옷도 사주고 갖고 싶은 것 다 사줄 거라고, 그 대신 아저씨를 아버지라고 불러야 한다고, 그럴 수 있느냐고 물었다. 아이는 이렇게 좋은 집에서 살수만 있다면, 그리고 학교에도 갈 수 있다는데 그깟 아버지라고 부르는 것이 뭐 그리 어려우랴 싶어 고개를 크게 주억거렸다. 선주는 아이의 머루 같이 까만 눈을 맞추면서 웃었다. 남자로 다가오기 전의 의부는 어느 생부 못지않은 아버지였다.

'그렇게 자상하던 아배가….'

천국 같은 밤을 세 번 보내고 나서 복선은 눅눅한 마당을 나선다. 지금부터 생존을 위해 홀로서기를 해야 하는데 거리로 나오니 막막하기가 절벽이었다. 사방은 막힘없이 뚫렸으되 어디로 움직여야 할지 온몸을 오랏줄로 칭칭 감아놓은 듯 꼼짝할 수가 없었다. 규제 없는 자유가 이렇게 두려울 줄이야. 구속인줄만 알았던 가정에서, 학교에서, 사회에서의 규제가 자유를 질서 있게 누릴 수 있는 훈련이라는 것을 아는 사람이 몇이나 될까. 복선은 난생 처음으로 규제 없는 자유와 맞닥뜨리게 되자 암담해서 어쩔 줄을 모른다.

가난한 동행

"흠, 진복선, 나이는 스무 살이고 고향이 통영이라. 학교는 어디까지 다녔고?"

"부산에서 고등학교를…"

중퇴했다고 말을 하려는데,

"고등학교까지는 나왔다는 말이고, 그럼 어떤 직업을 생각하고 있지?"

"회사에 취직하고 싶습니더."

"상고 나왔나?"

"아니요, 인문 학교라예."

"……"

나이 지긋한 소장이라는 아저씨는 돋보기를 코에 걸고 복선이의 이름과 나이 주소를 적은 이력서를 훑어본다. 눈알을 돋보기 위로 치켜뜨고 복선을 건너다 볼 때는 이마의 주름이 누에처럼 꿈틀거렸다.

복선이 규제 없는 자유가 암담해서 서성거리는데 전봇대에 붙은 직업 소개소라는 전단지가 눈에 띄었다. 눈앞에 신천지가 보이는 것 같았다. 전화번호가 적혀 있었다. 공중전화통에서 들리는 소리는 종로 화신백화점 근처에서 다시 전화를 하라고 한다. 시내버스를 타고 화신 백화점 앞에서 내린 복선은 혼란스러웠다. 서울 중심부인 거리는 미아리 좁은 골목처럼 죽은 거리가 아니었다. 먹거리를 찾아 서울에 있는 사람들이 죄다 쏟아져 나와 있는 것 같았다.

소개소는 화신 백화점 뒷골목에 있었다. 늙다리 영감 두어 명이 잡담을 하다가 문을 열고 들어서는 복선을 집어삼킬 듯이 쳐다본다. 그들의 시선이 따갑다 못해 바늘로 콕콕 찌르는 것 같이 불편했다. 복선을 앞에 앉혀놓고 이력서를 들여다보던 영감은 다시 이마에 누에 같은 주름을 꿈틀하면서 복선에게 묻는다.

"회사는 당장 어렵겠고 꼭 취직을 해야 한다면 우선 여기에서 일을 하면서 기다려 보는 것이 어때? 우리도 아가씨 하나가 필요하기는 해, 월급은 많이 못 줘, 여기 있다 보면 좋은 자리가 나와. 미쓰 진이라고 했지? 어때?"

그때 잡담을 하다가 복선을 따갑게 쳐다보던 늙다리 영감들이 이구동성으로 거들고 나선다.

"색시, 그거 횡재여, 횡재. 좋은 자리 나면 내 차지 되기 어려워. 여기 있으면서 일자리 나면 먼저 차지하는 게 수여."

"아암 그렇지. 마침 여기 사람이 필요할 때 색시가 왔으니 색시 운이 좋은 거여."

"좋고 말구. 서울에서 취직하기가 하늘에서 별 따긴데 마침 이런 자리 있을 때 색시가 들어 왔으니 운이 좋은 게지, 암."

소장은 문을 열고 들어서는 복선을 보자 이 바닥에서 제법 큰 거래가 될 물건임을 한 눈에 알아보았다. 자태가 특별하게 돋보였고 얼굴 피부 이목구비가 흠잡을 곳 없는 완벽한 균형을 이루고 있었다. 더 기막힌 것은 그녀의 입술을 보고 있노라면 색정이 꼬일 만큼 선정적인 것이 어차피 이 바닥 물건이었다. 저런 여자가 시시한 회사에 들어가 봤자 허울만 직원이지 사장 놈 몸 받다가 끝장나기 십상일 것이다.

그렇게 해서 취직이 된 복선은 다음날부터 출근을 했다. 청소하고 책상 닦고 다방에 전화 걸어 커피 시키고 손님들 담배 심부름 해주고 하다 보니 어느새 시간이 후딱 지나갔다. 오후 네다섯 시가 되자 난데없이 화장을 요란하게 한 여자들이 미장원에서 몇 시간을 보낸 머리를 하고 소개소 안으로 우르르 몰려들어 왔다. 손에는 커다란 쇼핑백을 들고 있었다. 소개소 안이 갑자기 새벽시장만큼이나 시끌벅적 했다.

"소장님! 안녕하세요? 오늘은 저 꼭 잊지 말아 주세용."

들어오는 여자들 마다 소장을 향해 임금 수청 들기를 원하는 후궁들처럼 교태를 부리면서 일수 돈 내듯이 돈을 낸다.

"진 양! 여기 이 명단 보고 돈 낸 사람 체크 해."

장터에 묶어놓은 촌닭처럼 어리둥절해 있는 복선은 소장이 내어준 장부에 돈을 낸 여자들 이름을 찾아 체크를 한다.

"안 보던 아가씬데? 소장님! 이 아가씨 새로 왔어요? 아쌈하네?"

"그런 신경 쓸 것 없고 나갈 채비나 하고 기다려. 오늘은 여러 곳에서 연락이 왔어. 소개비 밀린 거 없어? 밀렸으면 오늘 다 내. 안내기만 해 봐."

"네이!"

깔깔대며 대기실로 우르르 몰려 들어간다. 대기실로 들어간 여자들은 금방 화투판을 벌였는지 시끄러운 중에 탁탁 화투 치는 소리가 들렸다.

"아싸! 청단이요. 재수가 좋은걸 보니 오늘 땡 치는 일은 없겠구나."

"이게 웬 떡이냐? 나는 홍단이다."

한 시간 남짓 되었을 때 전화벨이 요란하게 울리기 시작하고 소장은 귓바퀴 사이에 끼어있는 볼펜으로 연신 메모를 한다.

"어디라고? 성북동? 음, 다섯 명? 알았어. 또 필요하면 다른 소개소 알아볼 것 없이 바로 전화 해. 싱싱한 꽃들 많아."

전화기를 놓기가 무섭게 연신 전화벨이 울렸다.

"따르릉, 따르릉"

전화를 받을 때마다 메모한 종이를 들고 어기적어기적 대기실로 간 소장이 어장에서 생선 고르듯 여자들을 지적하여 내 보내고 나면 대기실에서는 남아있는 여자들 껌 씹는 소리와 화투장 때리는 소리만 더 크게 들려왔다.

이삼일이 지나자 복선이 돌아가는 판을 대충 알 것 같았다. 밤 영업 하는 술집에서 그때그때 필요한 여자들을 직업소개소를 통해 급조하고 있다는 것을. 직업소개소는 건전한 직업이 아닌 결국 기생 소개소였다.

이 바닥에서 생활하는 여자들은 술집 영업이 시작하는 저녁시간에 직업소개소로 출근을 했고 일수를 찍듯이 그날 소개비를 내고 간택을 기다린다. 특별히 눈에 띄는 여자들은 곧바로 간택이 되어 나갔지만 그렇지 못한 여자들은 늦게까지 화투장만 두드리다 일수돈만 날리고 땡치는 날이 많았다. 간혹 화투장을 두드리다보면 늦게라도 급조요청을 받고 달려 나갈 때도 있었는데 초저녁에 했던 화장이 개기름으로 번들거리는 지친 표정을 차마 봐 주기가 어려웠다. 세상에는 나같이 막막한 사람들이 많구나 생각하니 복선은 처음으로 그녀들과 동질감을 갖는다. 그녀들 틈에 끼어 숨을 쉬다보니 어느덧 절벽 앞에 홀로 서 있는 것 같은 막막함이 무뎌지고 물처럼 그들과 합류되어 같이 흐르고 있었다.

썰물이 빠지듯 간택된 여자들이 한바탕 소란을 피우면서 나가고 난 뒤 복선은 화장실에 가려고 일어난다. 그런데 화장실 문 입구 구석에서 한 여자가 쪼그리고 앉아 오열을 하고 있었다. 한손에 편지를 움켜쥔 채 소리 없는 흐느낌은 숫제 처절함 그 자체였다. 그냥 눈물이 아니라 피 눈물일 것 같았다. 좀 전에 소개비 일수를 찍었던 여자였다. 아마도 고향에서 보내온 편지가 아닌가 싶었다.

가난 때문에 돈을 벌겠다고 대지로 나간 딸이 이런 곳에 출근하는 것을 안다면, 돈을 벌어 금의환향 할 줄 알고 있는 그 딸이 화장실 구석에 쪼그리고 앉아 가족이 보낸 편지를 움켜쥐고 처절하게 울고 있다는 것을 안다면 그 참담함이랴.

복선은 슬그머니 되돌아온다. 그리고 소장에게 다가간다. 할 말이 있다고 하자 소장은 돋보기 위로 이마주름이 꿈틀 움직이고 이번에는 복선이 임금수청 들기를 원하는 후궁처럼 교태를 부린다.

"소장님예! 부탁 하나만 들어 주실랍니까?"

"응, 응. 그래 부탁이 뭔데, 해봐."

복선은 남이 들을 새라 소장 귀에 바싹 입을 갖다 대고 일수 찍은 명단 중 한 곳을 손가락으로 가리킨다.

"이번에 전화가 오면예, 이 여자를 좀 보내 주면 안 되겠습니까."

"민양순? 이 여자 진 양이 아는 여자야?"

"예, 부탁합니데이."

"허 참!"

제 발등에 불 떨어진 주제에 오지랖이 태평양이다.

소장은 언제쯤 저 물건을 큰 손과 거래를 틀까 기회를 엿보고 있는 중이었다. 복선이 순순히 받아줄 것인지 그것이 문제였다. 기껏 큰손에게 바람만 넣어 놓고 복선이 말을 듣지 않는다면 여간 낭패가 아닌가. 이런 소소한 부탁을 들어 주면서 접근한다면 닫힌 마음 열기가 한결 수월할 것이다. 소장은 돌아앉아 니코진이 까맣게 낀 이빨을 드러내고 싱글거린다. 그날부터 양순은 하루도 땡 치는 날이 없었고 이유를 모른 채 그냥 신이 나 있었다. 그리고 어느 날 소장이 무심코 흘리는 말을 듣는다.

"가서 나긋나긋 눈치껏 잘 해. 소개소 채면 깎이게 하지 말고. 진 양 부탁만 아니면 어림없는 자리여."

"예? 누가 부탁을 해요?"

"진 양이 부탁을 해서 내가 특별히 신경을 쓰는 거니께 잘 하란 말여."

양순은 비로소 복선이가 부탁한 것을 알았다. 그 때부터 두 사람은 아주 각별한 사이가 되었고 양순은 그날의 처절하게 울었던 사연을 들려준다.

식구는 많고 땅뙈기하나 없는 아버지가 남의 땅을 빌려 농사를 짓다가 쟁기에 발을 다쳤다. 병원에 갈 형편이 못되어 그대로 방치하고 있다가 세균이 혈관으로 침입해 다리를 절단할 수밖에 없게 되었다. 호미로 막을 것을 가래로도 못 막게 생겼으니 그때 맏이인 양순은 몸이든 장기든 팔수만 있다면 팔아서 병원비를 마련하겠다고 무작정 서울행 기차를 탔다. 복선이처럼 외양이 특출했다면 화장실 구석에 앉아 처절하게 울 일도 없었겠지만 외양조차 특출치 못해 첫날부터 땡치는 날이 많았다. 도둑질이라도 해서 시골에 돈을 부쳐야 할 판이다. 숙소로 잡아놓은 허름한 여인숙에는 지불할 돈이 며칠 밀리다 보니 다시 들어 갈수도 없게 되었다. 그런 상황에 동생한테서 온 편지는 빨리 돈을 보내라는 사연이었다. 양순은 그때 이미 살아야 할 의욕이 멀어지고 있는 판국에 소장이 불렀고 얼룩진 얼굴을 매만지고 나가는 뒷모습을 누군가가 아프게 쳐다보고 있다는 것을 그녀는 모르고 있었다.

복선은 양순과 숙소를 합치기 위해 방을 보러 다닌다. 남녀가 살림집을 구하러 다니는 것처럼 손을 꼭 잡고 다닌다. 마당이 눅눅한 하숙집 근처 좁은 골목에 손바닥만 한 창문이 달려있는 판자 집에 사글세로 들어갈 수 있었다. 세를 놓을 양으로 허술한 집에 이층까지 만들어 사다리를 타고 오르게 한 그 집은 자그마치 여섯 가구가 들앉아 있었다. 주인은 방수를 늘려 세놓을 생각만 했지 세입자들이 사용할 변소를 늘릴 생각까지는 절대로 하지 않았다.

세입자들은 아침이면 요강을 들고 나와 누런 오줌을 수돗가에 쏟아 부었다. 변소가 차게 되면 변소 푸는 값이 만만치 않기 때문에 요강을 어디다가 버리는지 서로를 감시했다. 수돗가에서는 언제나 지린내가 진동을 했지만 어느 누구도 얼굴을 찡그리지 않았다. 대신 하루빨리 돈을 모아 지린내 나는 이곳을 벗어나려는 것이 세입자들의 큰 희망이었다. 그 부푼 희망이 있는 한 그들의 삶은 결코 주저앉을 수 없었다.

복선과 양순이 들앉은 방은 골목을 지나가는 사람 머리카락이 보일만큼 낮은 창문에 비가 오면 빗물이 창문으로 사정없이 튀는 곳이지만 복선은 이제 절대로 외롭지 않았다. 작고 소박한 천국이었다.

어느 날 목욕탕에 갔다가 양순은 복선의 뒷모습을 넋을 잃고 바라본다. 균형 잡힌 몸은 그대로 우유 빛이었다. 같은 여자가 봐도 아찔할 만큼 아름다웠다. 천천히 옆모습을 훔쳐보고 앞모습을 홀린 듯이 바라보던 양순은 복선의 젖꼭지에서 한참을 머문다. 그러다가 제 젖꼭지를 내려다본다. 확연히 차이가 났다. 제 것은 부드러운 핑크빛갈인데 비해 복선의 것은 성이 난 듯 검보라색을 띠고 잔뜩 도드라져 있었다. 유두 주위로는 까만 둘레가 선명했다.

"너 혹시 임신했니?"

"무슨 소리 하노. 내가 와 임신을 하는데."

"그러게, 임신하면 젖꼭지가 까매진다고 하더라. 내거랑 너무 차이가 있어서 그래. 젖꼭지 색깔이 원래 까맸어?"

"안 까맸다. 언니 꺼랑 비교해 노니께 정말 그러네?"

"정말 아무 일 없었어? 생리 같은 건 제때에 하고?"

순간 복선의 얼굴이 하얗게 질린다. 그동안 생리를 언제 했는지 통 기억이 없다. 서울에 와서는 한 번도 하지 않았다는 생각이 머리를 된통 친다.

"… 언니야!"

하체를 가리고 있던 수건이 바닥으로 미끄러져 내리고 복선은 그만 바닥에 철퍼덕 주저앉는다. 부들부들 떨고 있는 복선을 보자 양순은 목욕이고 지랄이고 비누질만 대충해서 끝내고 목욕탕을 나선다.

집에 돌아와 복선의 사연을 듣다 말고 양순은 무조건 병원부터 가자고 복선을 끌어낸다. 생명의 존엄성을 지켜 줄만한 핏덩이는 결코 아니었다. 핏덩이가 세상 빛을 보게 된다면 모녀간에 평생 원망의 화살을 피하지 못할 것이니 말이다. 이제 복선의 혼은 이미 다 빠져 나가고 저승사자에게 끌려가듯 허정허정 양순을 따라 나선다.

두어 시간이 지나 산부인과를 나서는 두 사람의 얼굴은 숫제 흙빛이다. 임신이라는 것까지는 이미 짐작한바 있었지만 달이 차서 수술이 어렵다는 것이다. 낳지 않을 거면 왜 그 동안 가만있었느냐고 오히려 의사가 핀잔이다. 무슨 낌새라도 있었어야지 방도를 생각해 볼 일인데 밤차를 타고 올라와 새벽시장에서 음식냄새에 잠깐 멀미처럼 토하고는 그만이었다. 뜬금없이 매운 닭발이 환장하게 먹고 싶었고 체면불구하고 난전에 서서 철판 위에 붉은 옷을 입고 지글거리는 닭발을 드라큘라처럼 뜯어먹고는 그만이었다. 생리가 안 보인다는 사실조차 기억해 내지 못할 정도로 입덧이 순했으니 자손 귀한 집 며느리였거나 가난한 집 아낙이었다면 그런 보물단지는 없었을 것이다.

모녀가 한 남자의 정액이 만든 자식을 낳게 될 판인지라 머리를 맞대고 밤새 생각을 해 보지만 대책이 서질 않는다.

"복선아! 세상에 태어날 애라면 어쩌겠냐. 낳아야지."

"언니야, 그걸 말이라고 하나. 우리 어매가 지금 살아있는데, 내가 울 어매 딸인데, 뱃속에 아 애비는 지금 울 어매가 같이 살고 있는 남자란 말이다."

"누가 몰라? 그렇지만 병원에서도 위험해서 안 된다는데 어쩌라고. 니가 죽기 전에는 그 생명 어떻게 못한다는데 그럼 어쩔래. 니가 죽을래?"

"언니야! 나 무섭다. 우째야 하노. 울 어매가 이 사실을 알믄 의붓 아베랑 안 살긋제? 어매는 그 집을 나오면 고생할 낀데. 어매가 낳은 동생은 또 우짜고."

"지금 그 걱정 할 때가 아니다. 이렇게 된 마당에 일단 낳고 나서 아이 데려다 키울 집을 알아보자."

이 와중에 혼자가 아닌 것이 얼마나 다행인가. 복선은 양순 언니가 태산 같이 미덥고 든든했다.

불행이든 행운이든 오게 되면 겹쳐서 온다더니 앞으로 생활고까지 문제였다. 배가 불러오면 소개소 사무실에 나갈 수가 없을 것이 아닌가. 수중에 있는 돈은 얼마 안가서 바닥이 날것이고 양순이 번다고는 하나 고향에 보낼 돈이었다. 아이를 낳느냐 안 낳느냐가 문제가 아니었다. 잠든 줄 알았던 복선이 돌연히 일어나 양순을 깨운다.

"언니야! 나도 언니 나가는 술집에 나가 보까?"

"……"

"배가 불러 올 낀데 사무실에서는 일을 못할 것 아인가 말이다. 하지만 도 술집은 가능할 것 같다."

"배부른 여자 받아주는 술집은 없다. 잠이나 자자."

"한복을 입어 삐면 표시가 나나 어디."

"그러네? 당분간은 눈속임 할 수 있기는 하겠다. 소장한테 부탁해 보까? 너는 인물이 특출해서 어쩌면 고급 요정 같은 데로 보내 줄지도 모르는데, 한번 해 볼래?"

다음 날 소장은 뜬금없는 복선의 의사에 어안이 벙벙한 채 말을 잇지 못한다. 이렇게 빨리 일이 성사될 줄이야. 요즘 부쩍 얼굴이 창백하면서 요염해지는 복선을 보면서 손이 큰 요정 집 주인을 머릿속으로 물색해 보곤 했었다. 저런 인물 한번 보내주게 되면 요정 단골 물꼬는 자연히 이쪽으로 틀게 되어 있다. 소장은 엉덩이가 들썩거리는 것을 참느라 바지가 헐렁한 다리를 이쪽저쪽으로 비틀어 꼬기 바쁘다.

복선이 첫발을 들여놓게 된 술집은 거물급들이 드나드는 고급 요정이었다. 예상했던 대로 마담은 복선을 보자 두 눈이 휘둥그레진다. 요란하지 않으면서 신비하고 비밀스런 느낌을 풍기는 처연한 분위기가 같은 여자의 눈에도 소름 돋게 아름다웠다. 화려함이 그 앞에서는 되레 천박해 보일 정도로 최상품이었다.

복선의 첫 손님은 나이가 지긋한 중늙은이였다. 손님은 머리가 얼마남지 않은 이마를 긁적이며 지루한 얼굴로 앉아 있다가 문이 열리자 힐끗 쳐다본다. 그 물이 그 물이겠거니 했다가 순간, 화들짝 놀란 눈이 화등잔만해진다. 곧이어 채신머리없이 침을 삼키느라 목울대가 오르락내리락, 암내 맡은 수캐처럼 할딱거린다.

그는 매번 복선이만 찾았다. 이 바닥에서 보기드믄 미색에다 숫처녀라고 소개한 마담 손에 올 때마다 두둑한 팁을 얹어주었고 수컷 짐승이 제 영역 확보하듯 복선에게 침을 발라 놓았다. 다른 손님방에는 절대 들여보내지 말라는 일종의 전세계약 같은 것이다. 화대도 이만저만 두둑한 것이 아니었다.

종로바닥에서 내로라하는 고리대금 사채업자인 그의 이름은 김성만이다. 큰 기업들이 당장 발등에 불이 떨어지는 자금이 필요하면 단골로 찾게 되는 거물이다. 발등에 떨어진 불을 꺼 주는 대가는 엄청났지만 불을 끄게 된 대기업에서는 껌값처럼 지불했다. 조그마한 가게 터를 팔아 일수놀이로 시작한 것이 지금은 종로 뒷골목에 있는 웬만한 건물 주인이 모두 그였다. 빌려준 돈이 약속한 제 날짜에 돌아오지 않으면 단 하루의 말미도 주지 않고 명의를 바꿔버린 건물들이다. 건물을 뺏긴 주인들은 자살하거나 화병으로 죽기도 했지만 그는 내 피 같은 돈 한 푼이 그들의 목숨보다 우선이었다. 돌아다니는 현금도 수월찮게 많았다. 지하로 흐르는 돈은 겉으로 드러나지 않았고 세금 고지서를 받지 않아도 되었으며 그렇게 포탈한 세금만도 건물 몇 채 값은 되었다.

구멍가게를 상대로 일수장부에 도장을 찍느라 고무신 뒤축이 달도록 발품을 팔던 그 시절에 점심은 그에겐 성찬이었다. 버스 값 아끼려고 몇 십리씩 걷다보니 지금까지도 하체는 튼튼했다. 지금은 대기업을 비롯하여 어지간한 중소기업들의 막힌 물꼬를 뚫어주는 돈줄이 되어 있었고 그의 수하에는 서너 명의 똘마니들이 그를 보스처럼 떠받들고 있었다.

첫사랑

오늘따라 복선이가 늦게까지 들어오지 않는다. 양순이 시계를 본다. 통금시간이 얼마 남지 않았다. 한 번도 외박을 하지 않았는데 무슨 일이 생긴 것만 같아 불안하다. 복선을 기다리다 잠깐 잠이 들었던가. 문 열리는 소리에 눈을 떠 보니 이미 새벽이 묽어지고 부연 아침이 다가오고 있었다. 방으로 들어선 복선이 픽 쓰러지면서 앓는 소리를 한다.

"지금 들어 온 거야?"

"언니야, 나 죽을 것 같다."

"어디 아프니? 열은 없는데 왜 그래?"

갑자기 복선이 심하게 찡그리더니 틀어지는 배를 움켜쥐면서 울부짖는다. 방바닥에는 다리 사이로 붉은 선혈이 낭자하게 번지고 있었다. 당황한 양순이 어쩔 줄 모르고 쩔쩔매다가 서방한테 매 맞던 기집 뛰쳐나가듯 냅다 방을 튀어나가더니 골목길을 달린다. 양순이가 불러 온 택시는 좁은 골목을 들어오지 못하고 대신 기사의 도움을 받아 축 늘어진 복선이를 데리고 나간다.

응급실에 도착하고도 산부인과 의사가 내려오기까지가 천년 같았다. 의사가 묻는 말에 양순이 대신 답변을 했고 의사는 차트에 빠르게 적는다. 자연유산. 의사도 응급을 요한다는 것을 익히 알고 있는바 급히 서두르는 모습이 역력했건만 양순의 눈에는 마냥 늑장부리는 것처럼 보인다. 호출을 받고 내려온 산부인과 의사가 차트를 훑어보다가 낭패스런 표정을 짓는다. 보름 전에 다녀갔던 여자였다. 잘못하면 위험할 수도 있는 환자였다.

수술 준비를 서두르라는 담당 의사의 지시를 받은 간호사가 복선이를 부인과 수술대에 옮기고 링거를 꽂는다. 링거 줄에 마취 주사를 투입하자 복선은 아주 편안한 세상으로 옮겨가고 있었다. 의사가 수술실에 들어가기 전에 양순을 불러 또 한 번 위험사항을 말하고 잘못되었을 경우 이는 불가항력이며 병원 책임이 없음을 주지시킨다. 이미 수술 동의서에 충분히 설명이 되어 있건만 그만큼 환자가 위험한 상황이었다.

환자에게서는 아직도 시큼한 술 냄새가 역겹게 풍겼다. 소파수술을 하는데 질 내부에 자극의 흔적을 본 의사는 수술하는 내내 창백한 여자를 경멸하면서 찌꺼기를 긁어낸다. 위험해서 수술이 어렵다는 의사를 무시하고 생명은 그렇게 제 스스로 자멸하여 쓰레기통으로 들어가 버렸다.

수술 중에 출혈이 심해 혈액을 매달고 수술했다. 수술이 끝나고도 출혈이 멈추지 않자 의사는 긴장하는 눈치가 역력했다. 계속 수혈을 하면서 지켜보는데 다음날 다행히 출혈이 멈추는 것을 보고 안심을 한다. 위험 고비를 넘긴 것이다. 부족한 수혈을 하면서 며칠을 더 지켜보다가 일주일을 병원에서 보내고 집으로 돌아왔다.

부잣집 외며느리 삼대독자 출산한 것처럼 복선은 삼칠일 동안 양순의 수발을 받으며 꼼짝하지 않았다. 의사의 지시였다. 심한 출혈로 몸조리를 잘 하지 않으면 큰일 난다고 각별히 주의를 주면서도 의사는 혐오스런 표정을 감추지 않는다.

날이 갈수록 복선에게 빠져 든 김성만은 처음으로 자신의 나이에 회의를 느끼고 있었다. 행여 늙은이 싫다고 안 나오면 어쩌나 하여 마담에게 그 아까운 돈을 아까운줄 모르고 쥐어주었다. 복선에게도 적잖은 화대를 가방이 불룩하게 넣어 주었다.

한때 점심이 성찬이던 그가, 구두 뒤축이 닳아 걸음걸이가 비뚤어지던 그가, 일개 작부에게 그런 돈을 뿌린다는 것은 상상이 되지 않는 일이다. 돈으로 해결 안 되는 것이 없는 줄 알았다. 그런데 복선이를 만나면서 돈으로 결코 해결 안 되는 것도 있다는 것을 알았다. 감정이었다. 노닥거리던 요정을 벗어나면 복선은 바람이었다. 잡을 수 없는 바람, 보내지 않을 수 없는 바람, 보내지 않아도 어디든 가버리는 바람. 내일도 바람이 분다는 보장이 없듯 내일 복선을 볼 수 있다는 보장은 없었다. 그는 그 밤을 온통 지새우며 내일을 기다렸다.

복선을 소실로 들앉힐 생각을 안 해본 건 아니다. 거침없는 복선의 젊음과 감히 타협할 자신이 없었다. 건물 한 채를 주고라도 타협해 보려는 생각을 하다가 이내 고개를 흔들어 버린다. 곁에 두고 싶은 것은 마음을 담은 정인이지 고깃덩어리가 아니기 때문이다.

그날은 김성만이 복선에게 상상도 못할 화대를 쥐어주고 밖으로 데리고 나왔다. 그는 기사에게 T호텔을 명령했고 스카이라운지에서 양주를 시켜 함께 마셨다. 어차피 곁에 두지 못할 바에야 객기라도 부려보고 싶었다. 통금 시간이 임박할 때까지 마시고 룸으로 내려 온 복선은 그때 이미 몸을 가눌만한 근육들이 다 풀려버려 송장처럼 늘어진 상태였다. 호텔방의 음흉스런 불빛이 늙은이에게 속삭인다. 올라가지 못할 나무라면 베어버리라고.

늙은 취객은 젊음 앞에서 객기를 넘어 숫제 발악을 했고 이미 근육이 풀려버린 여자는 그 밤을 온통 지옥의 늪에서 허우적거리다 새벽에야 가까스로 풀려 나왔다. 자궁에 악착같이 붙어있던 생명은 저도 밤새 시달리다 자궁벽에서 떨어져 나왔고 모녀가 한 사내의 정액이 만든 생명을 생산하지 않아도 되는 축복이 기적처럼 일어났다.

복선은 몸조리를 하는 동안 천국 같은 해방감을 느꼈다. 이제 어미에게 죄의식을 갖지 않아도 된다 생각하니 쇠사슬에 묶여 있던 구속에서 영원히 풀려난 기분이었다.

'지금까지의 일은 길가다 미친개한테 물린 거야. 이 순간부터 나는 어매도 없고 아배도 없는 천애 고아다. 이왕 이리 된 것, 남은 세상 독하게 돈이나 벌자.'

그 짧은 삼칠일 동안 복선은 자궁이 비어있다는 생각에 무지 행복했다. 이제 그 요정에는 나가지 않을 것이다. 김성만이란 영감을 다시는 만나고 싶지 않았다. 그날 밤을 떠 올리면 지금도 오싹 소름이 끼쳤다. 술에 취해 혼미한 정신에도 고통스럽던 기억이 생생했다. 하지만 그가 치마폭에 던져준 돈 뭉치의 유혹을 떨쳐 버리기는 그리 쉽지 않았다. 복선이 첫날 받아온 화대를 보자 양순이 입을 다물지 못했었다. 그래도 나가지 않을 것이다. 나이 많은 그를 보고 있노라면 의부의 얼굴이 겹쳐지려 하는 것이 제일 견디기 어려웠다.

복선이 거의 한 달이 가깝도록 아무런 연락도 안 되고 소식이 없자 김성만은 똥강아지 낑낑거리듯 마담에게 성화고 요정에서는 소장을 볶아 쳤다. 마담은 소개소를 다른 곳으로 바꾸겠다고 숫제 엄포다. 소장의 가

숨이 가랑잎처럼 바짝바짝 말라가고 있던 차에 복선이 나타났다. 창백한 모습은 여전한데 한창 무르익은 완숙미가 색기를 풍기면서 소개소 문턱을 들어서고 있었다. 소장은 용수철이 튕기듯 벌떡 일어나더니 납시는 중전마마 마중하는 내시처럼 허리도 펴지 못하고 마중을 한다.

　지체하지 않고 요정에 전화를 걸려는 소장에게 복선이 그 요정에는 나가지 않겠다고 무 자르듯 단호하게 거절한다. 한 번만이라도 그 요정에 나가기를 소원하는 여자들의 눈초리가 따갑게 쏟아지고 소장은 전전긍긍 어쩔 줄을 모른다. 이유를 물어도 굳어진 표정을 풀지 않고 완강하게 버티는 복선을 두고 소장은 담배를 물고 슬그머니 밖으로 나와 공중전화를 돌린다. 복선이가 나왔다는 소리에 마담은 반색을 하면서 당장 보내라고 했고 소장은 하루만 참아 달라고 사정을 한다. 갈 사람이 안가겠다고 버티는데 무슨 수로 내일을 기약하는지. 그런데 이건 또 무슨 일인가. 전화를 끊고 얼마 되지 않아 건장한 두 젊은이가 들이닥치더니 곧장 복선에게로 다가가 양팔을 끼고 데려가는 것이 아닌가. 여자들이 우르르 내다보고 소장은 누런 이빨이 다 보이도록 입을 벌린 채 쳐다보기만 할 뿐이다.

　정신을 차린 소장이 요정으로 급히 전화를 건다. 내일은 틀림없이 요정으로 보내야 할 주요인물이 벌건 대낮에 눈앞에서 납치를 당해 끌려가고 있으니 환장할 노릇이었다. 복선이 걱정은 안중에도 없고 소개소를 바꾸겠다는 마담의 엄포 때문이다. 걱정하지 말라는 마담의 밝은 목소리가 전화선 저쪽에서 들려온다. 소장은 안심을 하면서도 어안이 벙벙하다. 복선이 소개소에 나타났다는 소장의 전화를 받자 김성만이 즉시 출발을 한 것이다.

　복선이 끌려가면서 앙탈을 하다가 그 중 한 남자와 눈이 마주친다. 마주친 눈 속에서 잠깐 동공이 활짝 열리는 불꽃을 본다. 그 불꽃은 다시 절절한 연민으로 엉키어 복선을 바라보다가 눈길을 거둔다. 순간 복선은 가슴이 후드득 떨리면서 심장에서 둥둥 소리가 울린다.

밖에 까만 승용차가 기다리고 있었다. 차 안에 앉아서 복선을 맞는 김성만의 표정은 오랜만에 친정 나들이에서 돌아온 아내를 맞는 초립동이 신랑이다. 두 손을 맞잡으며 복선의 눈을 그윽이 바라보다가 토닥토닥 손등을 두드려 준다. 아무리 그러기로 복선은 상관이 없다. 그녀의 마음 속에는 방금 동공이 활짝 열렸던 눈이 온통 차지하고 있었으니 말이다.

그 사람이 운전을 했다. 또 한사람은 밖에서 차가 출발하고서도 구십도로 구부린 허리를 펴지 않고 있었다. 차는 쌩쌩 달리고 복선의 마음은 좀 전에 가슴이 후드득 떨렸던 기억에서 벗어나지 못하고 있는데 김성만이 혼자서 봄나들이 나온 갑돌이다. 서울을 벗어난 차는 강가를 끼고 한참을 달려 포천에 있는 별장 앞에서 멎는다. 몸이 잰 기사가 잽싸게 내려 차문을 열고 복선이 내리는 것을 도와준다. 두 사람의 눈은 다시 부딪쳤고 복선이 이번에는 가슴 설렘이 겉으로 드러나 볼때기가 발그레 진다. 화답처럼 복선의 팔을 잡았던 기사의 손에 힘이 꽉 가해지다가 놓아주고 복선은 순간 현기증이 인다.

별장에서 쉬는 동안 술을 마시지 않은 김성만은 호텔에서와는 전혀 딴 사람처럼 행동했다. 샤워하고 나오는 복선의 몸에는 얇은 슈미즈와 속옷만 걸쳐져 있었다. 하얀 목덜미 밑으로 동그란 어깨가 팽팽한 젊음을 발산했다. 김성만은 나무꾼이 선녀의 옷을 감추듯 하고는 상한 생선에 쉬파리 날듯 그의 눈은 복선의 살갗을 여기저기 더듬고 다녔다. 옷을 달라고 앙탈을 해도 소용이 없다. 그것도 객기였다. 알코올이 들어갔을 때의 객기와 알코올이 들어가지 않았을 때의 객기가 다를 뿐이다. 알코올이 들어갔을 때는 복선이 고통스런 만큼 핸드백이 불룩했고 알코올이 들어가지 않았을 때는 복선이 앙탈을 하는 만큼 핸드백이 불룩했다.

그는 이삼일에 한 번씩 복선을 불러내었고 그런 날은 요정에 나가지 않아도 가방은 더 불룩했다. 그가 술을 먹는 날에는 복선도 고통을 감안해서 스스로 퍼마시고 거의 인사불성이 되어 송장처럼 늘어져 버렸다. 그런 복선을 기다렸다가 데려다 주는 것이 기사가 하는 일이었다.

그 날도 인사불성인 복선을 태운 기사는 큰길가에 차를 세운다. 집 앞 골목까지 차가 들어가지 못하기 때문이다. 늘어진 복선을 부축하여 골목길로 접어드는데 복선이 갑자기 긴 한숨 끝자락에서 울컥하더니 훌쩍훌쩍 울기 시작한다. 기사는 발을 멈추고 우는 여자를 가만히 안아준다. 여자의 머리냄새에 성욕이 꿈틀한다. 여자를 안은 팔에 힘이 들어가고 끅끅 울던 흐느낌이 잦아들면서 돌연 얼굴을 든 여자가 남자의 입술을 찾는다. 남자는 서두르지 않고 입술을 받는다. 아주 부드러운 입술이었다. 여자의 풍성하고 육감적인 몸이 남자의 욕망을 건드리고 까만 밤에, 골목 담벼락에 기대어 여자는 최초로 사랑하는 남자를 받아들인다. 첫사랑과의 초라한 정사였다.

"사랑해요."

처음으로 사랑한다는 말을 해 보는 여자를 남자가 오래 동안 안아준다.

한번 시작한 그들의 사랑은 기회가 있을 때마다 계속되었다. 복선은 숫제 김성만의 연락을 애 터지게 기다렸고 강 기사를 향한 열정으로 날로 싱싱하게 되살아나고 있었다. 도둑 밥이 진수성찬보다 단 법이다.

강용범, 그는 주인집에서 숙식을 하면서 충견처럼 주인을 섬기고 있었다. 주인이 움직이지 않을 때는 그도 주인의 곁에서 손발이 되어야 하므로 복선을 호젓하게 따로 만나는 일은 있을 수 없었다. 주인 명령을 수

51

행할 때만 수탉 불붙듯 짧은 욕망을 풀었다. 복선은 사랑하는 사람과의 교류가 짙어 갈수록 김성만의 성찬을 외면하면서 몸을 사리지만 그는 객기의 속성인 자기만족의 이기심에 전혀 눈치를 채지 못한다.

어느 날 몸에 이상을 감지한 복선은 순간 환희에 들떠 어쩔 줄을 모른다. 사랑하는 사람의 아이였다. 의부의 씨가 자라고 있었을 때는 그토록 잔인하던 세상이 사랑하는 정인의 아이를 잉태하고는 세상이 이렇게 아름답다니. 수중에는 충분한 돈도 있고 성성한 젊음이 있다. 무엇을 망설이랴. 이제 이 생활을 청산하고 텃밭이 있는 시골 작은 마을에 정착하여 평범한 지어미가 되어 지아비를 섬기며 함께 살 생각에 복선은 지금 천지가 무지갯빛이다.

드디어 목 늘이고 기다리던 강 기사가 나타나자 복선은 흥분을 감추지 못한다. 들어서기 무섭게 복선을 품기 바쁘던 강 기사는 아이 얘기가 나오게 되자 갑자기 팔을 풀더니 다음 말을 듣기도 전에 커다란 손바닥으로 복선의 입을 틀어막는다. 그리고 하얗게 질리면서 험상궂은 표정이 되어 심각하게 이른다.

"지금부터 내 말 잘 들어. 이 아이는 절대 내 아이가 될 수 없어. 그랬다가는 너도 죽고 나도 죽어. 쥐도 새도 모르게 개처럼 죽어, 알았어? 사람 죽이는 것쯤 그 사람한테는 파리채로 파리 죽이는 것만큼이나 대수롭지 않은 일이야. 돈의 위력이 얼마나 크고 센지 넌 아직 모르지? 우리 둘 다 살기 위해서는 이 아이는 김성만 아이여야 해. 내 말 알아들어? 오늘 김성만 회장 만나면 얘기해. 아주 행복한 표정을 지으란 말야. 당신을 사랑하고 있다는 것을 믿게 하라고. 잘 하면 한 몫 챙길 수 있을지도 몰라. 내 말 명심해. 언젠가는 우리에게 기회가 오겠지. 그때까지 기다려야 해. 당신을 잃고 싶지 않아서 그래. 당신 없이는 나도 이제 살 수가 없어서 그래. 그러니 내가 시키는 대로 하란 말야. 알았어? 사랑해."

복선은 온 몸을 지탱해 주는 근육이 다 풀리는 기분이었다. 남자의 말에 겁이 나서가 아니다. 남자가 하는 말을 듣는 동안 아이는 절대로 이 남자의 아이가 되어서는 안 되는 이 생활의 끝이 어딘가 해서다. 이제 그만 평범한 여자로 돌아가 살고 싶은데. 남들처럼 자식 낳아 기르며 된장 찌개 끓여놓고 지아비를 기다리는 그런 아낙으로 살고 싶은데. 그 꿈이 이루어 진 줄만 알고 며칠 동안 그리도 행복했는데.

남자는 닭똥 같은 눈물을 줄줄 흘리고 있는 여자를 안고 그 날도 어김없이 사랑을 하고 나왔다. 태연하게 차 안으로 들어 온 복선을 안아 들이다 시피 맞이한 김성만이 시내 호텔을 명령한다. 별장이 아니고 호텔이면 그는 또 술을 마실 것이다. 알코올이 들어간 객기의 고통을 느끼지 않으려면 여자도 스스로 술을 마시고 송장처럼 늘어져야 한다. 지금 뱃속에는 사랑하는 사람의 아이가 들앉아 있다. 술을 마시는 것도, 객기의 고통을 감당하는 것도 태아에게 할 짓이 아니라는 모성본능이 처음으로 발동한다. 그러나 김성만이 한번 명령을 했으면 수정하는 법이 절대 없으니 태아를 생각해서 무슨 수든 써야 할 것 같았다.

호텔방에 들어서자 먼저 샤워를 하고 나온 복선이 대담하게도 김성만에게 다가가 그의 손을 아래 배에 갖다 댄다. 영감님한테 이런 능력이 있다니 놀랍다고, 이 아이를 낳아 잘 키울 거라면서 사랑한다고 했다. 김성만을 강 기사라고 상상하며 읊조리다 보니 영악스럽게도 술술 막힘이 없다. 복선의 입에서 사랑하는 영감님 아이라는 말에 김성만은 두꺼비 같은 눈꺼풀을 들어 올리면서 묻는다.

"… 아이가 확실 한 게야? 허허 … 그거 참, 신기하고 실감이 나질 않는구나. 정녕 내 아이란 말이지? 내일부터 거기에 나가지 말거라. 내 아이를 가진 귀한 몸인데 그런 곳에 몸담게 할 수는 없지. 내가 대책을 마련해 줄 게야."

"고맙십니더."

복선이 애교스럽게 품을 파고든다.

김성만은 비로소 복선을 들여앉힐 수 있다는 생각에 그 또한 천지가 꽃밭이다. 그날은 술을 한 방울도 마시지 않았다. 복선은 송장처럼 늘어지지 않아도 되었고 뱃속의 생명한테도 못할 짓을 하지 않아도 되었다.

김성만은 복선을 처음 보던 그날을 잊지 못한다. 연한 물색 한복을 너울처럼 늘이고 방문턱을 넘어서는 자태가 마치 학을 보는 듯 했다. 부풀리지 않은 까만 머리는 여염집 부인처럼 점잖았다. 도톰한 귓불 밑으로 은빛 솜털이 불빛에 반짝였고 진하지도 않은 분홍빛 입술이 그렇게 선정적 일수가 없었다. 짙은 눈썹에 눈두덩은 얄팍하고 맑았으며 눈을 들어 올리며 웃는 눈웃음이 오금이 저릴 만큼 매혹적이었다.

'이 나이에도 색주가에서 여자를 보고 가슴이 타다니. 이 여자를 내 여자로 만들 수만 있다면 무언들 아끼랴.'

그 동안 요정을 드나들면서 내놓던 화대와는 달리 손에 집히는 대로 집어 주었다. 마담에게 다른 손님을 절대 받게 하지 말라고 누누이 일러두었다. 그러나 여자 마음을 여는데 있어서 돈이 다가 아니었다. 그는 자기 나이를 헤아려 보고 처음으로 세월을 저주했다. 이 여자를 곁에 머무르게 하기에는 쭈그러진 양은 냄비 같은 외모를 생각하지 않을 수 없었다. 이십년만 되돌릴 수 있다면 복선과 다시 시작하기 위해 처자식 모두 헌신짝 버리듯 훌훌 버릴 수도 있을 것 같았다. 호텔방에서 자학하듯 여자의 젊음을 학대하는 객기를 부리며 되돌릴 수 없는 세월을 한탄했다. 그랬는데 사랑하는 영감님 아이를 가졌다며 폴싹 품에 안기다니.

다음 날 김성만은 강 기사를 시켜 돈암동 집을 수리하도록 이른다. 복선을 들앉히기 위해서다. 지난달에 집달리를 시켜 빼앗은 집이다. 이 여자는 이제 고깃덩어리가 아닌 내 아이를 잉태한 정인이라는 생각에 김성만은 시도 때도 없이 벌쭉거린다.

복선을 들앉히고 안정이 된 김성만은 호텔에서처럼 복선의 젊음을 학대하지 않았다. 그동안 닿지 못할 젊음 앞에서 부리던 객기 성향은 이제 애첩을 향한 그 나름대로의 애정 표현이 물질 공세로 바뀌고 있었다. 허나 복선의 가슴에는 오로지 강 기사만이 들앉아 있을 뿐임을 어찌 알 수 있으랴.

요즘 김성만은 정인을 숨겨두고 하루하루 새 세상을 살고 있다. 그는 새벽 일찍 운동을 하기 위해 집을 나선다. 전에는 걷기조차 싫어하던 그였다. 짧은 목과 굽어진 등에 주관 없이 이리저리 밀려다니는 탄력 없는 아랫배를 거울에 비춰 보면서 그는 낙심하는 만큼 더 일찍 일어났다. 굽히지 않는 결기는 놀라웠으나 이십년이란 한 세대를 역류하려니 그것도 객기는 객기였다.

복선을 위해서라면 어느 것 하나 소홀히 하지 않았다. 아들이 없으니 아들만 생산해 준다면 복선을 호적에 입적까지도 생각하고 있었다. 물에 빠진 놈은 건져도 계집에 빠진 놈은 못 건진다더니 무섭다는 늦바람이지만 지독한 김성만에게 이 바람은 가히 회오리고 태풍이었다. 내 아이를 잉태한 복선에게 그가 당장 해 줄 수 있는 것은 돈밖에 없었으니 아들만 생산해 준다면 빌딩 하나쯤 개밥그릇에 먹다 남은 찌꺼기 던져주는 것만큼도 아깝지 않을 것 같았다.

'내 재산을 물려받을 아들만 낳아다오. 무언들 아끼랴.'

복선은 이제 집에 들앉고부터 강 기사를 만날 기회가 없어져 버렸다.

내 집에 있는 애첩을 구태여 불러 낼 이유가 없지 않은가. 애가 타고 피가 마르고 환장할 일이었다. 궁하면 통하는 법이다. 결국 정기검진을 받아야 한다는 핑계를 대고 강 기사를 만날 수 있었다. 복선이 머리를 굴려 얻어낸 결과였다. 김성만은 쾌히 승낙했고 그들의 관계는 계속되었다. 그들은 병원 대신 어느 한적한 방갈로를 찾아 들었고 그 시간을 세상 마지막처럼 소중하게 보냈다.

양순은 뱃속에는 강기사의 아이가 있는데 김성만의 물질을 누리고 있는 복선을 보고 있노라면 곡예사 줄타기보다 더 불안해 보였다. 두 사람을 숨바꼭질하듯 만나는 복선에게 강 기사를 멀리 할 것을 누차 일렀지만 요지부동이다. 그럴 것이, 어린 나이에 의부에게 유린당하고 집을 나온 여자가, 돈을 벌겠다고 밤마다 늙은 말의 먹이로 시달리던 가여운 여자가 세상에 태어나 처음으로 사랑한 사람이다. 그의 자식을 잉태한 몸으로 그 사람 존재하나로 그녀가 사는 유일한 이유인데, 그를 볼 수 없다는 것은 곧 죽음을 의미하는데, 양순이 말이 먹힐 리가 없다.

잃어버린 사랑

강용범은 주인을 모시고 다니면서 부동산을 알아보는 심부름을 하다 보니 그 방면으로 눈이 틔었다. 돌덩어리지만 금방 금덩어리가 될 땅들이 여기저기에 널브러져 있는 것이 훤히 보였다. 땅을 계약만 하고 돌아서서 다시 전매를 하더라도 수월찮은 이익이 남는다는 것도 알았다. 허나 한강이 녹두죽인들 떠먹을 쪽박이 없으니.

오늘도 정기검진을 받기 위해 집을 나선 두 사람은 병원 대신 우이동 호젓한 방갈로에 들앉아 목마른 사랑을 하고 열기를 식힌다. 엎디어 담배에 불을 붙인 용범은 담배 연기를 동그랗게 말아 내뿜는 기교를 부리면서 푸념을 한다.

"아! 세상 드러워 못 살겠다. 강 건너에다 땅만 사 놓으면 돈이 제 발로 굴러 들어오는 것이 빤히 보이는데 말야. 돈이 돈을 버는 세상이라니까. 있는 놈들은 자고 일어나면 불어나는 재산이 얼마가 되는지도 모르고 사는데 이런 놈은 개처럼 주인 앞에서 꼬랑지나 흔들어야 하니, 뼈 빠지게 꼬랑지 흔들어 봤자 세끼 밥이나 먹으면 다행이고. 에이 참, 세상 살 맛 안 난다. 평생 이 모양으로 살다 죽어야 하다니."

신경질적으로 담배를 비벼 끈 남자는 반듯하게 누워 양팔로 머리를 받치고 천장을 바라본다. 복선이 다가가 남자의 몸을 쓰다듬으며 통장에 있는 금액을 계산한다.

다음 날 복선은 은행창구를 통해 수중에 넣을 수 있는 돈을 몽땅 찾았다. 그 동안 김성만에게 시달린 대가로 핸드백이 불룩했던 돈과 김성만이 제 아이를 잉태한 애첩에게 준 목돈들이었다. 의부의 정액 옆에 있던 돈도 일부 있었다.

복선은 돈 가방을 부엌에 숨겨 놓는다. 김성만이 오는 시간이면 강 기사도 어김없이 올 것이다. 점심때가 다가오고 김성만이 대문을 들어섰다. 복선은 김성만을 맞아들이면서 고개를 늘여 강 기사와 눈을 맞춘다. 김성만이 방에 들어가는 틈을 타서 밖에 있는 강 기사에게 얼른 돈 가방을 전해준다. 얼떨결에 가방을 받아 들고 쳐다보는데 복선이 의미 심상한 눈짓을 하고는 서둘러 들어간다. 용범이 무심코 가방을 열어 보고 '헉' 본능적으로 잽싸게 가방을 닫아 버린다. 보는 사람도 없고 돈이 제 발로 기어 나오는 것도 아닌데 말이다.

'방갈로에서 했던 넋두리를 흘려듣지 않았구나.'

그녀가 곁에 있다면 내장이 터져 나가도 좋을 만큼 껴안아 주고 싶었다. 이 정도면 강남에 한번 투기해 볼만한 액수였다.

흥분으로 다리가 후들후들 떨렸지만 잠시 진정을 한 그는 김성만이 복선과 같이 있는 그 시간에 은행 문을 들어선다. 오전까지 진복선 통장에 들어 있던 돈이 은행 문을 나설 때는 강용범 이름이 찍힌 통장에 들어 있었다.

용범의 눈은 정확했다. 반년도 안 되어 돌덩어리 땅은 어김없이 금덩어리 땅으로 변했다. 계약금만 치르고 돌아서 전매를 해도 수월찮은 이익이 떨어졌다. 그것을 일명 땅뛰기라고 했다. 건물을 짓다가 현금이 모자랄 것 같으면 계약금만으로 땅뛰기 두어 번 해서 건물을 짓기도 했다. 부동산으로 세상이 미쳐 돌아가고 있었다.

강용범은 금덩어리가 된 땅을 되팔고 땅뛰기 몇 번 해서 벌어들인 돈을 합쳐 개포동에 돌덩어리 땅을 사고 나니 또다시 정부에서 개발한다고 들썩거렸다. 용범은 조금 남은 돈으로 계약과 전매를 몇 번 더 돌리고 나서 허허벌판인 양재동에도 땅을 사서 묶어 두었다.

부동산 시세가 따로 없었다. 엿장수 엿가락 늘이듯 부동산 시세는 복덕방에서 오전에 틀리고 오후에 틀렸다. 복덕방에서는 같은 매물을 가지고 하루에도 몇 번씩 장난을 쳤다. 아예 물건 주인에게 받아줄 수 있는 액수를 정해주고 그 이상 받는 금액은 복덕방 수입이었다. 숫제 매물을 잡아 놓고 땅뛰기 몇 번 해 먹은 후에 거래를 해주기도 했다. 남의 물건으로 장사 제대로 잘한 복덕방은 훗날 빌딩 몇 채를 가진 거부가 되어 거들먹거렸으니 요지경도 그런 요지경이 없었다.

이처럼 복덕방 수입은 가히 계산을 할 수 없었고 여기저기 우후죽순

느는 것이 복덕방 간판이었다. 젊고 외양 좋고 언변 좋은 부동산업자들은 크든 작든 부동산을 가진 마담들과 카바레로 술집으로 어울려 다니면서 남의 땅을 제 땅처럼 주물렀고 그녀들의 몸도 주물렀다.

여태 남편이 벌어다 주는 박봉으로 콩나물 값 아끼고 두부 한 모를 사려면 몇 번을 망설이던 여자들이 이제는 과감히 밖으로 뛰쳐나왔다. 치맛바람은 무서운 회오리바람이 되고 쓰나미가 되어 주변의 성실한 삶을 여지없이 쓸어 버렸다.

결국 정부에서는 부동산전매금지법을 시행하기에 이르면서 호황을 누리던 부동산업이 한바탕 된서리를 맞고 주저앉게 되었다. 땅뛰기 하려고 은행돈까지 얻어 큰 덩어리를 붙잡고 있던 부동산 업자들은 철퇴를 맞고 말았다. 그런 반면 개발된 땅에 어엿한 빌딩 주인이 되어 있는 부동산업자들도 더러 있었다. 운이 좋아 제때에 물러난 업자들이다. 이렇듯 부동산업자들 장난에 돈을 번 사람도 많았고 막차를 타게 되어 빈털털이가 된 사람도 많았다. 빈털털이가 된 사람들은 대부분 박봉을 쪼개어 작은 집한 채 장만해서 살던 소박한 사람들이었다. 두 사람 이상만 모이면 부동산 이야기였고 한탕 해서 강남으로 이사했다는 소문들뿐이었다. 나라고 평생 이렇게 살라는 법 있느냐 하는 욕심이 꿈틀거렸고 급기야 깊숙이 넣어 둔 집문서를 들고 은행 문턱을 넘었으며 그 집을 담보로 계약금을 마련해서 개선장군처럼 부동산 거리에 나선 것이다. 그러나 미쳐서 날뛰던 치맛바람은 정부시책으로 구멍난 풍선처럼 잦아들고 결국 중도금을 치르지 않으면 안 되는 상황에까지 이르게 되면서 두 배의 위약금을 물어야 했다. 평생을 박봉을 쪼개어 마련했던 집은 속수무책으로 은행에 넘어가고 등 눕힐 곳이 없게 되자 가정불화가 끊이질 않았으며 결국 가족들이 뿔뿔이 헤어지는 판국이 된 집이 한 두 집이 아니었다.

용범은 운이 잘 따라주어 적기에 부동산에 뛰어 들었고 적기에 물러나 있었다. 이제 귀한 몸이 된 그는 자신도 모르게 거들먹거렸으며 주인님의 시야를 종종 벗어나는 행동을 했다. 세상이 다 잠들고 나면 감히 월장을 하여 그동안 놀아보지 못한 젊음을 밤새 발산했고 주인의 애첩과 함께 있다가 새벽에 들어오기도 했다.

충직하던 개가 밖으로 나도는 것을 눈치 챈 주인은 어느 날 강 기사를 해고해 버렸다. 이미 주인을 따르지 않는 개에게 밥을 먹일 사람이 아니다. 돈도 있고 고삐까지 풀어버렸으니 그는 이제 맘 놓고 복선의 집 문턱을 드나들고 있었다.

김성만이 복선을 찾는 시간은 언제나 정오였다. 그런데 오늘따라 저녁이 다 된 시간에 대문을 들어서고 있었다. 복선은 철렁 내려앉는 가슴을 쓸어안는다. 조금 있으면 강용범이 버젓이 들어설 것이니 말이다.

"오늘은 안 오시는 줄 알았심더. 주무시고 가실 건가베요?"

당황함을 감추느라 전에 없는 몸짓으로 다가가 호들갑을 떨지만 그러나 등에서는 식은땀이 찐득하게 배어 나온다.

김성만의 하루 행적을 낱낱이 꾀고 있는 용범은 사방이 어두워지자 제 집처럼 대문을 활짝 열고 들어선다. 그때 복선이 영감 저녁상을 차리느라 부엌에 나와 있었지만 밥상은 건성이고 정신은 온통 밖에 있었다. 용범이 들어서자 혼비백산하여 부엌으로 잡아끈다. 방안에 김성만이 있다는 것을 모르고 여유 있게 히죽거리던 그는 옛 주인이 와 있음을 알고는 대담하게도 옛날 생각을 하면서 장난치듯 복선을 놓아주질 않는다. 울상을 한 복선이 사정하고 애걸하여 겨우 내보내고 가슴을 쓸어내린다.

그때 담벼락에 소변을 보고 돌아서던 운전기사가 대문에서 나오는 사람을 주인으로 알고 서두른다. 방금 들어 간 주인이 벌써 나오다니 이상

하다 싶어 다가서는데 훌쩍 큰 신장이 낯설었다. 스치면서 쳐다보니 젊은 사람이다. 스치는 사람이 새로 채용한 기사라는 것을 알리가 없는 용범은 호주머니에 손을 찌르고 휘파람을 휘휘 불면서 어둠속으로 사라진다. 기사는 건달처럼 당당하고 여유 있는 젊은이의 뒷모습이 어둠속으로 사라진 뒤에도 언제까지 바라보고 있었다. 복선이 한숨 돌리고 방에 들어 온 그 시간에 강용범은 새로 채용한 운전기사의 눈에 그렇게 잡히고 말았다. 꼬리가 길다보니 문짝에 낀 것이다.

다음 날 강용범은 김성만이 풀어놓은 사냥개들에게 붙잡혀 어디론가 끌려가고 있었다. 그를 기다리는 복선은 피가 마른다. 다음 날에도 그 다음날에도 소식이 없자 이성을 잃기 시작한다. 한 달이 가고 두 달이 지나자 복선의 입에서는 대낮에도 술 냄새가 풍겼고 옛날 김성만의 객기의 고통과는 상관없이 송장처럼 늘어져 있을 때가 많았다. 복선이 거의 이성을 잃어버린 모습에서 김성만은 뼈가 녹는 배신감을 느낀다. 강용범만 얼씬 못하게 잡아놓고 나면 자식이 있으니 복선의 마음 정도는 쉽게 잡을 수 있을 줄 알았다. 그리고 아무 일 없었던 것처럼 묻으리라 했다. 생선에 파리가 꼬인다고 어찌 생선을 탓하랴. 날아드는 파리만 때려잡으면 되는 것을. 그랬는데 아니었다. 생선은 그 한 마리의 파리를 애터지게 갈망하면서 스스로 상해가고 있었다. 김성만은 젊은 놈에게 온통 마음이 가 있는 애첩을 바라보는 것도 한계가 있었다.

"강가 놈은 이 세상에 없다. 기다려도 소용없어."

급기야 늘어진 복선을 향해 한 마디 내 뱉고 한 동안 발길을 뚝 끊어 버렸다.

김성만이 풀어 놓은 사냥개는 세 사람이었다. 그들은 다음날 주인의 애첩 대문을 들어서는 강용범을 붙잡아 차에 태우고 우이동 산속으로 들어

갔다. 얼마 전까지 김성만 밑에서 함께 뒹굴며 지내던 식구들이었다.

차에서 내려 한 사람은 앞장을 서고 두 사람이 용범의 양쪽 어깻죽지를 틀어잡고 깊은 산속으로 올라간다. 주인의 애첩과 사랑을 나누던 방갈로 지붕이 까마득히 내려다보이는 즈음해서 그들은 발걸음을 멈춘다. 용범은 끌려가면서도 설마 했다. 그런데 아니었다. 걸음을 멈춘 그들은,

"네 스스로 자처한 일이니 우리를 원망하지 마라."

한마디를 신호로 무서운 주먹을 날리기 시작했다.

"우욱!"

사냥개들은 주인이 던져준 먹이만큼 동료에게 고통을 주는데 있어서 각자 자기들의 소임을 충실하게 이행하고 있었다. 그들은 술잔도 같이 기울이고 골목길에서 고래고래 소리를 지르다가 주민들에게 욕도 같이 얻어먹던 동료를 걸레가 되도록 만들어 놓고 내려가 버렸다. 소임을 다한 충견(忠犬)들은 더러운 기분이 잊혀 지지 않아 술집 바닥에 침을 찍찍 뱉어가면서 소주를 병체 입에 대고 들이 붓는다.

"형! 그 시끼 뒈지지는 않겠지요 이?"

"뒈질라고 환장한 새끼, 뒈져도 어쩔 수 없지. 자 잊어버리고 진탕 마시기나 해라."

"드런 시상, 이래도 드럽고 저래도 드런 시상, 실컷 마시기나 합시다요. 근디… 형! 아까 내려올 때 그 시끼 움직이는 것 봤소? 내가 보기는 안 움직이는 것 같았는디."

"이 새꺄, 그만 못하냐?"

"야, 야. 알었어라. …그 시끼 … 죽으면 안 되는디 …."

악으로 술을 퍼마시지만 더러운 기분들은 여전히 말똥말똥 따라다녔다.

"형! 그 시끼 낼 아침에는 일어나겠지요 이?"

"이쉐꺄 그만 하라고 했다아? 너도 뒈지고 싶어?

"예, 예! 형님 알었어라. 알었당께요 …. 그 시끼 죽지는 말어야 허는디 …. 불쌍한 시키. 하고 많은 가시나 중에 왜 하필 주인 애첩이냐고오."

그들은 뒤꼭지를 잡아당기는 불안을 떨쳐버리지 못한 채 서로에게 으르렁거렸다.

"암만 해도 안 되겄어라. 내가 한 번 가 볼랑만요."

충견 하나가 엉덩이를 들썩거리자 가벼운 양은 탁자가 요란한 신음을 내면서 바닥에 나뒹군다. 가뜩이나 더러운 기분인 형님께서 술상을 냅다 패대기쳐 버린 것이다.

그 시간에 용범은 심한 한기를 느끼고 눈을 뜬다. 사방이 검은 숲이다. 이슬로 축축하게 젖은 옷 속으로 한기가 사정없이 스며들었다. 몸을 일으키려는데 가슴에 심한 통증이 엄습했다. 몸을 일으키려다 말고 그대로 누워버린다. 무슨 일이 일어났던 것일까. 정신이 가물가물하면서 어머니가 보인다. 어머니 얼굴은 된장에 박아둔 장아찌 같이 까맣다. 눈만 뜨면 뙤약볕에 나가 품팔이 하느라 골반이 다 내려 앉아버린 굽은 허리로 엉거주춤 서서 내려다보고 있다. 아버지도 보인다. 똥통을 지고 동네 변소를 돌아다니는 아버지 등에는 여전히 똥통이 얹혀있다. 냄새난다고 아버지 곁에는 가지 않던 철없는 동생들이 보인다. 고등학교에 가겠다고 억지 부리다가 아버지에게 똥통 작대기로 얻어맞던 큰 동생도 보인다. 형은 고등학교에 보내주고 왜 나는 안 보내 주냐고 따지던 동생이다.

장남인 그는 운동을 좋아하고 공부에는 별 취미가 없었지만 그 동생은 공부를 제법 잘 했다. 그러나 동생들을 책임져야할 장남은 부모 대신이므로 반드시 배워야 한다는 것이 똥장군 아버지의 철학이었다. 아버지의 기대를 저버리지 않기 위해 용범은 학교를 졸업하자 돈을 벌기 위해

서울 가는 버스에 올랐다. 말만 듣던 서울은 그리 만만해 보이지 않았지만 그는 이곳에서 죽지 않으려면 살아야 하고 살지 못하면 죽어야 했다. 그는 도둑질만 빼고 닥치는 대로 일을 했다. 낮에는 공사판에서 등짐 지고 저녁에는 중국집 배달을 하고 치킨 배달도 했다. 일이 없는 날은 재래시장에 나가 짐을 날랐다. 시장바닥에는 텃세를 하는 건달들 등쌀이 심했지만 용범의 배짱과 주먹을 당해내지 못했다. 그는 건달들을 한꺼번에 상대하지 않았다. 기회를 포착하여 한 놈씩 으슥한 곳에서 본때를 보여주었다. 그에게 당한 건달들 입에서는 용범이 어느 강력 조직에 몸담고 있는 폭력배일거라는 말이 나돌기 시작했다. 그 후로 그는 텃세를 하는 건달들에게 형님으로 불렸고 그렇게 번 돈을 고향에 부쳤다. 똥장군 아버지는 드디어 우리 집 장남이 힘들게 가르친 보람이 있어 서울에서 번듯한 직장에 취직을 하여 가족을 책임지고 있으니 이제 죽어도 여한이 없었다.

이년 후에 영장이 나왔다. 군대에서 우연히 운전을 배우게 된 그는 제대하고 나서 김성만의 운전기사가 된 것이다. 주인집에서 숙식을 하고 월급은 꼬박꼬박 고향으로 부쳤다. 동생들은 형이 보내준 돈으로 학교에 다녔으며 똥장군인 아버지의 철학대로 장남은 부모를 대신하여 동생들에게 큰 그늘이 되어 주고 있었다.

'정신을 차려야 한다. 죽으면 안 된다. 정신을 차려야 한다. 나는 이제 돈도 많고 부자다. 고향에 집도 사고 땅도 사서 아버지 똥장군 그만 지고 엄니도 품팔이 그만 하고 동생들 학교도 보내고 … 그런데 왜 이렇게 잠이 오지?'

혼미해지려는 정신을 애써 붙잡으려다 놓치기를 몇 번 하던 용범은 깊은 잠속으로 한정 없이 빠져 들고 있었다.

'이렇게 편안하다니.'

방금 빠져나온 제 몸뚱이를 돌아본다. 만신창이가 되어 걸레처럼 널브러져 있었다. 유리병에 갇혔다가 빠져 나온 듯 자유를 얻은 영혼은 어디론가 홀연히 사라지고 영혼이 떠나간 주검은 빈병처럼 쓰레기로 남아 있었다.

양순은 의욕을 잃고 폐인이 되어가고 있는 복선이 곁을 지켜주고 있었다. 복선에게 진 신세를 생각하면 살점 어딘가를 도려내줘도 부족했다. 지금까지 땡치는 날 없이 꾸준한 것도 복선이의 은공이었고 밤새 퍼 마신 술로 늘어진 몸을 끌고 돌아 와서 핸드백이 불룩하게 받은 화대를 양순이 고향 빚 갚는 데 선뜻 내 준 여자였다.

복선은 사라진지 몇 해가 지나도록 소식 없는 사람을 기다리느라 날마다 술이 아니면 견디지 못했다. 푸슬푸슬한 더벅머리를 이고 진종일 소주병만 입에 물고 살았다. 유리알처럼 맑던 피부는 퇴기처럼 누렇게 퇴색되었고 쳐다만 보고 있어도 색정이 꼬이던 입술은 검푸르고 메말라 있었다. 폐인이 되어버린 복선을 보면서 양순은 어찌 해야 할지 암담했다.

김성만은 몇 달에 한 번씩 찾아와 오죽잖은 생활비만 던져주곤 하더니 어느 날 아이를 데려가겠다고 했다. 이런 상황에서 아이를 키울 능력이 없다는 것은 잘 알았지만 그러나 아이는 복선에게 있어서 살과 뼈인 자식이기 전에 그녀가 살아야 하는 이유가 되는 기다림의 끈이었다. 그 사람을 만날 수 있다는 믿음이고 희망이었다. 아이를 포기한다는 것은 그 사람과의 인연도 끝이라는 뜻이었다.

아이의 출생을 밝히리라. 강 기사의 자식임을 당당하게 말하리라. 그러나 양순은 복선을 붙잡고 아이 출생을 밝혀서는 안 된다고 염불하듯 이른다. 아이의 장래를 생각해라. 술주정뱅이 어미가 아이에게 뭘 해 줄 수 있느냐. 김성만이 키운다면 아이에게 백배 천배 낫다는 것을 설득하는데 진이 다 빠질 즈음에야 복선이 비로소 승복했다.

막상 아이를 데려가려 하자 복선은 김성만의 바지자락을 붙들고 애걸을 해 보았지만 결국 데려가고 말았다. 아이를 보내고 난 어미는 추수 끝난 들녘 허수아비처럼 날마다 퀭하게 말라가고 있었다.

경찰이 용범의 시신을 보게 된 것은 일주일 후였다. 등산객이 발견하고 신고했다. 신분증이나 모든 소지품이 그대로 있는 것으로 보아 타살이 아닌 실족사로 처리해 버린 경찰은 고향으로 연락을 했다.

똥장군 아버지는 장남 시신 앞에 엎디어 포효하는 짐승울음을 한나절이 넘도록 그치지 않았다. 능력 없는 부모 대신 가족들 그늘이 된 장남을 그렇게 보내놓고 아버지는 똥장군을 짊어 질 기력을 완전히 소진한 채 시름시름 앓아 누워버렸다.

형의 덕으로 고등학교를 나와 지방 대학물까지 먹은 동생은 형의 소지품을 정리 하다가 개포동과 양재동 땅 문서를 보게 되었다. 신문에서 날마다 미쳐 날뛰는 부동산 값을 모를 리가 없는 동생이다. 두 눈을 비비고 몇 번을 훑어보고 또 봐도 땅 소유자 이름이 강용범이다. 형이 분명 누군가에게 차명을 해준 것이 틀림없었다. 형에게 이런 땅을 사 놓을만한 여유가 없다는 것을 누구보다 잘 알고 있는 동생이다.

'그렇다면 ….'

벌떡벌떡 뛰는 가슴이 어느 정도 진정이 되자 그의 머리는 빠르게 회전하기 시작한다. 차명 의뢰인이 나타나기 전에 명의를 바꿔놓을 계획이다.

그는 제 명의로 매매계약서를 작성하고 형이 죽기 한 달 전에 잔금을 치른 서류를 만들었다. 등기소를 거치지 않고 직접 뛰어다녔다. 개발 전이라서 취득세는 몇 푼 되지 않았다. 육 개월이 지나자 그 땅을 사겠다고 번들번들한 승용차가 시골길을 가득 메우고 있었다.

하루만 참으면 땅값은 천정부지로 뛰었다. 서울에서 승용차를 몰고 내려온 복덕방 중개인들은 똥장군 아버지와 골반이 무너져 내린 어머니를 거들떠보지도 않고 땅 소유자를 찾았다. 대학물을 먹은 동생은 신문을 뒤적여 세상 돌아가는 판국을 간파하면서 매도와 매입을 거듭했고 어느 날 백수인 그의 재산은 가히 천문학적이 되어 있었다. 땅의 원조인 복선이 알코올 중독으로 폐인이 되어 있을 때 용범의 동생인 그는 외제 승용차에 아내를 태우고 강남 한복판에서 신호등을 기다리고 있었다.

욕망이 빚은 비극

김성만은 용범의 시신이 발견되었다는 소식을 들었을 때 사냥개들을 불러 입단속을 하느라 적잖은 돈을 지불해야 했다.

"이 새끼들아, 적당히 손만 보라했지 죽이라고 했어? 어떻게 형 동생 하던 놈들이 그럴 수 있어, 잔인한 놈들 같으니라구. 경찰이 냄새라도 맡게 되면 네놈들은 다 끝장이야, 새끼들아! 알아? 경찰이 그 자식 탐문 수사를 하게 되면 여기에서 일한 것을 알게 될 것이고 네 놈들이라는 것이 금방 들통 나게 돼 있어, 이 멍청한 놈들아! 당분간 얼씬도 하지 말고 방구석에 쳐 박혀 있어. 술집에서 건들거리다 재수 없게 걸려들지 말고, 알았어?"

그는 쓰디쓴 회한으로 밤잠을 설쳤다. 재산을 긁어모으는 데는 그토록 냉혈한이던 그답지 않게 한때 한 집에서 한솥밥을 먹었던 강용범의 환영에 시달리고 있었다. 그러다 그 책임을 복선에게 돌리기 시작한다. 누군가에게 책임을 전가해 버리고 사건의 결과에서 벗어나 정당방위였음을 자위하고 나니 이 가벼움이랴. 이제 복선을 향한 그의 마음은 천리 밖으로 달아나 버렸고 그는 다시 안정을 찾는다.

어린 여자에게 영혼까지 뒤흔들렸던 질투의 화신은 급기야 젊은 한 생명이 말살되는 결과를 초래했으며 또 한 생명은 알코올 중독으로 돌이킬수 없이 망가져 가고 있었다. 복선에게 아이를 계속 맡겨둘 수 없다고 판단한 그는 돈암동 집을 복선에게 주고 아이를 데려오기로 결정을 한다.

한때 복선이가 아들을 낳아주면 호적에 올릴 생각까지 했었다. 그러나 막상 아들을 낳게 되자 선뜻 이행하기가 그리 수월치 않았다. 동거인이 아닌 호적에 오르려면 지금의 조강지처를 정리해야 하는데 그리 간단하게 해결될 문제가 아니었다. 도덕적 양심은 둘째고, 재산 분할이 가장 큰 걸림돌이었다. 유책사유에 따라 적잖은 위자료를 피할 수가 없었고 아내 앞으로 된 부동산도 꽤 있었기 때문이다.

잡힌 고기한테 낚시 밥 주랴. 호적문제는 하루하루 시간이 지나면서 김성만의 마음도 변하고 있었다. 내 아들이니 아들만 호적에 입적하고 그 어미는 기회가 오면 그때 처리해도 늦지 않다는 결정을 한다. 기회라 하면 조강지처가 세상을 떠나 자연 소멸되는 그 날이다. 그때 내린 결정이 지금에 와서 이렇게 효도를 할 줄이야.

양순은 화류계 생활을 청산하고 복선이 곁에서 그녀를 돌보는데 그 정성이 그지없다. 빚더미로 희망이 없던 시골 부모는 이제 내 땅을 장만해서 농사를 짓는다. 복선이가 베푼 자선이었다. 화장실 구석에서 편지를 구겨 쥐고 오열하던 양순은 그때 장기라도 꺼내 팔아야 할 판이었다. 그런 상황에 처한 그녀에게 복선은 아무런 조건 없이 베풀었다. 이렇듯 양순에게 복선은 목숨이고 은인이었다. 복선을 위해서라면 죽어 백골이 되어도 좋으리라는 마음으로 복선이 곁을 지켜주고 있었다.

아이를 보내고 나서 복선의 증상은 걷잡을 수 없이 악화되어 갔다. 양순은 복선을 더 이상 방치해서는 안 될 것 같아 정신병원에 입원을 시킨다. 입원을 시키고 나니 당장 병원비를 감당할 수가 없었다. 돈암동 집을 팔까도 했지만 복선이 온전치 못한 상태에서 자칫 오해의 소지가 있을 수 있었다. 애를 태우다가 생각 끝에 김성만을 찾아갔다. 아이를 봐서라도 그의 마음이 열리기를 기대하면서.

역시 김성만은 만만치가 않았다. 목돈을 그만큼 주고 집 한 채를 주었으면 충분한 대가를 지불한 것이니 단 한 푼도 더 줄 수 없다고 거절했다. 목돈은커녕 통장도 없는데 무슨 소리를 하느냐고 양순이 따진다.

"흥, 젊은 놈 아가리에다 몽땅 쳐 넣었구먼. 더러운 년! 내 자식을 가졌다기에 아까운 줄 모르고 마련해 준 것을 그 놈한테 다 털어넣다니. 멍청한 년."

"그렇지만 사람부터 살리고 봐야하지 않겠어요? 도와주십시오."

복선이 퇴원하면 살아야 하니 집을 팔지 않게 도와 달라고 사정을 했지만 결국 장정들 손에 끌려 길거리에 내동댕이쳐지고 말았다. 복선을 향한 김성만의 화풀이를 고스란히 받은 양순은 그 길로 경찰서로 향한다. 강용범이 실종되고 이 년만이다.

잠잠하던 용범의 사건이 이 년이 지나 다시 불거졌다. 경찰이 찾아와 강용범이 그 당시 운전기사로 일한 사실을 물었고 그가 갑자기 운전기사 일을 그만두고 불과 얼마 되지 않아 시신이 된 의문점을 파고들었다.

신고자가 양순이임을 알게 된 김성만은 발을 구르며 가슴을 쳤다. 양순이의 요구를 들어주지 않을 바에는 사냥개를 시켜서라도 입단속을 했어야 했는데 이제 수습할 수도 없는 상황이었다.

경찰은 의심은 가지만 물증이 없어 김성만 주위를 맴돌다가 사냥개였던 한명을 기어이 붙잡을 수 있었다. 그를 심문한 결과 김성만이 사주를 한 사실을 알게 되었다. 그러나 죽이라고까지는 하지 않았다는 것을 알게 된 경찰은 일단 김성만에게 거래를 해 왔다. 김성만은 그때부터 그들의 물주가 되었고 푼돈 몇 푼 아끼려다 집 한 채가 속수무책으로 날아가는 것을 감당하려니 자신의 어리석음에 치를 떨었다.

몇날 며칠을 고심한 끝에 양순은 최후의 수단을 생각한다. 복선의 생가를 찾아가 보려는 것이다. 복선을 살리기 위해서는 다른 방법이 없었다.

열차를 타기 위해 집을 나서는 그녀의 마음은 착잡했다. 아내의 전실 딸을 유린한 의부다. 그런 인격의 소유자에게 어디까지 희망을 두어야 할까. 의부가 자신의 실책을 은폐하기 위해 오히려 적반하장으로 나온다면 양순으로서는 모든 사실을 발설할 수밖에 없다. 어미가 사실을 알게 되는 것을 복선이 얼마나 두려워했던가. 뱃속에 의부의 씨가 자라고 있는 그 기막힌 현실 앞에서도 어미가 그 집을 나와 고생할 것을 제일 먼저 걱정하지 않았던가. 그런 상황까지는 가지 말아야 할 텐데.

부산역에 도착한 양순은 주민등록증에 있는 주소를 찾아갔다. 의부는 그곳에서 여전히 유지로 행세하고 있었고 복선 어머니는 새 남편 사이에서 난 아이들과 풍요를 누리면서 살고 있었다. 제 딸의 인생을 망쳐 놓은 남편을 끔찍이도 위하면서 말이다.

양순으로부터 딸의 소식을 전해들은 어미는 얼굴이 노래지더니 갑자기 노발대발 소리부터 지르기 시작한다.

"그 문디 가스나 디지든가 말든가 내 모린다, 마. 집구석 나가믄 벨날

줄 알었겄제. 정신병워언? 흥, 꼴 좋게 됐구마. 영영 거기서 나오지 말고 디지뿌리라 하소, 마. 가만 자빠져 있으마 어련히 시집 안 보내주까. 못된 송아지 엉덩이 뿔나 돌아치더마는 알코올 중독으로 뭐? 정신병워~ 언? 하이고 이 웬수 가스나, 진작 다리몽디 뿌라뜨리지 몬한 거이 한이구마. 하이고 내 팔자야."

그때 마침 의부가 대문을 들어서다가 아내가 지르는 소리를 듣는다. 언뜻 들리는 소리가 그 문디 가스나 웬수 가스나는 분명 복선을 일컫는 소리다.

"조용하지 몬 하나? 아가 그 지경이 됐다카는데 아부터 살릴 생각은 안 하고 그기 먼 소리고."

"보소, 그 가스나 안 들어 온다꼬 눈만 뜨면 당신 쌔가 빠지게 찾아 댕기지 않았능교. 신발이 다 닳아빠지게 말입니더. 그런데 뭐라꼬요? 알코올 중독 걸리서 정신병원에 나자빠졌다카잖아요. 내가 지금 조용하게 생깄이요, 어디? 당신한테 미안코 면목 없어서 내 꼭 죽었뻐면 싶으요."

의부는 독기가 서린 양순의 눈을 슬금슬금 피하면서 담배를 꺼낸다.

가출한 딸이 지금 정신병원에 누워 있다는데 가슴이 찢어지지 않는 어미가 어디 있겠는가. 말과는 달리 흐르는 눈물을 주체하지 못하고 어머니가 자리를 뜨자 양순은 의부에게 고개를 바짝 치켜세운다. 그때, 통곡에 섞인 넋두리가 피를 토하듯 들려왔다.

"얼매나 고생을 해서 정신 병원까지 들어 가 자빠져 있노. 그리 고생이 심하모 기어들어 올 것이제, 누가 뭐란다꼬 몬 들어오고 정신병원이라니. 에미 가슴이 이리 찢어지게 아픈 줄 몰랐더나. 아이고 무정한 년, 이제 와서 에미가 뭘 우짜믄 되긋나. 불쌍해서 우짜노. 내 새끼 불쌍해서 내가 우예 사노."

지금 복선이 기어들어오지 못 하는 이유를 안다면 어떨까.

"당신이 사람이요? 양심이 있소? 신발이 닳도록 찾아다녔다니 이유가 뭐요. 언제까지 욕정의 제물로 삼고 싶어서?"

행여 복선 어머니가 들을 세라 억양을 낮춘 양순의 문책은 등골이 서늘할 만큼 독기가 서려 있었다.

"… 병원이 어딥니꺼?"

"못 믿겠다는 거예요? 병원비 핑계대고 사기를 칠 수도 있으니까 이해하죠. 그렇지만 전화로만 알아보세요. 절대로 찾아가서는 안 됩니다. 내말 명심하세요. 복선이 당신을 다시 보게 된다면 어떤 발작을 일으킬지 몰라요. 목숨을 끊을 수도 있어요. 복선이를 살리고 싶으면 제 날짜에 맞춰 병원비만 보내세요. 퇴원할 때까지, 알겠어요? 병원비가 많이 밀렸으니 밀린 병원비부터 알아서 부치세요. 강제 퇴원 당하게 생겼어요. 퇴원하게 되면 생활비도 보내세요. 나 몰라라 한다면 어떤 결과가 기다리고 있을지 장담 못합니다. 당신의 욕정으로 한 생명이 정신병원에서 죽어가고 있어요. 충분히 알아들었으리라 믿고 이만 갑니다."

양순은 병원이름과 전화번호를 남겨놓고 대문을 나서면서 뒤를 돌아본다. 깊은 사념에 빠져있는 의부의 손가락에는 생담배가 타고 있었다. 양순이 여태 걱정했던 것이 기우였음을 생각하니 돌아서는 다리가 여간 가볍지가 않았다.

양순이 대문을 나와 막 담벼락을 돌아서는데 부르는 소리가 들렸다. 뒤를 돌아보니 어머니였다. 치마를 들어 눈물을 훔치면서 잠깐만 기다리라는 듯이 한 손을 들어 휘이휘이 저으며 다가온다.

머리 큰 딸이 어느 날 집을 나가고 안 들어오는데 어미가 되어 편한 잠인들 잤을까. 편한 숨인들 쉬었겠나. 남편 눈치 보느라 내색은 못하고 마음고생은 얼마나 했을까. 양순은 고향 어머니를 떠 올리면서 울컥 눈물을 삼킨다.

양순의 두 손을 부여잡은 어머니는 말을 못하고 마냥 눈물 바람이다. 그동안 터지는 복장을 삼켜만 오다가 이제야 맘 놓고 피를 토하듯 울고 또 울기만 한다. 불행에 빠진 자식을 건질 수만 있다면 창자가 다 녹아 없어질 때까지도 기꺼이 울 수 있는 어머니다. 세상 어머니다.

어느 정도 진정을 한 어머니는 양순을 데리고 길 건너 다방으로 들어간다. 다방 문을 들어서자 안면이 있는 마담이 반색을 하다가 퉁퉁 부은 얼굴을 보고는 슬그머니 꼬리를 내린다. 빈자리를 찾아 앉으면서 차를 주문하자 눈치로만 세상을 살아 온 마담은 아무것도 모른다는 듯이,

"김양아! 여기 사모님 탁자에 커피 두자~안!"

한 옥타브가 올라간 소리로 레지에게 이른다.

"우리 복선이 하고는 어떻게 아는 사인교?"

"서울에 올라 와 우연히 만나서 한 집에서 같이 살았어요."

"그래 뭐 해 묵고 살았는가는 모리지만도 중독이 될 맨치로 술을 퍼 먹은 이유가 도대체 뭐라예?"

지금 함께 살고 있는 기가 막힌 남편에게 딸이 밤마다 유린을 당했다면 어떨까. 어미가 알게 되면 어미와 그 집을 나가게 될 것이 두려워서 집을 나갈 수밖에 없었다는 것을 안다면. 딸 자궁 안에 의부의 아이가 들앉아 있었다는 사실을 안다면…. 양순은 입술을 지그시 깨문다.

"직업소개소 경리로 있으면서 한 남자를 알았는데 갑자기 그 남자가 사고로 죽어 버리는 바람에 맘을 잡지 못하고 방황 하다가 그만 그렇게 돼 버렸어요."

"춘향이 열녀 났구마. 머리 올린 지아비가 죽은 것도 아닌데 무신 정이

들었다꼬 그 지경이 되노 말이다. 미친년이 따로 없구마. … 암튼지간에 내 댁한테 정말로 고맙심더."

"복선이는 내가 고향에 찾아간 줄도 모릅니다. 절대로 어머니가 아는 걸 원치 않았거든요. 병원비만 아니면 저도 이렇게까지는 하지 않는 건데. 앞으로 복선이 상태를 자주 알려 드리겠습니다. 제가 곁에 있으니까 너무 걱정은 하지 마셔요."

"이 은혜 우찌 갚아야 할란지 모리겠소. 인자 에미가 알았으니까네 무신 일 있으모 꼭 연락 주이소마."

복선 어머니는 양순의 손을 부여잡고 눈물로 병든 딸을 부탁한다.

그렇게 해서 의부로부터 병원비 외에 풍부한 돈이 매달 송금되었고 퇴원을 하고서도 생활을 하는 데는 지장이 없었다. 복선은 특별히 할 일이 없고 약물로 인한 무력함으로 병든 달구새끼처럼 밤낮 계속 잠만 자고 있었다.

"복선아! 우리 태운이 데려 오까?"

어느 날 반응을 보기위해 무심코 지나가는 말처럼 해 본 소린데 복선은 누우려던 몸을 발딱 일으킨다.

"……."

"태운이 데려오고 싶어?"

힘없이 고개를 끄덕인다.

"태운이 데려오려면 돈이 있어야지. 우리 돈 벌어 태운이 데려오까?"

"나 돈 벌 수 있어. 우리 태운이 데려 올 거야."

잠으로 가득 찬 구름 낀 하늘같던 눈동자가 열리면서 얼굴에 생기가 살아난다.

양순은 다음날 다시 의부를 만나기 위해 집을 나섰다. 환자의 반응으로 보아 희망이 보였다. 김성만에게서 아이를 데려오기 위해 돈을 벌어야 한다면 죽기 살기로 매달릴 것 같았다. 이번에는 의부를 따로 불러냈다. 복선의 상태를 말해주고 그녀가 자활할 수 있는 자금을 요구했다. 하는 일도 없이 나태해지게 되면 언제 또 술을 입에 댈지 모른다고 했다. 바쁘게 생활하게 하여 모든 기억에서 벗어날 수 있도록 도우라고 윽박질렀다. 결자해지의 이치를 인식시켜주고 돌아서는 양순에게 의부는 고맙다며 은혜 잊지 않겠다고 한다.

의부는 복선이 알코올 중독자가 되어 정신병원에 있다는 소리를 들었을 때 머리를 된통 얻어맞은 듯 멍한 상태에 빠진다. 복선이 사라지고 나서 그녀를 찾느라 거의 정신이 없었다. 복선에게 분명 남자가 있었고 철없이 남자를 따라나선 것이리라 믿었다. 같잖게 활활 타오르는 질투심은 눈만 뜨면 복선을 찾아 나서게 만들었다. 세상을 다 뒤져서라도 기어이 찾아내리라. 집나간 딸을 찾는다기보다 사실은 연인을 찾아 헤매고 다녔다. 보고 싶어서 죽을 것 같았다. 복선이 다른 사내 품에 있는 상상을 하면 그대로 지옥이었다. 그것은 진정 욕정이 아닌 사랑이고 집착이었다. 그렇게 부산 바닥을 샅샅이 뒤지고 다닐 때 복선은 의부의 아이를 쏟아내고 어미와 한 정액이 만든 아이를 생산하지 않아도 되는 해방감에 무지 행복하게 누워 있을 때였다.

양순이 다녀간 후로 그는 말수가 눈에 띠게 적어지고 우울해 했다. 한때 눈먼 욕망으로 아버지처럼 따르던 아이를 그 지경까지 망가뜨렸다는 자책감에 시달렸다. 가슴 한 쪽에서는 결코 욕정만이 아닌 진정 절절하게 사랑했던, 자신만이 느낄 수 있는 아릿한 기억이 아픔이 되어 콕콕 쑤셨다.

양순이라는 여자가 복선이 자활할 수 있는 자금을 요구했을 때 복선을 위해서라면 무언들 아끼랴. 비로소 욕정에 눈이 멀었던 의부에서, 불행에 빠져있는 자식을 걱정하는 아비로 돌아와 있었다.

의부가 내 놓은 돈으로 수유리에다 아담한 한식집을 차렸다. 내부 수리를 끝내고 개업식으로, 양순이는 비빔밥을 만들어 손님들에게 무료 시식을 하게 했다. 양순의 고유한 손맛을 맛본 손님들은 며칠 만에 영락없이 다시 찾아왔다. 특출하지 못한 양순의 외모는 나이를 먹으면서 푸짐하고 구수한 외모로 바뀌어 한식집에 딱 어울렸고 복선의 특출한 외모는 상한 얼굴임에도 본 모습이 점점 되살아났다.

복선에게 수작을 걸어오는 작자들이 있어 양순은 그녀가 아파서 정신과 약을 복용중이라는 귀띔을 했다. 미친 여자 양귀비면 뭐하랴. 양순이의 귀띔에 두 번 다시 거들 떠 보는 사내는 없었다. 그리고 어느 날 아이가 보고 싶다며 또다시 우울증에 빠졌을 때 양순은 태운이 다니는 학교로 찾아갔다.

또 다른 배신

김성만은 요즘 바짝바짝 피가 마른다. 평소에도 말수가 적은 태운은 사춘기에 접어들면서 제 방에만 틀어박혀 있거나 도서관에 간다는 핑계로 거의 얼굴 볼 날이 없었다. 비록 서출이기는 하나 김성만 그에게는 고금천지에 없는 귀한 아들이 아닌가.

아들이 없던 김성만은 복선이 아들을 낳게 되자 이제 뿌리를 내린 탄탄한 가계를 이룰 수 있다는 희망으로 새로운 세상이 열리고 있었다. 젊은 사내와 바람이 난 그 어미로부터 아이를 데려오고 나서는 이제 절대로 서출이 아니었다. 처음부터 아이는 본처의 자식으로 입적이 되어 있었고 지금은 본처의 손에서 자라고 있는데 무엇이 문제란 말인가. 내 모든 재산을 물려받을 아들이 있다는 사실이 도무지 꿈만 같았다. 이 큰 재산을 물려받을 재목으로 조금도 손색이 없을 만큼 믿음직하고 과묵하기까지 했으니. 그런 아들에게 필요한 용돈을 알아서 넉넉하게 챙겨주는 기쁨까지 누리고 있었다. 과묵한 것이 아니고 어미를 기다리느라 감정이 녹슬었던 것인데.

햇살이 마당 정원에 가득 들어와 있는 어느 날 김성만이 무심코 창밖을 내다본다. 언뜻 김성만의 눈에 죽은 강용범이 개와 장난을 하고 있었다. 헛것을 보나 해서 눈을 깜박여본다. 다시 보니 개와 놀고 있는 것은 태운이었다. 그런데 몸짓이나 걸음걸이가 십여 년 전 강용범 모습 그대로다.

'그렇다면,'

순간 등골이 서늘해진다.

'그놈 자식이었던가?'

세상이 하얗게 퇴색되면서 빙글빙글 돌고 있다. 잠깐 꿈을 꾸는 것 같았다. 그럴 리가 없다고 고개를 좌우로 흔들어 본다. 그럴수록 운명의 여신은 비웃듯 집요하게 강용범을 보여준다.

'아!'

김성만은 창틀을 붙잡은 채 무섭게 노려본다. 부릅뜬 눈알에서는 금방이라도 핏줄이 터져 분수처럼 뿜어져 나올 것 같았다. 그러다가 제풀에 풀썩 소파에 주저앉는다. 가까이 있을 때는 몰랐는데 거리를 두었을 때 확연하게 나타났다. 관심을 두고 관찰을 하다 보니 기침소리조차 착각할 정도였다. 김성만은 뿌드득 이를 간다.

'범 새끼를 애완견인줄 알고 키웠구나. 모든 유산을 물려 줄 아들이 산으로 올라갈 범 새끼였다니…'

발톱이 자라기 전에 내쳐야 한다는 생각밖에는 들지 않았다. 그 아비를 죽였으니 새삼스레 그 어미를 찾아가 배신당한 분풀이를 할 수는 없겠고 내 칠 합당한 방법을 생각하느라 고심 중이다. 단지 대문 밖으로만 내친다고 해서 될 일이 아니었다. 멀리 이국땅으로 내쳐 돌아올 수 없게 만들어야 한다. 그곳에서 뼈를 묻게 만들어야 한다. 그것이 태운이 팔자에 없는 유학을 가게 된 동기였다.

유학 수속을 마치고 기다리는 동안 태운은 양순으로부터 어머니의 소식을 들을 수 있었다. 떠나기 전에 양순을 따라 어머니를 찾아 간 것이 복선을 일으키는 계기가 되었고 복선은 아들 학비를 보내기 위해 기를 쓰고 덤벼들었다. 매달 보내오는 학비와 생활비는 범 새끼가 굶어 죽기는커녕 날로 길어지는 발톱을 딛고 날카로운 이빨을 드러내 하품을 하게 만들었다.

태운은 학업을 마치고 팔년 만에 돌아왔다. 본인도 모르게 병역의무가 면제된 상태로 외국에서 석사학위까지 받았다. 태운이 아예 한국 땅에 발을 들여놓지 못하게 하기 위해 김성만이 병무청에 손을 쓴 결과였다. 한국에 돌아와 병역의무를 마치고 나서 그대로 주저앉겠다고 한다면 모든 계획이 허사가 될 것이 아닌가. 지금까지 소식이 없는 것으로 보아 지금쯤 만리타국 어딘가에서 비렁뱅이로 하루하루 연명하고 있을 것을 의심치 않았다. 돌아오고 싶겠지만 비행기 값이 어디 한두 푼인가.

김성만은 태운을 보내고 나서 생활비는커녕 학비조차도 보내지 않았다. 학교는 물론 숙소조차도 알려고 하지 않았다. 그럼에도 태운으로부터 지금껏 돈을 부치라는 연락이 한 번도 없는 것이 가끔은 궁금했다. 하지만 제 신세가 개구멍받이라는 것을 알고 금전을 비롯한 어느 것도 요구해본 적이 없는 아이였음을 생각하니 그리 신경 쓸 일은 아닌 듯싶었다. 그렇게 팔 년의 세월이 잊혀 진 채 지나갔다.

그랬는데 지금 태운이 붉은 석양을 뒤집어쓰고 성큼 마당으로 들어서고 있었다. 지금쯤 먼먼 이국땅에서 비렁뱅이 아니면 굶어죽었을 범 새끼가 커다란 수컷 범이 되어 철 대문 안으로 긴 허리를 들이밀고 들어선다. 그를 반긴 것은 일곱 살 때 처음 마당에 들어섰을 때처럼 털 복숭이 개였다. 어미 개는 이미 늙어 죽었고 새끼개가 어미 개만큼 커서 꼬리를 흔들고 학학대며 반가워 죽을 지경이다. 범 새끼가 팔년 만에 날카로운 발톱과 뾰족한 이빨을 챙겨서 바로 앞에 나타났다.

그가 돌아왔다는 소리에 놀란 김성만은 서둘러 방에서 나오고 거실 창을 통해 반기는 개와 수작을 걸고 있는 태운을 본다. 다시 등골이 서늘했다. 이십년 전 운전기사 강용범이 거기 있었다. 한 치의 오차도 없는 빵틀에서 나온 붕어빵이었다. 그는 부글부글 끓어 오르는 분노를 간신히 누르고 소파에 깊숙이 몸을 묻는다.

"저 왔습니다."

"그래, 연락도 없이 왔구나. 혼자 힘으로 사느라 고생이 많았겠구나."

"고생하지 않고 잘 지내다 왔습니다."

"나를 원망하지 마라. 경제가 예전 같질 않아서. 오죽했으면 외국에서 공부하는 너를 몰라라 했겠느냐."

"그러셨겠지요. 제 걱정은 마십시오. 이만 올라가 보겠습니다."

"그래, 장시간 오느라 고단 할 테니 그만 쉬어라."

만만하던 범 새끼는 결코 만만찮은 범이 되어 돌아왔다. 분노는 이제 뒷전이고 태운이 두려운 존재로 다가오고 있었다.

사진기자가 된 태운은 다음날부터 신문사에 출근했다. 귀국하기 전에 미리 L신문사에 일자리를 구해 놓고 귀국한 것이다. 출퇴근은 김성만 집에서 했다. 오피스텔을 구해 나올까했지만 호랑이를 잡으려면 호랑이 굴속에 들어가는 것이 확실할 것 같았다. 생부라는 사람이 그의 손에서 죽은 이유를 그의 입으로 직접 듣기 전에는 절대로 물러서지 않을 작정이다.

아침저녁으로 마주치는 태운은 제집에 돌아온 듯 당당했다. 오히려 김성만이 피하고 있었다. 저놈이 무슨 꿍꿍이를 품고 있는지 알 수가 없으니 그는 날마다 죽을 맛이었다.

태운은 자주 짬을 내어 복선에게 들렀다. 태운이 귀국하고 나서 처음 들렀을 때 복선은 얼굴이 하얗게 질린 채 그냥 멍청하게 쳐다만 보고 있었다. 아들이 아닌 강용범으로 착각을 하나보다. 영업이 끝나 주방을 정리하고 나오다가 두 모자를 본 양순이 기겁을 하면서 다가왔다.

"이게 누구라니? 태운이 아니냐? 언제 귀국 한 게냐? 아주 온 게여?"

"네, 아주 왔습니다. 두 분 덕분에 무사히 공부 마치고 이렇게 돌아 왔습니다. 그 동안 안녕들 하셨어요?"

"그래, 그래, 잘 돌아 왔다. 이게 얼마만이냐. 세상에! 이렇게 늠름하다니, 얘 복선아, 태운이야. 네 아들 태운이, 왜 그렇게 멍청하게 보고만 있어? 어이구 재가 지금 널 보면서 또 그 사람 생각을 하는가보다. 아버지 판박이구나. 완전 빵틀에서 찍어 냈어. 내가 봐도 그런데 엄마가 저럴 수밖에 없지."

태운이 복선에게 다가가 가만히 안아준다. 복선은 손바닥에 있는 새처럼 바들바들 떨면서 울기만 했다. 그날 밤은 가게에 붙어있는 두 사람

숙소에서 같이 보냈다. 그 시간에 김성만은 태운이 그 어미와 함께 있다는 보고를 듣는다.

김성만은 태운이 굶어죽지 않고 만만찮은 범이 되어 돌아 왔을 때 비로소 복선의 행적을 알아보기 시작했다. 예측했던 대로 태운에게 사람을 붙이고 나서 며칠 만에 보고를 받게 된 것이다. 진즉 그 어미 생각을 못했던 것이 실수였다. 알코올중독자로 이미 폐인이 되어 어느 요양소에서 죽었거나 죽음을 기다리고 있을 줄 알았는데 번듯한 음식점을 운영하고 있을 줄이야. 그럴 바에는 범 새끼를 굶겨 죽일 것이 아니라 토실토실 키워 회유를 했어야 했다. 그 어미가 저지른 부정으로 인한 결과였음을 충분히 이해시켰어야 했다. 그랬더라면 아비의 죽음을 부른 부정한 어미에게 등을 돌렸을 텐데. 김성만은 뒤늦게 가슴 치게 후회를 하면서 닥쳐 올 일에 대비 할 방도를 모색 중이다.

태운이 이미 그 아비에 대한 사실을 다 알고 있다면 더 이상 범의 공격을 피할 수는 없다. 쌓여진 재물에 있어서 털려고만 하면 재물의 높이만큼 부정의 높이가 올라가는 것이 양적 관계다. 언론계에 근무하고 있는 태운이 마음만 먹는다면 평생을 쌓아올린 부정한 재물이 와해되는 것은 시간문제일 것이다. 김성만은 요즘 하루도 편한 잠을 자지 못하고 있었다.

어미를 만나고 온 태운의 표정은 예나 다름없이 담담했다. 태운이 이제 두려운 존재로 다가온 이상 어떤 결정이든 먼저 선수를 쳐서 기선을 잡아야 하겠다. 무방비 상태에서 공격을 당할 수는 없었다. 먹힐지는 모르겠으나 지금이라도 회유를 해 볼 심산으로 태운을 부른다.

마주앉은 두 사람 사이에 싸늘한 냉기가 흐른다. 한때는 전 재산을 이어받을 천지에 하나밖에 없는 기막힌 아들이었다는 것을 기억하면서 김성만은 허망했다. 당당하게 앉아있는 태운은 이제 가까이에서도 충분히 강용범의 모습을 그대로 뒤집어쓰고 있었다.

"나에게 할 말이 많을 것 같은데, 왜 하지 않는 게냐? 네가 말을 할 때까지 기다릴까 했다만 시간 낭비일 것 같구나. 어차피 다 알고 있는 것이니 어디 허심탄회하게 얘기해 보아라. 네가 어디까지 알고 있는지는 모른다. 다만 네가 알고 있는 것이 다가 아니라는 것을 알아야 해서 말이다."

"제가 알고 있는 것이 무엇인데요?"

"… 네 어미가 너에게 무슨 말을 어떻게 했는지 모르니 말이다. 이 모든 것이 네 어미가 저지른 결과라는 것 까지는 네가 모를 것 같아서 하는 말 아니냐. 나도 느이 두 모자를 위해 할 만큼은 했다."

"살인도 저희 모자를 위해 하셨군요. 당신 자식이 아니라는 것을 알고 유학이라는 허울 좋은 명목으로 멀리 쫓아 영영 돌아오지 못하게 하려 했구요. 그렇지만 이렇게 돌아 왔습니다. 유감스럽게도 유학을 가기 전에 이미 그 사실을 다 알아 버렸지 뭡니까. 그러나 당신을 믿고 싶었습니다. 사연이 있겠거니. 당신 자식이 아닌 것을 알고 나서의 상대방 기분도 이해 해보려 했습니다. 그래서 이렇게 다시 돌아 왔습니다."

"나는 살인하지 않았다. 그것은 실수였고 경찰에서도 이미 수사가 끝난 얘기다. 나도 그만한 대가를 충분히 치렀다. 너도 내 입장에서 생각해 보아라. 네 어미는 내 집 운전기사와 정을 통하면서 애가 생기게 되자 계획적으로 내 아이인 것처럼 나를 속였다. 지금도 그 간교스럽던 행동이 잊혀지지가 않는다. 나는 네 어미 말을 믿고 네가 내 자식이라는 것을 한 번도 의심한 적이 없었다. 그래서 널 데려왔었다. 네 어미는 그때 이미 정상적으로 보기가 어려운 상태였고 네 장래를 위해서도 어쩔 수 없었다. 어느 날 널 보면서 또다시 네 어미가 날 속였다는 것을 알았다. 그때의 내 기분을 알겠느냐? 내가 견딜 수 없었던 것은 네 어미에게 속아서가 아니었다. 네가 내 아들이 아니라는 것이었다. 너도 알다시피 아들이 없는 나에게는 네가 내 인생 전부였거든. 순간 네 아비를 생각하지 않을 수 없더구나. 실수였다고는 하지만 결과가 있으니 훗날 네가 그 사실을 알게 될 것이 솔직히 두려웠다. 지금까지 고양인 줄로만 알았는데 범 새끼라는 것을 아는 순간 발톱과 이빨이 생기기 전에 내 보내야 할 것 같더구나. 지금 생각하니 그때 내 생각이 잘못 되었다는 것을 알았다. 성인이 된 너에게 모든 사실을 말해 주고 네가 원하는 대로 해 줬어야 했는데 말이다. 내 짧은 생각을 깊이 후회하고 있는 중이다. 네 어미라는 사람이 그때 다 털어 놓고 사실을 얘기 했더라면 이런 일이 왜 일어났겠느냐. 젊은 사람들이 서로 좋아 한다는데 내가 비켜 줘야지 안 그러냐?"

"… 제 아버지라는 사람을 꼭 죽여야만 했습니까?"

"실수라고 하지 않느냐. 아이들을 시켜 돈암동 집에 드나드는 사람이 누군지 잡게 되면 다시는 얼씬하지 못하게 혼을 내 주라고 했는데 그만 그렇게 되었다. 내 입장에서 자식을 낳고 사는 내 여자를 넘보는 녀석을 그냥 곱게만 볼 수 있는 사람이 몇이나 되겠느냐. 한 집에서 한 솥밥 먹던 녀석인데 낸들 마음이 편했겠냐? 차라리 모르는 놈이었다면 내맘도 그만큼 괴롭진 않았을 것이다. 네 아비가 죽었다는 소식을 듣고 나서 나는 네 어미를 도저히 용서할 수가 없었다. 자식이 있으니 한 달에 한 번씩 사람을 시켜 양육비만 던져주고 다시는 가지 않았다. 그런데 그 여자는 알코올 중독자가 되어 점점 폐인이 되어가고 있었고 네 장래를 위해 그런 여자에게 널 맡겨놓을 수가 없었다. 어느 날 마당에 서 있는 너를 본 순간 내 자식이 아니라는 것을 알았다. 죽은 네 아비 모습을 그대로 닮아 있더구나. 나는 또 한 번 네 어미라는 여자한테 심한 배신감을 느꼈다. 그렇지만 지금 와서 어쩌겠느냐. 아무리 정당했다 해도 결과가 그렇게 됐으니. 네가 호적을 파양해 간다 하더라도 나는 너에게 속죄의 값으로 마땅한 보상을 해 주마."

김성만은 당신의 아이가 들었있다면서 제 배를 만져보게 하던 그 가증스럽던 복선의 배신을 떠올리며 어금니가 시리도록 깨문다. 용범의 죽음이 고의든 아니든 지금에 이르러 내 자식이 아닌 것을 안 이상 내 보낼 수밖에 없지 않은가. 지금까지 그가 해온 방식대로 명의를 바꿔 내 소유물로 취득할 수 있는 부동산이라면 모를까.

실컷 화풀이를 해도 시원찮거늘 마땅한 보상까지 하겠다는 거래까지 하고 나온다. 발톱과 이빨이 자란 범이 입을 벌려 자신을 삼키려 들기 전에 고깃덩이라도 던져 줘야 위기를 모면할 것 같아서다. 그러려니 김성만의 오장은 이미 틀어 질대로 틀어져 용트림을 하고 있었다.

"보상은 필요 없습니다. 다만 조건이 있습니다. 그 동안 탈세를 많이 했더군요. 국세청에 신고하고 자진납부하십시오. 억울하게 빼앗은 물건이 있다면 되돌려 주십시오. 저에게 보상하려는 마음이 있다면 그 일도 하실 수 있을 것 입니다. 그 만큼 누리고 살았으니 이제 환원하는 차원에서 그렇게 하십시오. 저는 숙소를 구하는 대로 나가겠습니다."

이렇게 되면 회유를 한 결과가 무방비상태에서 공격을 당한 결과보다 나을 것이 하나도 없었다. 벌써 공격목표로 여기저기 뒤지고 다녔다는 것인데 이제 와서 그대로 이행을 하지 않는다면 공격은 언제든지 유효하다는 암시가 아닌가.

태운은 자리에서 일어나 제 방으로 올라가려다 말고,

"당신을 용서하겠습니다."

한마디 하고는 등을 돌려 계단을 밟는다.

제 방으로 올라 온 태운은 자리에 누워 어머니라는 사람의 추악한 행적을 떠 올리자 전에 없던 끔찍한 경멸이 밀려들었다. 정숙하지 못한 여자의 행실 때문에 한 생명이 비명횡사했다. 내 아버지라는 사람이.

양순은 어머니가 우연히 알게 된 사람처럼 얘기했었다. 김성만이 단지 질투심에 사람을 시켜 죽임으로 모든 불행이 시작된 줄 알고 있었다. 죽은 사람이 이 집 운전기사였었다는 것도 뱃속에 있는 핏덩이를 계획적으로 속이기 시작했었다는 것도 처음 안 사실이다. 아이는 김성만이 처음부터 제 자식으로 알고 있었기 때문에 어머니가 정신병원에 입원하게 되자 김성만이 데려간 것이고 일부러 그의 자식으로 속인 것은 아닌 듯이 말했었다.

태운은 자리에 누워 그림을 그려 본다. 가정을 가진 남자의 정부로 살아가는 여자는 어느 날 정부의 운전기사와 눈이 맞아 아이를 갖게 되었고 주인 아이로 속이면서 관계를 계속한다. 결국 주인 눈에 띄게 된 기사는 비명횡사하게 되고 여자는 돌아오지 않는 남자를 기다리다 알코올중독으로 폐인이 되어 자식까지 빼앗긴, 가히 총천연색 그림이 그려졌다.

다음 날 태운은 퇴근하여 식당 근처에서 양순을 불러낸다. 어머니에게는 알리지 말고 나오라는 전화를 받은 양순은 무슨 일인가 하여 잔뜩 긴장이 되어 있었다.

"무슨 일인데 그래? 엄마가 알면 안 되는 거냐?"

"이모! 지금부터 숨기지 말고 대답해요. 아버지라는 사람의 죽음, 어머니의 부정한 이중생활, 자식조차 속인 일, 그 사람이 다 말해 줬거든? 처녀가 늙은 남자의 정부로 살면서 그 남자의 운전수와 놀아나다가 그 지경을 당했으며 자식의 아비까지 속여야 하는 부정한 여자, 그 여자가 내 어머니라고 했어요. 그게 사실이예요? 그렇다면 경멸스러운 그런 여자 다시는 안 보려구요."

"태운아! 네가 그런 말 하면 느이 엄마 불쌍해서 어쩌냐. 다른 사람들이 다 엄마한테 돌을 던져도 너만은 그 돌을 막아줘야 해. 엄마는 말이다 ….."

양순 이모 입에서 나온 어머니의 일생은 가히 천형(天刑)이었다.

의부의 계속되는 욕정을 피해 가출한 여자, 부정한 생명을 잉태했고 요정에 나가 또 다른 욕정에 시달리다 부정한 생명이 스스로 자멸함으로 무지 행복했다던 여자, 태어나 처음으로 사랑한 사람의 자식을 낳고도 키우지 못한 여자, 혼자서 두견처럼 울지도 못할 사랑을 하고 끝내 알코올에 의지하다 지치고 늙어버린 그 여자, 바로 내 어머니다. 어머니는 지금도 강용범의 죽음을 인정하지 않는다고, 귀국한 아들을 처음 보았을 때 아들이 아닌 연인을 보고 있었고 그 기대가 무너져서 울었을 것이다.

태운은 가까스로 어머니도 용서를 하려는데 기구한 행적은 끝내 잊혀지지 않는다. 오물을 뒤집어쓰고 있는 어미의 신성은 그것이 자의든 타의든 화상으로 일그러진 흉터처럼 다시는 회복될 것 같지 않았다.

'자궁에 붙어있던 생명이 자멸할 때 무지 행복해 할 것이 아니라 같이 자멸해 버릴 것이지.'

무정한 자식은 신성을 잃은 어미가 스스로 자멸하지 않은 것에 순간 환멸을 느끼면서 어두운 거리를 무작정 배회하고 돌아다닌다.

그날 밤 태운은 어느 술집 탁자에 엎어져 일어나지 못했고 아침에 눈을 뜬 그의 눈앞에는 선배 여기자 오소영이 흐트러진 모습으로 자고 있었다. 주위를 둘러보는데 가정집 같았다. 황당하여 자고 있는 소영을 흔들어 깨운다.

"이봐요 오 기자, 어찌 된 거요?"

"일어났어요?"

"어떻게 된 거냐고 묻잖아요. 왜 내가 여기 있어요? 그리고 또 이건…"

두 사람이 어떻게 한 침대에 있는지를 묻는다. 소영은 기지개를 쭉 펴고 나더니 되레 되묻는다.

"정말 기억이 안 나는 거요, 안 나는 척 하는 거요. 어제 명륜동 술집에 간 기억은 나고?"

"… 그건 기억나요."

"술집에 간 기억은 나는데 술집을 나온 기억은 안 난다? 샤워를 하고 나오는데 전화가 왔어요. 술집이래요. 손님이 쓰러져 있는데 수첩에 적힌 번호로 걸었다면서 와서 좀 데려가 달래요. 택시를 타고 달려가 보니 참 가관이더군. 집이 어딘지도 모르겠고 그 밤에 여자가 취객을 끌고 여관에 갈 수도 없는 노릇이고 해서 별수 없이 그냥 내 숙소로 올 수밖에."

"그리고? … 우리 아무 일 없었죠?"

"정말 기억이 전혀 없어요? 막 울었던 기억도 안 나요?"

"… 내가 울어요?"

태운은 술집 영업이 끝날 때까지도 만취한 상태로 탁자에 엎어져 있었다. 술집 주인은 손님의 윗도리에서 수첩을 꺼내 맨 앞에 적혀진 번호로 전화를 걸었다. 한 팀인 소영의 번호였다. 소영은 입사만 일 년 선배일 뿐이고 나이는 동갑이었다.

송장처럼 늘어져 있던 취객은 방에 들어서기 무섭게 멀쩡한 사람처럼 소영을 막무가내로 밀어붙였다. 얼떨결에 뒷걸음치다가 침대에 넘어지면서 취객 밑에 깔리게 된 소영이 숨이 막혀 빠져 나오려는데 갑자기 꺽꺽 남자가 울었다. 한 밤중에 남자의 울음소리는 처절했다. 세상을 그만 살아야 할 것처럼 비참하게 울었다. 우람한 등판이 흐느낌으로 출렁였다. 평소 귀족 같기만 하던 이 남자에게 무슨 일이 있었던 것일까. 소영은 빠져나오려던 몸짓을 그만두고 출렁이는 등을 가만가만 다독여 준다.

한참을 그치지 않던 울음이 잦아들고 돌연 여자에게서 떨어져 마지막 긴 숨을 내 쉰다. 자유로워진 소영은 반쯤 몸을 일으켜 천장을 보고 누워 있는 남자를 내려다본다. 외로움이 물처럼 흐르는 물체가 누워 있었다. 너무 외로워서 커다란 덩치가 백지장처럼 얇아 보였다. 감겨져 있는 눈에서는 계속 눈물이 흐르고 있었다. 순간, 소영이 외로움 덩어리를 안는다. 가슴에 꼭 안아 준다. 여자가 안아주는 대로 안겨있던 외로움 덩어리는 어느 순간 불덩어리가 되어 버리고 그리고 잦아들던 울음처럼 여자의 몸 안에서 재가 되어 버린다.

그 날부터 태운은 짐을 싸 들고 소영의 숙소로 들어왔다. 낮에는 동료가 되고 밤에는 연인이 되어 있는 두 사람은 석 달을 살고 나서 그만 헤어지자는데 합의를 했다.

태운에게 지금의 잠실 아파트가 생기게 된 것은 소영의 집에서 나온 지 일 년 만이다. 의부의 씨를 잉태했다던 그 어미가, 저주스런 의부의 씨가 스스로 자멸하면서 밖으로 쏟아져 버릴 때 같이 자멸해 버리지 않고 살아있음이 저주스럽던 그 어미가, 의부라는 사람이 죽으면서 물려준 유산을 이 무정한 자식 이름으로 사 놓은 것이다.

뿌리의 근원

태운이 강용범의 친가를 찾아 나섰던 것은 소영의 숙소를 나오고 나서다. 김성만의 호적에서 파양을 하고 어디엔가 입적을 하려면 한번은 치러야 할 과제다. 이름 없는 잡초도 그 근원과 뿌리가 있거늘. 태운은 어느 하루 날을 잡아 자신의 뿌리를 찾아 나섰다.

시골길은 잡초들로 무성했다. 뜨거운 햇빛이 튀는 한낮의 무성한 잡초 속에서 들꽃이 얼굴을 내밀고 숨을 쉬고 있다. 잠시 쉬었던 매미가 또다시 찢어지는 소리를 내며 울고 숲속에서는 각종 새들이 짝을 부르는 소리가 한가롭다.

시골의 한낮은 주검처럼 고요했다. 경제가 농업에서 상업으로 바뀌면서 젊은 사람들이 떠나버린 농촌은 어디나 죽은 거리 같은 것이 현 실태다. 젊은이가 없는 농촌에는 아이들이 없어 초등학교는 모두 폐쇄되고 전교 학생 수가 사방 사오십리 밖에서 모여들어도 백 명이 못되는 분교를 운영하고 있는 실정이다.

노인들만 남아있는 농촌에는 개도 없다. 노인들이 개까지 돌볼 기력이 없는 것이다. 낯선 사람이 동네에 들어와도 개 짖는 소리는 없고 늘어진 버드나무 가지에 붙어있는 매미들만 동네를 가를 듯이 울어댄다.

사람을 볼 수 없으니 우선 마을 회관을 찾아가 보기로 한다. 회관에는 고목 같은 할머니 서너 명이 앉아 영혼이 빠져나간 얼굴을 하고 푸성귀를 다듬고 있었다. 허리뼈가 주저앉은 노인들이다. 젊은이가 들어서자 희귀한 물건을 본 것처럼 할머니들은 고개를 바짝 치켜들고 쳐다본다.

"안녕하십니까? 말씀 좀 여쭤보겠습니다. 혹시 이 동네에 강용범이라는 사람이 살았던 집이 어디쯤인지요."

"……."

노인들은 젊은 사람을 본지가 하도 오래라서 말문이 막혔는가. 약속이나 한 듯이 입을 꾹 다물고는 신기하다는 듯이 빤히 쳐다만 본다.

"이 동네에 강용범이라는 사람이 살았었나요?"

태운이 재차 묻자 외계인 바라보듯 하던 할머니들은 이제 눈을 돌려

자기들끼리 서로 묻는다.

"강엥범이라면 무더골 똥장군 아들 말하는 것 아녀?"

"그 도회지에서 객사했다는 갸 말하는 것 같은디?"

"똥장군 강 씨 아들 말하는가?"

"찾는 사람이 죽은 사람 맞지유?"

자기들끼리 주고받다가 한 할머니가 밭고랑 같은 얼굴을 돌려 태운에게 묻는다.

"예, 맞습니다."

"이잉, 맞구먼 그려. 근디 댁은 그 집 하고는 워치케 된다?"

"예, 뭘 좀 알아볼 일이 있어서 그럽니다."

"그 집 가봐야 시방은 집터만 있고 암도 안 살어. 엥범이 죽고 얼마 안 가서 벼락부자 대서 여그 떴어. 엥범이가 서울인가 워디다 땅을 잔뜩 사놓고 죽었다는디 그 땅을 사겠다고 동네가 여간 시끄러웠간디?"

"그랬지. 그 아베는 아들 죽고 나서 시름시름 앓다가 돈도 못 써보고 죽었불고 엥범이 큰 동상만 시방 서울에서 떵떵거리고 산다등만. 옛말 틀린 것 하나도 없어. 버는 놈 따로 있고 쓰는 놈 따로 있다잖여."

"근디 들리는 소문으로는 큰 동상이 다른 동상들을 몰라라 허고 저 혼자만 배터지게 잘 먹고 산다잖여. 다른 동상들은 집칸도 없이 벌이도 시원찮고 하루하루 근근이 산다더먼 그랴."

"시방 동상들하고는 오도가도 안하고 다들 웬수가 됐댜."

"그런 죽일 놈이 있어? 그 돈이 제 것이간디? 갸가 핵교 댕길 것을 댕겼간? 엥범이가 서울서 번 돈으로 핵교 댕겼지. 그런 집에서 대핵교까지 나왔다고 인물 났다고 여간들 했잖남. 그 인물 났다는 놈이 그래 형이 번 돈까지 혼자 갖고 다른 동상들을 나 몰라라 한다는 것이 말이 되능감?"

"죽은 놈만 불쌍혀. 옝범이만 안 죽고 살았다믄 그 똥장군 지금쯤 팔자 펴고 여봐란듯이 휘젓고 살틴디. 똥장군이 복이 읎능겨."

할머니들은 곁에 태운이 있다는 것을 잊었는지 동네에서 일어난 과거 일을 가지고 서로주고 받으며 홍분을 했다.

똥 장군이 복이 읎는겨 — 할 때는 다듬은 푸성귀를 화풀이 하듯 그릇에 패대기까지 친다. 얘깃거리가 없어 심심하던 차에 이게 웬 횡재냐 싶은 얼굴들이다.

강용철이 형의 명의로 된 땅을 번갯불에 콩 구워 먹듯 제 명의로 바꾸어 버렸지만 좁은 동네에서 퍼지는 소문에 의하면 이미 알 것은 다 알고 있었다. 용철이 대학공부도 용범이가 가르쳤다는 것을 삼사동네 개까지 다 알고 있던 터에 대학을 졸업하고 취직도 하기 전 무일푼인 그가 그 많은 땅을 샀다고 믿는 사람은 아무도 없었다.

할머니들이 일러준 집터를 찾아가 보았다. 풀숲이라 집터인지 야산인지 분간이 안 되었다. 풀숲에 몸뚱이를 숨긴 깨진 똥장군이 있는 것으로 보아 이곳이 맞는 것 같았다. 깨진 똥장군 주위로 벌들이 날아다니며 앙증맞은 들꽃들을 희롱하고 있었다.

본래 내 땅도 아닌 동네 산자락 밑에 개집처럼 지어 놓고 한방에서 자식 낳고 살았던 흔적이 고스란히 남아있었다. 비록 똥통을 지고 동네 변소를 기웃거려도 장차 장남 용범이가 그 집의 큰 희망이었다. 희망은 그대로 현실이 될 것을 절대로 의심치 않았다. 똥장군의 희망대로 장남은 돈을 벌어서 동생들을 가르치고 먹여 살렸으며 어느 날 그 화려한 희망은 주검으로 돌아오고 그리고 똥장군은 죽음으로 돌아갔다.

태운은 면사무소에 들러 필요한 서류를 챙겨서 파양 절차를 밟기 위해 김성만 집을 다시 찾았다. 숲속같이 울창한 정원과 고풍스런 집을 올려다본다. 이집에 들어와 성장기를 보냈지만 한순간도 행복하지 않았던 어린 시절이 스크린처럼 지나간다. 철창에 가둬진 것처럼 암울한 기억 밖에는 없는 어린 시절이었다. 이제 모든 절차가 끝나고 이곳을 나가게 되면 이 집과는 단절이다.

거실에 앉아 태운을 맞는 김성만은 벌레를 씹은 얼굴이다. 조금은 두려운지 헛기침을 자주 하면서 두려움을 밀어내고 있었다. 한때 어머니라고 부르라던 여자가 예의상 마실 것을 탁자에 내려놓더니 일별도 주지 않고 방으로 들어가 버린다. 그를 반기는 것은 털복숭이 개뿐이었다.

"탈세 정리는 잘 하고 계십니까? 자진해서 하십시오. 건물 주인들에게 환원할 생각도 하고 계시겠죠?"

"… 내가 꼭 그래야 할 이유가 있느냐?"

"있습니다. 이 나라 법은 결코 허술하지가 않아요. 제 말씀이 역겨우시겠지만 더 큰 화를 막는 최선이라는 것을 아셔야 합니다. 한때 아버지로 알았던 제 마지막 선의이니 저버리지 마십시오."

"여태도 조용했는데 고발하지 않고서야 시끄러울 까닭이 있겠느냐? 내 말하지 않았느냐. 너의 몫을 생각하고 있다고."

"제 몫은 괘의치 마시라고 분명히 말씀드렸습니다. 대신 환원과 탈세를 정리하세요. 제가 알기로는 이미 조사 대상으로 국세청에 올라가 있는 것으로 압니다."

"뭐야? 네 놈이 기여 일을 저질렀구나."

"분명히 말씀드리지 않았습니까. 한때 아버지로 알았던 제 선의를 저버리지 마시라고. 지금 국세청에서는 암암리에 의심이 가는 사체업자들을 다 조사해 놓은 상태라는 것을 미리 알려드리는 겁니다. 자진 신고자에게는 탈세 법을 적용받지 않을 것이라는 정보가 있어 알려 드리는 것이니 꼭 그리 하십시오. 한때는 가장 가까운 혈연으로 알고 있었던 터에 모른 척 할 수가 없어서 말씀 드리는 것입니다."

"……."

담배통을 여는 김성만의 손이 바르르 떨린다.

다음날은 아버지 강용범의 동생들을 만나기 위해 집을 나섰다. 경찰서를 통해 이미 주소를 확보해 놓은 상태였다. 그들의 호적에 입적하기 위해서 한번은 만나야 할 사람들이었다. 강용범 밑으로 남자 동생이 셋이 있고 막내로 여동생이 하나가 더 있었다. 큰 동생이 살고 있는 주소는 서초동이고 다른 동생들이 살고 있는 주소는 성남 변두리에 있었다. 그 나마도 그들이 살고 있는 집은 모두 제 집이 아니었다.

소문대로 형의 재산을 큰 동생 혼자서 독차지하고 호의호식한다는 소문이 사실이었다. 변호사를 통해 그가 누리고 있는 재산이 죽은 형의 재산임이 입증된다면 그가 점유하고 있는 모든 재산권을 상속자인 자신에게 돌릴 수 있다는 것을 이미 확보해 놓은 상태다.

달동네 사는 동생들은 멀리 떨어져 있지 않고 둘레둘레 모여 살고 있었다. 먼저 고모가 되는 여동생 집을 찾았다. 연립주택 반지하에서 살고 있었다. 호적에는 강용선으로 올라있었다. 조심스럽게 문을 두드리자 용선이 밖으로 나온다. 생머리를 단정하게 묶은 모습이 상큼해 보였다.

"안녕하십니까? 말씀 좀 묻겠습니다."

"……."

"혹시 강용범이라는 분을 아시는지."

"… 용범이 오빠는 어떻게 알고.… 벌써 오래 전에…,"

"알고 있습니다. 돌아가셨지요. 사실은 그 분이 제 아버지 되시는 분이라서,"

"헉! 그럼, 큰 오빠한테 아들이?"

용선은 순간 허둥거린다. 잠시 진정하고 나서 누추하지만 태운을 들어오게 하고는 서둘러 두 오빠들을 불러들였다. 용선은 어려서 큰 오빠의 모습을 뚜렷하게 기억 못했지만 두 오빠들은 방에 들어서자 벌린 입을 다물 줄을 모른다.

"큰 형이 서 있는 줄 알았다. 누가 뭐래도 너는 큰 형 자식이 틀림없다. 그동안 어디 있다가 이제야 찾아 왔냐. 형한테 이런 아들이 있었다니, 돌아가신 아버지가 벌떡 일어나시겠다."

삼촌들은 투박한 손으로 태운을 붙잡고 놓을 줄을 모른다. 행색을 보건데 누가 일러주지 않아도 막노동으로 근근이 사는 모습들이 역력했다. 태운은 그들과 헤어지고 돌아오면서 앞으로 해야 할 일들이 아주 많을 것 같았다.

어머니의 그 신성함

태운은 주인을 불러 소주 한 병을 더 시켰다. 벌써 세 병을 마셔버린 상태다. 인희는 가만히 바라보기만 했다. 많이 외로운 사람에게는 어쭙잖은 위로보다는 스스로 외로움을 밀어낼 때까지 그냥 옆에서 기다려 주는 것이 예의일 수도 있다.

인심 좋은 아주머니는 풍선 같은 몸을 날렵하게 움직이더니 따끈한 매운탕을 다시 끓여 내왔다. 인희는 살짝 웃어주었고 태운은 엉덩이까지 들면서 인사를 한다.

"자식 눈에는 어머니가 어떤 모습으로 보일까요."

"글쎄요, 어머니라면 신성 그 자체가 아닐까요? 신성불가침의 영역 같은, 그래서 내 어머니가 하는 일은 언제나 옳고 용서라는 단어가 절대 필요 없는 특별한 분, 외양이 곱던 밉던 비단옷을 입었건 누더기를 걸쳤건 자식 눈에는 그냥 어머니로 성스러운 존재. 그런데 그게 왜요?"

지금 태운은 언제라도 울 준비가 다 되어있는 눈으로 인희를 바라보다가 천천히 아주 천천히 술을 따라 입에 털어 넣는다. 연거푸 또 한 잔을 털어 넣고 나서 다시 인희를 몽롱하게 쳐다보다가 손바닥으로 얼굴을 한번 쓸어내리더니 고개를 숙인다.

"… 그렇겠죠. 어머니라면 그래야 하는데 … 내가 어머니라고 부르는 그 사람은 차라리 세상에 존재하지 않았더라면 …"

자조하듯 그의 입에서 가느다란 한숨이 새어나온다.

"많이 취하신 것 같은데 이제 그만 일어날까요?"

"취하고 싶은데, 내가 누군지조차도 모르게 취하고 싶은데 정신이 너무 말짱해서 힘이 듭니다."

"이제 술은 그만 드시는 것이 좋겠어요."

인희는 소주병을 살며시 내려놓더니 빈 대접에 부어 버린다. 바닷바람이라도 쐬자고 부추기자 어린아이처럼 순하게 따라나선다. 해는 아직도 머리 위에 있고 바다는 고기비늘 같이 반짝이면서 저기 있었다. 겨울 바닷바람이 무엄하게도 옷깃을 헤치고 있을 때 인희는 환청 같은 소리를 듣는다.

"이머니라는 사람이 의부의 씨를 잉태했었다면 그래도 신성하다한 수 있겠어요?"

"……"

"의부를 피해 가출을 했는데 돈 많은 영감 눈에 띄어 그의 정부로 살면서 하필 영감의 운전기사를 사랑하는 이중생활을 하는 … 그런 어머니를 용서한다고 하면서 그 부정한 행적이 잊혀 지지가 않아서, 신성해야 할 어머니가 추악하고 불결하게 보여서 견딜 수 없이 비참해 진다면."

"제게 왜 그런 말까지 …,"

"누군가에게 털어놓으면 좀 후련할까 해서요. 그 누군가가 당신이라서 다행입니다."

"후련해지셨으면 좋겠군요."

"오늘 병원에서 어머니를 보았을 때는 정말 충격이었어요. 신성하지도 못한 어머니의 얼굴이 천상에서나 있는 그런 얼굴로 변해있더군요. 어른이 고뇌를 모르는 갓난아이 같은 얼굴을 하고 있다는 것이 보는 사람에게는 또 하나의 고통이라는 것을 처음 알았습니다. 뇌가 비어지면서 살아온 삶의 흔적도 바닷물에 쓸려 버린 발자국처럼 말끔하게 지워지나 봅니다."

"그러게요."

바람에 날리는 남자의 머리카락이 고뇌의 얼굴을 반쯤 가려주고 있었다. 생뚱맞게도 파카의 카키색이 지금 이 남자의 고통과 같은 빛깔일 것이라는 생각을 한다. 인희는 애써 딴 곳으로 눈을 돌려본다. 의부의 씨를 잉태했었다면 혹시 그 의부의 씨가 바로 자기 자신이라는 뜻도 되는데.

담뱃불을 붙이려는지 잔뜩 웅크리고 있는 남자의 등판이 처연해 보인다. 등판을 쓸어주고 싶은 충동을 일으킬 만큼. 인희는 더 이상 아무 것도 묻지 않았고 등판을 쓸어 주지도 않았다. 바닷바람이 몰려다니다가 두 사람의 얼굴을 때리고 저만치 달아난다.

인희가 운전을 했다. 남자의 손때가 묻은 핸들은 부드러웠다. 이런 고급차를 운전하기가 부담되어 처음에는 거절했고 운전석에 앉아서는 당황했고 지금은 너무 편해서 이런 차를 한번 가져보고 싶었다.

회사에 차를 두고 나왔기 때문에 회사 근처까지 와서 핸들을 넘겨주었다. 여기까지 오는 동안 줄곧 창밖만 바라보던 태운은 차에서 내려 손을 내민다. 인희는 스스럼없이 잡으면서 남자와 눈을 맞춘다. 인희를 바라보는 남자의 눈은 여전히 동굴처럼 깊었다. 이번에는 갈망이 아닌 상대를 신뢰할 때의 그런 동굴이었다. 인희는 잔잔하게 웃어 주고 돌아선다.

혼자가 된 태운은 담배에 불을 붙이고 나서 운전석 등받이에 머리를 뉘고 눈을 감는다. 도무지 취하지 않던 술이 이제야 취기가 오른다. 아직 해가 있으니 음주 측정 염려는 안 해도 될 것 같고, 그는 집으로 들어가려다가 핸들을 강변 쪽으로 돌린다.

그녀를 두 번째 만나던 기억이 난다. 병실에서 거리감 없이 다가서던 그녀 얼굴에서 이유는 알 수 없으나 이른 봄의 설렘이 살짝 느껴졌다. 순간, 그동안 춥기만 하던 마음에 온돌방에 들어선 듯한 따뜻함이 몰려들었다. 마주보고 차를 마시면서 허세부리지 않는 그녀의 언행은 잊고 지냈던 고향땅에 온 듯이 편했다. 그녀는 잠시도 침묵하지 않았지만 수다스럽다는 느낌이 전혀 들지 않았다. 무슨 대화를 해야 하는지를 잘 아는 특별한 재주가 있었다. 소리 내어 웃어도 천박하지 않았고 몇 시간째 앉아 있어도 지루하지 않았다.

그리고 오늘 머리가 비어지는 어머니를 보고 아득한 두려움에 갇혔을 때 어김없이 그녀가 떠올랐다. 겨우 두 번 만났던 여자였는데 말이다. 두 번의 우연이라면 쉽게 잊혀질 수 없는 큰 의미를 갖는다해서 결코 지나치지는 않을 것이다.

취하고 싶었다. 오늘은 그냥 취해버리고 싶은데 정신은 온통 맑아지기만 했다. 앞에 앉아 있는 여자에게서 생뚱맞게 동백꽃이 연상되었다. 떨어져도 흩어지지 않는 제 모습으로 바닥에서조차 의연하게 아름다운 동백꽃. 예쁘면서 예쁜 척 하지 않는 여자는 늙어버린다 해도 그 모습으로 그냥 있을 것 같았다. 그녀가 말한 어머니라는 성스러운 존재의 신성이 그녀에게서 그대로 보였다. 그런 그녀를 상대로 성적인 속된 생각 따위는 감히 품어지지 않았다. 어미의 치부를 남김없이 게워내 버리고 나서는 사고치고 어릴 적에 업혔던 누나에게 털어놓은 것처럼 후련했으니. 남도 아닌 어미의 치부였다. 가장 가까운 아내에게조차도 숨겨야 할 수치다. 그럼에도 그녀 앞에서 그냥 부끄럽지 않은 내가 신기했다. 왜일까.

인희는 다음 날부터 대부도 현장으로 출근했다. 점심때가 되어 직원들과 점심을 먹고 나오면서 태운이 앉아있던 자리를 흘긋 쳐다본다. 낮달처럼 외로워 보이던 얼굴이 떠오른다. 왜 나에게 그런 말을 했을까. 지금쯤 얼마나 허전해 할 것이며 자책을 할 것인가. 타인의 비밀을 알고 있다는 짐스러움이 전화 폴더를 열게 했다.

"서인희 입니다. 전화를 받는 것 보니 잘 들어 가셨군요."

"아! 인희씨, 어제는 저에게 시간을 내 주셔서 감사했습니다. 지금 어딥니까?"

"네, 오늘부터 현장으로 출근했어요. 어제 그 매운탕 집에서 현장 직원들과 점심을 먹고 나오는 길이예요. 잘 들어가셨나 궁금해서 전화 드렸어요. 괜찮으세요?"

"괜찮았는데 지금은 아닙니다."

"왜 … 죠?"

"전화 받고 또 매운탕 생각이 나서요."

"농담을 하는걸 보니 괜찮아 보이는군요. 다행입니다. 제가 여기 있는 동안에 매운탕 생각나시면 아무 때나 들르세요."

"언제까지 계십니까?"

"아마도 다음 달까지는 있지 않을까 합니다. 오실 때 전화하시고 오세요. 근무 중에 본사에 들어갈 일도 종종 생긴답니다."

지금쯤 많이 자책하고 있으리라는 생각은 여지없이 빗나가 버렸다. 그의 음성이 의외로 밝음에 인희는 오히려 음모하려던 계획이 발각된 것 같은 허전함에 혼자서 피식 웃는다. 그 후로 태운은 몇 차례 취재차 동료직원들과 지방에 갔다가 혼자 따로 떨어져 제부도에 들렀다. 우정 전화를 하지 않았는데도 다행히 인희는 자리에 있었다. 갑자기 찾아온 태운을 맞는 그녀의 당혹스런 표정을 즐기는 듯 했다.

만남을 거듭하면서 인희는 그의 동굴 같은 눈 속에 있는 갈망을 읽을 수 있었다. 그것은 어쩔 수 없는 한이었다. 혼자서 감당해 온 고독의 늪이었다. 그 늪은 순간순간 출렁였는데 그의 목소리가 한 옥타브 높아지면서 밝아 질 때가 바로 그 때라는 것을 알았다. 밝아지는 소리에 비례하듯 깊은 눈은 외로움으로 절절거렸고 입으로는 술잔이 사정없이 들어가고 있었다.

세상에 태어나 처음으로 접하게 되는 곳이 어머니 품이다. 어머니 젖줄을 통해 육신이 자라고 어머니 심장 소리를 들으며 인성이 형성되고 어머니의 손끝을 스친 사랑을 먹으며 성인이 되어 비로소 홀로 서게 된다. 본래 한 몸이었다가 분리된 몸, 한 몸이었던 어미가 신성치 못함은 그 몸에서 분리된 몸 또한 신성치 못할 것이라는 자책으로 신성치 못한 눈에 보이는 것 모두가 다 그러할 것이니 그래서 세상을 함부로 살게 되는 것인지도 모른다.

태운도 그랬다. 한창 용암처럼 분출할 젊은 혈기임에도 이성이 그리 신비롭지가 않았으니 말이다. 소영과의 동거도 술김에 일어난 일이었다. 어미의 신성함을 잃은 태운의 눈에는 모든 여자가 신성치 못했으며 결국 석 달 만에 다시 짐을 싸서 소영의 집을 나오고야 말았다.

어미의 몸에서 분리된 아이는 세상이 보이기 시작하면서 두려움을 느낀다. 그때 한 몸이던 어머니 품은 아이에게 있어서 가장 안전한 요새다. 어미 품을 잃은 아이는 정서가 불안하면서 요새 대신 스스로 자신을 보호할 보호막을 만들면서 성장한다. 아이의 눈에는 모든 것이 자신을 헤치려는 적으로만 보인다. 그리하여 마음의 문을 꼭꼭 닫아버린 채 타협할 줄 모르고 감정 표현조차 두려운 황량한 가슴으로 홀로 세상과 맞서는 외로운 삶을 살아야 한다.

일찍이 어머니 품을 떠나온 태운도 예외는 아니었다. 태초에 잠들었던 자궁의 아늑함을 느낄 수 있는 어미의 품을 갈망하면서 성장했다. 부족함이 없는 풍요 속에서 홀로 갖는 빈곤은 어미의 환영이었다. 부엌 찬장 그 자리에 언제나 장승처럼 세워져 있는 소주병을 꺼내 대접에 줄줄 따라 마시던 어미지만 그런 어미의 치마꼬리라도 잡고 있으면 어린 마음은 푸른 들판 같은 평화를 느꼈다. 밖에서 뛰어 놀다 들어와 어미가 보이지 않으면 뙤약볕에 뽑혀진 풀포기처럼 금세 시들해지면서 집 안팎을 기웃기웃 찾아다녔다. 그리고 어느 날 이유도 모른 채 어미 곁을 떠나온 아이는 뽑혀진 풀포기로 시들시들 견디며 살아야 했다.

그 집에는 누님이라는 사람이 셋이 있었다. 이미 출가를 했지만 집에 들를 때면 어린 태운을 외계인 보듯 했고 아이는 죄인처럼 고개를 들지 못했다. 그럴 때마다 어미의 환영으로 황량한 가슴은 눅눅한 슬픔에 젖게 되고 도둑처럼 제 방으로 올라와 숨곤 했다. 어느 날 도서관에 가려고 방을 나오다가 그들과 어머니라는 사람이 하는 소리를 우연히 듣는다.

"아버지는 우리 몫까지 저 개구멍받이한테 몽땅 물려주려나 보지? 어머니 몫도 빨리 챙겨요. 잘못하다가는 굴러들어온 돌한테 재산 몽땅 뺏기게 생겼잖아."

"저 녀석이 정말 아버지 아들이 맞기는 한 거야? 닮은 구석이라고는 눈 씻고 봐도 없거든?"

"맞아. 제 에미라는 여자가 아버지 재산보고 술수를 쓴 것이 분명해. 반반한 얼굴을 밑천으로 돈 많은 영감 물색해서 한 몫 잡는 여자들 많잖아? 그 여자야 말로 제대로 낚은 거지 머. 이 보다 더 좋은 기회가 또 있겠어?"

아이는 생각한다. 어머니는 이 집 재산 때문에 나를 찾아오지 않았다는 말이 된다. 어머니는 영영 나를 찾지 않을 것임을 그때야 알았다. 저들의 말에 의하면 내가 이집 아들이 아닐 수도 있다. 내 어머니는 재산 때문에 나를 이집 아들로 둔갑시켜 들여보내 놓고 어딘가 숨어서 엿보고 있을지도 모른다. 어떻든 이 집 재산이 몽땅 내 몫이 될 수도 있다는 것이 아닌가. 그렇다면 나는 앞으로 엄청난 부자가 되는 것이다. 그런데 왜 이리 허전한가.

그날 이후로 어머니를 기다리지 않았다. 어미의 환영도 애써 지워 버렸다. 아버지라는 사람이 유학을 가라고 했을 때 태운은 비로소 옭아맸던 사지가 풀리는 듯 했다.

'그래, 이 땅을 떠나 나를 외계인 보듯 하던 사람들로부터, 재산이 탐나 나를 영영 찾지 않는 어미로부터, 나 또한 영영 벗어나리라.'

그런데 한 여자가 찾아와 어머니를 만나게 해 주었다. 그리고 어머니는 결코 재산을 탐내어 아들을 찾지 않을 그런 여자가 아님을 알게 되었다. 비로소 어미를 받아들이고 황량했던 가슴에 잠깐 평화가 찾아들었다. 그랬는데 어미의 행실이 신성치 못함을 알게 된 가슴이 한사코 어미를 밀어내고 있었다.

이성에 가슴을 닫아버린 태운은 눈만 뜨면 무거운 장비를 메고 산천을 누비며 돌아 다녔다. 사진작가 직업이 공교롭게도 그에게는 안성맞춤이었다. 아프리카를 비롯하여 세계 지구촌 어디든 가리지 않았다. 아프리카의 비참한 현실 앞에서 인간이라면 누구나 고개를 돌렸지만 태운은 어미 가슴에 달라붙어 말라비틀어진 젓꼭지를 빨고 있는 아이를 사랑스럽게 보듬고 있는 어미의 모습을 보고 눈물이 나도록 가슴이 따뜻했다. 그런 태운에게 우연히 인희가 눈에 띄게 된 것은 운명이었다. 첫날은 폭설이 내리던 중에 처음 보는 사람에게 그저 도움을 준 것으로, 그다지 의미를 갖지 않았다. 기억에 남은 것이 있었다면 도움을 받는 입장에서 무척 당당하고 밝았다는 것뿐이다.

두 번째 만남에서는 팅기듯이 다가오던 모습이었다. 상대에게 새롭게 보이려는 몸짓 따위를 전혀 무시한 행동이 신선했다. 냉동이던 그의 마음이 살짝 설레기까지 했으니까. 마치 낯선 거리에서 뜻밖에 만나게 된 오랜 친구를 대하듯 그랬다. 도톰한 귓불에 걸려있는 조그마한 귀걸이가 짧은 머리 밑에서 한참동안 달랑거렸다. 하얀 눈발 속에서도 맨 처음 눈에 띄던 모습이었다.

그녀와 거듭되는 만남을 해 보지만 수선스럽지 않으면서 할 말은 다 하는 여자였다. 우정 나약해 보임으로 상대의 보호의식을 일깨우려는 의도 따위가 그녀에게는 전혀 없었다. 그녀 곁에서는 젊은 남자가 젊은 여자에게서 흔히 느끼는 충동적인 감정이 아닌 편안함이 있었다. 소음 속의 고요 같고 고통 뒤의 휴식 같은 편안함. 땅에 떨어지고도 흐트러지지 않은 모습에 아! 감탄을 하지 않을 수 없도록 고와 보이는 동백꽃 같은 그녀 곁에서는 신성하지 못한 어미의 자식이 스스로 비참하지 않아도 되었다. 그녀 곁에서는 홀로 떠도는 유랑민 같던 자신이 온전히 정착하고 싶고 착해지고 싶었다. 무슨 이유일까.

태운은 인희의 선천적인 정신적 성숙함에서 어린 시절 잃어버린 모정을 보상받고 싶어 하는 자신을 아직 모르고 있었다.

아름다운 영혼들의 우정

복선의 망가진 기억회로는 돌아오지 않았다. 오직 첫사랑만 기억했다. 태운을 아들이 아닌 강 기사로 기억하는 복선은 태운을 바라보는 표정이 정인을 그리는 순정이다. 가까이 있으면 안기려 했고 떨어져 있으면 애가타서 안달을 했다. 무심히 돌아서 있는 아들을 등 뒤에서 끌어안고 등판에 얼굴을 부빌 때는 태운도 어쩔 수 없이 진저리를 치면서 뿌리치고 만다. 신성하지도 못한 어머니가 천상의 표정이 되어 있는 것만도 고통인데 아들을 감춰놓은 연인으로 착각할 때는 정말 끔찍했다.

복선의 병명은 알코올성 치매로 진단이 났다. 알코올 중독까지 있어 병세는 급격히 빠르게 진행되고 있었다. 그녀 나이 이제 육십을 바라보고 있었고 폐인이 되기에는 아직 이른 나이었다.

꽃 같은 나이에 의부에게 짓밟히고 사랑하는 사람과의 만남이 단 한 시간도 허락되지 않아 도둑 사랑을 하던 여자다. 어느 날부터 소식 없는 남자를 기다리다 알코올 중독자로 정신병원에 갇혔던 여자다. 그 사람이 남기고 간 유일한 핏줄조차도 거둘 수 없어 하늘을 속여야 했던 기구한 여자가 이제는 머릿속이 하얗게 비워지는 병에 걸리고도 그 한 사람만은 영락없이 기억하고 있었다. 기억 회로는 그녀가 살아온 처참한 삶의 기억들은 흔적도 없이 지워지고 오로지 첫사랑 정인과의 밀회 기억만을 온전히 보존함으로 날마다 꿈을 꾸게 만들었다. 환자지만 본인으로서는 천상을 살고 있으리라. 치매가 아니라면 그토록 험난했던 기억들을 담고 과연 온전한 정신으로 살아갈 수 있을까. 아마도 우울증에 시달리다 어느 날 아파트 고층 난간에서 뛰어내려 머리가 으깨어져 있거나 문틀에 대롱대롱 목이 매달려 있을지도 모른다. 운명이란 여신이 그녀에게 기억을 잃어버리게 함으로 어쩌면 마지막 호의를 베푼 것이리라.

태운은 어머니를 시설에 보내고자 했으나 양순은 펄쩍 뛴다.

"나는 느이 엄마 그런 곳에 절대 보낼 수 없으니 그리 알아라."

"어머니한테 그만큼 하셨으면 됐어요. 이모도 생활이 있는데 언제까지 어머니에게 매달려 있을 수 없잖아요."

"나도 이제 늙어서 혼자 가계를 꾸려가기가 어렵다. 엄마도 돌봐야 되고. 그래서 우선 음식점을 운영할 사람을 따로 구하던지 아니면 세를 주던지 하려고 해. 그동안 번 돈이 있으니 가까운 시골에 내려가서 텃밭이나 가꾸면서 지낼까 생각중이다. 환자에게도 시끄러운 도시보다는 안정이 될 것 같고 흙을 만지게 하면 어떨까 해서 말이다. 너는 그냥 가끔 한 번씩 들여다보기만 해라. 저 양반도 그렇게 하자고 했다."

양순이가 가리키는 남자는 나름대로 근사하게 늙어가고 있는 영감이다. 그는 식당 단골손님이었다. 당시 사십대 후반이었던 신사는 양순의 손맛을 잊지 못해 혼자서 제집처럼 들어와 음식을 사먹고는 했다. 시간이 흐르면서 그가 나타나면 양순과 복선은 오라버니처럼 맞으면서 식당 음식이 아닌 여염집 밥상을 차려 내 오기도 했다.

시멘트 회사의 간부로 근무하고 있는 그는 십년 전에 아내와 사별했다. 슬하에는 남매를 두었고 감성이 예민한 사춘기 아이들에게 아내 몫까지 빈틈없이 충실한 아버지로 살고 있었다. 아내의 빈자리가 못 견디게 허전할 때는 늦은 밤이라 해도 식당을 찾아갔고 외로운 사람들끼리 술상 앞에서 별을 보며 술을 마셨다. 그들은 서로의 신상까지 허심탄회하게 털어놓을 만큼 가까워져 있었다. 복선의 딱한 사정과 화류계에 몸담았던 그녀들의 과거행적까지 다 드러난 마당에도 변함이 없었다. 천애 고아처럼 의지할 곳 없는 두 사람에게 그는 든든한 버팀목으로 존재해 주었다.

세월이 흐르고 어느새 훌쩍 자란 아이들은 아버지보다는 제 짝이 더 소중한 나이가 되어 떠날 준비들을 하고 있었다. 이 아이들마저 떠나고 나면 홀로 내팽개쳐진 기분이 들것 같은 마음에 언제부턴가 허망하기 시작했다. 머리카락은 이미 반백이 되었고 윤기 없는 꺼칠한 피부의 골진 주름 틈으로 거뭇거뭇 검버섯이 이끼처럼 산재해 있었다. 아내 자리를 대신해 온 십여 년 세월이 한꺼번에 홀렁 사라져 버리고 허깨비만 남아 휘청거렸다.

어느 날, 밤새 걷잡을 수 없이 밀어닥치는 외로움으로 꼴딱 밤을 밝힌 그는 식당을 향하여 집을 나선다. 하룻밤 사이에 서리 맞은 병아리처럼 을씨년스런 모양새다. 새벽 댓바람부터 나타난 그를 본 두 사람은 멀뚱히 쳐다만 보는데,

"이보게 양순이 나하고 잠깐 가야 할 데가 있네."

"이 새벽에요?"

"오래 걸리지는 않을 걸세."

샛서방 만나고 있는 계집 끌고 나가듯 다짜고짜 양순의 팔을 끌고 나간다. 어안이 벙벙한 양순은 잠자리에서 입었던 헐렁한 통 바지에 목이 늘어진 셔츠를 입은 채 끌려 나가면서 복선에게 점심 장사할 준비를 해놓으라고 이른다. 그 안에 돌아오겠지.

택시를 잡아 뒷문을 열고 부엌강아지 같은 양순과 나란히 앉은 그는 운전수에게 산정호수로 가 달라고 이른다.

"오라버님! 이 첫 새벽에 산정호수에 간다고요?"

"그러네."

"갑자기 그 먼 곳에 뭔 볼일이 있는지는 몰라도 꼭 도둑질해서 튀데끼 이렇게 가야 해요?

"그러네."

"그리 바쁜 일인가요?"

"그러네."

"뭔 일인지 말씀 좀 해 주면 안돼요?

"가 보면 아네."

"나 원, 어제 밤 꿈도 별로 꾼 것이 없는데 새벽부터 납치를 당하다니."

휴일이고 이른 아침인지라 거리는 텅 비어 있었다. 부연 안개 속에서 울창한 나무들이 이슬을 털어내며 기지개를 켜기 시작하는 새벽길을 차는 오만방자하게도 쌩쌩 안개를 가르며 달린다. 빚쟁이 야반도주하듯 이게 뭐 하는 짓인지 모르겠지만 싫지는 않았다.

그 들을 목적지에 내려준 택시는 왕복 차비를 받아 챙겨 달아나 버리고 새벽 호수의 물 내음이 상큼하게 콧속으로 스며든다. 물안개가 짙게 깔린 호수 주위는 아무 것도 보이는 것이 없고 잔잔한 물살이 잠든 호수를 깨우고 있었다.

부연 산들이 안개를 털어내고 일어나려 하는데 이유를 모른 채 과부 보쌈당하듯 끌려 온 여자는 비로소 제 모습을 들여다보고 막막하다. 잠자리 옷도 갈아입지 못한 데다 산발머리를 손가락으로 빗어 고무줄로 질끈 묶어버린 양순은 손에 호미만 들었으면 천상 밭고랑에서 막 일어선 농군 아낙이었다. 뜬금없이, 집이 아닌 외지에서 남자 앞에 서 있는 자신을 보고 있자니 이 남자 앞에서 여자가 아닌 이 모습이 처음으로 당황스러웠다. 그리고 처음으로 진정 여자이고 싶어서 가슴이 먹먹하다.

"이보게, 내가 어제 밤 한 숨도 자질 못했다네."

"무슨 걱정거리 있어요?"

양순은 허황된 생각에 못된 짓 하다 들킨 처녀처럼 잔뜩 주눅이 들어 묻는다.

"아니라네."

"그럼 …"

"잠부터 자고 봐야 겠네. 가세나."

"어리어리?"

이번에도 다짜고짜 양순의 팔을 끌고 모텔 쪽으로 걸어간다. 끌려가면서 만감이 교차한다.

'나 같은 여자 탐낼 남자가 세상에 어디 있겠어. 술집 작부라는 과거까지 다 아는 처지에 지금 내 모습을 봐, 이게 어디 여자여? 잠을 못 잤으니 졸린 것뿐인 게지. 저런 양반이 나한테 딴 맘이 있어 그런 것은 아닐 거여.'

떠꺼머리 총각 손에 끌려 밀밭 들어가듯 끌려가면서 자위를 한다. 그러나 마음은 얼마나 설레고 술렁이는지.

사방이 막힌 좁은 공간에 들어선 남자는 몇 십 년 동안 자식 줄줄이 낳고 살아온 아내를 대하듯 옆자리를 가리키며 누우라고 이르고는 자기도 그 옆에 아무렇지 않게 눕는다. 그런 남자 앞에서 양순도 몇 십 년 같이 사는 동안 트림하고 퍼질러 앉아 방귀뀌고 발등 깨지게 생긴 눈곱 매달고도 아무렇지 않은 아내가 남편 곁에 눕듯 자연스럽게 누웠다.

여자를 향해 돌아누운 남자는 내외가 잠들기 전에 해 오던 행사처럼 그리 뜨겁지도 않은 손길로 다가왔고 여자는 그의 아낙처럼 거부하지 않는다. 그들의 행사는 비록 요란하지는 않았지만 이십년을 넘게 살고 있는 여늬 부부처럼 서로에게 편안함과 깊은 정감을 주고받는다.

"자네는 아주 좋은 여자일세. 앞으로 내 곁에 있어 주게."

"나 같은 여자가 어찌 감히 오라버니 곁에 있을 수가 …"

말끝을 맺지 못하고 코가 맹맹해지는 여자의 어깨를 남자가 가슴으로 끌어온다.

"나는 처음부터 자네가 좋았네. 자네 곁에서 술을 먹으면 술맛이 아주 감칠맛이 난다네. 술맛이 아닐 걸세. 사람 맛이겠지. 자네들 곁에 있으면 세상이 아름답다고는 할 수 없겠으나 그리 조급한 마음이 들지 않고 느긋해 지거든. 자네들이 겪어온 삶이 그리 평탄치는 못했어도 결코 천박했다는 생각은 하지 말게. 나는 자네들이 이 세상 어떤 꽃보다 아름답고 향기롭다고 생각하는 사람일세. 내 한 몸 희생하여 부모형제 살리는가 하면 화류계 생활을 하면서도 오직 한 사람을 향한 순정을 가진 여인들이 아닌가. 남들은 모두 손가락질을 할지 모르나 나는 아닐세. 숨 막히는 세상이 힘이 들다가도 자네들을 보고 있으면 왠지 마음에 평화가 와. 남은 세상 자네와 함께 지내면서 그런 평화를 갖는다면 그 이상 뭐가 더 필요하겠는가."

등을 토닥토닥 두드려주는 남자의 품은 햇솜같이 포근했다. 사십 중반을 바라보면서 처음으로 사랑을 해보는 여자는 사람에게 이렇게 넓은 가슴이 있구나. 새삼스럽다. 이 가슴이 물이라면 온몸이 풍덩 빠지고도 넉넉해서 사방으로 헤엄쳐 나갈 수 있을 것 같았다. 햇솜 같은 가슴은 엄동설한 푸르게 언 몸을 녹여주는 아랫목 구들장 같이 따뜻했다. 양순은 숫한 세월 동안 뭉쳐있던 외로움덩어리를 포근한 남자의 품속에서 다 녹이고 잠이 들었다.

그들이 눈을 떴을 때는 벌써 햇빛이 눈을 찌를 듯이 쨍쨍한 한 낮이었다.

팔목을 들어 시계를 보니 초침이 두 시를 향해 숨 가쁘게 달리고 있었다.

"아! 잘 잤다. 오랜만에 단 잠을 잤네. 자네가 곁에 있어서 그럴 걸세."

"저도 죽은 것처럼 잤어요."

잠을 무슨 원수처럼 자고 일어난 두 사람은 아침도 먹지 못한 데다가 점심까지 건너뛰고서도 배고픈 줄을 모른다. 양순은 두리뭉실한 허리에 남자의 손이 닿는 순간, 퍼뜩 식당이 떠오르고 혼자 애태우고 있을 복선의 얼굴이 떠오른다. 다음날 장사할 음식을 준비해 놓기는 했지만 그러나 당일 해야 될 일들이 태산인데 말이다.

"이런 정신머리를 봤나. 복선이 혼자서 장사를 어떻게 하라고. 내가 미쳤지. 미치지 않고서야 어떻게 태평하게 잠을 잘 수가 있어. 오라버니! 어서 가야 해요. 지금쯤 복선이 눈이 빠지게 기다릴 텐데."

조급한 마음과는 달리 숙면을 취하고 난 중년들의 열락은 심연 깊은 곳으로부터 마지막 불꽃처럼 타오르고, 사그라져 재가 되고나서는 그동안 서럽던 세월을 보상받은 듯 뿌듯했다.

휴일이라서 서울로 가는 길은 거북이처럼 느렸다. 양순은 일찍 나서지 못한 것을 가슴 치게 후회한다. 도착지는 아직도 멀었는데 하늘은 어느새 금방 붉은 석양을 맞을 준비를 하고 있었다.

"일찍 나왔어야 하는데 어쩐데요? 이렇게 가다가는 저녁장사가 다 끝날 때 까지도 도착하지 못하겠어요."

"이왕 이리 된 것이니 너무 조급증 갖지 말게. 살다보면 이런 일도 있는 게지."

"복선이 때문에요. 그 사람은 내가 없으면 불안해 하거든요."

"당신들은 참 좋은 인연들이오. 혈연도 아닌데 참으로 아름다운 사람들이오."

그들이 식당에 도착한 시간은 한참 저녁 장사가 이루어지는 시간이었다. 그 바쁜 시간에 복선은 아예 가게문 밖에서 목을 늘이고 양순을 기다리고 있었다. 동구 밖에서 집나간 어미를 기다리는 아이 같았다. 이제 양순의 그늘을 떠나서는 잠시도 존재할 수 없는 복선이다. 양순도 그것을 잘 안다. 헐레벌떡 달려오는 양순을 보자 복선은 금세 울상을 하고 소리를 지른다.

"언니야! 지금까지 어디 있다 이제 오노."

"으응, 그렇게 됐어. 장사는 어쩌고."

"언니가 행방불명 됐는데 그깟 장사가 문제가. 와 전화도 몬 하는데. 내 속 타서 죽는 꼴 볼라꼬?"

"그래, 미안해. 어서 들어가자 장사 끝내고 다 말해 주께."

"내사 걱정시러바 꼭 죽는 줄 알았다 아이가."

그날 장사는 엉망이었고 복선의 속도 까맣게 탔지만 세 사람이 마주 앉은 술상은 밤늦게까지 치워질 줄 모른다.

그렇게 해서 한 식구가 된 부부는 고맙게도 복선의 곁을 끝까지 지켜 주겠다고 한다. 태운은 그들의 변함없는 호의가 너무 강경해서 우선 받아들일 수밖에 없었다. 상황을 봐 가면서 그때 다시 결정하기로 하고 일단 일어섰다.

상속

며칠 있으면 강용범 제삿날이다. 태운이가 나타나기 전까지는 둘째가 알아서 하려니 했을 뿐이고 다른 형제들은 거기까지 신경 쓸 여유들이 없었으니 제상을 차렸는지 어쨌는지는 알 수가 없었다. 그런데 태운이 나타나 아버지의 재산을 정리하여 다른 형제들에게 분배해준 후로는 셋째 동생이 모든 집안 행사를 전담하고 있었다. 물론 둘째 강용철은 참석하지 않았으며 예전보다 신랄하고 못되게 동생들을 대했다. 태운에게는 화냥년 자식이라는 표현을 거침없이 해 댔다.

태운이가 둘째 숙부 강용철을 찾아 간 것은 용선의 집에서 다른 가족들을 만나고 나서 삼 개월이 지나서다. 그는 강남에서도 가장 중심지에 있는 팔십 평이 넘는 호화 아파트에서 재상처럼 살고 있었다. 소유하고 있는 건물에서 나오는 수입은 그가 특별하게 하는 일도 없이 상류계층에서 충분히 거들먹거리며 살게 해 주었다. 소유하고 있는 부동산 수입은 아무리 써도 줄어들기는커녕 해마다 불어났다.

아이들은 어려서부터 자가용 기사를 시켜 학교에서 학원으로 실어 날랐고 그들 부부는 각자 골프에 미쳐있거나 각종 모임에 여행에 잠시도 집에 붙어 있는 날이 없었으며 바람 쐬러 가는 곳이 비행기를 타야만 가는 외국이었다. 복선이 몸을 팔아 번 돈은 이렇게 전혀 상관이 없는 사람들이 지겹도록 누리고 있었으니, 공평치 못한 세상 이치를 어떻게 이해를 해야만 할까.

태운은 그 동안 나름대로 준비를 철저히 해 놓았다. 변호사를 통해 알아본 바로는 강용범이 죽기 전에 소유하고 있었던 땅을 먼저 확인한 다음 강용범과 자신이 부자(父子) 관계임을 우선 입증해야 했다. 또 그 땅을 매입할 만한 자금 출처를 뒷받침 할 수 있는 자료가 있어야 하고 자금 출처의 주인이 복선이었을 때 강용범과 복선과의 사실혼 관계를 입증해 줄 증인이 두 명 이상 필요하다고 했다. 그 모든 것을 입증할 만한 자료가 다 갖추어 졌다 하더라도 소유자가 강용철로 바뀔 시점에서 강용철

111

의 자금 출처가 입증된다면 불리할 수밖에 없다고 한다. 그 당시 대학을 갓 졸업한 강용철이 아직 직장을 구하지 못한 상태였음을 더 잘 알고 있는 동생들은 이구동성으로 문제없음을 자신하고 나섰다.

우선 강용범 형제들의 염색체와 태운의 염색체 검사를 통해 그가 같은 염색체를 가진 가족임을 증명할 수 있었다. 복선의 통장에서 거액이 인출된 금액과 같은 날 같은 금액이 강용범 통장으로 입금된 자료를 증빙자료로 확보해 놓았다. 역추적을 통해 강용범이 사망하기 며칠 전에 강용철이 매입한 것으로 되어있는 부동산이 강용범 명의였던 서류도 찾아 놓았다. 복선과 강용범과의 사실혼 관계에 있어서는 당시 두 사람이 자식을 낳은 사실에 대해 양순은 당연히 증인이 되겠지만 의외로 김성만이 증인이 되어 주겠다고 나섰다.

그가 기꺼이 증인이 되겠다고 나서 준 데는 그만한 이유가 있었다. 강용범의 죽음에 대한 속죄도 물론 배제할 수는 없겠으나, 마음이 돌아선 것은 자신이 국세청에 탈세 명단에 올라가 있음을 태운이 알려주고 자진신고를 해야 함을 일깨워준 것이었다. 김성만은 자진신고를 했고 태운의 말이 틀리지 않아 탈세 법을 적용받지 않고 해결을 볼 수 있었다.

어떤 증빙자료보다 가장 확실한 자료는 강용철이 지금까지 한 번도 직업을 가진 적이 없었다는 사실이었다. 태운은 일단 모든 증거 자료를 확보해 놓고 변호사를 통해 강용철 재산에 가처분신청을 했으며 법원에서는 이를 인용했다. 태운은 즉시 그의 앞으로 되어 있는 모든 재산에 가압류를 해 놓았다. 다른 사람 이름으로 명의이전을 해버리는 불상사를 미연에 방지하기 위해서였다. 호화 아파트를 비롯하여 건물과 여기저기에 사 놓은 부동산들이 꽤 많았다. 그럼에도 동생들은 지하 셋방을 전전하고 있었다니. 태운은 솟아오르는 분노를 어금니에 꼭꼭 쟁여놓는다.

화려했던 강용철은 태운의 출연으로 거지가 될 판이다. 그는 이성을 잃고 쥐약 먹은 개처럼 날뛰었다. 어디서 굴러먹던 개뼈다귀냐는 듯 무시를 하면서도 형의 모습을 그대로 뒤집어쓰고 나타난 태운이 절대 만만치 않은 존재임이 어깨를 무겁게 짓누른다. 강용철은 태운의 존재부터 파악하기 위해 거금을 주고 사람을 사서 뒷조사를 시작했다. 손자병법에 지피지기하면 백전백승이라. 사활이 걸려있는 이 진흙탕 싸움에서 이기려면 태운의 존재를 확실히 알아야 하겠기에 그는 거금이 문제가 아니라 목숨까지도 내 놓을 듯이 덤벼들었다.

돈의 위력은 대단해서 결국 태운이가 김성만의 집에서 그의 아들로 성장했다는 것을 알아냈다. 형인 강용범이 그 집 운전기사로 있다가 비명 횡사 했다는 것도 알아냈다. 그것만으로도 그 어미의 행실을 알 수 있었다. 순수치 못한 출생신분을 충분히 경멸해도 괜찮은 존재임을 확보한 셈이다.

그 어미가 화류계에 몸담고 있었다는 사실을 알았더라면 어떠했을까. 거기까지는 불가능했던 것이, 복선과 양순이 살았던, 창문으로 빗물이 사정없이 튀던 골목길 셋방은 개발이 되면서 흔적조차 남아있지 않았다. 그녀들의 화류계 생활을 기억하는 사람들도, 담벼락에 기댄 채 첫사랑이 이루어진 그 기막힌 골목도 사라지고 없었다.

너무 오랜 세월이 지났고 세상에 존재하지도 않은 당사자를 내세운 법정 싸움은 어렵기도 했고 미흡한 점도 많았다. 그럼에도 땅의 소유주가 강용철로 바뀐 시점에서 그 당시 강용철의 수입이 전무했다는 사실이 가장 확실하게 승소의 조짐을 보였다.

쌍방이 서로 본안소송으로 들어간 판결은 태운의 손을 들어 주었다. 증인들을 비롯하여 모든 정황이 들어맞기도 했거니와 가난에 찌들어 있는 형제들을 외면하고 혼자서 호의호식하고 있는 피고의 비인간적인 행위를 법도 철저히 외면했다.

판결에 불복한 피고인은 개발 전 땅값에 법정 이자를 계산한 금액을 환원하겠다는 항소를 했다. 개발되기 전과 현재 소유하고 있는 빌딩을 비롯한 부동산 값이 가히 비교되지 않으니 그깟 먹던 개떡만큼도 미련 없는 값이었다. 이에 고소인의 변호사는 피고인은 당시 땅의 소유자가 아닌 고용인에 불과하며 고용인의 노력에 의해 재산이 불어났다 해서 그 재산이 고용인 소유는 될 수 없다는 변론으로 승소판결을 받았다.

패소를 당한 강용철 낯빛은 그대로 흙빛이 되었고 암컷 뺏긴 짐승처럼 으르렁거렸다. 그의 재산은 결국 복선과 태운과 그리고 그 당시 생존해 있었던 강용범 부모에게 법적 상속 비율이 적용되었고 다시 부모의 재산은 다른 자식들과 동일하게 유산 상속으로 매듭을 지었다.

승소 판결이 나자 태운은 잠시의 여유도 주지 않고 즉각 집달리를 보내어 강용철이 소유하고 있는 모든 재산에 붉은 딱지를 붙여버렸다. 교활한 그가 어떤 술수를 부릴지 모르지 않는가. 지금까지의 행적으로 보아 판결하고는 상관없이 그는 충분히 시간을 낭비하면서 가족들을 힘들게 할 사람이니 말이다.

집안은 금세 붉은 꽃잎들이 날아다니는 것 같았다. 강용철은 하룻밤 사이에 악몽을 꾸듯 거지가 되어 버렸다. 그는 그러나 현실을 인정하지 않았고 태운을 죽이려는 계획을 짜느라 날밤을 새운다.

모든 상속 절차가 정리되자 태운은 제 앞으로 된 재산을 풀어 그 동안 지하 셋방을 전전했던 가난한 가족들에게 셋방살이를 면하게 해 주었다. 그리고 그 날 아주 오랜만에 깊은 숙면을 취한다. 뿌리를 찾고 보니 참으로 순수한 사람들이었다.

강용철이 태운의 먹살을 움켜쥐고 화냥년이 내지른 개뼈다귀를 내 식
구로 맞아들일 수 없다고 으르렁거리자 다른 두 동생들은 누가 먼저랄
것도 없이 형을 보기 좋게 때려 눕혀 놓았다. 아마도 앞으로 그는 비행기
를 타고 바람을 쐬러 가려면 뼈가 녹도록 일을 해도 어려울 것이다.

그녀와의 우연은 아직 끝나지 않았다

태운은 오랜만에 가벼운 마음으로 집을 나선다. 출근을 하려다가 마침
토요일이고 신문사에는 딱히 급한 일은 없었다. 바람이나 쐴까 하여 교외
를 향해 무작정 핸들을 꺾는다. 미사리 쪽으로 가려다가 다시 핸들을 돌
려 제부도를 향해 페달을 밟는다. 시원한 바닷바람을 쐬고 싶기도 해서지
만 그 동안 인희가 철수하고 없는 제부도를 가지 않았었다. 오늘은 그저
홀로 보는 바다도 그리 나쁘지 않을 것 같았다. 창문을 내려 겨울바람에
얼굴을 맡기고 달린다. 살갗이 따가운 듯 아리면서 기분이 상쾌하다.
　도착지가 가까워지자 비릿한 바다냄새가 나는 듯했다. 그는 짓궂게도
인희를 불러내고 싶은 충동을 느낀다. 그녀가 가정이 있음을 염두에 둔
태운은 늘 조심스러웠다. 인희가 제부도에서 철수하자 서울에서는 감히
불러낼 명분이 없었다. 한번쯤 또 다시 우연이란 놈이 계기를 마련해 준
다면 좋겠지만 계절이 몇 번을 바뀌어도 그런 계기는 좀처럼 와 주질 않
았다. 태운의 도덕정신은 그런 면에서 지나칠 만큼 철저했다. 아마도 부
정한 어미로부터 도망치고 싶은 심리가 부정과는 정 반대의 현상으로
작용되는 것일 지도 모른다.
　자식이 부모의 거울이라고 했다. 부모의 행실을 무의식 상태에서 전

수반듯 따라하는 것이 자식이기 때문이다. 부모라 해서 모두가 세상을 잘 살고 있는 것은 아니니만큼 이성이 냉철한 자식이라면 혐오를 느끼는 부모의 행실을 그대로 따라하지는 않는다. 태운의 도덕정신이 지나친 것은 그의 냉철한 이성에 있다고 볼 수 있었다.

방파제에 오르니 상쾌할 만큼 가슴이 확 트인다. 초겨울 바다는 다소 을씨년스럽기는 해도 조용해서 좋았다. 바닷바람이 맵다. 태운은 담배에 불을 붙여 한 모금 깊게 빨아들이고 나서 파카 깃을 올린다. 멀리서 고깃배들이 유랑민처럼 떠돌고 갈매기 몇 마리가 머리 위에서 선회하면서 맴돌고 있었다.

그는 언제나 분신처럼 가지고 다니는 카메라를 꺼내어 먼 곳을 향해 망원렌즈를 당긴다. 마땅한 풍경이 잡히지 않아 이리저리 방향을 바꾸어 본다. 무심코 바위가 있는 육지 쪽을 향하는데 검은 후드 모자를 뒤집어 쓴 여인의 뒷모습이 렌즈로 들어왔다. 특별하지 않고는 홀로 겨울바다를 찾는 부류들이 그리 많지 않은 시간에 태운은 호기심이 인다. 바다와 여인과 바위가 묘한 앙상블을 이룰 것 같은 느낌에 망원렌즈를 당겨본다. 그때 여인이 돌아서고 태운은 짧은 비명과 함께 렌즈를 내려 버린다. 그 여자였다. 인색하던 우연이 또 한 번 계기를 만들어 주려는 모양이다.

태운은 천천히 렌즈를 눈에 대고 셔터를 누르기 시작한다. 배경을 무시하고 여인만을 크게 담아본다. 무아지경에 빠져있는 듯한 표정이 신비하도록 신선했다. 저 여자를 함부로 할 수 있는 남자는 아무도 없을 것 같았다. 파카 주머니에 손을 집어넣고 아주 깊은 사념에 잠겨 천천히 이쪽을 향해 걸어오는 그녀의 모습을 태운은 무한정 카메라에 담는다. 표정이 다소 어두운 것이 겨울 바다와 썩 잘 어울렸다.

카메라를 거두고 태운도 그녀에게 다가가기 위해 마주 걸어간다. 그들의 실지 거리는 남자인지 여자인지 구분이 어려울 만큼 먼 거리었다. 이쪽은 그러나 상대가 불러내고 싶었던 사람이었음에 발걸음이 바쁘고 저쪽은 누군가가 자신을 카메라에 무한정 담고 있음을 모르고 아직도 무아지경 속을 걷고 있다.

서로의 모습을 충분히 알아 볼 수 있는 거리까지 다가선 태운은 걸음을 멈춘다. 그녀의 무아지경을 방해해서는 안 될 것 같아서다. 그녀는 마치 이웃집에 다녀오는 것처럼 가방도 없이 지금은 팔짱을 끼고 걸어온다. 태운은 이름을 부르려다가 그만둔다. 렌즈 속에서와는 달리 이름을 부르면 금방 무너져 버릴 것만 같은 알 수 없는 불안감이 그녀 주위를 맴돌았기 때문이다.

화장도 안한 민낯임을 알아볼 거리에서 그녀가 태운을 발견하고 크게 동공이 열리면서 얕은 탄성을 지를 때까지 태운은 기다리고 있었다. 태운을 본 인희는 무아지경에서 빠져나와 원래의 그녀로 돌아와 있었고 그런 여자 앞에서 태운은 어미를 본 아이처럼 평화가 찾아든다.

그들의 세 번째 우연은 그렇게 왔고 두 사람을 아주 친숙하게 만들었다. 누가 먼저랄 것도 없이 의기투합하여 매운탕 집에 마주앉아 대낮부터 술잔을 부딪친다. 언제나 모성의 평화를 연상케 하던 인희가 오늘은 먼저 술이 먹고 싶다고 했다. 매운탕이 끓기도 전에 자작으로 술을 따라 마시는 것을 태운이 얼른 술병을 빼앗는다.

"아직 매운탕이 끓지도 않았어요."

"사실은 술이 먹고 싶었는데 같이 먹을 사람이 없어서 여태 참았거든요. 이렇게 만나게 될 줄 몰랐어요. 사실은 태운씨를 불러낼까 생각도 했었답니다."

조금은 부끄러운 듯 찡끗 장난스럽게 웃었지만 그녀의 모습에서 알 수 없는 쓸쓸한 그림자가 잠깐 스치고 태운은 그녀의 쓸쓸함을 눈에 담는다.

"그래요, 오늘은 내가 있으니 마음 놓고 마셔요. 사실은 나도 이곳에 당도하고 보니 인희씨를 불러내고 싶었거든요."

"오늘 나 많이 취할지도 모르는데, 그래도 괜찮죠?"

"아암."

고개를 크게 끄덕이는 태운에게서 인희는 아버지 같은 든든함을 느낀다. 태운이 인희의 성숙함에서 느꼈던 모정 같은 그런 느낌을 지금은 인희가 느끼고 있었다.

은연중에 서로를 필요로 했음을 들키고 만 두 사람은 각자 탈진된 외로움을 맘 놓고 털어버릴 자세로 다가앉는다. 매운탕 집 풍선아줌마는 여전히 웃음을 담뿍 담고 들랑거렸지만 버릇처럼 두 사람 관계를 가늠하는 눈치를 게을리 하지 않는다.

"아줌마, 내가 되게 좋아하는 사람이거든? 그 동안 궁금해서 죽을 뻔했지?"

"아, 아녀. 내가 뭐이가 궁금혀 싸? 내 집에 온 손님이니께 특별히 신경을 쓰니라구 그런 거. 여기 뭐가 더 필요하까?"

"필요하면 달라고 할 테니 제발 그 색안경 좀 벗으면 안 되까?"

풍선아줌마는 능글능글 골리는 인희를 당하지 못하고 멋쩍게 웃으며 돌아간다. 태운과 눈이 마주치자 인희는 또 장난스럽게 웃는다.

세 병째의 술병이 열리고 있었고 인희는 충분히 취해 있었다. 태운은 계속 마시려는 인희에게 무슨 일이 있다는 것을 알 것 같았지만 그도 인희가 그랬던 것처럼 묻지 않는다. 세 병째 술병이 거의 바닥이 날 무렵 그녀의 고개가 힘없이 숙여지고 그리고 고개를 들었을 때 그녀의 표정은 온통 절망으로 뒤덮여 있었다.

"힘드세요?"

"… 네, 너무 힘들어요. 여기가, 여기가 너무 아파요."

그녀가 손으로 가리키는 곳은 그녀의 가슴 한 복판이었다. 그리고 정말 아픈 듯 얼굴을 잔뜩 찡그렸다.

"무슨 일인지는 모르겠지만 우리 나가서 바람 좀 쐽시다."

이번에는 인희가 착한 아이처럼 따라 나선다. 태운이 담배에 불을 붙이고 막 한 모금 빨아들이는데 인희의 공허한 목소리가 들린다.

"저 실직했어요. 회사가 부도났다네요? 제부도 개발지를 미처 완공도 못하고 넘겨야 한대요. 이곳 개발 설계는 앞으로 내가 출발할 수 있는 유일한 시점이고 제 자존심인데, 그래서 내 열정을 온통 쏟았던 곳인데 하루아침에 물거품이 되어 버렸어요. 제 희망도 같이 물거품이 되고 말았어요. 며칠 동안 집에도 들어가지 못하고 직원들끼리 어떻게든 수습을 해 보려고 했지만 정작 사장이라는 사람이 협조를 안 해요. 들리는 소문으로는 비자금으로 다 빼돌리고 일부러 부도를 내고 잠적했다는 거예요. 사람의 속을 알 수가 없어요. 사장님의 인품으로 본다면 그럴 분이 절대 아니거든요. 어디까지가 양심의 한계일까요?"

"그랬군요. 이런 말 위로가 될지 모르지만 우선 인희씨 마음부터 안정을 해야 다음 계획이 서질 않겠어요?"

"그게 마음처럼 잘 되질 않으니까 힘이 드는 거죠."

"요즘 경기가 안 좋아서 부도내고 문 닫아 버리는 회사가 많다고 들었어요. 그 회사는 코스닥에 상장이 되어있는 회사인가요?"

"아직은 아니지만 회사가 꽤 탄탄해서 암암리에 투자하겠다는 사람들이 의외로 많다는 소문이 있었고 곧 코스닥에도 상장할 거라는 소문이 직원들 간에 떠돌고 있었거든요. 그랬는데 왜 부도가 났는지 알 수가 없어요."

"혹시 회사에서 직원들에게 지불할 돈을 상장한다는 명목 하에 투자금으로 묶여 있거나 그런 건 아닌가요?"

"내 열정이 묶여 있죠. 그리고 …."

더 얘기를 하려다 말고 장난처럼 웃는 인희를 태운이 지긋이 내려다본다. 그 모습에서 인희는 처음으로 그에게서 남자를 의식한다.

사실은 열정보다 실직을 하게 되면 입주한 아파트 대출금 갚을 일이 암담해서다. 그런 사정까지 주고받을 만한 사이는 아닌 것 같아 인희는 그만 입을 다물었다. 며느리 실직했다고 시댁 생활비를 끊을 수도 없고 아파트 대출금은 제 날짜를 어기면 안 되고 아이 교육보험 일반 보험 등 노후 대책 적금을 계속 유지하기에는 남편 월급으로는 턱없이 부족했다. 가슴 한복판이 아픈 것은 실직이 그녀에게는 곧 지독한 생활고였기 때문이다.

아침에 출근하듯이 집을 나와 곧장 이곳으로 달려왔다. 바다를 보면서 뜬금없이 태운이 떠올랐고 그가 곁에 있었으면 좋겠다는 생각을 했다. 그가 아니라도 누구라도 곁에 있었으면 싶었다. 옥죄는 현실을 잠시라도 잊고 싶어서다. 그런데 거짓말처럼 그가 앞에 서 있었다. 반가움에 앞서 놀라운 탄성이 입에서 터져 나오고 여태 늪처럼 무겁던 기분이 순간 새털처럼 가벼워지는 것에 스스로 놀란다. 그녀는 남편에게도 하지 않은 말을 지금 태운에게 스스럼없이 하고 있다.

남편에게는 회사에 대해 아직 말을 하지 못했다. 부서가 바뀐 남편은 송별식이다 환영식이다 하여 계속 늦었고 현관에 들어서면 그대로 아내에게 무너져버리는 남편을 끌어오기 바빴다. 아침에는 으레 그랬듯이 밤새 한 이불을 덮고 잠자던 내 남편인가 싶게 냉정한 모습으로 출근하는 남편을 붙들고 부도난 회사 일을 주절거릴 수는 없었다. 이틀 전 해외 출장을 떠나는 남편 가방을 챙겨주면서도 차마 말을 못하고 배웅만 하고 들어왔다. 요즘 그녀는 홀로 무지 외롭던 참이다.

폭설에 묶인 밤

인희는 월요일도 출근하듯이 집을 나왔지만 갈 곳이 없었다. 일이 없다는 것은 망망대해 표류하는 배와도 같았다. 숨 막히는 서울을 우선 벗어나고 싶은 그녀는 오늘도 익숙한 제부도로 향한다. 방파제에 쭈그리고 앉아 이번에는 그녀가 직접 태운의 전화번호를 꾹꾹 누른다. 신호음이 몇 번 울리고 그리고 전화선 저쪽에서 기다렸다는 듯이 대뜸,

"어디요?"

하고 묻는다.

"같은 곳이죠. 오늘도 같이 있어 달라고 떼쓰려구요."

"기다려요."

짧막한 대답이 쌩 하고 찬바람이 돈다.

'… 뭐야.'

끊어진 전화를 쳐다보면서 인희는 지금 전화한 것을 몹시 후회한다.

태운은 한 시간이 넘어서야 나타났다. 차를 세워놓고 뛰다시피 걸어오는 남자를 우두커니 서서 바라본다. 허벅지가 탄탄하게 드러난 청바지에 카키색 파카는 그가 지금 근무중임을 말해 주었고 바쁜 시간을 빼앗는 것 같아 마음이 편치 않다.

"내가 백수다 보니 모든 사람이 다 백수로 보여요. 바쁘게 일하는 사람 괜히 불러낸 것 같아 후회하고 있는 중입니다."

"아닙니다. 내가 올 수 없다면 안 오죠. 부담 갖지 마십시오. 내가 인희씨 곁에 있기 위해 온 것이 아닙니다. 괜찮다면 오늘은 인희씨가 내 곁에 있어 줬으면 해서 왔습니다. 지금부터 내가 하는 부탁을 들어줬으면 합니다."

"무슨 부탁인지…,"

"사실은 좀 많이 바쁩니다. 인희씨 차는 여기에 두고 우선 내 차를 탑시다. 어제 내린 설악산 첫눈을 담아 와야 해요. 아침 일찍 출발해서 한참 가던 길이었어요. 인희씨 전화 받고 되돌아 온 겁니다. 지금부터 다시 부지런히 간다면 늦게라도 돌아 올수 있어요. 자, 갑시다."

"세상에!"

어안이 벙벙해 있는 인희의 팔을 낚아채듯 하여 성큼 성큼 오던 걸음으로 바쁘게 걸어간다. 인희는 바쁜 사람에게 전화를 건 죄가 있는지라 포주에게 끌려가는 색주가 여자처럼 반항도 못하고 남자 걸음에 맞춰 덩달아 달린다. 그럼에도 예기치 않은 보너스가 황홀해서 죽을 지경이다. 설악산 설경이라니!

서울을 벗어난 거리는 고독할 만큼 한산했다. 속도 숫자가 140을 넘어 150에 육박하고 있다. 인희는 자신도 모르게 허벅지에 잔뜩 힘이 들어가 있었고 발바닥은 브레이크를 밟는 듯 바닥을 짓누르고 있었다. 되돌린 거리를 만회하려는 태운의 표정이 섣불리 속도를 줄이라는 말을 할 수 없게 만들었다. 점심때가 되었지만 휴게소를 몇 개째 지나치고 있었다.

목적지가 가까워오자 차가운 기온이 차안으로 스며드는 것만 같은 착각을 한다. 불붙듯 화려하던 산이 지금은 노쇠한 늙은이처럼 삭정이만 남은 나무들이 겨울바람에 윙윙 울고 있었다. 깎아지른 절벽이 화장을 지운 중년의 민낯처럼 을씨년스럽고 뼈만 남은 앙상한 겨울 산이 가난해 보였다. 함박눈이라도 내려 이 가난을 덮어 줬으면 싶었다.

목적지가 하얗게 눈에 들어왔다. 어제 밤부터 내렸다는 폭설은 충분히 하얀 보자기가 되어 가난한 산을 덮고 있었다. 인희는 첫눈을 보자 탄성을 지른다. 서울에서는 감히 상상도 못했던 광경이 눈앞에 광활하게 펼쳐져 있었다. 황홀했다.

태운은 차가 최대로 들어 갈 수 있는 곳까지 들어가 차를 세우고 트렁크에서 두툼한 파카를 꺼내어 인희에게 입혀준다. 트렁크에는 한 살림을 차려도 충분할 만큼 잡동사니가 그득했다.

"정식으로 밥 먹을 여유가 없어요. 우선 라면 신세를 좀 지고 대신 일 끝나고 나서 황제처럼 저녁을 먹읍시다. 그 시간을 벌기 위해 속도를 좀 냈습니다. 무서웠어요?"

"당연히 무서웠죠. 다리에 힘을 줬더니 다리가 후들거려요."

태운이 씨익 웃으며 라면 끓일 준비를 한다. 그가 라면을 끓이는 동안 인희는 급한 볼일을 보기 위해 자리를 뜬다. 아까부터 방광이 터질 듯이 요의를 느끼고 있었다.

태운이 끓여준 라면은 꿀맛이었다. 솜씨가 필요 없는 라면이라지만 적당히 쫄깃하면서 간이 아주 잘 맞았다.

"이렇게 맛있는 라면은 생전 처음이야."

"때가 한참 지난 데다, 산속이고, 남이 끓여주는 것이고, 라면이 아니면 아무 것도 먹을 것이 없는데 어떻게 맛이 없겠어요."

"듣고 보니 그러네. 라면 끓이는 솜씨가 달리 있는 줄 알았어요."

"하긴, 노숙 생활 십여 년 했으니 나름 라면 끓이는 노하우도 있기는 할 겁니다."

맛도 없는 음식에 입천장만 덴다고 라면 먹다 입천장 허물도 여러 번 벗겨졌지만 지금은 라면 국물을 마시고 나니 입안이 얼얼하면서 몸이 훈훈했다.

작업하기 위해 장비를 챙기는 태운은 곁에 누가 있다는 것조차 잊은 듯 벌써 직업인으로 돌아가 있었다. 굳게 다문 입은 영영 열리지 않을 것처럼 차가운 것이 지금 말을 건넨다면 탁구공처럼 여지없이 튕겨져 되돌아 올 것만 같았다.

그가 출발하면서 인희의 손에 자동차 열쇠를 쥐어 준다. 작업을 하는 동안 자유로 행동을 하되 어려우면 곧 차로 돌아가서 쉬라고 했다. 그러겠노라 해 놓고 강아지처럼 쫄랑쫄랑 따라가 보는데 태운의 걸음을 따라 잡을 수가 없다. 다람쥐처럼 산을 타고 있는 태운에게서 인희는 묘한 환상을 보고 있었다. 일에 심취해 있는 그가 환상인지 그가 지금 하고 있는 일이 환상인지 분간이 안 선다. 일에 취해 있는 그의 모습은 차라리 아름다울 만큼 신선해 보였으며 그 동안 숱한 이성을 접했어도 이런 느낌은 처음이었다.

일반 운동화를 신은 그녀는 더 이상 따라가지 못하고 대신 태운이 까마득히 멀어져 조그맣게 되어 있을 때까지 그 자리에 서서 지켜보고 있었다. 그는 가다가 배경을 가늠하는지 중간 중간 멈추는 것이 보인다. 점 하나만큼이라도 보인다면 계속 지켜보리라 하고 멀어지는 태운을 지켜보고 있었다. 무거운 카메라 가방을 짊어지고도 그는 노루처럼 빨랐다. 야생마 한 마리가 외롭게 설산을 튀어 다니는 것 같았다. 섬뜩할 만큼 신선해서 잠깐 눈을 감아본다. 눈을 떴는데 그가 보이지 않았다. 눈을 잠깐 감았다 떴을 뿐인데 그가 있었던 자리는 그냥 하얗기만 했다. 토끼몰이 할 때처럼 금방 나타나려니 하고는 눈도 깜박이지 않고 쳐다본다. 긴 시간이 지났다고 생각이 드는데 그의 모습은 어디에도 없었다. 한참을 더 기다려 본다.

사방을 둘러봐도 움직이는 물체는 보이지 않고 무거운 침묵만 하얗게

엎드려 있었다. 또 한참을 기다린다. 그가 보이지 않는 하얀 세상은 정말
로 아무런 의미가 없었다. 전화 폴더를 열고 그의 번호를 눌러 본다. 깊
은 산속은 현대 문명을 받아들이지 않고 가차 없이 거부해 버린다. 앞으
로 걸어가 본다. 발꿈치를 최대로 올리고 고개를 돌아가는 한계까지 돌
려 보고 눈망울에 흰자가 하얗게 깔리도록 눈을 치떠 보고 하면서 계속
걸어간다. 산속은 깊어지고 지덕이 사나워 신발이 자꾸 미끄러졌다. 그
녀는 더 이상 가지 못하고 그 자리에 장승처럼 서서 태운이 사라진 곳을
무섭게 노려본다.

겨울산은 주검처럼 고요했다. 여자는 갑자기 버려진 아이같이 두려움
을 느낀다. 얕은 잿빛 하늘에서는 여전히 눈발이 날고 있고. 순간 정수리
를 빠르게 스치고 지나가는 생각을 입으로 뱉어본다.

'실족?'

다리에 힘이 물처럼 조르르 빠지고,

"안 돼!"

여자는 그 자리에 주저앉아 버린다. 그가 어쩌면 영영 안 나타날지도
모른다는 두려움은 정지된 우주에 갇힌 듯 그녀를 꼼짝할 수 없게 했다.
만약에 이 무서운 상상이 현실이 되어 버린다면 나는 무슨 일부터 해야
하지?

매사 모든 대소사의 처리는 인회 몫이었다. 시댁에서는 남편에게 전화
하는 것으로 당신들 소관은 끝이고 남편은 부모로부터 받은 내용을 아내
에게 전하는 것으로 남편 소관은 끝이었다. 소소한 일들을 전담 처리하던
것이 습관이 된 인회는 이 순간조차도 발등 불부터 끌 생각을 한다.

가정(假定)이 아닌 현실일 것 같은 불안이 주위를 뱅뱅 돌아다니고 머
릿속이 하얗게 비어버린다. 절망으로 무릎에 얼굴을 묻어버린 여자는

두렵다보니 눈물까지 질금거렸다. 태운이 다가와 인희를 일으켰을 때 얼굴을 든 여자의 눈이 젖어있다는 사실에 경악할 틈도 없이 인희는 겁에 질린 얼굴로 태운을 더듬는다.

"태운씨 괜찮은 거죠? 아무 일 없는 거죠? 보이지 않아서 걱정했어요."

진정, 불길한 예감이 빗나간 후에 밀려드는 환희를 인희는 온 몸으로 표현하고 있다.

'나를 걱정하고 있었구나. 나 같은 것을. 색주가 여자 자궁에서 뿌리를 내린 천한 목숨을 이 여자는 그리도 걱정을 하고 있었구나.'

태운은 처음으로 혼자라는 추위를, 겨울나무 같은 추위를 벗어나 속절없이 따뜻해지면서 눈시울이 후끈해진다. 어린 시절 까마득한 모정이 지금 이 순간 마른 솜에 물이 흡수되듯 시린 가슴에 한량없이 젖어든다.

산속의 눈발은 점점 거세지면서 폭설이 되어 내리고 하얀 천지에 태초의 신성한 두 영혼이 서 있다. 남녀 간의 비밀을 꿈꾸며 밀밭을 기웃대는 속물스런 감정은 이 신성 앞에 나대지 않고 저만치 물러나 있다. 태운은 진정을 담아 여자의 몸에서 눈을 털어내고 파카의 모자를 씌워준다.

설산에 온통 영혼을 빼앗겨 셔터를 눌러 대던 태운이 정신을 차리고 보니 산속이 너무 깊었다. 겨울 산의 어둠은 사정없이 빠르다는 것을 익히 알고 있는지라 서둘러 돌아오는데 능선에 올라서자 뜻밖에도 한 사람이 거기 있었다. 점처럼 작았지만 인희라는 것을 금방 알 수 있었다. 지금쯤 차 안에서 편히 쉬고 있어야 할 그녀가 하얀 눈밭에 사슴처럼 웅크리고 있었다. 가슴이 철렁했다. 아늑한 차 속이 아닌 설산의 공간에 그녀가 지금까지 함께 있었다는 의미는 그에게 커다란 충격이었다. 그 동안 작업을 끝내고 늘 홀로 돌아설 때와는 확연하게 다른 느낌이었다. 학교에서 돌아오는 길목에서 마중 나온 엄마를 만난다면 이런 느낌일까.

그는 지금 사십년 가깝게 냉동이던 가슴에서 얼음이 풀리는 따뜻함을 느끼고 있었다.

그들은 서둘러 내려간다. 산속의 폭설은 잔인할 만큼 거세게 몰아쳤다. 남자는 신발 때문에 자주 미끄러지는 여자를 아예 옆구리에 끼듯 하고 걷는다. 보이지 않는 태운을 찾는답시고 꽤 깊은 곳까지 들어왔던가 보다. 가도 가도 보이지 않던 차가 바로 앞에 있었다. 소복한 여인이 엎드려 절을 하듯 눈을 하얗게 이고 있다.

"저기, 차!"

마음 놓고 환호를 지르는 여자와 눈이 마주친다. 태운은 인희에게서 어린아이처럼 천진한 또 다른 얼굴이 있음을 알았다. 그 얼굴은 도덕성이 살짝 비켜간 사랑을 할 수도 있을 것 같은 얼굴이었다.

겨울 산속의 해는 짧았다. 오후 네 시에 벌써 어둠을 준비하고 있었다. 눈이 쌓인 거리는 양탄자를 깔아놓은 듯 높낮이를 분간키 어려웠고 사정없이 미끄러웠다. 태운은 지금 혼자 오지 않은 것을 가슴 치게 후회하고 있는 중이다. 폭설을 예측하지 못한 그는 돌아 갈 때도 오던 속도를 계산했던 것이다. 지금 그 속도를 낸다면 저승자사가 미소지으며 따라올 것이다. 조금 있으면 곧 어두워 질 것이고 어둠 속에서 폭설을 뚫고 간다는 것 또한 저승사자와 동행하겠다는 것과 다를 바가 없다.

"인희씨! 어떡하죠? 내가 너무 무리한 행동을 한 것 같군요. 폭설을 예상하지 못하고 인희씨를 동행한 것이 실수였어요."

"눈이 쉽게 그칠 것 같지 않은데 가는데 까지 가다가 정 어려우면 어쩌겠어요."

"예측할 수 없는 설악산의 겨울을 그만큼 경험을 했으면서 그걸 생각 못하다니."

"태운씨 책임 아니니 너무 자책하지 말아요. 혼자 왔다고 생각하세요. 제 일은 제가 알아서 할게요."

"괜찮겠어요?"

"현장에 나갔다가 밤새울 일이 어디 하루 이틀 있었겠어요? 그냥 편하게 생각합시다. 위험한 길을 갈 수야 없죠."

"그럼, 올라가는 것은 일단 포기하겠습니다. 대신 저녁은 황제 수라상을 기대해도 좋습니다."

"갑자기 배고파요. 기대한 만큼 아니면 곤란합니다."

"분명히 넘치죠. 자신합니다."

기다시피 차를 몰아 도착한 곳은 설악산 입구에 천하대장군처럼 버티고 있는 호텔 라운지에 있는 식당이었다. 호텔은 폭설에도 불구하고 손님들로 북적였다. 겨울 등산객들과 첫눈을 보기 위해 일부러 달려온 팔자 좋은 부류들이다. 하얀 설경만을 보기 위해 왔다가 천지를 뒤덮을 듯이 내리는 눈꽃까지 보게 된 그네들은 세상이 즐거워 죽을 것 같은 얼굴들을 하고 돌아다닌다.

설경과 눈꽃을 배경삼아 야경 사진을 찍느라 여기저기서 불꽃놀이처럼 플래시가 터지고 그들이 질러대는 환성으로 거대한 호텔 건물이 폭삭 주저앉을 것만 같았다. 호텔은 이래저래 호황을 누리고 있었다. 이런 세상이 있다는 것을 언론을 통해서 일찍이 알기는 했지만 폭설에 어쩔 수 없이 발이 묶여 팔자에도 없는 이런 부류에 합류하게 된 인희는 왠지 마님 따라온 몸종 같은 기분이 들었다. 그녀의 입에서는 환성은 고사하고 강아지 않는 소리만한 경탄도 나오지 않는다.

바깥일을 좋아하는 그녀는 친구들과 변변한 여행 한번 가보지 못했다. 결혼을 해서는 첫해부터 매년 시댁 부엌에서 휴가를 보내느라, 여행 가방을 챙기는 대신 시골 부엌에서 입을 작업복을 챙기던 그녀였다. 새삼스럽게 지금 이런 부류와 합류했다고 해서 덩달아 거대한 호텔 건물이 주저앉을 만한 환성을 지르기에는 이미 너무 늙어 있었고 자존심도 상했다.

황제의 식탁은 가히 훌륭했다. 음식도 훌륭했고 태운이 인희를 위해 특별히 주문한 와인은 상상을 초월한 값을 지불한 것이 결코 아깝지 않을 만큼 그녀를 행복하게 했다.

"어때요, 기대한 만큼 만족합니까?"

"오오, 기대 이상이예요. 이렇게까지는 기대하진 않았는데 황홀해요."

"당신을 꼭 한번 초대하고 싶었습니다."

"감사합니다. 초대에 기꺼이 응하겠습니다."

건물 꼭대기에 있는 라운지는 하얀 눈밭의 배경으로 우주에 떠 있는 비행기 안을 연상케 했고 방금 지배인이 특별히 따라주고 간 와인에서는 독특한 향이 두 눈을 감게 만들었다. 와인은 불빛에 선혈처럼 붉었다. 와인 잔을 가볍게 부딪치자 울리는 소리가 맑은 물소리 같았다. 어떤 불순물도 허락하지 않는 순도 높은 맑은 소리였다.

한 모금을 우아하게 마셔본다. 부드러우면서 씁싸름한 진한 맛이 혀 끝을 자극했다. 목 줄기를 내려가고 나서는 달콤한 맛이 어서 또 한 모금을 재촉한다. 술맛을 음미한다는 의미를 비로소 알 것 같았다. 그 동안 현장에서 뭇 사내들과 격의 없이 마셨던 소주는 마셨다기보다는 털어 넣었다는 표현이 딱 어울렸다.

천장에 매달린 화려한 샹들리에서 비치는 은은한 불빛은 여태 같잖은 일에 그리도 힘들어했던 일들이 포용되는 듯 너그러웠고, 분위기에 걸맞게 다소 경쾌한 요한 슈트라우스의 아름다운 푸른 도나우 강의 낮은 음률은 설사 싸구려 술이라도 고급 술로 둔갑시키기에 충분할 만큼 분위기를 고조시켰다. 오스트리아가 이웃나라 프로이센과의 전쟁에서 처참하게 패전하게 되자 의지를 상실한 수도 빈 사람들이 패전의 고통을 이기고 힘차게 다시 일어나 살아가기를 희망하여 작곡한 곡이라고 한다. 경쾌한 곡이었다. 맞은편에는 나 아닌 다른 또 한 사람이 넉넉한 눈빛으로 나를 바라보고 오늘밤 인희는 귀빈이 된 기분이다. 양탄자를 깐 바닥은 발소리가 나지 않아 후딱후딱 곁을 스치는 사람들이 흡사 영혼들의 움직임 같았다. 밖으로 나와 야경을 바라보며 술을 마시는 쌍들도 있었다. 추운 것은 문제가 되지 않는 모양이다. 그들은 찢어지지 않고서는 결코 분리될 수 없을 것처럼 서로 꼭 붙어 있었다. 짙은 포옹을 하고 입을 맞추는 한 쌍이 검은 하늘에 실루엣으로 나타난다. 오직 그들만의 무대일뿐 다른 사람들은 관객에 불과했다.

와인의 달콤한 맛이 유혹하는 대로 몇 잔을 마시다 보니 와인 병은 금세 바닥이 나 버린다. 태운이 손을 들어 보이자 노련한 지배인은 그 넓은 홀의 한 귀퉁이에서 움직이는 것을 어떻게 감지하는지 얼음에 담긴 와인 병을 바구니에 담아 사뿐히 들고 와서는 처음처럼 따라주고 돌아간다. 그렇게 하지 않으면 술병도 따지 않은 채 언제까지 자리만 차지하고 있다가 비싼 술값을 되물림 하는 손님들이 간간이 있는 모양이다. 이 귀빈은 상상을 초월한 값의 와인으로 기분이 이미 알딸딸했지만 전혀 내색하지 않고 와인 잔을 냉큼 집어 든다.

"시간 많아요. 그리 급하게 마실 필요 없어요. 여기 있는 사람들 아마도 밤을 새우기 위해 온 사람들일 겁니다. 일부러 이 기막힌 설경을 보기 위해 먼 길 와서 잠자는 사람이 몇이나 있겠어요. 우리야 어쩔 수 없이 발이 묶인 신세지만. 이왕 이렇게 된 것, 우리도 남들처럼 설경 구경 온 팔자 좋은 부류로 생각합시다."

"이 비싼 술을 밤새 마시자구요? 술값을 어떻게 감당하려구요."

"술 마시면서 술값 걱정하는 사람이 있다는 소문을 듣고 누군가 궁금했는데 바로 앞에 있었군."

"비싼 와인 말고 우리 저렴한 술 마셔요. 나는 그래야 술맛이 나거든요."

"이 정도의 술값 지불할 능력 있어요. 어제 월급도 탔고 출장비도 두둑해요."

왼쪽 가슴을 툭툭 쳐 보이면서 태운은 오랜만에 사람처럼 사는 기분이 들었다.

"내 눈에는 지금 태운씨 당신이 제일 행복해 보여요. 부러워요."

"인희씨는 지금 불행합니까?"

"나는 이제 일이 없잖아요. 아까 눈밭을 노루처럼 오르는 태운씨 뒷모습을 넋을 놓고 바라봤어요. 참 부러웠어요. 언제까지 바라보고 싶었어요. 그런데 눈을 깜박하고 났는데 태운씨가 안 보이잖아요. 금방 나타나려니 했는데 시간이 꽤 오래 지나도록 나타나지 않는 거예요. 태운씨를 찾아야한다는 생각에 저도 모르게 계속 산속 깊숙이 들어갔던가 봐요. 그러다가 한 순간 무서운 상상을 하게 되었어요. 눈길에 실족을 했을지도 모른다는 상상. 그러자 더 이상 움직일 수가 없었어요."

"그래서 주저앉아 있었군요. 미안해요. 일에 집중하다보면 때로 산속에서 길을 잃어버릴 때도 있었어요. 국내에서는 아직 없었지만요. 오늘은 내 딴에 정신을 차린다고 한 것인데 그만."

"일에 미쳐있는 모습이 참 보기 좋았어요. 나는 차라리 남자로 태어났더라면…. 집안 살림보다는 밖에서 하는 일이 훨씬 능숙하고 좋거든요."

"저런, 그런데 이제부터 주부로 전업을 해야 할 판이군. 듣기로는 여자들이 가장 선호하는 직업이라 들었는데. 남편이 벌어오는 돈 모조리 착취해도 법에 걸리지 않는 직업, 돈 주인에게 허락 받지 않고도 맘대로 쓸 수 있는 직업, 쓰다가 모자라면 돈 주인에게 당당히 눈을 부라릴 수 있는 직업, 그런 좋은 직업이 왜 남자에게는 허락되지 않을까요."

"그러게요. 그 좋은 직업이 왜 나에게는 선호되지 않을까요. 나는요 그냥 일 자체가 좋아요. 부엌살림에서는 느끼지 못하는 도취감, 성취감, 그럴 때마다 진정 내 존재감을 느껴요. 실업자 기분을 알 것 같아요. 노동은 꼭 생존만을 의미하는 것은 아니라고 봐요. 그래서 노동은 신성하다고 했을 거예요."

태운은 여자의 풀어진 눈매를 보고 있자니 떼쓰는 아이 같았다. 철부지 같은 저런 면도 있었구나 싶었다. 아이까지 있다는 주부의 입에서 나올만한 소리는 결코 아닌 것이, 가정에서도 제 직분의 역할이 분명하거늘 집토끼 버려두고 산토끼 잡겠다고 산에 가는 격이었다. 잘못하다가는 집토끼 산토끼 다 놓치는 판국도 있는데 말이다.

"태운씨! 나 말이죠. 이런 구경 난생 처음 했다면 곧이 들을래요?"

귀빈은 이제 눈매만 풀어진 것이 아니다. 턱을 괸 손이 자주 밑으로 떨어지고 지렛대가 없는 턱은 가차 없이 아래로 숙여진다.

"나요, 이런 구경 처음이에요. 나는요, 휴가철이 되면 휴가를 어디로 가는지 아세요? 시댁 부엌으로 가요. 몇 년 전에는 처음으로 시부모님 몰래 남편과 남해안으로 해서 동해안을 한 바퀴 돌고 와보니 하필 시부모님이 올라와 계실 게 뭐람."

킥킥대며 웃는 취객 얼굴은 장난기가 그득했다. 살림하는 여자가 감히 집이 아닌 객지에 나와서 외간 남자와 마주 앉아 날밤을 새우면서 말이다.

"그래서요? 어떻게 됐어요?"

"갑자기 배가 틀어지기 시작하더니 토사곽란이 일어나지 뭐예요. 그분들이 뭐라고 하지도 않았는데 말이죠. 스트레스성 급체래요. 완벽주의자들이 자주 일으키는 질병중의 하나라는군요. 나는 완벽하고는 거리가 먼 것 같은데 참 이상하죠?"

"어떠한 계기가 있기 전까지는 누구도 자기 자신을 알 수 없는 겁니다."

"나에게 일이 없다면 집안일도 시댁일도 다 없을 것 같아요. 그것만은 분명해요. 존재감이 소실된 상태에서 무슨 의욕이 나겠어요. 안 그래요?"

"이거 큰 일 났군. 사람하나 버리기 쉽네. 일은 다시 구하면 되는 것이고 내 생각은 주부라면 주(主)가 가정이고 종(從)이 회사가 아닐까 싶은데요."

"그래요, 백번 지당한 말이죠. 그런데요, 나는요 아니거든요? 태운씨는 내가 아니잖아요. 태운씨 생각은 나에게 아무 의미가 없다구요. 그러니까 애써 나에게 주입시키려 하지 마요."

"당신의 투정이 내 눈에는 사치로만 보이거든요. 아랫목 구들장 깔고 앉아 있는 마님이 밖에서 장작 패고 있는 마당쇠를 부러워하는 것과 다를 바가 없어 보여서요. 나는 가정이란 울타리 안에서 살아 본 기억이 없어요. 울타리 안이 얼마나 소중한지는 울타리 밖에서나 알 수 있죠. 숲의 경치는 숲속에서는 결코 볼 수 없는 이치죠. 당신이 철부지 같아요."

'나 철부지 아니예요. 나는 지금 심한 경제난을 겪고 있거든요.'

하고 말하려다가 꿀떡 삼켜버린다.

인희는 우울해지려는 기분을 전환하고자 다른 쌍들처럼 밖으로 나가기 위해 자리에서 일어선다. 그녀의 몸이 의자에서 분리되기도 전에 폭 고꾸라지려는 것을 태운이 날쌔게 받아 안는다.

"좀 취했나 봐요."

계면쩍은 표정을 짓는 그녀가 귀엽다는 생각을 한다.

오늘밤 그녀는 진정 귀빈이 되고 싶었는데 실직이라는 현실이 대적하듯 가로막는다. 까만 하늘을 이고 서서 크게 심호흡을 해 본다. 지금쯤 아무 것도 모르는 남편은 언니 집에서 아이를 만나 즐거운 시간을 보내고 있을 게다. 언니는 능력 있는 남편 따라 이민을 가면서 동생 아이까지 데리고 갔다. 사회 생활하는 동생을 위해 핏덩이 때부터 품에 안고 키워주더니 이제는 자기아이처럼 교육을 핑계로 데리고 가버렸다. 외아들을 멀리 떠나보내는 부모 입장보다는 잠시도 이모를 떠나지 않으려는 아이가 더 심각했다. 남편은 출장이 잦았고 그만큼 아이를 만나는 기회가 많았다. 아이를 만나기 위해서는 지구를 다 도는 한이 있더라도 상관하지 않았다. 이번 출장은 특별히 아이를 보기 위한 목적으로 출국 일을 며칠 뒤로 미루기 까지 했다.

태운이 인희가 마시던 와인 잔을 들고 나와 그녀의 손에 쥐어준다.

"꼭 일을 해야겠어요?"

인희는 까만 세상에 눈을 고정시킨 채 고개만 천천히 끄덕인다.

이 여자에게 있어서 일은 곧 산소와 같았다. 숨 쉬는 장기가 아무리 튼튼한들 산소가 없다면 무슨 의미가 있겠는가. 남편과 자식, 시댁은 그녀에게 있어서 숨 쉬는 장기에 불과하다면 산소는 불가피한 것이리라. 서울에 올라가는 대로 선배가 운영하고 있는 건설회사에 찾아가 볼 생각이다. 며칠 전 술자리에서 선배가 경력사원이 필요한데 소개할 사람이 없느냐는 말을 했었다.

"바람이 차요. 들어갑시다."

어깨를 싸안자 고개를 든 여자는 휘청하는 몸을 추스른다.

"바깥 공기가 상쾌해요. 태운씨는 이해 못하겠지만 나는 일을 해야 해요. 노동에서 얻는 성취감 때문만은 아니에요. 어떤 사람에게는 일이 피치 못할 필수일 수도 있거든요. 그런 상황에서 그 일에 지치지 않고 성취감까지 느낀다면 그 보다 더 다행한 일은 없다고 생각해요. 내가 바로 그렇다는 거죠."

"……."

태운은 인희에게서 떨어져 담배를 꺼내 불을 붙이더니 난간에 팔꿈치를 기대고 한 모금 깊게 빨아들인다. 까만 세상을 덮고 있는 설경을 향해 빨아들인 담배연기를 뱉어 내면서 천천히 독백하듯 입을 연다.

"인희씨! 그거 알아요? 어릴 때 기억이 평생을 따라다닌다는 거. 내 어릴 적 기억은, 어머니가 인희씨처럼 일을 하느라 집을 비우는 것이 아니고 언제나 됫병을 입에 대고 소주를 마시는 거였어요. 모든 어머니들이 다 그렇게 술을 마시는 줄 알았어요. 그런 어머니가 잠시라도 내 눈에 안 보이면 나는 아무 것도 할 수가 없었어요. 딱지치기도 할 수 없었고 구슬치기도 할 수 없었고 빨랫줄에 대롱거리는 고추잠자리도 잡을 수 없었어요. 술 마시는 어머니 치마꼬리를 잡고 있으면 세상은 꽃구름처럼 아름다웠고 요람처럼 편했어요. 그리고 어느 날 가끔씩 집에 오던 아버지라는 사람이 나를 차에 태워 자기 집으로 데려간 후로는 됫병을 입에 대고 술 마시는 어머니를 다시는 볼 수 없었어요. 어머니가 나를 데리러 오겠지 하고 날마다 대문 계단에 쭈그리고 앉아 기다렸어요. 나는 뙤약볕에 뽑혀진 풀포기처럼 시들해지고 휑하니 뚫려있는 가슴으로는 찬바람이 사정없이 들어왔어요. 가슴이 추워 두 팔로 가슴을 싸안기 시작했던 것이 지금도 버릇이 되어 팔짱을 끼지 않으면 허전해요. 나는 얼마 전에 알게 되었어요. 내 어머니가 됫병 술을 입에 대고 있는 것은 사랑하는 사람을 기다리는 시간이었다는 것을. 당신에게 얘기 했듯이 ….”

의부의 씨를 잉태한 여자, 의부를 피해 가출했고 살아야 하니 요정에 나갔고 요정에서 만난 남자의 정부로 살면서 정부의 운전기사를 사랑한 여자, 의부의 씨는 이미 자멸해 버렸지만 배 속에는 운전기사의 아이가 자라고 있었고 비로소 세상이 아름답다는 것을 알게 된 여자, 결국 정부의 눈에 띄게 되어 홀연히 사라진 남자를 기다리느라 뒷병을 입에 달고 살다가 결국 알코올 중독자가 되어 정신병원에 입원한 여자, 지금은 머릿속이 하얗게 비어가고 있는 여자 …,

“그 분이 내 어머니입니다.”

온통 까만 세상에 괴물 같이 서 있는 거대한 건물 꼭대기 난간에 기대어 황량한 얘기를 하고 있는 남자가 검은 하늘에 실루엣이 되어 눈에 가득 들어온다. 아주 천천히, 한숨 같은 숨을 내쉬기도 하면서, 울컥 솟구치는 감정을 숨길 때는 목젖이 내려앉는 소리가 들렸다. 그녀는 숨소리도 내지 않고 듣고 있었다. 그리고 많은 양의 알코올을 마셨음에도 멀쩡히 다가가 기막힌 어린 기억을 가진 남자의 등을 가만히 보듬는다. 난간에 팔꿈치를 괴고 있는 남자의 머리는 여자의 코끝에 있었고 여자는 순간 머리칼에서 진한 남성을 맡는다.

“혼자서 많이 외로웠겠어요.”

“지금도 외롭습니다.”

“원한다면 당신 친구가 되어 줄게요.”

“이미 당신은 내 친구예요. 친구가 아니데 이런 얘기 할 수 있다고 생각해요?”

“친구라고 생각해 주니 고마워요. 당신 친구가 되어 나도 기쁩니다.”

그녀는 진한 남성의 냄새가 스며든 머리에 코가 닿을 듯이 가까이서 남자의 거대한 등판을 가만가만 쓸어주고 태운은 이 여자에게서 아득한 어미의 체취를 떠 올린다. 그때 어디선가 번쩍 플래시가 몇 번 터지고 이 시간에도 야경 사진을 찍는 부류가 있구나, 했을 뿐이다.

스토커

태운은 발신이 강용철로 되어있는 소포를 받아들고 긴장을 한다. 내용물을 감지해 보려고 몇 번 주물러 보던 태운이 가위를 찾아 봉투를 개봉한다. 손을 넣어 내용물을 꺼내든 그의 얼굴이 하얗게 질린다. 그때 핸드폰 벨이 요란하게 울리고 홀더를 열어보니 인희였다. 전화를 받자 그녀의 침착한 음성이 마치 아침 먹었느냐는 안부를 묻기 위한 전화처럼 차분하게 들린다.

"여보세요. 인희예요."

"혹시 인희씨 당신한테도 소포가 왔어요?"

"…그럼 거기에도?"

"전화로 이럴 것이 아니라 내가 그리 가다. 삼십분 후에 회사 앞으로 나와요."

태운은 급히 사무실을 나와 택시를 잡는다.

설악산 설경을 찍으러 갔다가 폭설에 발이 묶여있던 그들이 서울에 도착한 시간은 점심나절이 거의 다 되어서였다. 새벽에 호텔 커피숍 소파에 기대어 잠깐 잠짓을 하고 일어나 간밤의 숙취를 해장국으로 달래고 출발했다. 점심은 간단하게 칼국수를 먹고 헤어졌다. 인희와 헤어진 태운은 곧바로 선배에게 전화를 했고 한 시간 후에는 꼼장어가 지글거리는 숯불 앞에 마주 앉아 있었다. 그들은 언제나처럼 부담 없는 술값으로 넉넉하게 취해서 속내를 얘기하는 중에 태운은 인희를 경력사원으로 추천했고 태운이 추천했다는 것을 절대 비밀로 해 줄 것을 당부하는 것 또한 잊지 않았다.

인희의 입사는 순조롭게 이루어졌고 첫 출근 하던 날 태운에게 전화를 걸어 거하게 저녁을 샀다. 신문사에 경력사원 입사공고 의뢰가 들어왔는데 응시해 보려느냐고 알려준 사람이 태운이었다. 태운이 인희에게 산소를 공급해 준 것이다. 산소는 그녀에게 화색을 돌게 했고 그녀는 다시 예전처럼 활기를 되찾고 있었다.

이름도 모르는 사람으로부터 소포를 받아든 인희는 혹시 잘못 전달된 것이 아닌가하여 이름을 다시 확인해 본다. 받는 사람이 분명히 서인희로 되어 있었다. 봉투를 열고 내용물을 꺼내드는 순간 인희도 태운과 똑같이 경악을 금치 못한다. 그녀에게 배달 된 소포 속에는 뜻밖에도 태운과 함께 있는 사진들이 쏟아져 나왔다. 설악산 하얀 눈밭에서 태운과 포옹하고 있었고 옆구리에 매달려 걸어오고 있었고 와인 잔을 부딪치고 있었고 호텔 라운지 난간에서 태운을 감싸 안고 있었다. 누가 보더라도 불륜이었다. 이런 사진을 찍었다면 틀림없이 협박자료로 사용하기 위해서였을 것이다. 인희는 앞이 캄캄했다. 누굴까, 누가 나에게 이런 엄청난 짓을 한 것일까, 나에게도 이런 일이 일어 날수 있구나 생각하니 그냥 막막했다. 그리고 잠시, 아주 짧은 찰나였다. 태운을 의심했던 것은.

냉철한 그녀는 침착함을 되찾는데 그리 긴 시간이 필요치 않았다. 우선 태운의 근황이 어떤지를 알아 볼 필요가 있을 것 같아서다. 바로 태운에게 전화를 걸기위해 폴더를 여는데 손이 부들부들 떨리면서 긴장한다.

약속된 시간에 맞춰 들어서는 인희에게 손을 들어 보이는 태운의 심정

은 참담했다. 지금 저 여자의 마음이 얼마나 두렵고 무서울까를 생각하
니 할 수만 있다면 숨어버리고 싶었다. 아이들이 던진 돌에 맞아 고통스
러워하는 개구리가 떠오른다.

"많이 놀랐죠? 미안합니다."

"태운씨 아는 사람인가요?"

"숙부 되는 사람입니다."

"네?"

"나에게 많은 반감을 가지고 있는 줄은 알고 있었지만 사람을 붙여 뒤
까지 밟고 다닐 줄은 몰랐습니다."

"숙부라는 사람이 그렇게 해야 할 이유를 알고 있다는 말이군요."

"아마도 그 사람은 할 수만 있다면 나를 죽였을지도 모릅니다."

"세상에! 어떻게 그렇게까지 …,"

"어머니의 첫 사랑인 운전기사는 내 아버지였습니다. 나는 귀국하고
나서 내 뿌리를 알아보기 위해 아버지 고향을 찾아가 보았는데,…"

숙부는 죽은 형의 재산으로 강남 한복판에서 황제처럼 살고 있었지만
다른 형제들은 변두리 셋방을 전전하고 있었고, 몇 달 후 상속권을 되찾
는 소송에서 법정에 서게 되었으며 결국 숙부의 모든 재산권을 박탈해
버린 사실들을 들려주었다.

"그래서 앙심을 품고 뒤를 추적했을까요?"

"아마도 그랬을 겁니다. 우연히 눈에 띄게 되어 몰래 찍었다고는 볼 수
없어요. 호텔 사진만이라면 우연이었을 가능성을 배제할 수 없겠지만
산속에서까지 몰카를 찍었다면 이것은 하루 이틀에 계획된 것이 아닌
듯해요. 여기까지 오면서 생각한 것인데 산속에서 실족사로 시체가 될
수도 있었다는 생각이 들었어요. 어쩌면 내가 시체가 되는 것이 그의 계

획이었는지 모르죠. 동행이 있기 때문에 계획을 바꾼 것 같아요."

"그렇다면 그가 계획을 바꿔 이런 사진을 찍었다면 다음은 어떻게 할 것 같아요?"

"당신 남편에게 폭로하겠다는 명목으로 거래를 해 오겠죠. 만약 그런 거래를 해 왔을 때 그의 계획대로 거래를 하게 된다면 아마도 그는 나를 알거지로 만들어 놓기 전에는 절대로 놓아주지 않을 사람입니다."

"그런 거래는 하지 마세요."

"인희씨 가정을 위태롭게 만들 수도 있어요."

"남편에게 내가 먼저 모든 걸 밝혀야죠."

"남자들 속물은 틀려요. 남편 되시는 분도 어쩌면 다를 수도 있어요."

"그럴 수도 있겠죠. 제가 남편을 너무 믿는 버릇, 오만일 수 있어요. 그렇다 해도 거래하지 마세요."

사실 이런 일이 닥치고 보니 그녀는 남편의 신의가 어떨지 암담했다. 하지만 이미 벌어진 일임에야.

"난감하군요."

"부탁하는데 거래는 절대로 하면 안 됩니다. 태운씨 알거지가 된 후에는 내 차례가 안 된다는 보장 없어요."

"아! 그럴 수도 있겠군. 그 생각까지는 못했어요."

무거운 침묵, 나로 인해 이 여자가 고통을 겪을지도 모른다는 자책, 끓어오르는 분노, 그리고 살의가 잠깐 느껴지고 태운은 심한 진저리를 치면서 담배에 불을 붙인다.

"인희씨! 아직은 남편에게 말하지 말고 기다려요. 일단 그 사람을 만나본 다음에 다시 생각하기로 합시다. 알았죠?"

인희는 이런 상태에서 아무 일 없는 듯이 남편을 대한다면 정말 불륜을 저지른 기분이 들것 같았다. 초인종 소리와 함께 남편은 아들처럼 엉겨들어 올 것이고 입으로는 쫑알쫑알 하면서도 퍼져버린 남편이 소중해서 하루의 고단함을 모두 잊어버리는 그녀가 과연 두 마음을 품을 수 있을 것인지.

폭설로 발이 묶였던 호텔에서 돌아온 이틀 후에는 태운이 일러준 회사에 면접을 했었다. 면접을 하는 그 자리에서 괜찮다면 내일부터 출근할 수 있느냐는 사장의 느닷없는 제의에 그녀는 얼떨결에 승낙하고 돌아오는 발걸음이 춤을 추듯 가벼웠다. 그날 저녁 출장 갔던 남편이 돌아왔고 문을 열어주는 아내에게 어김없이 엉겼다. 이번에는 쫑알거리는 대신 아들 소식을 꼼꼼하게 챙기는 아내에게 남편은 자랑단지에 불이 붙었다. 영어도 잘 하고 학교에서 일 이등은 맡아 놓았고 키도 훌쩍 커 있고 우연히 샤워를 하는 아들을 보았는데 사타구니가 거뭇거뭇하더라는 말 끝에는 아비답지 않게 짓궂은 장난기가 얼굴에 쫙 깔려 있었다.

"에이, 징그러워. 그것도 사내 끄트머리라고 조금 있으면 여자 달고 다니겠지?"

"징그럽기는. 얼마나 대견스러운데. 하, 고 녀석이 점점 나를 닮아 가고 있어. 처형도 그러는데 하는 짓도 나랑 똑 같다는 거야. 당신이 약올라 할 거래. 외가는 근처에도 안 가고 친가만 붕어빵틀이라는 거야. 나 기분 좋아서 처형 집에 가서 몇 달 생활비 다 쓰고 왔어. 그런 줄 알어."

"우리 회사 부도났는데 그럼 어쩌지? 굵게 생겼네."

"당신 회사 탄탄하다고 했잖아. 그런 회사가 왜 갑자기 부도가 나나?"

"모르지. 아궁이 속은 들여다보기나 하겠지만 경영자들 그 시커먼 속을 알 수가 있어야지."

"정말이야? 그래서 당신은 어떻게 되는데?"

"어떻게 되기는 뭘 어떻게 되나? 백수 되는 거지. 나 백수 된지 벌써 3주가 넘었어. 당신 출장가기 전부터 사실은 백수였거든?"

"나한테 말 안했잖아."

"말 할 새나 있었나? 해외 영업부서로 옮겼다고 맨날 환송식이다 송별식이다 하면서 남자가 돼 가지고 술 몇 잔에 폭 삭아가지고 들어와서는 코만 탈탈 골았잖아."

"그 동안 집에만 있었단 말야? 백수건달 기분 더러웠겠네."

"처음에는 그랬지. 아침에 눈 뜨면 출근하듯 집을 나왔고. 나와 보니 백수가 갈 곳이 있나 어디. 기분 아주 더럽데. 바람이나 쐬자하고 제부도 현장엘 갔었어. 그런데 …,"

인희는 그동안의 행적을 이웃집 여자 얘기하듯 아무렇지 않게 하고 있었다. 남편 출장간 사이 외간 남자와 호텔에서 술 마시고 밤을 새운 여자가 말이다.

"내가 꼭 귀빈 같더라. 그리고 오늘 Y설계사무소에서 경력사원 모집 광고를 보고 면접을 했는데 내일부터 출근할 수 있냐고 해서 그러겠다고 했지. 그래서 서인희의 백수는 오늘로서 졸업했음."

"이 여자가, 남편 없는 사이에 막 놀아났구나."

"그런데 여보, 그 사람 너무 불쌍해."

"뭐가 불쌍한데."

"성장 과정이 너무 불행해. 그 사람 얘기 들으면서 당신에게 좋은 환경 만들어 준 당신 부모님이 새삼 감사하더라."

"이번 주말에 부모님 뵈러 가야지? 출장도 다녀왔으니까."

"출장이야 밥 먹고 화장실 가듯 하는 것이니 출장 핑계는 대지 말고 나 백수 졸업 축하로 다녀옵시다."

그날 저녁 오랜만에 만난 부부는 천국처럼 행복했다. 서로의 냄새만으로도 심신이 안정될 만큼 서로에게 길들여진 부부였다. 그런 가정에 파탄의 조짐이 보이기 시작한 것은 사진 사건으로 태운과 헤어지고 집에 돌아온 후였다. 아내가 정직한 남편을 믿는 만큼 남편도 정직한 아내를 절대 믿으리라는 교만이 그날 밤 인희를 푼수대기로 만들어 버렸다.

"여보, 이것 좀 봐. 당신 이 사진 보고 어떻게 생각해?"

막 잠자리에 누우려던 남편은 이불 위로 풀썩 떨어지는 사진들을 무심히 보다가 얼굴이 점점 경악해지기 시작한다. 사진을 집어 빠르게 교체하며 훑어보던 남편의 표정은 그대로 쨍하는 얼음장이었다. 인희는 비로소 당황한다. 바늘 끝조차도 튕겨져 나올 것 같은 싸늘함 앞에 그녀는 꼼짝없이 불륜녀가 되어 있었다. 사나운 시어머니 앞에 주눅 든 며느리 세상없이 똑똑해도 바보라더니, 지금 인희는 입을 열어 사태를 말하려 했으나 똑떨어지던 그 말솜씨 다 어디가고 도무지 종횡무진 질서 없이 버벅거린다.

"어떻게 된 거야?"

잇새로 비집고 나오는 소리는 맷돌처럼 무거웠다.

"당신 무서워서 말이 안 나와."

"지금 장난해? 당신이 밖에 나가서 무슨 짓을 하고 다니는지 알 수는 없지만 이런 걸 나한테 보여주는 의도가 뭐야?"

"무슨 짓이라니 좀 듣기가 그러네. 상황 설명하려고 했는데 당신이 너무 무섭게 변하니까 주눅이 들어서 말이 안 나와. 나도 너무 억울해서 당신한테 일러바치고 싶었단 말야. 당신이 내 보호자니까."

"당신이 억울해? 왜 억울한 건데? 여기 있는 이 여자 당신 아냐?"

"그래 나야~아!"

인희는 갑자기 팩 소리를 지른다.

"이 여자가 지금 무슨 배짱으로 큰 소리야."

"그 여자, 나 맞아. 그런데 보이는 것이 다가 아니라는 설명을 좀 들어 주면 안 되까? 내가 먼저 당신한테 저런 물건을 보여 줬을 때는 그 만한 이유가 있겠다는 생각을 좀 해 주면 안 되까?"

"이런 상황에서 그만한 이유가 있을 거라 생각 할 수 있는 남자가 몇이나 있겠니?"

"다른 남자들은 나는 몰라. 그런데, 내 남편 당신은 충분히 그런 생각 쯤 할 수 있을 거라 생각했어. 당신을 믿는 내가 푼순가?"

"나는 뭐 달나라 남잔 줄 아냐? 제 마누라가 다른 사내놈과 부둥켜안고 있는 사진을 두 눈 번히 뜨고 쳐다보면서, 그래 필경 무슨 이유가 있을 거야, 어디 얘기를 들어 보자, 그러지는 못하겠다."

"제 아내를 못 믿겠다는데 더 무슨 말을 할 수 있겠어. 그런데 당신 잊었어? 자동차 보험 여자와 엮였던 일."

"새삼스럽게 그 얘기가 왜 나오는데. 이것과 무슨 관계가 있다고."

"있지. 당신 그때 내게 설명을 하려고 다가올 때 어떤 모습이었는지 알아?"

"떳떳했지. 잘못이 없는데 뭐가 두려워서."

"결과를 말하는 것이 아니잖아. 그 사건을 내가 믿지 않고 지금 당신처럼 쌀쌀했다면 어땠을까? 초등학생 못된 일 저지르고 매 맞기 직전 겁먹은 얼굴로 다가와서 자기는 억울하다고 했어. 나는 그런 당신 변명의 전말을 한 치의 의심도 없이 다 들어 줬어. 듣고 나서 내가 결론을 내렸지. 그 여자 상습범이라고 당신이 당할 뻔 했다고. 나중에 당신 나한테 한 말 잊었어? 얘기하는 도중에 내가 이성을 잃고 분별없이 펄펄 뛰면 어쩌나 걱정했다고. 만약 내가 지금 당신이 한 것처럼 했더라면 나한테 끝까지 당신 입장 해명할 수 있었겠어? 지금 내 기분이 그렇거든?"

토요일이었다. 다른 날 보다 일찍 퇴근한 남편의 표정이 몹시 어두웠다. 인희는 주방에 들어가 하던 일을 계속하고 있었다. 옷도 벗지 않은 채 남편은 소파에 앉아 아내를 불렀고 평소와 다른 남편에게 의아해 하면서 인희는 조심스럽게 다가가 남편의 표정을 살핀다.

"여기 좀 앉아 봐. 당신 내 얘기 듣고 놀래지 마."

"왜 무슨 일인데?"

"혹시 당신한테 누가 찾아 갈지 몰라. 찾아가더라도 놀래지 말라고 하는 말이야."

"누군데?"

"흥신소에서."

"흥신소에서 왜 날 찾아오는데?"

"내가 지금부터 하는 얘기 듣고 당신이 제발 오해하지 않았으면 좋겠어."

회의를 끝내고 자리에 와 보니 손님이 기다리고 있었다. 그는 흥신소 직원이라고 자기소개를 하더니 이런 여자를 아느냐고 물었다. 기억에 없는 이름이었다. 그러다가 자동차 보험 생각이 떠올랐다. 사무실에서 할 얘기가 아닌 것 같아 근처 찻집으로 자리를 옮겼다.

"여자가 증발했는데 의뢰를 받고 선생님 뒷조사를 했습니다."

오너드라이버가 한창일 때 입찰 건으로 조달청에 간 일이 있었다. 볼 일을 끝내고 차에 올라 시동을 걸려는데 한 여자가 나풀나풀 다가와서 자동차 보험을 들지 않겠느냐고 했다. 이미 지인에게 보험을 들었기 때문에 정중하게 거절했다. 여자는 다음에 필요하면 불러달라며 명함을 주고 갔다. 무심코 받은 명함을 수납함에 넣고 그리고 잊어 버렸다. 보험 기간이 끝날 무렵 보험을 들었던 지인이 갑자기 병사를 하고 말았다. 보험은 다시 들어야 되겠고 그때 명함을 주고 갔던 여자가 생각나서 자동차 수납함을 열어보니 명함이 그대로 있었다. 전화를 받은 여자는 성장을 하고 나타났다. 보험계약을 마치고 나서 여자는 저녁을 사겠다고 했다. 마침 약속이 있어 다음으로 미루고 자리에서 일어났다. 며칠 후에 성장을 한 여자는 보험 증서를 직접 가지고 다시 나타났다. 대인관계가 몸에 배인 그는 이 여자에게도 정중했다. 남자 고객의 정중한 매너가 자신의 미모에 호감을 가진 것으로 착각을 한 여자는 대담하게도 직원들의 명단을 요구했다가 정중하게 거절을 당했다. 그럼에도 여자는 고객 이상의 친분을 갖고자 수시로 전화를 걸어왔고 지나는 길에 들렀다면서 찻집에 앉아 기다리기도 했다.

어느 날 여자는 동대문 시장에 속옷 가게를 내 보고 싶은데 혹시 란제리 회사에 아는 사람이 없느냐고 했다. 마침 란제리 회사 간부로 있는 대학 동기가 생각나서 소개를 하게 되었고 개업하는 날에는 특별 손님으로 초대를 받아 퇴근길에 잠깐 참석을 했었다. 그리고 동대문 근처를 지나는 길에 몇 번 들러 차를 마셨고 식사를 한번 했던 것이 전부다. 그런데 여자를 빼돌린 치한으로 흥신소의 미행을 받고 있다니 화가 나서 머릿속에서 쥐가 나려고 했다. 의뢰인이 그 여자 외삼촌이라고 했고 아내의 주변까지 뒤졌다는 소리를 들었을 때는 거의 이성을 잃고 앞에 있는 흥신소 사람 면상을 주먹으로 칠 뻔했다.

"의뢰인은 절대적으로 선생님만을 지목하고 있습니다. 여자가 선생님얘기를 자주 했다고 합니다. 란제리 가게 물건도 선생님 주선으로 들여왔고 직감이라는 것이 있다면서 포기를 하려고 하질 않아요. 의뢰인은 가끔 두 분이서 만나 차를 마시고 식사를 한 것도 다 알고 있더군요.”

이런 부류들 고리에 얽힌 것만으로도 자존심이 진흙탕에 한바탕 나뒹군 느낌인데 아내까지 미행을 당하다니. 도저히 진정이 되질 않았다. 그러나 침착하게 혐오를 잔뜩 담아 되묻는다.

“구태여 미행한 사실을 제게 알려주는 목적이 따로 있습니까? 혹시 제게 사례를 따로 바라는 거요?”

“오해는 하지 말아 주십시오. 모범 가정인 선생님을 의심하는 의뢰인에게 반감이 들었습니다. 제가 이쯤에서 손을 뗀다면 아마도 다른 흥신소를 이용하거나 의뢰인이 직접 찾아올지도 모릅니다. 그 말씀을 드리려고 왔습니다. 직업이다 보니 본의 아니게 이런 짓을 범하게 됨을 용서해 주십시오. 그 동안 죄송했습니다. 그럼 저는 이만.”

미처 잡을 새도 없이 황망히 일어난 흥신소 사람이 행단 보도를 다 건너갈 때까지도 자리에서 일어나지 못했다.

의뢰인이라는 사람이 다른 흥신소를 이용해서 아내를 계속 미행할 것을 대비하여 아내에게 이 사실을 알려줘야 할 것 같았다. 아내가 얼마만큼 이해를 해 줄 것인가.

남편의 얘기를 듣는 동안 인희의 표정은 아내로서가 아닌 상담사가 되어 있었다. 너무 침착해서 차라리 남편에게 정을 한 번도 줘보지 않은 타인 같았다. 남편의 얘기를 다 듣고 난 아내가 결론을 내린다.

“의뢰인이 외삼촌이라. 그 영감, 여자한테 제대로 당한 거네. 남자 고객한테 접근해서 보험 실적을 올리는 중에 그 영감도 당신처럼 걸려든 거야. 젊은 여자에게 반한 영감이 거래를 해 왔겠지. 결국 여자가 원하는 가게를 차려주는 대신 내연관계로 지내다가 어느 날 여자가 몽땅 처분해가지고 증발해 버린 거야. 영감은 눈이 뒤집혀서 그 여자 주변 남자들을 뒤지기 시작하다가 당신을 지목하게 된 거고. 가게를 오픈하면서 영감한테 당신 얘기를 종종 했겠지. 게다가 가끔 가게에 들러 차를 마신 것까지 영감이 다 알고 있었으니, 여자가 자취를 감추게 되자 젊은 남자와 눈이 맞았을 것을 의심하는 것은 당연해. 그런 마당에 영감 눈이 안 뒤집히겠어? 조폭한테 의뢰 안한 것이 다행이구랴."

이것이 아내가 내린 결론이었다.

"그 여자 상습범이야. 처음부터 영감을 이용할 목적이었을 거야. 영감이 싫으면 떳떳하게 그냥 나왔어야지, 가게를 처분해서 증발한 자체가 아주 질이 나쁜 여자야. 당신이 아무 것도 모르는 줄 알고 조만간에 연락이 올 걸?"

아내는 아이 숙제를 풀어주고 일어나는 것처럼 홀연히 일어나 하던 일을 계속했고 오히려 남편이 생뚱맞은 표정을 짓고 있었다.

며칠 후에는 흥신소 직원 말대로 정말 영감이 직접 찾아왔었고 한 달이 지나고 나서는 아내 말대로 그 여자에게서 전화 연락이 왔었다. 그러나 남편이 염려했던 것과는 달리 인희에게는 아무도 찾아오지 않았다.

영감이 찾아왔을 때는 이성을 잃을 뻔했다. 영감은 여기까지 오는데 긴장을 했는지 대머리에는 진땀이 번들거리고 불룩한 배가 고르지 못한 숨을 고달프게 뱉고 있음이 한 눈에도 보였다. 저런 모양으로는 늙어가지 말아야지 하는 생각과 함께 그에 대한 막연한 연민이 이성을 되돌아오게 했다.

"당신이 이 차장이요? 내가 누군지 알고 있지?"

영감은 처음부터 유감없이 기선을 제압하려는 기세로 나왔다.

잠시 후 지하 휴게소에 마주앉은 영감은 결국 상대의 시종 흐트러지지 않는 정중함과 얕볼 수 없는 외양과 행동을 볼 때 자신의 판단이 틀렸음을 알았는지 기선을 잡으려던 호기는 금세 바람 빠진 거시기처럼 후줄근해져 고개를 숙인다.

"젊은 사람 앞에서 나잇값도 못하고 큰 실례를 한 것 같소. 먼저 일어나겠소."

뒤뚱거리며 나가는 모습이 소박데기마냥 처량맞아 보인다.

그 일을 잊어버릴 만할 때쯤 그 여자로부터 연락이 왔다. 그 여자는 이쪽에서 아무 것도 모르는 줄 아는지 평소 때와 다름없이 안부를 물어왔다.

"안녕하세요? 저 유성희예요."

아내의 추측은 한 치도 틀리지 않았다. 아내는 그때의 사건을 말하는 것이다.

"그래, 당신 말 좀 들어 보자. 어떻게 된 거냐?"

"싫어. 보이는 그대로 믿고 싶으면 믿어."

"억지 부릴래? 잠자려는 사람 앞에 이런 물건 펄떡 던져 놓고 나한테 할 소리야?"

"변명을 하더라도 떳떳할 수 있는 때가 있고 변명을 하고서도 오히려 하지 않은 것만 못한 때가 있어. 지금 상황을 얘기한다면 아주 초라해 질 것 같아서 싫어."

"그래서, 해명을 못하겠다는 거야?"

"못하는 것이 아냐. 안 할래."

인희는 휑하니 나가버린다. 남편 입장에서 볼라치면 똥 싼 주제에 매화타령이라더니 잘한 것도 없으면서, 아니 죽을죄에 가깝다고도 할 판에 환장할 노릇이다.

주방으로 들어간 인희는 양주를 꺼내어 홀짝홀짝 마시면서 태운의 어머니라는 사람을 생각한다. 됫병을 입에 대고 술을 마시는 어미의 모습이 어린 아이가 추억할 수 있는 어머니의 전부라고 했다. 그런 어미가 곁에 있으면 아이는 세상이 꽃구름처럼 아름답다고 했다. 요람처럼 편안했다고. 비록 흐트러진 어미의 그늘이지만 그 곳이 외로운 아이의 세상이었을 것이다. 그나마 세상을 빼앗긴 아이는 미아처럼 마음을 닫고 남의 세상을 기웃거리며 살아야 했을 것이다.

양주를 거의 반병이나 마셔버린 그녀는 눈물이 났다. 눈물의 진정한 의미를 알지 못하면서 눈물을 철철 흘리고 있었다. 태운 앞에서 호기롭게 큰소리쳤던 남편과의 신의가 깨져버린 억울함인지, 세상을 빼앗기고 마음을 닫아버린 어린 아이에 대한 연민인지.

"이봐, 지금 당신 이 술을 혼자 다 마신 거야? 이 사람이 …, 나도 한 잔 줘."

남편이 맞은편에 앉으면서 잔을 내밀자 그녀는 방금 일어난 사태를 망각한 채 이 순간조차도 여전히 남편이 편안하다. 술이 약한 남편을 위해 얼음을 채우고 찬물에 희석해서 남편 앞에 놓는다. 잔을 들 때마다 유리잔 안에서 얼음은 제 몸이 작아지기 위해 청량한 소리를 내며 뒹군다. 온전한 희생이다.

"이 안에는 당신이 버티고 앉아 있거든? 밖에서 두드리는 소리에 가끔은 문을 열어 주었다가 들어 올 틈이 없어 도로 닫게 돼. 알아?"

인희는 한손으로 제 가슴을 퍽퍽 치면서 남편을 노려본다.

"문을 열어주기는 왜 열어주니? 들어오지도 못할 텐데."

"호기심이지. 나도 여자니까. 그러나 이 안에 있는 남자가 자리를 비켜줄 것 같애? 어림없어. 그럴 때면 더욱 자리를 넓히고 견고하게 버티고 있더라?"

"저 남자도 호기심에 문을 열어 줘 본거니?"

"저 남자는 처음부터 문조차 두드리지 않았어. 저 사진은 그냥 일상에서 일어날 수 있는 스침에 불과해. 순간을 이용하기 위한 누군가의 수단에 재수 없게 걸려든 것뿐이야. 저 남자에게 원한이 있는 사람이 있었다나봐. 앙갚음을 하기 위해 언제부턴가 그의 뒤를 밟았던 것인데 우연찮게 여자와 함께 있는 것을 보고 그로서는 두 배의 효과를 노릴 수 있는 기회가 되었겠지. 협박 자료로 쓰기 위해 스치는 순간순간들을 포착했을 거야. 특히 남녀 간에 있어서 사소한 행동이라도 고정시켜 놓으면 그대로 현실처럼 되어 버리는 거니까. 그 물건은 나와 그 사람에게 똑 같이 배달이 되었어. 그의 말에 의하면 발신인이 자기 삼촌이래. 아마도 설악산 골짜기 어딘가에서 실족사로 위장하려 했다가 동행이 있어 계획을 바꾼 것 같다는 거야."

"가족끼리 죽일 만큼 원한이 깊단 말야? 조카한테 문제 있는 거 아냐?"

"내가 알기로는 아냐. 절대로 아냐."

"도대체 어떤 사람이야?"

이미 독한 양주를 반병 가깝게 마셔버린 인희는 태운과의 첫 만나게 된 동기부터 그의 신변 근황을 차근차근 얘기하고 있었다. 술기운 탓인지 남편의 표정에 전혀 주눅 들지도 않았고 가끔씩 혀가 제 멋대로 뒤집혔다가 금방 제 자리를 찾아오곤 했다.

"저 사람은 나를 그냥 서인희로만 보는 사람이야. 당신도 가끔 누군가와 대화를 하고 싶을 때면 친구가 생각나지? 사심 없이 마음속에 있는 생각 다 털어 놓고 돌아서도 허전한 생각 따윈 들지 않는 편안한 친구가 있잖어. 저 사람과는 단지 동성이 아니라는 것만 다를 뿐이라구. 그 순간에는 진실로 외로운 남자의 사심 없는 친구가 돼 주고 싶었거든. 그 뿐이었어."

"날이 밝는 대로 경찰에 신고하겠어. 이런 졸렬한 인간은 혼을 내 줘야 해."

"조카인 그 사람이 알아서 한다고 했어."

"이건 우리 가정 문제고 내 자존심 문제야. 그깟 조칸지 삼촌인지 그런 걸레 같은 족속들과는 관계 없는 일이란 말야. 알아들어? 앞으로 그 남자 만나지 마. 나 용납 못 한다. 정 그 남자 친구가 돼주겠다면 당신 맘대로 해. 다만 가정 아니면 그 잘난 친구 중 하나만 택해라."

남편의 경고를 들었는지 못 들었는지 술상에 코를 박아 버린다.

그 시간에 태운은 석천 호수 근처에 있는 술집에 앉아 혼자 술을 마시고 있었다. 분노를 삭이고 있는 중이다. 살의에 가까운 분노다. 지금 이대로 강용철을 불러낸다면 기필코 피를 보고야 말 것 같았다.

그 동안 강용철 그의 입에서는 조카라는 명칭 대신 어디서 굴러들어온 개뼈다귀, 매춘부가 내지른 종자, 화냥년의 자식새끼였다. 태운이 그 숱한 경멸에도 개의치 않고 의연할 수 있었던 것은 머지않아 그가 진흙 바닥을 기어다닐 것을 확신했기 때문이다. 천한 어미가 비록 화냥질과 매춘으로 벌어들인 재물일지언정 분배의 원칙에 의해 서로 골고루만 누렸다면 그 또한 어미가 목숨보다 더 사랑했다는 남자의 가족들을 기꺼이 포용했으리라.

강용철 그는 재물을 되찾기 위한 수단 방법에 있어서 마지막 추한 모습을 드러내고 있었다. 태운은 거울처럼 훤히 보이는 그의 난해한 계획을 어떤 방법으로 되받아칠까를 고심하자니 곤혹스러웠다. 그 수단 방법이 자신에게만 미치는 것이라면 참을 수 있겠다. 그러나 인희의 가정까지 넘본다면 의지의 지배를 벗어나 무서운 일을 저지르고야 말 것 같은 예감에 진저리를 치면서 술집에 앉아 용암 같은 분노를 삭이고 있는 중이다.

그때, 전화벨이 울렸다. 폴더를 열어보니 강용철이다. 잠시 망설이다 전화를 받는다. 어차피 한 번은 만나서 부딪쳐야 할 운명이다.

"여보세요."

대답이 없다. 좀 더 기다려 보았다. 뭔가 꿀꺽 넘어가는 소리가 들린다. 물인지 술인지 전화를 손에 든 채로 마시는 것 같았다. 간간이 거친 숨소리가 들리고 그릇 부딪는 소리가 들리는 것이 아마도 그도 지금 분노의 술잔을 들이키고 있는 듯 했다. 지금쯤 배달 물건을 받았을 것인데 아무런 연락이 없자 이쪽 근황을 알아내기 위해 먼저 전화를 걸어 온 것 같았다. 태운은 어금니를 악문다. 그러다가 생각을 바꿔 녹음기를 열어 놓는다. 그리고 곧이어 들려오는 소리.

"매춘부새끼! 화냥년이 내 지른 더러운 놈이 감히 내 집 호적을 더럽혀? 너 같은 쓰레기와 호적을 같이 한다는 것은 내 자존심이 허락지 않는다. 내가 반드시 내 집 호적을 원상태로 돌려놓고 말겠다. 잘 들어라. 경고하는데 네 스스로 각성하지 않는다면 너는 내손에 죽는다는 것을 알아라. 나는 쥐도 새도 모르게 널 죽일 수 있다. 지금쯤 설악산 골짜기에 시체가 되어 있을 수도 있었지만 아직 네가 나에게 해 줘야 할일이 남아 있어서 계획을 바꿨다. 그 계획이 뭔지는 잘 알고 있겠지? 반드시 내 앞에 무릎 꿇고 살려 달라고 빌게 만들 것이다."

할 말을 다 했는지 전화를 끊는다.

태운은 담배를 꺼내 불을 붙인다. 아무 일 없었던 것처럼 담배 한 개비를 다 태우고 나서 술잔에 남아 있던 술을 마저 털어 넣는다. 그리고 자세를 바로 잡더니 녹음기를 돌린다. 방금 들었던 소리가 앵무새처럼 그대로 재현되어 들려왔다.

　이번에는 태운이 강용철 전화번호를 꾹꾹 누른다. 신호음이 떨어지자 말하는 대신 녹음기를 틀어 전화기에 대어 놓는다. 저쪽에서 놀라는 듯한 신음이 들리고 곧이어,

　"너 뒈지고 싶어 환장을 했구나, 이 새꺄. 녹음하면 남편 있는 계집과 놀아난 것이 없어지기라도 할 줄 아냐? 흥, 어림 반 푼어치도 없는 짓 하지 마 새꺄. 그 어미에 그 자식이 그 밥에 그 나물이지 어디 가겠냐? 그 꼴에 계집 맛은 알아가지고. 그 여자 남편 그리 만만찮던데?"

　태운은 녹음기를 거두고 차분하게 전화를 받는다.

　"당신은 곧 경찰에 소환될 것이고 배달된 사진과 이 녹음은 스토커와 살인미수 증거 자료가 될 것이오."

　"뭐야? 이 새끼가 아직도 정신을 못 차리고 있는 거 아냐? 너 거기 어디야?"

　"내 집 근처요. 당신을 만나면 내가 무슨 짓을 저지를지 몰라 생각 중이오."

　"지금 있는 곳이 어딘지만 말해. 내가 간다."

　강용철이 나타난 것은 반 시각이 지나서였다. 그의 얼굴은 반쪽이 되어 있었다. 그럴 것이, 그 동안 퍼내고 퍼내도 샘물처럼 줄어들 줄 모르던 재물이 지금은 강남에 아파트 한 채와 통장에 현금이 조금 남아있을 뿐이다. 현금이래야 해외로 골프여행 몇 번 갔다 오면 바닥이 날 금액이었다. 저울에 달면 근수도 안 나가는 감투는 많았지만 당장 그럴듯한 직업도 없으니 강남을 떠나 변두리로 들어간다 해도 머지않아 길바닥에 나앉는 것은 시간 문제였다.

　강용철, 그의 표현대로 어느 날 갑자기 등장한 개뼈다귀로 인해 지금

껏 누려오던 황제의 생활을 마감하게 되고 말았다. 굴러들어온 개뼈다귀를 산산조각 내어 천지 사방에 뿌린들 이 분이 풀릴까. 그는 밤낮으로 태운을 죽이되 어떤 방법으로 죽여버릴까만을 고심하느라 정작 앞으로 살아갈 방법에는 계획이 없었다.

이제 그는 태운을 저주하는 것만으로는 속이 차지 않았다. 지금은 재물이 우선순위다. 재물을 모두 갈취한 다음에 개뼈다귀 손을 봐도 늦지 않을 것이었다. 그는 일단 태운을 처치하려던 계획을 바꾸기로 했다. 돈을 빼 낼만큼 빼낸 다음 이차로 여자를 겨냥할 계획을 세운다. 뒷조사를 해본 바로는 한 번 실수의 값으로 충분한 대가를 치르고라도 자신의 가정을 지킬 여자였다. 꼬인 일이 이렇게 순순히 풀릴 줄이야.

그 동안 증오심에 눈이 가려 자신에게 얻어지는 결과를 불문하고 무조건 태운만을 제거하기 위해 그의 뒤만 쫓았던 행위를 자책했다. 진작 생각을 바꿔 좀 더 생산적인 계획을 세우지 못했던 자신이 한 없이 어리석고 아둔했다는 생각에 가슴을 친다. 타살의 흔적을 남기지 않고도 감쪽같이 태운을 없애버릴 방법만을 모색하느라 날밤을 새워 얻어낸 결론은 태운의 직업상 혼자 있을 때가 많다는 것과 험한 산행을 한다는 것이었다. 그것도 사진을 찍기 위해 집중하다보면 실족사하는 것을 그리 문제 삼지 않을 것이고 타살이라는 의혹을 벗어날 수 있으리라는 희망이었다. 그랬는데 뜻밖에도 대어가 걸려들었고 그의 머리가 빠르게 돌기 시작하면서 계획을 바꾸기로 한 것이다. 여자와 단 둘이 여행을 할 정도라면 보통 사이가 아닐 것이다. 왜 그런 쪽으로는 생각을 못했을까. 그 동안 밤낮으로 허비한 시간이 아까워 죽을 지경이었다.

바뀐 계획은 가히 그럴 듯 했고 경제가 불안했던 강용철은 요즘 다시 씀씀이가 옛날로 돌아가면서 허세를 부리는 중이었다. 그런데 경찰소환이라니. 녹음까지 해 놓을 줄 누가 알았나. 역시 만만한 놈은 아니었다.

독풀을 씹은 얼굴로 나타난 강용철은 한쪽에 앉아 있는 태운을 발견하고 걸어온다. 태운은 바로 코앞에 서 있는 강용철에게 일별도 주지 않고 담배를 꺼내 불을 붙인다.

"더러운 새끼!"

강용철은 씹어뱉듯 욕을 하고는 의자를 끌어 당겨 앉더니 그도 담배를 꺼내 불을 붙인다.

"당신이 뭘 원하는 것 쯤 내 다 알지. 그러나 당신이 원하는 것은 좁쌀 한 알 만큼도 얻어내지 못할 거요. 당신 계획대로는 절대로 되지 않아!"

담배 연기에 가려진 채 독백하듯 하는 태운의 소리를 듣는 강용철은 웬일로 흥분하지 않고 여유로운 듯 두어 모금 빨았던 담배를 비벼 끈다.

"흥! 경찰에 신고하면 물론 소환되겠지. 어차피 나야 끝장난 판에 그깟 경찰 소환이 두렵겠냐? 그러나 그 여자를 세상에 불륜녀로 까발리고 싶다면 어디 한번 맘대로 해 보시지 그래."

"더 이상 추해지지 않으려면 여기서 그만 끝내는 것이 좋을 것 같은데?"

"건방진 새끼, 매춘부 배 속에서 나왔으면 매춘부 자식으로 살 것이지 어디를 기어들어 와서 건방을 떨어 쎄캬!"

그때 갑자기 일어난 태운이 강용철이 앉아있는 의자의 다리를 발로 걸어차 버린다. 의자가 뒤집히면서 고꾸라진 강용철 목을 구두발로 누른다. 그 일은 순식간에 일어났다.

"그래, 어떻게 살아야 매춘부 자식으로 사는 거지? 당신이 그렇게 경멸하는 매춘부가 몸 팔아 번 돈으로 지금까지 당신 자식 마누라 호의호식하고 황제처럼 누렸으면 그것으로 충분하지 않나? 조금 있으면 기어

들어갈 그 집조차도 당신이 경멸하는 매춘부 내 어머니 것이라는 걸 모르나? 그걸 알고 적어도 당신이 인두겁을 쓴 인간이라면 당신 처자식 앞에서 더 이상 추악해지지 말아야지."

그리고 일은 엉뚱한데서 벌어지고 말았다.

태운이 경멸스럽게 한마디 뱉고 돌아서서 나가려는데 그때 바닥에서 일어난 강용철이 탁자 위에 있는 술병을 들어 태운에게 냅다 던진다. 기합 소리에 태운이 돌아보면서 후딱 비켜서고 그때, 날아온 술병은 마침 술집으로 들어서던 한 남자의 얼굴에 정통으로 맞는다. 남자는 순식간에 피투성이가 되어 쓰러졌다. 술집은 아수라장이 되고 조금 있으니 경찰이 들어선다. 벼락은 그렇게 엉뚱한 사람에게 떨어지고 말았다.

말이 문서라더니 스스로도 끝장났던 강용철은 이제 길바닥에 나앉을 일만 남았다. 술병이 깨지면서 남긴 얼굴 상처를 복원하려면 아마도 통장에 남은 현금을 털고도 모자라 아파트를 처분해야 될지도 모른다. 그렇게도 경멸했던 매춘부의 재물은 이제 그에게서 바람 앞에 먼지처럼 풀풀 날아가고 있었다. 앞으로는 그도 별 수 없이 동생들처럼 지하 셋방을 전전할 날이 멀지않았고 살기 위해서는 등받이가 흠씬 젖도록 땀을 흘려야 할 것이다.

강용철은 환자에게 병원비를 비롯하여 성형수술 비용과 막대한 보상을 합의하고 나서야 풀려나왔다. 지금쯤 현실이 보일 때도 됐으련만 그는 아직도 희망을 버리지 않는다. 자기에게 필름이 있는 한 그는 꿈속에서조차 승리자였다. 경찰에서 나온 그는 맨 먼저 태운에게 전화를 건다.

"이제 그만 하라 하지 않았소. 여기서 끝내지 않으면 평생 후회할 것이오."

전화 저쪽에서 들려오는 소리다.

"경고 하는데, 너야 말로 후회 할 짓은 하지 마라. 이 전화 끊는 즉시 나는 네 여자를 찾아 갈 것이다. 그래도 좋다면 나를 만나지 않아도 된다."

"그 여자는 나와 아무런 상관도 없는 여자고 그 여자를 찾아가 봐야 별 소득이 없을 것이오. 그래도 가겠다면 말리지는 않겠소."

"소득이 있고 없고는 네가 상관할 바 아니다. 어때, 너에게 할 말이 남았으니 저녁 6시에 지난 번 그 곳으로 나와라. 이만 끊겠다."

당신을 나보다 더 사랑한다고 말하리라

인희와 태운이 만난 것은 강용철이 폭행 협의로 끌려간 다음 날이다. 인희가 남편으로부터 불신을 받고 양주에 취해 술상에 코를 박았던 다음 날이기도 했다. 인희의 얼굴이 전처럼 편안해 보이지만은 않았기에 태운은 그녀에게 죽을죄를 진 것만 같았다.

"미안합니다. 인희씨!"

"그보다, 삼촌이라는 사람한테는 무슨 소식 있었나요?"

"지금 경찰서에 있을 겁니다."

"결국 신고를 했군요."

"그것이 아니고…, 어제 만나서 말싸움 끝에 나에게 던진 술병이 그만 엉뚱한 사람 얼굴에 정통으로 맞았지 뭡니까. 아마도 병원비와 합의금 물어주고 나면 그나마 아파트 한 채 있는 것마저 처분해야 할 걸요. 빈털털이로 거리에 나앉게 될 게 뻔해요. 어쩌면 인희씨에게 협박하는데 더 기승을 부리게 될 것 같아 불안합니다."

"그래도 절대로 말려들지 마세요. 어제 제 남편에게 사진 보여 주었어요.

이제 남편도 다 알게 된 사항이니 우리 부부는 개의치 마세요. 알았죠?"

"남편이 이 사실을 알고 있다는 말입니까?"

"네."

"저런! 괜찮았어요? "

"괜찮기야 했겠어요? 어차피 남편에게 숨길 일은 아니라서 어제 밤에 나름대로 한바탕 전쟁을 치렀다고 볼 수 있지요."

"인희씨한테 정말 못할 짓을 했군요. 제가 어떻게 수습하면 될까요?"

"그러기는 했지만 사실로 오해하지는 않을 사람이에요. 오히려 몰카 찍은 것을 경찰서에 고발하겠다고 펄펄 뛰었어요. 그러니 절대로 나 때문에 끌려 다니면 안 됩니다. 우리 부부는 걱정하지 않아도 된다는 말입니다."

"남편이 참으로 대단하시군요."

이렇게 의기투합된 상황에서 강용철이 얻어 낼 것은 아무 것도 없을 것이었다. 그런데도 그는 공상을 꿈꾸고 있었고 그의 전화를 받고 있는 태운은 그에게 연민을 느낀다.

태운은 10분쯤 늦게 도착했다. 강용철은 벌써 술을 시켜놓고 마시고 있었다. 태운을 보자 눈썹을 꿈틀하면서 노려본다. 자리에 앉는 태운에게 술을 따라주며,

"마셔라."

퉁명스럽지만 많이 달라진 말투였다. 태운은 우선 담배를 꺼내 불을 붙인다.

"마시라니까. 내가 주는 술도 싫은 거로군."

"……."

그는 자작으로 따른 술을 무슨 원수처럼 마셔대고 있었다.

"내게 아직도 할 말이 남았다고 했는데 해 보슈. 들어나 봅시다."

"이제 대 놓고 빈정대는구나. 나는 언제든지 마음만 먹으면 너와 그 여자를 곤란에 빠뜨릴 수 있다는 것을 명심해야 할 거다. 알아들어?"

이미 혀가 제 구역을 벗어나 말을 안 듣는지 흩어진 발음이 제 자리로 돌아가기 위해 안간힘을 쓰고 있었다.

"사진이라면 포기하는 것이 좋을 거요. 그 여자 남편도 이미 다 아는 사항이오. 우리 세 사람은 선후배처럼 셋이서 어울려 다니는 사이란 걸 몰랐습니까? 그 남편이 자기 아내의 몰카를 찍은 당신을 경찰에 신고하겠다고 펄펄 뛰는 것을 오히려 나와 그 아내가 말리고 있는 상황을 안다면, 그것을 알고도 계속 사진을 가지고 장난을 치겠다면 알아서 하시오."

"뭐야? 누굴 바보로 알아?"

"당신이 바보가 아니라면 그런 것쯤은 잘 알아보았어야지. 사진을 당장 그 남편 눈앞에 들이 대 보시면 알 것 아니오? 아마도 그 다음에는 경찰서에서나 당신을 보게 될 것이오."

"……"

"분명히 말해 두겠는데 그날은 설악산 설경을 찍기 위해 갔던 것이고 갑작스런 이상 기후로 발이 묶였을 뿐이오. 신발이 허술한 관계로 미끄러지려는 여자를 부축하는 것은 기본 상식 아니오? 어차피 발이 묶였으니 만찬을 즐길만한 시간과 경제적 여유는 충분하니 고급 와인으로 분위기 내는 것은 당연한 것이고. 당신도 알다시피 내 출생의 비참함으로 괴로워하는 나를 친구로서 위로해 준 것이 과연 세간에서 비난받을 일이던가?"

"흥! 사진을 본 세간 사람들 생각도 그럴까?"

"사진이 순간을 포착했다고 해서 진실이 변하지는 않지. 우리 두 사람 사이에 당신이 상상하는 불미스러운 행동이 있었는지의 여부는 당신이 더 잘 알 것이고 그걸 알면서 단지 협박 자료로 사용하기 위해 움켜쥐고 있겠다면 누가 말리겠소."

"나는 이제 집도절도 없는 알거지가 되었거든? 모두가 너 때문이다. 그러니 너는 그에 대한 응분의 대가를 치러야 한다는 것을 잊지 말아라."

"당신이 내 어머니의 재물을 혼자서 누리지 않고 가족들에게 골고루 분배만 했더라면 당신에게 칼까지 빼들 생각은 없었소. 당신 말대로 매춘부지만 어머니가 세상에 태어나 최초로 사랑한 남자의 가족들이니까. 어머니의 사랑은 참으로 숭고했으니까. 내 아버지라는 그 사람은 지금도 어머니 가슴에 있으니까. 당신도 그 가족 중에 한 사람이니까. 이 모든 것은 당신 스스로 자처한 일이니 내 탓은 하지 마시오."

"너야말로 후회할 일이 생기게 된다고 해도 내 탓은 하지 마라."

강용철은 타협보다는 끝까지 협박을 멈추려하지 않았다.

"정말 구제하기 어려운 영혼이군. 이쯤해서 백기를 들고 투항한다면 가족의 한 사람으로 받아들여 줄 의향도 없지 않은데 말이지."

"흥! 몇 푼 구걸로 끝내라는 거냐?"

"그 몇 푼도 이제 당신에게는 아깝소."

자리에서 일어나 유유히 문을 나서는 태운에게 지난번처럼 등 뒤에서 술병을 던지는 우매한 행동은 하지 않았다. 술집을 나선 태운은 곧장 인희에게 전화를 걸어 방금 강용철과 나눴던 대화를 말해 주었다.

"그가 날 찾아오면 내가 알아서 할게요. 다시 말하지만 절대로 나 때문에 타협해서는 안 됩니다. 알았죠?"

"그렇게 할게요. 미안합니다. 남편께도 죄송하다고 전해 주십시오."

사진 사건 다음날, 인희는 출근 준비는 건성이고 남편 눈치를 보느라 아침밥이 늦어지는 것도 모르고 있었다. 그러자 예나 다름없는 남편의 재촉하는 소리가 들린다.

"뭐해? 나 늦었어. 이 사람이 아직도 술이 덜 깼나. 오늘따라 왜 이렇게 꾸물거려."

"으응, 다 됐어요. 찌개만 끓으면 돼."

"여자가 웬 술이 그렇게 세냐?"

아무 일 없었던 듯이 평소 때와 똑같은 남편이 인희는 오히려 의아스러웠다. 며칠이 지났다 해도 탑세기를 뒤집어 쓴 듯 구겨진 얼굴 펴기가 쉽지 않을 사건이거늘 바로 간밤에 일어난 일이다.

"피, 나 말짱하거든?"

인희의 가슴에는 오늘따라 남편을 향한 사랑이 모락모락 피어나 연기처럼 날아다니고 입가에는 뱅글뱅글 미소가 머문다.

'당신을 나보다 더 사랑하리라.'

강용철이 인희 앞에 나타난 것은 며칠이 지난 점심시간이었다. 그가 들어서자 인희는 대뜸 그가 강용철임을 알아보았다. 공교롭게도 태운은 그 숙부의 모습을 그대로 닮고 있었다. 이런 일만 엮이지 않았다면 아마도 죽은 형이 남기고 간 핏줄을 가장 반겨줄 가족일지도 모른다는 생각이 들었다.

그는 노름방에서 다 털리고 쫓겨난 몰골을 하고 있었다. 이게 마지막 끈이라는 생각을 하고 있는지 초조해 하는 표정이 그대로 드러났다.

"서인희씨죠?"

"네 제가 서인희 입니다만. 댁은? 아, 강용철이라는 분이군요. 잠깐 앉아 계시죠. 제가 연락할 곳이 좀 있습니다."

그녀는 잠깐 흔들리려는 그에 대한 연민을 내치고 침착하게 전화기를 들더니 남편 번호를 돌린다. 신호음이 끊기고 남편이 전화를 받는다.

"여보! 몰카 장본인이 지금 여기 나타났어요. 경찰에 연락하고 당신도 빨리 와야 할 것 같은데요?"

그녀의 전화 내용은 사무실 사람들이 다 들을 수 있었고 전화를 끊기도 전에 강용철의 옷자락은 벌써 복도 계단 끝에서 사라지고 있었다.

"여보! 올 필요 없을 것 같네요. 벌써 달아나고 있어."

"놀고들 있네. 그 자식 한번만 더 나타나면 정말 신고하겠어."

"몰카 장본인 어쩌면 당신을 찾아갈지도 몰라."

"뭐야?"

남편이 소리를 팩 지르고 그녀는 '후훗' 웃더니 전화를 끊는다.

겨울답지 않게 포근한 날씨. 잿빛 얇은 하늘이 무거워 보이고 눈송이가 하늘하늘 공중에서 춤을 춘다. 눈송이는 땅에 떨어지기도 전에 제 모습을 잃고 눈물이 되어 버리더니 어느새 함박눈이 되어 더러운 세상을 덮어준다. 사람들 머리에도 어깨에도 하얗게 내려앉아 동행하고 있다.

퇴근시간에 맞춰 인희는 경쾌한 걸음으로 차에 올라 시동을 건다. 몰카 대신 남편을 만나러 가려는 것이다. 차가 서서히 움직이다가 제 구역을 벗어나자 빠르게 달린다. 오랜만에 남편과 외식을 하고 레스토랑에 마주앉아 와인을 마시면서 말하리라. 당신을 나보다 더 사랑한다고.

가슴에서 고동소리가 들린다. 남편을 사랑할 때면 들리는 소리.

변이된 사랑

김포공항에 내린 태운은 택시를 타기 위해 밖으로 나온다. 머리는 귀를 반쯤 덮을 만큼 길었고 걸을 때마다 숱이 많은 앞머리가 이마에서 갈

라졌다가 제자리로 돌아온다. 짙은 베이지색 면바지에 갈색 재킷이 썩 잘 어울렸다. 넥타이를 무시한 체크남방이 무한히 자유롭고, 반짝이는 구두가 아닌 투박한 운동화를 신고 있었다. 장년의 멋이 물씬 풍긴다.

밖으로 나와 담배에 불을 붙인 그는 한 모금을 길게 빨고 나서 잠시 하늘을 올려다본다. 만남과 이별이 가을 하늘을 가르고 교차하고 있다. 그도 오년 전 그때는 겨울이 깊어진 하늘을 가르고 떠났었다. 그리고 다시 돌아왔다. 지금은 초겨울이고 그리도 보고 싶은 한 사람이 떠오른다. 얼굴도 모르는 아버지라는 사람의 형제들과 얽혔던 사건들이 정리되고 그는 곧바로 서울을 떠났었다. 해외 근무를 자원했었다.

태운이 한국을 떠나려는 결심은 한순간에 이루어졌다. 강용철의 사진 사건이 명쾌하게 마무리 되고 일상으로 돌아와 있었다. 서인희도 남편과 파란 신호가 켜진 듯 전화선을 타고 들려오는 목소리가 밝았다. 인희가 근무하는 회사 사장인 선배를 통해 들어본 바로도 그녀의 근황은 전과 달라진 것이 아무 것도 없는 것 같았다. 그런데 이상했다. 다 제자리로 돌아왔으니 개운해야 함에도 뭔가 미진한 듯, 음식을 씹었으나 넘기지 못하고 뱉어낸 듯 허전했다. 어린 시절, 어머니가 데리러 오겠지 하고 육중한 대문 돌계단 아래 앉아 기다리다가 기다림을 포기하고 일어설 때의 허망함 같은 것이 다시 도래하고 있었다. 쌓였던 일을 끝내고 난 개운함 뒤에 잠깐 느끼는 허탈함이라면 충분할 것 같은데 그것과는 비교되지 않는 중력이었다. 혼자서 술을 마셔 보기도 하고 미친듯이 강변을 달려보기도 했다.

그날은 국경일로 임시 공휴일이었다. 태운은 아침 일찍 일없이 차를 몰고 아파트 광장을 빠져 나왔다. 목적지를 따로 정한 것도 아니고 그냥 뚫리는 길 따라 무조건 핸들을 돌린다. 한참을 달리다보니 제부도를 향해 달리고 있었다. 그녀와의 잦은 우연을 무의식중에 기대했었나보다. 순간 참담한 기분이 들었다. 우연을 기대할 수는 없고 예전처럼 전화를 걸어 그녀를 불러낼 수는 더욱 없다는 생각이 들어서다. 그리고 여태 개운치 않고 미진했던 이유를 알 것 같았다. 그것은 이제 그녀를 만나서는 안 된다는 도덕심이었다는 것을. 그녀를 또 다시 스스럼없이 만날 수는 있겠으나 남편 입장에서 본다면 절대 도리가 아니라는 것을 가슴이 먼저 알고 있었나보다.

제부도에 도착하자 그는 우연이란 여신을 차마 포기할 수 없는지 지난 번처럼 사방팔방으로 카메라 렌즈를 당겨본다 그러다가 한숨처럼 카메라를 내리고 담배를 빼어 문다. 한참을 서성이다가 그녀와 같이 갔던 매운탕 집에 들어가 대낮부터 혼자서 술을 마셨다. 주인이 바뀌었는지 풍선 같은 아주머니는 보이지 않았다. 혼자 마시는 낮술은 쉽게 취하지도 않는다. 금지된 행위를 굳이 부추기는 것은 사탄의 몫이다. 태초에 아담과 하와에게 선악과를 따먹도록 부추긴 사탄이 홀로 낮술을 마시고 있는 태운에게도 따먹어 보라고 부추긴다. 사탄의 부추김이 아니라도 당장 그녀를 불러내고 싶은 유혹이 머릿속을 휘젓는다. 머리를 흔들어 정리를 해도 도무지 떨쳐버릴 수가 없다. 이렇게까지 절절할 줄이야. 미칠 듯이 보고 싶었다. 그녀가 곁에 있다면 사탄의 부추김을 이겨내지 못할 것 같았다. 소주 한 병의 마지막 잔을 비우는 순간, 그녀를 향한 욕망이 서서히 연기처럼 올라오고 마침내 정수리를 치받는다. 그녀를 부서지게 껴안는다. 아우성치는 세포 소리가 들리고 그녀의 의사와는 상관없이 입술을 열고 진한 교류를 주고받는다. 얼굴을 묻으면 세상 평화를 느낄 것 같던 그녀의 가슴을 활활 제치고 젖가슴을 쓸어내린다. 그러다가 흠칫, 고개를 흔들어 사념을 쫓으면서 사방을 둘러본다.

'오리새끼 물로 기어가지 별수 있다던가. 내 몸에도 부정한 피가 흐르는구나.'

부정한 정자 난자로 이루어진 존재가 어디 가랴. 애써 성령으로 잉태된 생명처럼 신성을 위장했던 것은 어미를 거부하고 싶어서였다. 구정물 같은 어미의 자궁이 싫어서였다. 하필 그곳에서 뼈와 살이 이루어진 채 웅크리고 있었을 생명을 인정하고 싶지 않아서였다. 아이가 손으로 눈을 가리면 제 몸이 꽁꽁 숨어 버린 줄 아는 것과 다를 것이 없는 자위였다. 젊은 욕망이 뻗칠 때마다 자신을 혐오하는 버릇을 키우다보니 손으로 눈을 가린 아이처럼 제 몸은 어느덧 부정과는 관계없다고 믿게 되었다. 뻗치는 욕망을 참지 못하고 해결하려는 순간 결국 부정을 뒤집어 쓴다는 혐오를 떨쳐버리지 못했다. 이성 교접은 모두가 부정하다고 여겼기 때문이다. 얼마나 위험한 발상인가.

그런데 우연히 만나게 된 한 여자에게서 그는 다른 세상을 경험한다. 이유는 알 수 없으되 그 여자와 있으면 부정은 태초부터 존재하지 않았던 듯 망각했다. 황량한 유년을 살아온 그에게 뭔지 모를 까마득한 모정을 느끼게 하는 특별한 여자였다. 애터지게 보고 싶거나 하지도 않으면서 함께 있으면 넉넉해지고 편안했다. 만나면 혼자가 아니라는 안도감에서 잠시 외로움을 잊게 하는 여자였다. 어미의 치부를 들어내고도 부끄럽지 않은 여자였다. 그런 여자를 향해 갑자기 속된 반란이 일어나는 이유가 무엇일까. 그동안 미진한 듯한 기분과 불안함은 어느 날 자고 일어나 보니 어머니가 보이지 않을 때의 초조함 같은 것이었다. 그리고 지금은 그녀를 불러내면 안 되는 이유가 초조함과 상통하면서 꺼질듯이 허탈했다.

'다시 볼 수는 없는가.'

태운은 그녀로부터 느꼈던 모정이 어느덧 알게 모르게 이성의 욕망으로 변이되어 날로 무성하게 자라고 있었던 것을 몰랐을 뿐이다.

자동차 수납함에는 버리려다가 무심코 넣어둔 사건의 사진들이 들어 있었다. 태운이 우연히 수납함을 열다가 사건의 사진을 다시 보게 된 것은 제부도를 다녀오고 나서 며칠이 지나서다. 퇴근하고 차에서 내리려다가 자동차검사 날짜를 보기 위해 수납함을 여는데 누런 대봉투가 접혀진 채 그대로 있었다.

사진을 꺼내본다. 하얀 눈밭에 사슴 같은 여자가 가슴에 안겨 있다. 옆구리에 매미처럼 붙어 있다. 사방 검은 천이 드리워진 난간에 기대어 있는 한 남자를 자애롭게 품고 있는 여자가 있다. 그녀가 거기 있었다.

태운은 사진을 들고 들어온다. 사진을 보면서 그 밤을 꼴딱 새운다. 아침에 출근을 하려니 눈알이 뻑뻑했다. 태운은 그 길로 인사계에 들러 해외 근무를 신청하고 자리로 돌아왔다. 밤새 감정과 싸운 결과다.

부정은 처음부터 존재하지 않는다. 누군가 곁에서 지켜주지 않는다면 누구도 부정에서 벗어날 수는 없다. 한번 부정은 또 다른 부정을 낳게 되고 연쇄적으로 두꺼운 막이 되어 평생 그 안에 갇힌 채 부정한 여자로 살 수밖에 없게 될 것이다.

내 어머니처럼 의부가 지켜만 주었던들 그렇게 살 이유가 없는 어미가 아니던가. 가출을 하지 않았을 것이고 치마를 부풀리고 요정에 나가지 않았을 것이고 늙은 남자의 제물로 밤마다 시달리지 않았을 것이다. 사랑하는 남자와 도둑사랑을 하지 않았을 것이고 어느 날부터 돌아오지 않는 정인을 기다리느라 됫병 소주를 입에 달고 살지도 않았을 것이다. 알코올중독자가 되어 정신병원에 입원도 하지 않았을 것이고 젊은 나이에 머리가 하얗게 지워지는 병도 걸리지 않았을 것이다.

어미의 의부처럼 나로 인해 또 다른 한 여자가 부정을 살아야 한다면 나를 용서하지 말아야 한다. 정원에 핀 꽃을 뽑아내면 그 꽃은 다시 정원으로 돌아갈 수 없듯, 한번 부정한 것은 돌이켜 제 자리로 되돌릴 수는 없기에 태운은 그렇게 한 여자를 가슴에 담고 떠났다. 부정을 피해 차라리 겨울 하늘을 가르고 서울을 떠났다. 한 여자를 지켜주기 위해서 말이다.

태운은 떠나기 전에 복선이 있는 양평에 들러 며칠 함께 지냈다. 양순 이모는 뒤늦게 만난 남편과 제법 넓은 텃밭을 일구고 가꾸느라 농사꾼이 다 되어 있었다. 그녀는 환자인 복선에게 무공해를 먹인다고 제초제를 쓰지 않고 일일이 손으로 풀을 맸다. 성장력이 뛰어난 잡초들은 매고 돌아서기 무섭게 머리에 수건 쓴 년 어디 갔나 두리번거리고, 양순의 손에는 호미가 떠날 날이 없다.

마당에는 가을 햇볕에 빨간 고추가 널려있고, 가지 오이 토마토 감자를 심었던 텃밭에는 이제 겨울 김장 배추가 속이 노랗게 올라 수런수런 자라고 있었다. 밭두렁에는 고구마 줄기가 무성하고 땅콩도 몇 두렁 보인다. 감나무에 매달린 풋감이 첫서리가 내릴 때까지 견디지 못하고 '툭' 바닥에 떨어지는 소리가 들리고 복선이 할 일없이 앉아 있다가 부스스 일어나 감 주우러 간다고 아장아장 걸어간다. 그림 같은 평화였다.

도시처럼 견고한 담장으로 삼엄한 경계를 지정해 놓지 않은 울안이 무한 자유롭고 울타리 대신 돌 축대를 쌓아 놓은 돌 틈 사이로 계절 꽃이 만발하여 동화 속 그림 같았다. 벚꽃 나무 몇 구루 심어 놓은 것이 오월이면 흐드러지게 피었다가 눈꽃처럼 떨어지는 경치가 보지 않아도 장관일 것이다.

양순은 유난히 꽃을 좋아하는 복선을 위해 집 주위에 온통 꽃을 심어 놓았다. 축대 밑 음습한 도랑에는 봄부터 미나리가 푸르고, 가꾸지도 않은 달래 머위가 지천이다. 마당에 서 있으면 탁 트인 시야로 하얀 억새 숲이 보이고 억새풀 사이로 햇빛에 튀는 강물이 끝없이 보인다. 휴양지로 이보다 더 좋을 수는 없었다.

복선은 전혀 환자로 보이지 않았다. 양순이 익힌 미용기술로 복선의 머리는 항상 단정했다. 깨끗한 옷을 입고 마루에 앉아 있는 복선과 장화에 헐렁한 노동복을 입고 있는 양순을 보면, 주인마님과 품팔이 온 아낙이었다.

배설 기능을 인지하지 못하는 복선은 기저귀를 차고 있었고 수시로 밥 달라고 보챘다. 양순의 얼굴에는 귀찮은 표정이 전혀 없고 지상에 내려온 천사 같았다. 복선은 뜬금없이 일어나 어느 한곳을 뚫어지게 바라보면서 길도 아닌 밭두렁이나 개골창을 걷다가 고꾸라지기도 했다. 그런 때는 어떤 환영을 본다는 것이다.

"아이고 또 뭐가 보이냐?"

"그 사람 왔다가 도로 갔다. 나 보러 왔다가 도망갔다. 말도 안하고 도 망가 뻤다."

그런 날 밤에는 영락없이 TV를 보다가 평소에는 형부라고 부르던 남자 곁으로 바짝 다가가 살그머니 무릎을 베고 눕는다. 강용범으로 보이는 남자 무릎을 베고 있는 복선의 얼굴은 순정으로 열에 들떠 있고 형부는 그런 복선이를 밀어내지 않고 연인처럼 머리를 쓸어주면서 재운다. 참으로 아름다운 관계였다.

"몰래 만나던 사람이라 그런지 헛것을 보면서도 늘 도망갔다고만 한단다. 언제나 그 환영이 없어질려나. 그렇게 좋아한 사람을 갈라놓았으니 불쌍해 죽겠다."

태운은 그런 어미에게 연민을 느끼면서도 쉽게 다가서지 못했다. 다행인 것은 병원에서처럼 태운이를 강용범으로 착각하여 등 뒤에서 포옹하거나 안기려 하지 않았다. 아들인지조차도 기억을 못하고 있었다. 양순이가 태운을 가리키며 이게 누구냐고 물었지만 아무런 표정이 없더니 하품을 늘어지게 하고는 스르르 잠이 들어 버린다. 푹 자고 일어나서는 처음 보는 사람처럼 멀거니 쳐다보기만 했다. 오직 그 한 사람만 기억할 뿐이다. 태운은 양순과 그 남편에게 너무 큰 짐을 맡겨놓고 떠나는 것 같아 마음이 무거웠다.

"이모, 염치가 없어요. 이건 자식도 못 하는 일이여요. 두 분께 맡기고 떠나려니 마음이 무거워요. 힘들면 참지 말고 시설에 보내세요."

"걱정 마라. 내가 할 수 있으니 하는 게지. 귀찮기만한 줄 아냐? 저 사람 때문에 웃을 일이 얼마나 많은지 말도 못한다. 우리 세 식구 재밌게 살 테니 너나 몸성히 잘 있다가 돌아 와야 한다. 알았지?"

"이모! 이모부님! 감사 합니다. 다녀오겠습니다."

"그래. 그런데 결혼은 안하니? 이제 너만 결혼하면 아무 걱정 없겠구만. 느이 엄마는 신경 쓰지 말고 결혼하면 안 되냐? 지금 떠나게 되면 결혼은 언제 한다니? 다 늙은 총각한테 시집을 처녀가 어딨어."

"지금도 나 같은 사람한테 올 여자 없어요."

"이 사람이, 자네가 어디가 어때서 그런 소릴 해?"

이모부가 한마디 거든다.

"떠나기 전에 한 번 더 올수 없겠냐?"

"글쎄요. 준비하려면 좀 바빠질 것 같아서요. 시간이 되면 한 번 더 들러 볼게요."

태운은 양순을 안아주고 그 남편에게는 허리를 꺾어 정중히 인사를 하고 돌아선다.

그는 환경이 열악한 아프리카를 주로 돌아다녔다. 전쟁으로 폐허가 된 나라에서 처참한 흔적들을 카메라에 담았다. 전쟁이 남긴 참혹함 속에서 어미인 복선이 떠올랐다. 어미의 홀로 싸운 참혹함이, 어미의 머릿속도 저렇게 폐허가 되어 아무것도 남아있지 않을 빈 들판 같은 어미의 기억들이.

밤이 되면 가끔 많은 양의 술을 마셨고 가슴에 담고 온 여자의 환영을 안고 몸부림치다 잠이 들었다. 그녀에 대한 그리움이 없을 때는 이성적 고통을 몰랐는데 변이된 사랑으로 그녀를 향한 그리움이 등나무처럼 엉키면서 무성하게 자라나자 키우지 못할 사랑이 날마다 고통으로 전해졌다.

환상 그리고 죽음

양순 이모로부터 연락이 온 것은 열흘 전이었다. 태운은 남미 페루의 잃어버린 도시 마추피추에 다녀왔었다. 꼭 한번 다녀와야겠다고 마음을 먹고 있었지만 차일피일 미루다 이제야 계획을 세워 단행을 했다.

남미에서 잉카문명이 가장 완벽하게 남아있는 세계적인 유적지 마추피추는 세워진 시기와 목적은 명확히 규명되지 않고 있으나 여러 학계의 관심과 추측만으로 지금껏 내려오고 있다.

유적지는 해발 2천 미터가 훨씬 넘는 험준한 산꼭대기에 하늘을 찌를 듯 날카로운 봉우리들로 둘러싸여 있어 산 아래에서는 유적지가 거기 있다는 확인이 안 된다. 유적지를 연구했던 많은 사람들의 기록을 보면 마추피추가 발견되기는 1911년 미국 역사학자인 하이럼 빙엄에 의해 세상에 알려지게 되었다고 한다. 발견되기 전까지 400년간 높은 산정 수풀 속에서 잠자고 있었다니. 그래서 잃어버린 도시라는 이름이 붙여졌는지 모른다. 공중도시라고도 불리는데 이유는 산과 절벽과 밀림에 가려 밑에서는 볼 수 없고 공중에서만 존재를 확인할 수 있어서 붙여진 이름이라고 한다.

잉카인들은 하늘과 가까이 살면서 태양신을 섬겼다. 거짓말하지 말고, 도둑질하지 말고, 게으름 피우지 말라는 이 3대 계명이 그들의 신조다. 기록에 의하면 잉카제국은 겨우 100여년 만에 스페인 군대에 의해 허망하게 무너진 짧은 역사를 가지고 있다. 그들은 침략자를 피해 해발 2500여 미터나 되고 발아래로는 험준한 계곡물이 끝도 없이 구비치는 아득한 이곳으로 피신하여 1000여 명이 살 수 있는 산상도시를 이룩한 것이다. 그리고 역사의 흔적도 남기지 않고 영원히 미스터리 속으로 사라졌다.

오늘날 학자들은 새로운 학설을 주장한다. 연대는 대략 2000년 전의 것으로 추측되고 유적지에 존재하는 뛰어난 건축 솜씨를 볼 때 피난하는 입장에서 그 정도로 정교한 돌계단식 밭을 만들 만한 도구와 노동력이 과연 가능했겠는가 불가사의한 일이다. 그렇다면 과연 베일에 씌워진 이 신의 경지는 무엇일까.

태운은 마추피추를 돌아다니면서 저산소증으로 고통스러운 일도 있었지만 유적지의 신비에 젖어 제정신이 아니었다. 조약돌 하나도 놓치고 싶지 않았다. 쫓기는 상태에서 저 많은 돌들을 어떻게 운반했으며 정교한 건축 솜씨를 볼 때 신에게 받은 인간의 한계가 과연 어디까지일까 의심스러웠다.

태운은 많은 자료를 카메라에 담아왔다. 돌아와서는 고단함도 잊고 자료정리를 하느라 또 몇 날 밤을 새웠다. 며칠 동안 못잔 잠을 송장처럼 자고 있는데 전화벨이 요란하게 울렸다. 꿈속에서 헤어 나오지 못하다가 전화벨이 지칠 때쯤 전화를 받는다.

"여보세요?"

"태운이니? 이모다."

"이모!"

태운은 용수철 튀듯 일어난다.

"그래, 잘 지냈어? 밥은 잘 챙겨 먹고?"

"저는 잘 있어요."

"너도 참 무정하구나. 너무 소식이 없으니 궁금하기도 하고 바쁘지? 한국에 한번 나올 일 없겠냐?"

"무슨 일 있으세요?"

"그런 것은 아니고 요즘 들어 느이 엄마가 말짱한 정신이 돌아와서는 부쩍 너를 찾는구나. 잠도 안자고 이상한 느낌도 들고 해서 말이다."

"그렇잖아도 귀국할 일이 있어요. 근간에 가 뵐 께요, 이모."

"그럴래? 그럼 기다리마."

그렇게 해서 서둘러 귀국을 준비했고 지금 공항에 도착한 것이다. 택시 기사가 가방을 트렁크에 넣고 돌아와 안전벨트를 매면서 행선지를 묻는다.

"잠실로 가 주세요."

여태 비워둔 아파트라서 께름했지만 그곳 말고는 갈 곳이 없었다. 떠날 때 세를 주려다가 마음이 바뀌어 되돌아올 지도 몰라 그냥 비워두고 떠났던 것인데 이렇게 오랫동안 비워둘 줄 몰랐다.

어미의 의부가 남기고 간 유산으로 산 아파트다. 그러나 태운은 알지 못한다. 의부의 유산은 그것 외에 양평 집을 사고도 돈이 남았다. 의부는 복선에게 죄벌만큼 물질을 남겨주고 떠났다. 그런다고 그 엄청난 죄벌이 탕감되지는 못할 터였다.

오년동안 비어있던 집은 그의 어린 시절만큼이나 썰렁했다. 온기도 없고 눅눅한 공기가 소박데기 며느리 방에 들어선 느낌이다. 보얀 먼지가 늙은이 얼굴에 바른 가루분처럼 거슬렸다. 집과 여자는 방치하면 안 된다더니 내 집이 이렇게 낯설고 정떨어질 줄 몰랐다. 집을 치울 줄 모르는 태운은 전에도 여전히 먼지 속에서 살아 왔건만 그러나 한 번도 내 집이 낯설다거나 정떨어져 본 적은 없었다.

사우디 근로자들이 오랜만에 휴가를 나오면 깨가 쏟아지는 부부보다 싸우는 부부가 더 많다는 통계가 있었다. 이유는 가구에 때가 끼고 먼지가 있어도 일상에서 눈에 익숙하듯 부부도 마찬가지다. 오랜만에 만난 부부는 서로에게서 그 동안 보지 못했던 먼지와 때가 낯선 것이다. 흠집도 매일 보면 무뎌지듯 함께 늙어가는 부부의 눈에는 서로의 주름살이 익숙하고 듬성듬성 빠진 누런 이가 아무렇지 않은 그런 이치다.

태운은 가방을 밀어 넣고 다시 나와 경비실에 도우미를 부탁했다. 한여름 토종닭처럼 한가롭게 졸고 있던 경비는 빈집에 새로 이사 온 것으로 아는지 이삿짐은 언제 오느냐고 묻는다. 자신이 집 주인임을 밝히고 도우미 값을 계산해서 경비실에 맡기고 나와 택시를 잡는다. 오늘은 양평에서 자야할 것 같았다. 택시에 있는 시계가 벌써 2시를 가리키고 있었다. 기내에서 간단한 아침을 먹고 아무것도 먹지 않았다는 생각을 하자 무섭게 배가 고팠다. 양순 이모 밥이 환장하게 먹고 싶었다.

양순의 음식을 먹다가 정이 든 지금의 영감은 천생연분인지 뒤늦게 만났지만 두 중년은 그림같이 잘 살고 있다. 효성 깊고 변함없는 양순에게 하늘이 내린 복일 것이다.

차가 동구 밖에서 멎고 차에서 내리는 태운을 맨 먼저 본 사람은 복선이었다. 허정허정 달려 나가는 복선이를 양순이가 들깨를 털다 말고 일어나 붙잡는다.

"또 어딜가려구? 넘어지면 어떡해."

"그 사람 저기 온다. 숨어야 한다. 들키면 안 된다."

"아이고 오기는 누가 온다고 그 ….."

"이모 저 왔어요."

태운이가 들어서고 양순이 말끝을 맺지 못하고 후딱 돌아본다.

"이게 누구야? 왔구나. 정말로 왔구나. 느이 엄마 말이 맞구나. 어서 오너라."

"이모부님은 어디 가셨어요?"

"엄마 약 타러 병원에 가셨어. 곧 오실 게다."

복선은 태운을 보자 수줍은 새 색시처럼 고개를 외로 꼬고 외면을 하면서도 입가에는 뱅글뱅글 웃음을 담뿍 담고 있다. 정든 임이 오셨는데 인사도 못하고 행주치마 입에 물고 입만 벙긋, 그대로다.

"니 아들 태운이야. 알아보겠어?"

고개를 끄덕이기는 하는데 건성이고 복선의 눈에는 기다리고 기다리던 그 사람이다.

"저 왔어요."

태운이 가까이다가가 복선이 손을 잡고 어깨를 다독이자 복선은 먼 길에서 돌아온 서방님 품에 안기듯 살며시 태운이 품으로 안겨든다.

자식의 품은 자식 체구가 육척장신이라도 어미로서 안고 있는 것이고 낭군의 품은 낭군 체구가 새처럼 옹색해도 여인으로 안기는 것이니 어미가 안는 몸짓과 여인이 안기는 몸짓은 사뭇 다르다. 복선은 지금 어미가 아닌 여인으로 기막힌 정인(情人) 품에 안기고 있었다. 태운은 섬뜩하여 밀어 내려는데 양순이 자연스럽게 복선을 떼어내면서 딴청을 한다.

"태운 엄마! 아들도 왔으니까 오늘 저녁은 뭐해 먹으까?"

"……"

복선의 흐릿한 눈에는 안기지 못해 안타까운 듯 절절한 그리움이 일렁이는데 태운은 그런 어미에게 냉담하면서 양순이와 똑 같이 딴청을 하고 있다.

"이모 나 무지 배고파요. 기내에서 아침 요기 간단하게 하고 지금까지 아무것도 못 먹었어. 이모가 해준 밥 먹고 싶어서 꾹 참고 달려 온 거유."

"그랬나? 조금만 기다려라. 우리 태운이 얼마 만에 내 밥 먹어 보나?"

칭찬에는 고래도 춤춘다고 양순은 궁둥이를 내두르며 복선이를 앞세우고 부엌으로 들어간다.

태운은 오랜만에 맡아보는 고국 흙냄새에 취해 주위를 일없이 돌아다녀본다. 집 주위는 두 내외의 손질로 허술한 곳 하나 없이 예쁘게 잘 꾸며져 있었다. 나이 들어 이런 곳에서 자연과 더불어 살고 싶었다. 그때 등 뒤에서 나는 소리에 뒤를 돌아보는데 복선이 주방에 안 들어가겠다고 앙탈을 하고 양순이 그런 복선을 달래고 있었다.

"싫다! 이거 놔라. 나 그 사람한테 갈란다. 이손 놓라카이."

"알았어. 태운이 배고픈데. 빨리 밥해야 태운이 밥 먹지. 아들 오니까 좋지?"

동문서답하면서 얼렁뚱땅 끌고 들어가랴, 안 들어간다고 뻗치랴, 실랑이를 하고 있다.

그날 밤 태운은 시간차로 인해 잠들지 못하고 뒤척이면서도 까만 어둠을 덮고 누워 시골 정취를 지루한 줄 모르고 음미하고 있었다. 강바람이 나그네처럼 마당 앞을 서성이다 가버리고 뒤뜰 귀뚜라미 문창 튀어 오르는 소리 텅텅 들리고 어디선가 나처럼 잠들지 못한 산비둘기 울음소리 적막 속에 잠긴다. 이 싱그러운 냄새라니. 찌르륵 찌르륵 풀벌레 소리 그칠 줄 모른다. 그때 밖에서 수런거리는 소리가 들렸다.

"이 사람아! 이러면 안 돼. 태운이는 니 아들이야. 그 사람이 아니라고, 그 사람 아들이란 말여. 어여 들어가 자자. 태운이 비행기타고 오느라 피곤해서 잠들었는데 깨면 어떡해. 자고 내일 아침에 일어나서 보자, 응?"

시골 정취를 음미하던 나른한 평화가 순식간에 걷히고 질척한 고뇌가 그 자리를 비집고 들앉는다. 머리맡을 더듬어 담배를 피워 문다. 한 모금 길게 빨아 한숨처럼 내 뱉으면서 답답한 가슴속 응어리도 뱉어낸다. 그 밤에 어미가 아들이 아닌 연인을 찾아 태운이 자는 방으로 가기위해 방문을 나섰나 보다.

'도대체 당신은 언제까지 저 여자 기억 속에 머물러 있을 거요.'

얼마나 질긴 인연이기에.

새벽녘 깊은 잠속으로 빠져든 태운은 꿈을 꾸고 있었다. 안개 터널 속에서 방향을 잃고 허우적거린다. 한 치 앞도 분간키 어려운 미로에서 헤어 나오려고 애를 쓰는데 무슨 이물 같은 것이 등짝에 찰싹 들어붙어서 떨어지지 않는다. 군시러워 떼어내려고 몸뚱이를 흔들고 애를 써 보지만 소용이 없다. 달라붙은 물질을 보려고 해도 보이지 않는다. 무언지도 모르면서 그냥 소름이 끼치고 징그럽다는 생각이 들어 견딜 수가 없다. 이물이 스멀스멀 목덜미를 기어 올라온다. 후끈한 열기가 느껴지고 너무 징그러워서 그만 손을 들어 이물을 우악스럽게 잡아 땅바닥에 패대기를 치면서 번쩍 눈을 떴다. 이물은 온데간데없고 저만치 구석에 고꾸라져 있는 복선이가 부연새벽 창을 통해 꾸물거리고 있는 것이 보였다. 깜짝 놀라 다가가자 몰이꾼에게 몰린 짐승처럼 겁을 잔뜩 먹고 바들바들 떨고 있었다.

'이런!'

모두 잠든 틈을 타 기여 기억 속에 있는 그 사람을 찾아왔나 보다. 등 짝에 붙어있던 이물이 바로 어미였다는 것을 알게 되자 등골이 서늘해진다. 진저리가 쳐진다.

"언제까지! 언제까지~이!"

태운은 그만 어미를 향해 자신도 모르게 발까지 구르며 버럭버럭 고함을 지른다. 차라리 이제 그만 어미가 세상에 존재하지 말았으면 얼마나 좋을까 싶었다.

"기억에 있는 그 사람 곁으로 그만 가 버려! 제발 가버려! 가버리라구우~."

태운은 험악한 얼굴로 어미를 내려다보며 악을 쓰고 복선은 겁에 질린 눈으로 아들을 올려다본다. 설음이 북받치는지 두 눈에 눈물을 그렁그렁 담고 있었다. 노려보는 태운을 여전히 연인인 그 사람으로 알고 있는 복선이다. 억장이 무너진다. 오매불망 얼마나 기다렸는데.

"나한테 와 이라요. 어디 갔다 온 기라요. 인자 아무데도 가지 마소. 내랑 같이 사입시더."

무릎걸음으로 다가서 애원하며 붙잡는다. 그런 어미를 찬바람이 쌩하도록 확 밀쳐 버리자 뒤로 벌러덩 자빠지면서 벽에 쿵 머리를 박는다. 무정한 자식은 그냥 돌아서 문을 박차고 나가 버린다.

"가지 마소. 인자 내랑 같이 사입시더. 가지 마소. 내랑 같이 사입시더. 가지 마소. 내랑 같이 …."

태운은 귀를 막고 달린다. 새벽을 가르고 달린다. 꿈속에서처럼 짙은 안개 터널을 헤치고 달린다. 달리면서 그의 얼굴은 질펀하게 젖었고 지금은 새벽강가에 서서 흐득흐득 울고 있다.

그에게 있어서 어미는 멀리 있을 때는 가슴 저리는 연민이었다가 가까이 있을 때는 어김없이 환멸이었다. 어미를 향한 가슴은 앞으로도 영영 열리지 않을 것 같았다. 어미를 향해 가슴을 닫고 살아야 하는 심정은 그대로 고독이었다. 고독은 그의 일부가 되어 천지 어디를 가더라도 동행을 했다. 그리고 취할 수 없는 한 여자가 고독 속에 얌전히 들어와 한 번씩 헤집는 또 다른 고독은 고통이 되어 그를 외롭게 했다.

강이 새벽을 밀어내고 있었다. 안개에 묻혀있던 강물이 새색시처럼 말간 얼굴을 내민다. 억새풀이 허연 머리를 도리질하며 기지개를 켜고 안개 속에 서 있던 태운이 터덜터덜 억새 숲길을 걷는다. 그 시간에 복선은 마당에 서서 멀리 그런 태운을 바라보고 서 있었다. 숲에 가려 보이다가 안 보이고 안 보이다 보인다. 안 보이면 애가 타서 발을 동동 구르다가 보이면 해죽해죽 웃는다.

밤늦게 까지 복선을 지키다가 새벽에야 깜박 잠이 든 양순은 소란한 소리에 눈을 떴다. 나가보니 태운이 벌써 마당을 질러 나가고 있었고 복선이가 태운이 방에서 나오고 있었다.

'이런! 기여 그 방에 들어가고 말았구나.'

태운이 아침을 먹고 서울을 가기 위해 집을 나선다. 인사를 하고 나오는데 이모부가 지신지신 따라 나오면서 태운을 부른다.

"엄마한테 조금만 다정하면 안 되겠냐?"

"……"

"환자라는 것을 잊지 마라. 너로 인해 지금 엄마가 받는 상처를 생각해 보거라. 대여섯 살 지능밖에 안 되는 사람이다. 아들을 기억 속에 있는 사람으로 착각하면 그냥 받아주면 되는 것을. 그 사람인양 다정하게 다독여 주면 얼마나 행복해 하는데 그게 그렇게 어려운 게냐? 어제 밤에 우리가 지킨다고 지켰는데 잠깐 잠든 사이에 너한테 갔던가 보더라. 아침에 보니 마당 끝에 서 있어서 깜짝 놀라 여기서 뭐하느냐고 물으니까 손가락으로 가리키는데 네가 억세 숲길을 걷고 있더구나. 숲에 가려 안 보이면 애 터진 얼굴을 하다가 다시 보이면 배시시 웃고 하더라. 엄마는 너를 통해서 40년 동안 기다린 사람을 만나고 있는 게다.”

“… 네, 노력해 보겠습니다.”

“그래. 서울에 있는 동안만이라도 엄마한테 자주 들러라.”

혼자가 되자 가슴이 무겁게 내려앉는다. 그렁그렁 눈물을 담고 올려다보던 어미의 눈을 애써 외면해 버리고 나니 뒤이어 버럭버럭 소리를 지르고 벽에 머리를 부딪치게 밀쳐버린 것이 돌부리에 부딪힌 발가락처럼 쑤셔온다. 왜 그랬을까. 그리고 이틀 후, 이른 아침 전화 벨소리에 태운은 선잠을 깼다.

“여보세요,”

잠기가 잔뜩 묻어난 소리로 전화를 받기 무섭게 양순의 울부짖는 소리가 들린다.

“태운아! 아이고 태운아, 아이고오~”

“이모! 이모~”,

그때 전화를 뺏어든 이모부의 침착한 소리가 들린다.

“태운아 지금 양평으로 내려와야겠다.”

“무슨 일입니까. 엄마한테 무슨 일 있어요?”

“어서 내려오기나 해라. 기다리마.”

태운이 부랴부랴 일어나 그길로 택시를 잡아타고 달려간다. 세수도 못한 맨얼굴을 마른손으로 몇 번 문지르고 헝클어진 머리를 손갈퀴로 빗어 넘기고 나서 담배를 빼어 문다. 그 사이에 무슨 일이 있었던 것일까. 라이터를 찾는데 자꾸 헛손질이다. 택시는 막힘없이 쌩쌩 달리고 있는데도 조급한 마음에 한량없이 느리게만 느껴졌다. 조금만 더 빨리 가달라고 부탁을 해 본다.

양평이 가까워지고 멀리 강이 보인다. 강가에 있는 억새풀 숲 사이로 사람들이 옹기종기 모여 있었다. 무심코 바라보는 눈에 언뜻 경찰이 보이고 태운이 그만 뒤통수를 된통 얻어맞은 듯 멍해진다. 후드득 심장이 떨리고,

'… 어 엄…마. 어머니이.'

자신도 모르게 어미를 부른다.

태운이 도착하자 양순의 남편이 흙빛이 된 몰골로 다가온다. 양순의 처절한 절규가 강가에 메아리치고 태운은 그만 무릎이 꺾이면서 바닥에 두 손을 짚고 고개를 숙인다. 그리고 사정없이 도리질을 하면서,

'아니다. 아니다. 이것은 꿈이다. 결코 현실이 되어서는 안 된다. 어떻게 이런 일이 있을 수 있는가. 신은 나에게 왜 이리 잔인한가.'

바닥에 머리를 짓찧는 태운을 다가온 이모부가 일으킨다.

"진정해라. 받아들이자."

경찰에 의해 시신은 양평에 있는 장례식장에 안치되었다.

아침에 눈을 뜬 양순은 맨 먼저 복선의 기저귀를 살펴보고 나서 소변부터 뉘는 것이 일상의 시작이었다. 기저귀가 뽀송뽀송할 때가 많았지만 어떤 날은 강아지 무게만큼 젖어 있을 때도 있었다.

"우리 아씨, 깊은 잠이 들었었구먼? 오줌이 나오는 줄도 모르고."

기저귀를 빼고 뒷물을 해주면 복선은 벙긋이 웃으면서 행복해 했다.

"언니야 고맙심더."

엉덩이를 두드려주고 세수를 시킨다. 머리도 빗기고 로션도 발라주고 치장을 끝내고 나서 주방으로 데려간다. 곁에 앉혀놓고 말 배우는 아이에게 하듯 양순은 끊임없이 지껄이면서 아침 준비를 했다.

"아침 국은 뭘로 하까? 호박에다 달래 넣고 토장국을 끓일까, 무 넣고 동태탕을 끓일까?"

"동태탕!"

탕 소리를 유난히 크게 내면서 발까지 구르는 것이 영락없는 다섯 살 애기다.

양순은 복선을 위해 세상에 태어났는지도 모른다. 아이가 의미도 없이 깨득깨득 웃으면 곁에서 덩달아 행복해지듯 양순이가 그랬다. 그것은 진정 가름할 수 없는 사랑이 아니고서는 볼 수 없는 광경이었다. 신세를 졌으니 그 은공을 갚는다는 의리만이라면 이미 지쳐버리고 말았을 시간이다.

그날도 양순은 아침에 일어나 늘 하던 대로 복선이 자는 방문을 열어보는데 복선이가 없었다. 가끔은 혼자서 화장실에 들어가 볼일을 곧잘 볼 때도 있는지라 화장실문을 열어 본다. 없었다. 정신이 번쩍 들어 밖으로 나가 본다. 복선은 어제처럼 마당 끝에 서서 강가를 애타게 바라보고 서 있었다. 억새풀 사이로 보이다가 안 보이고 안 보이다 보이고 했던 그 사람을 찾고 있었다. 언제부터 서 있었는지 온몸이 축축하게 젖어 있었다. 새벽 이슬을 온통 뒤집어 쓴 것을 보면 어둠이 물러가기 전부터 나와 있었던 것은 아닌가 싶다. 어쩌면 밤을 새웠는지도 모르겠다.

"태운 엄마! 여기서 뭐해? 언제부터 나와 있었어? 몸이 다 젖었네. 감기 들면 어째. 들어가자, 어여."

"안 보인다. 숨어 삐고 안 나온다. 암만 기다려도 안 나온다."

"누구, 태운이? 어제 서울에 갔잖어. 태운이가 엄마 보러 또 온다고 했어 그러니까 들어가자."

"……."

눈은 이미 초점이 무너져 있었다. 한번 고집부리기 시작하면 골난 황소 끌어오기보다 더 어려웠다. 양순은 남편을 불러내어 팔려가는 송아지 뻗대듯 하는 복선을 겨우 끌어오다시피 하여 방으로 들어왔다. 들어오자마자 금방 잠 속으로 빠져 버린다. 제 정신이 아닐 때는 감기도 걸리지 않았다.

지난 겨울 혹독하게 추운 날이었다. 뉴스에서는 몇 십 년 만에 처음 오는 추위라고 연신 떠들었다. 겨울이라 한가하게 들앉아 제 몸단속할 줄 모르는 복선이가 밖에 나가는 것을 지키는 일 밖에는 할일이 없었다. 잠시잠깐 운동을 시키려면 술독처럼 단단히 감싸서 데리고 나갔다.

그날 밤 양순이 화장실에 가려는데 복선이 방에서 불빛이 새어 나오고 있었다. 다가가 보니 방문이 열려 있었다. 이상하다 싶어 열려 있는 방을 들여다보니 빈 방이었다. 그 방에는 항상 스탠드 불을 켜 놓는다. 아이처럼 이불이 흘러내려 달달 떨고 있으면 이불도 덮어 줘야 하고 기저귀가 젖어 있으면 갈아줘야 하기 때문이다. 화장실에 갔나 싶어 돌아서는데 현관문이 조금 열려 있었다.

"이 일을 어째!"

밖에 나갔다면 이 엄동설한에 옷도 입지 않고 속옷 바람에 동태가 되었을 것인데. 문고리가 쩍쩍 달라붙는 추위였다. 일은 당한 일이다 싶어 아무 생각도 나질 않는다. 양순은 소리를 질러 남편을 깨우고 밖으로 뛰어나간다. 어디로 갔는지 경찰에 신고부터 해야 할 것 같았다.

그런데 마당을 미처 벗어나지 못하고 쭈그리고 앉아 있는 것이 어렴풋이 보였다. 이번에는 앉은 채로 얼어 죽은 것 같아 발걸음이 떨어지질 않는다. 남편이 성큼 달려가 복선을 일으키는데 굳은 삭신을 펴질 못하고 오그린 상태로 들린다. 두 사람이 돼지 묶어 떠메듯 하여 들어와 보니 발은 맨발이고 내의 바람에 얇은 스웨터만 걸친 상태였다. 온 몸이 파랗게 얼어 있었다. 이불을 뒤집어쓰고도 계속 덜덜 떨었다. 두 사람이 대들어 굳어있는 팔다리를 얼마간 주무르고 나니 굳었던 근육이 나른하게 풀리는지 깊은 잠에 빠져 버린다.

다음날 늦게까지 곤하게 자고 일어난 복선은 오줌을 펑 싸기는 했어도 감기커녕 콧물도 흘리지 않았다. 밤새 동태가 되어 있다가 겨우 풀렸건만 양쪽 볼때기만 복숭아처럼 빨갛다뿐 말짱했다. 밖에는 왜 나갔느냐고 물어보니 그 사람이 온다고 해서 그랬단다. 그 후로도 종종 밖에서 부른다고 나가려는 것을 잡아 앉히는 것이 일이었다.

치매 중에는 욕하는 욕 치매가 있고 남을 의심하는 불신 치매, 기물을 부수는 파괴 치매, 이성을 그리는 성적 치매, 비죽비죽 우는 치매, 불 지르는 치매, 집나가는 치매, 춤추고 노래하고 위아래 없이 존청을 쓰는 이쁜 치매 등 가지각색이다. 그 중 집나가는 치매가 스스로 돌아오지 못하고 얼어 죽지 않으면 굶어죽기 때문에 제일 문제다.

오늘 아침, 복선이가 집안에 없는 것을 확인한 양순은 어제처럼 마당 끝에 서 있으려니 했다. 문을 열고 나가보니 없었다. 뒤란을 돌아보고 울안을 샅샅이 찾아보는데 보이지 않았다. 텃밭 끝에 있는 개골창에라도 처박혀 있지 않나하여 들여다본다. 애가 타서 죽을 지경이다. 다시 사방을 두리번거리다가 무심코 강 쪽으로 눈을 돌린다. 복선이 마당에 서서 억새 숲을 보고 있던 것을 생각하면서 억새 숲을 보는데 그때 물 속에 서 있는 한 사람이 아득하게 보이는 것이 아닌가.

"저 저 저기, 여보! 여보! 큰일 났어요. 복선이가, 복선이가 ….."

양순은 고함을 지르면서 벌써 저만치 달리고 있었다. 다급한 아내의 고함 소리를 듣고 밖으로 나온 남편은 사태를 알아차리고 달리려다가 다시 안으로 들어가 핸드폰으로 119 신고부터 해놓고 뒤따라 달린다. 양순이 숨이 턱에 닿도록 달리건만 복선의 몸은 점점 물속에 잠기고 있었다.

"복선아, 안 돼! 기다려 복선아~! 들어가면 안 돼! 어서 나와 복선 아~!."

드디어 강물이 복선의 상체를 꿀딱 삼켜 버린다.

"사람 살려어~! 아무도 없어요? 누구 좀 나와서 우리 복선이 좀 살려 줘요. 아이고 복선아~ 복선아~!"

양순이 강가에서 숭어 뛰듯이 펄떡펄떡 뛰고 있는데 그때 신고를 받은 119가 도착했다. 대원들은 서둘러 고무 보트를 띄우고 인양 작업에 들 어간다. 발을 동동 구르던 양순은 남편 손에 든 전화기를 낚아채듯 하여 태운에게 전화를 걸며 울부짖는다.

운전기사가 빨리 인양만 하게 된다면 시간적으로 봐서 그리 절망적은 아닐 거라는 한마디에 목숨이라도 걸고 싶었다. 일초, 이초, 삼초, 일분, 이분, 삼분, 물속에서 얼마나 숨 못 쉬고 괴로울까. 이미 십 분이 지나고 있었다. 다시 또 십분, 일각이 여삼추다. 희망이 사라진 시간이 얼마나 더 지났을까. 그때 함성이 여러 사람들 입에서 터져 나오고 강물에 떠있 는 뱃전 위로 대원들이 시신을 끌어 올리고 있는 것이 보였다. 대원들은 이미 가사 상태를 벗어난 주검을 소생시키기 위해 인공호흡을 시도한다. 가망이 없다는 것을 진즉 알면서도 장부에 기록하기 위한 형식적인 시도를 하고 있는 것이다. 환자의 기적 같은 소생을 기대하기보다는 기록에 조금이라도 허튼 점 없이 완벽함을 위해서다. 기록이 충분하다 싶을 때 대원들은 모든 행위를 멈추고 시신을 안치실로 옮기기 위해 들것에 싣는다.

복선은 그렇게 떠났다. 기억을 하얗게 비우고, 기억을 비운 머리는 가슴까지 내려 올 세상미움 한 점 없이 떠났다. 홀연히 이승을 떠나 이슬처럼 맑은 영혼으로 정인을 찾아 떠났다. 오직 그 한 사람만을 기억에 담고 떠났다.

태운의 모습이 보인 것은 그때였다. 사건의 전말을 알게 된 태운은 죽을 것처럼 괴로워하고 있었다. 아들을 통해 사십년을 기다린 사람을 만나는 착각이 그리도 죄던가. 바닥에 패대기친 어미에게 소리라도 지르지 않았더라면, 어미를 밀어버리고 강가만 가지 않았더라면, 그 새벽에 그렇게만 하지 않았더라면.

그렁그렁 눈물을 담고 올려다보던 어머니의 마지막 모습이 눈앞에서 어른거린다. 고개를 흔들어 쫓아 버리면 이번에는 절망으로 뒤덮인 얼굴로 다가오는 어머니를 매몰차게 뿌리쳐 벽에 머리를 부딪치고 벌러덩 나자빠진 어미가 보인다. 그런 어미를 뒤로하고 나와버린 한스러움이 무거운 바위가 되어 짓누른다. 사십년 세월을 기다린 사람에게 모진 떠밀림을 당한 그 절망감이 오죽했으랴.

장례는 단출하게 이루어졌다. 순리대로 살지 못하고 비명횡사한 어머니를 박물관 관람하듯 여러 사람들에게 보이고 싶지 않아서다. 양순이가 조용히 태운을 부른다.

"이건 내 생각인데, 삼촌들과 고모한테 연락하자. 가족들 아니냐? 생전에는 엄마 상태가 그런 상황이라 대면할 수가 없었지만 마지막 가는 모습을 보는 것이 도리일 것 같구나. 엄마도 좋아 할 것 같다. 오매불망 그리던 사람 형제들인데 안 그러냐?"

그렇게 해서 연락을 받은 고모와 삼촌들이 사촌들을 데리고 몰려들었다.

상속 절차를 거쳐 분배의 원칙에 의해 상속을 받게 된 형제들은 옛날 모습과 확연히 달라져 있었다. 사촌들도 태운의 존재를 이미 어른들로부터 들어서 알고 있는 듯 정중하게 형님으로 받들었다.

그들은 복선이에 대한 강용철의 악평을 조금도 귀담아 듣지 않았다. 복선이가 강용범이 모셨던 주인의 소실이었다는 것조차도 믿지 않고 비웃었다. 형님이 비명횡사한 후 젊은 여자 혼자서 아들을 훌륭하게 키워 온 것으로만 알고 있는 그들이었다. 언문만 겨우 깨쳤을 뿐 부동산이 뭔지도 모르는 그들은 작은형이 누리는 재산이 큰형 재산이라는 동네 소문은 그저 소문일 뿐, 대학을 나온 똑똑한 작은 형 수완으로만 알고 있었다. 어느 날, 태운이가 나타나고는 판세가 뒤집어 졌고 그들은 자다가 벼락 맞듯 자고 일어나 보니 부자가 되어 있었다. 변두리 지하 사글세방에서 지금은 서울 중심가에 있는 삼십 평이 넘는 아파트에서 살고 있으니 말이다. 평생을 뼈가 녹도록 일을 해도 셋방을 면하기 힘든 그들에게 태운이 제 몫을 풀어 그들에게 셋방살이를 면하게 해 주었다. 똥장군인 아비의 철학대로 큰 형이 부모 노릇을 톡톡히 해 주고 간 셈이다.

그들은 복선의 영정 앞에서 마음을 다해 분향을 올린다. 얼굴도 보지 못한 형수이건만도 진심에서 우러나오는 감사함에 눈물까지 철철 흘린다. 영정을 지키겠다고 눌러 앉는 것을 태운은 발인할 때나 와 달라고 돌려보냈다. 지금은 혼자 있고 싶었다. 가족들 외에 문상객은 직장 동료와 사회에 나온 학교 친구들이 서로 연락을 했는지 몇 사람이 다녀갔다.

이틀째 되는 날이었다. 그리 늦은 밤도 아닌데 빈소가 잠시 한가한 틈을 타 태운은 담배를 피우려고 자리를 뜬다. 그 자리에 양순이의 남편이 앉아 있었다. 그때를 기다리고 있었던 듯이 한사람이 서둘러 들어왔다. 초라한 몰골을 하고 있었다. 쫓기는 사람처럼 급하게 분향을 하고 절을 하는데 두 번째 절을 하고 나서는 엎드린 채 소리죽여 오열을 하는 것이 아닌가. 양순의 남편은 심히 의아스러웠으나 조문객이 일어날 때까지 기다렸다. 가벼운 기침으로 오열을 멈춘 조문객은 상주를 향해 고개를 숙인 채 가벼운 목례만 하고는 들어 올 때처럼 서둘러 나가 버린다. 잠깐 보게 된 얼굴에는 눈물이 질펀했다. 그때 태운이 담배를 피우고 들어오다가 그 모습을 보고 말았다. 조문객으로 알고 태운이 인사를 하려고 들어오는데 초라한 몰골을 보는 순간 걸음을 멈춘다. 강용철이었다. 그가 이 자리에 나타난다는 것이 터무니없이 의외인지라 당황한 것은 오히려 태운이었다. 태운이가 자리를 뜨기만을 여태 기다렸던가 보다.

삼우제도 끝나고 열흘이 지났다. 태운은 가방을 챙긴다. 집에 있기가 싫어서다. 장례를 치르는 내내 짓누르는 죄책감으로 잠을 이루지 못했다. 집에 돌아와서 잠을 청해 보려 했으나 눈물이 그렁그렁한 눈으로 어머니가 내려다보고 잠은 무섭게 달아나 버렸다. 무섭게 달아나버리는 것은 잠만이 아니었다. 몸을 지탱해온 기가 주루루 빠져 나가는 것이 느껴졌다. 모든 의욕이 소진되고 가랑잎처럼 말라갔다. 어미가 없는 세상에서는 이제 아무런 의미를 찾을 수가 없었다. 살아야 할 의욕도 목적도 없었다. 이건 뭐란 말인가. 생전에 부정해서 그렇게 싫던 어미가 알고 보니 삶의 원동력이었다니. 나를 지탱해준 기둥이었다니. 내가 사는 이유였다니. 미워할 대상을 상실하고 보니 살아야 할 의미가 없고 이유도 없었다. 숨쉬기조차 힘들었다. 이대로라면 머지않아 생명줄을 놓아 버릴 수도 있을 것 같았다. 미움이 생명의 원천이라면 인간은 본래 선한 동물이 아닌 것이 맞는 것이리라.

태운은 어미에게서 벗어나고 보니 지구의 중력을 벗어난 듯 지탱이 되질 않고 허둥거렸다. 그에게 신성치 못한 병든 복선은 분명히 커다란 무게였다. 털어내고 싶을 만큼 군시러운 존재였다. 며칠 전만 해도 어미가 그만 세상에 존재하지 말았으면 얼마나 좋을까 했던 그였다. 지구의 중력이 생명이듯 어머니의 무게가 생명이었음을 알게 된 태운은 되돌릴 수 없는 이 현실이 숨막히게 괴로웠다.

가장으로서, 남편으로서, 아내로서, 자식을 키워야하는 부모로서, 부모를 모시는 자식으로서, 삶의 고단함은 곧 지구의 중력처럼 생명을 지탱하게 하는 근원이다. 그 무게는 내 어깨가 감당할 만한 무게이고 내가 살아야 하는 이유고 내가 존재하는 소중한 중력이다.

'어머니! 세상은 왜 유독 당신에게 그리 잔인했는지. 당신 몸에서 나온 자식조차도 당신을 그리 아프게 해서 보내야 했는지.'

몰락

회사에는 장기 휴가를 냈다. 막상 집을 나섰지만 어디로 갈 것인지조차도 생각이 나질 않는다. 그토록 지겹기만 하던 어미가 세상에 존재할 때는 한 여자를 가슴에 담는 어쭙잖은 짓도 했었다. 도덕성을 망각하고 그 여자를 불러내고 싶어 안달을 하기도 했었다. 그것도 의욕이었던가 보다. 지금은 만사가 귀찮다. 그 여자와 또 한 번의 우연이란 기회가 주어진다 해도 그리 달갑지가 않을 것 같았다. 그때 전화 벨이 울리고 태운이 어렵게 전화를 받는다.

"태운이여? 삼촌인디 잠은 좀 잤냐? 걱정되어 전화했다. 우리 마음이 이렇게 아픈디 혼자서 어떻게 견디고 있능겨?"

"제 걱정 마세요. 저는 괜찮아요."

"그려, 태운아. 오늘 집에 와서 고모랑 같이 모여 식사 좀 하면 어떻겠냐?"

"다음에 하죠. 혹시 큰 삼촌 연락 됩니까?"

"용철이 형 말여?"

"예. 그분한테 누가 연락했습니까?"

"누가 연락을 혀? 우리 보기를 대천지원수 보듯 허는디? 근디 왜 그려?"

"자리를 잠깐 비운 틈에 문상을 하고 가는 것을 봤거든요."

"뭐여? 확실헌 겨? 니가 잘못 본 것은 아니고?"

"확실해요. 소식은 알고 계십니까?"

"말 마라. 우리도 많이 시달렸다. 술만 먹으면 찾아와 주정을 하니 하루 이틀도 아니고. 그래도 피를 나눈 형제지간이라 이러지도 저러지도 못하고 그냥 받아줘야지 별 수 있냐. 형수는 술 먹고 주정하는 남편 싫다고 집 나간지가 오래고 새끼들은 싸가지 없기가 꿩 새끼고 그만큼 컸으면 집안 사정 달라진 것 번히 보면서 즈덜 용돈은 벌어 써야 헐 것 아녀? 여전히 애비한테 용돈 타 쓰고 자빠졌단다. 옛날 생각하면 쌤통이다 했다가도, 그래도 그 형이 우리 집 자랑이었는디, 속상혀."

"사는 데는 아세요?"

"구로동이라나 워디로 이사간다고 한 것이 한 이년 됐을 거. 자세허게 알려 주간디? 문상은 어떻게 알고 갔을까?"

태운은 구로동으로 차를 돌린다. 오 년을 못 버티고 결국 강남을 떠난 모양이다. 먼저 동사무소를 찾아가 신분증을 보이고 사람을 찾는다고 했다. 신문사 신분증을 본 담당자는 특별한 손님을 대하듯 하면서 금세 집 주소를 찾아서 건네준다. 생각했던 대로 독채지만 세들어 살고 있었다.

주소를 들고 동사무소를 나오는데 현기증이 났다. 생각해 보니 밥을 언제 먹었는지 모르겠다. 그때가 오후 세시를 넘고 있었다. 그는 근처에 있는 식당에서 간단한 요기를 하고 나오면서 주인에게 주소를 보여주며 물어본다. 아파트 단지라면 아파트 이름과 동 호수만 알면 개도 오줌 싸가면서 찾아가는 판인데 일반주택 주소는 그리 수월치가 않았다. 이 골목인가하고 들어서면 전혀 엉뚱한 번지가 버티고 있고 저 골목일 것 같아 들어서면 또 아니었다. 왜정시대 때의 구획정리를 아직도 사용하고 있는 지역이 있다고 하더니 바로 여기인 것 같았다.

지칠 때쯤 되어서야 겨우 찾아낸 주소가 알고 보니 바로 코앞에 두고 찾아 헤맸었다. 억울한 생각이 들었다. 집이 너무 협소해 보인데다가 계단을 한참 내려가고도 돌아 앉아 있어 언뜻 보기에 살림집이 아닌 가건물 같이 보였으니 그럴 수밖에.

막상 주소를 찾고 보니 태운은 마음이 짠했다. 문상 때 그의 모습에서 어느 정도 고달픈 생활은 짐작하고 있었지만 이렇게까지일 줄은 몰랐다. 착잡한 마음에 담배를 빼어 문다.

아무도 없는 것 같아 그냥 돌아설까 하다가 문상 온 손님으로라도 한번은 만나보는 것이 도리다. 태운은 차에 앉아서 기다렸다. 짧은 늦가을 해가 자취를 감추고 어둠이 빠르게 세상을 덮어오고 있을 때 골목으로 들어서는 강용철의 고단한 뒷모습이 보였다. 태운은 차에서 나와 몇 발짝 뒤 따라가다가 인기척을 낸다.

"그간 잘 지내셨습니까?"

"······."

그가 고단한 몸을 돌려 태운을 바라본다. 순간, 얼굴이 경직되고 그 다음에는 고개를 원위치로 돌려 버린다.

"어떻게 알고 왔냐. 이런 꼴 보고나니 속이 후련하냐?"

"누구 원망할 일이 아직도 남았습니까?"

"왜 온 게냐?"

태운은 대답 대신 큰길 맞은편에 있는 한식집을 가리키며 앞장서서 걸어간다. 옛날 그 서슬퍼렇던 기상은 다 어디로 갔는가. 용철은 교무실 끌려가는 불량학생처럼 지신지신 뒤따른다.

강용철은 가장 확신을 가졌던 서인희라는 여자에게서 마지막 협박이 수포로 돌아가자 앞이 아득했다. 보편적으로 여자들은 부적절한 관계 여부를 떠나 그런 유인물 앞에서는 십중팔구 무너지게 되어있다. 그런데 서인희라는 여자는 아니었다. 어쩌면 태운의 말처럼 그 여자의 남편도 이미 다 알고 있다는 말이 사실인 것 같기도 해서 다리에 힘이 다 빠져나가는 느낌이었다.

아무리 간 큰 여자라 해도 이정도의 유인물이면 남편 앞에서 어떤 해명을 할 수 있겠는가. 제 영역이 손상당하는 것을 묵과하는 수컷은 없을 테니 말이다. 지식이 있고 없고 명예가 높고 낮고 잘나고 못남이 구분 없는 수컷들의 본성이다.

사회성 동물인 남자들은 대문만 나서면 부적절이라는 개념조차 잊어버리는 것이 그들의 속성이다. 일시적인 부적절이 드러났다 해서 가정이 와해되지는 않는다. 아내가 용서를 해서도 사랑이 남아서도 아니다. 아내는 자신과 홀로 싸우는 비통한 전쟁으로 불쏘시개처럼 말라가면서도 가정을 무너뜨리지 않으려는 모성본능에서다. 남자들의 속성은 어떠한가. 아내의 부정했던 기억을 절대 덮어 주지도 잊으려고도 하지 않는다. 아내는 평생을 두고 응징받으며 사느니 차라리 스스로 집을 나가는 길을 택한다. 여자의 마지막 자존심이다.

강용철은 충분히 승산 있다고 믿었으며 그 여자의 남편도 이미 다 알고 있다는 태운이의 말을 절대 곧이듣지 않았다. 감히 그런 얄팍한 농간으로 내 마음을 접으려 하다니. 그의 눈먼 이성은 방향도 없이 내닫기에만 바빴다. 여자는 틀림없이 이쪽 신분을 밝히는 순간 저승사자가 앞에 서 있는 얼굴을 할 것이고, 사무실 사람들을 의식해서 서둘러 밖으로 데리고 나올 것이고, 바삭바삭 타는 입술로 사정을 할 것이다. 무릎을 꿇고 빌지도 모른다. 그 여자에게 태운이까지 불러들이게 만들어 타협을 보리라는 계산으로 어둡던 세상이 다시 밝아지고 있었다. 그까짓 병원 합의금쯤이야 무슨 문제일까 보냐. 태운에게 돌아간 유산은 당연히 되돌아 올 것이고 여자도 가정을 지키는 대가를 톡톡히 내 놓아야 할 것이다.

의기양양하게 들어갔던 그는 불과 5분도 되기 전에 쫓기는 노루처럼 튀어 나오고 말았다. 바로 눈앞에서 남편에게 전화를 걸다니. 모든 것이 실타래 엉키듯 꼬이기만 했다. 밖으로 나온 그는 비로소 암담한 미래가 보이기 시작했다. 끝도 없이 추락하는 것이 보였다. 추락을 멈추게 할 방법은 이제 어디에도 없었다.

그는 그 길로 술집에 들어가 술을 마시기 시작 한 것을 시초로 밤낮 방안에 틀어박혀 술만 마셨다. 술 마시는 일 외에 그가 할 수 있는 것이 아무것도 없다했는데 그의 머리에 기막힌 계획 하나가 떠올랐다. 그는 무륜을 치면서 마시던 술잔을 팽개치더니 벌떡 일어난다. 왜 여태 그 생각을 못 했을까.

그는 태운의 신문사를 찾아가고 있었다. 막무가내로 사진을 뿌리겠다고 엄포를 놓으려는 것이다. 먹잇감을 던져줄 신문사는 얼마든지 있다. ○○신문사 총각기자와 유부녀와의 불륜기사가 대서특필되고 길거리 신문 판매대마다 불륜사진이 대문짝만하게 실린 신문들이 꽂혀 있는 것을 상상해 보라. 일촉즉발인 신문사들의 경쟁에서 이보다 더 좋은 먹잇감이 또 어디 있으랴. 남의 사생활을 낱낱이 파헤쳐 가십을 일삼던 신문사에서 정작 신문기자의 불륜을 보게 된 세간에서는 ○○신문사에 대한 믿음이 실추되리라는 것은 불을 보듯 훤하다. 기자인 태운이 책임과 사회적인 체면이 있는지라 어떻게 해서든지 입막음을 하려 들지 않겠는가. 상상만으로도 몽롱하던 정신이 얼음통을 뒤집어 쓴 듯 맑아진다. 그는 미련을 버리기는커녕 승리의 월계관을 쓰게 될 희망에 부풀어 둥둥 떠다니듯 걷고 있었다.

신문사 근처에 있는 고급 찻집에 앉아 여유롭게 차를 시켜 놓고 전화를 건다. 연결할 수 없다는 메시지가 들린다. 다시 걸어도 똑같은 소리만 들렸다.

'흥, 전화번호를 바꾼 모양이군. 아직 끝난 것이 아닌데 전화번호까지 바꿔버리면 어떡하겠다는 거냐?'

사무실 전화로 연결하여 내려오라고 하려다 생각을 바꾼다. 직접 올라가 여러 사람들이 보는 앞에서 군림해 보는 것도 재미있을 것 같았다. 느긋하게 차를 마시고 일어나 현란한 무지개를 향해 걷기 시작한다.

사무실 문을 열고 들어간 그는 5분도 안되어 이번에는 비루먹은 개처럼 기어 나온다. 태운이 벌써 외국으로 떠난 뒤였기 때문이다. 그의 운은 이제 다 한 모양이었다.

그는 여전히 술에 찌들어 있었고 아내와 자식들은 권위를 잃은 가장에게 타인처럼 무심했으며 노숙자를 대하듯 경멸했다. 술을 먹고 찾아가는 곳은 그가 누리던 재물을 나눠가진 동생들 집이었다. 셋방살이에서 내 집 지니고 사는 것이 그리도 큰 죄던가. 동생들은 걸레처럼 추해진 형제의 행패를 내치지 않고 받아 주었다. 그 동안 호의호식시켜준 처자식이 헌신짝 버리듯 한 사람을 썩은 콩 한 알도 얻어먹지 못한 형제들이 받아 준다. 술이 깰 때까지 주정을 해 대었지만 맞대꾸하지 않고 다 들어 주었다. 술이 깨고 나면 서리 맞은 달구새끼처럼 웅크리고 돌아가는 모습을 봐야하는 동생들은 옛날 그의 황제시절 그에게 당했던 야속함을 기억하지 않고 가슴만 아팠다.

방탕한 세월이 몇 년 지나는 동안 그의 남아있는 재산은 바닥이 났다. 고정적인 수입이 전무한 상태에서 소비는 바람쐬기 위해 비행기를 타는 비용만 제외 했을 뿐 그리 큰 차이가 나지 않았다. 고급 승용차를 여전히 굴렸고 골프 가방도 뒷방으로 물러나지 않았다. 황제가 하루아침에 거지 된 모습을 인정하고 싶지 않아서다. 자식들은 아버지의 바닥난 재력을 인정하지 않았다. 주위에서는 변함없이 황제로 알고 있었고 황제다운 생활을 유지하려니 아파트는 이미 대출 한도를 넘었고 은행 이자를 갚지 못해 경매에 붙여졌다. 부자는 망해도 삼년 먹을 것이 있고 가난은 흥해도 삼년 궁상을 벗지 못 하더라고 아내가 지녔던 패물과 수집해 놓은 그림들이 모두 고가품이었다. 경매로 넘어간 아파트와 돈이 될 만한 물건들을 처분하여 변두리로 옮기면서 그의 거짓 황제생활도 끝이 났다.

그날도 고주망태가 되어 여동생 용선이 집으로 들이닥쳤다. 용선이는 오라버니의 그런 모습을 보면 늘 마음이 아팠다. 차라리 오라버니를 원망하던 옛날로 다시 돌아가고 싶을 만큼 짠했다. 비록 동생들은 문지기처럼 초라했어도 우리 집안 자랑이었던 오라버니가 아니었나.

몸도 제대로 가누지 못하는 용철은 그만 거실 바닥에 널브러지고 만다. 구두를 벗기고 보니 양쪽 엄지발가락이 양말 구멍을 뚫고 나와 빤히 쳐다본다. 용선이는 울컥하는 눈물을 삼킨다.

"오빠! 차라리 이 집 도로 가져가. 나는 옛날처럼 셋방 살아도 괜찮아. 오빠가 망가지는 꼴 더는 못 보겠어. 밥은 제대로 먹고 다니는 겨? 맨날 술만 먹고 다니면 어떡해. 속상해 죽겠어. … 자고 있어. 밥 해주께 먹고 가."

용선이 훌쩍거리며 주방으로 가고 지금쯤 잠들어 있어야 할 강용철 어깨가 잔잔한 흐느낌을 하고 있다. 그는 잠들어 있지 않았다. 동생들이 이렇게까지 걱정하고 있었구나 생각하니 외롭던 마음이 격정이 되어 눈물이 사정없이 흐른다.

'나는 동생들에게 무엇을 해 주었나. 도움은커녕 궁상이 더덕더덕 찌든 모습이 보기 싫어 대면하기조차 꺼렸었는데.'

어느 날 경비실에서 인터폰이 왔다. 어떤 여자 분이 오빠라면서 연결해 달라고 하니 바꿔드리겠다는 것이다. 순간, 연결하게 되면 집안에 안들일 수 없겠다는 생각에 외국 출장 중이라 집에 없다고 해 달라고 했다. 돌아가고 나서 경비를 통해 아이가 많이 아파서 온 것을 알았다. 그 후로는 다시 찾아오지 않았다. 부모님 제사 때 동생들이 오겠다는 것을 서로 번거로우니 그러지 말라고 했다. 그 이후로는 다른 동생들도 약속이나 한 듯이 발길을 끊고 오지 않았다. 생각해 보니 동생들에게 물 한모금도 줘보지 않았다. 벼룩도 낯짝이 있지 무슨 염치로 여기에 있는가. 일어나 나가려는데 용선이 주방에서 나와 붙잡는다.

"오빠! 그냥 가면 어떡해. 오빠 때문에 밥 다시 했단 말여."

"그냥 가께."

"얼라? 오빠 그라지 말고 밥 먹고 가. 그래야 내 맘이 편혀."

붙잡는 용선을 뿌리치고 골난 얼굴로 잽싸게 현관문을 나선다.

어려서부터 동생들 등짐 질 때 그는 학교에 갔다. 동생들 고구마로 끼니 때울 때 꽁보리밥일지언정 그는 밥을 먹었다. 동생들이 해진 등거리를 걸치고 뙤약볕에 어깨살이 벗어지게 품일을 할 때 그는 깨끗한 남방을 입고 그늘에서 책을 보았다. 장남은 부모 대신이고 공부 잘하는 자식은 집안을 일으켜야 하는 것이 똥장군을 진 아버지의 철학이었다. 아버지의 철학대로 장남은 객지에 나가 열심히 돈을 벌어 동생들 뒷바라지를 하고 있고 둘째는 명석하여 공부를 잘 하니 앞으로 집안을 일으킬 재목으로 손색이 없었다. 동네에서도 똥장군 앞날을 부러워할 정도로 자랑스러운 자식이었다. 허리가 주저앉은 어머니를 비롯하여 온 식구가 집안을 일으킬 그 한 사람만을 위해 숨 쉬고 움직였다. 그들의 희생은 당연한 내 권리였고 그런 생활에 익숙하다 보니 동생들이 지하 셋방에서 근근이 살아가는 것이 조금도 마음에 걸리지도 않았다. 마부는 마부일 뿐 손님이 될 수 없듯 그의 사고로는 그들이 그렇게 사는 것이 원칙이었다. 그는 아버지의 철학대로 집안을 일으켰으니 당연히 황제로 살고 있는 것이고 또 손님이 마부가 될 수 없듯 자신은 이렇게 사는 것이 원칙인데 뭐가 문제란 말인가. 그랬는데 저승에서나 한다는 윤회를 이승에서 하게 될 줄이야. 황제가 하루아침에 거지로 나 앉았으니 말이다.

용선이의 가슴 아픈 넋두리를 듣고 난 후로 그는 동생들 집에 가지 않았다. 그것이 뒤늦게 정신을 차리게 된 동기였다. 구로동으로 옮기고 나서 술 먹는 시간에 일자리를 찾아 다녔다. 대학 간판만 있었지 지금까지 십 원도 벌어본 경력이 없는 사람을 쓰겠다는 곳은 어디에도 없었다. 대학까지 나온 몸이 똥 푸는 아비만도 못했으니.

구로동으로 옮겨오자 아내는 소리 없이 나가더니 몇 달째 들어오지 않았고 아이들은 제 밥벌이를 해야 함에도 길들여진 황제의 자식에서 벗어나려하지 않았다. 그는 세상을 잘못 살아왔다는 자책감으로 고독했으며 세상을 버릴 생각도 해 보았다. 지금은 경비용역회사 관리요원으로 일을 한다. 이력서에 적혀있는 학력을 보더니 바로 채용이 되었다. 대학 간판이 처음으로 효도를 한 것이다. 말이 좋아 관리요원이지 온갖 허드렛일을 다 해야 하는 관리였다.

강용철은 태운을 따라 오기는 했지만 그를 똑바로 쳐다 볼 면목이 없다. 음식이 나오기 전에 태운이가 따라주는 술만 거푸거푸 마셔버린다.

"천천히 드시죠."

"……."

"조문 오신 것 봤습니다. 어떻게 알고 왔습니까?"

"… 용선이 딸한테 들었다."

"고모나 삼촌들하고는 서로 연락을 합니까?"

"… 한동안 연락을 안했다. 형이라고 술만 먹으면 찾아가서 주정이나 하고 귀찮은 존재였을 테니 동생들한테도 못할 짓만 했었다. 우연히 용선이 딸을 만났는데 삼촌은 큰 외숙모 문상 안 갔느냐고 하길래 …."

"……."

"내 죄를 생각하면 감히 조문할 자격도 없다는 것을 잘 안다. 그래도 마지막으로 형수님께 용서를 빌고 싶었다. 막상 가서 보니 네 얼굴을 볼 면목이 없더라.… 내가 세상을 한참 잘못 살았다. 용서해라."

용철은 음식이 나오기도 전에 일어나 저만치 가고 있었다. 태운은 잡지 않았다. 그도 음식을 먹을 기분은 아니었다.

'저렇게 선량했던 사람이었나.'

태운은 집으로 돌아가려다가 가방을 챙겨 나온 것을 생각한다. 막상 가려니 갈 곳이 없다. 끈 없는 연처럼 정착할 곳이 없었다. 가족이 있었다면 이렇게 막막했을까. 가족은 이런 때 필요한 것인가 보다.

'가족'

처음으로 가족이라는 단어를 생각해 본다. 좀 전에 강용철의 모습에서 언뜻 제 모습이 스쳤던 기억이 난다. 전에 쥐약 먹은 개처럼 날뛸 때는 전혀 몰랐었다. 심성이 변하면 얼굴도 변하는가. 비록 고단해 보이고 초췌했으나 그는 평온해 보였다. 평온한 그의 모습에서 태운은 자신의 모습이 박혀 있음을 분명히 보았다. 순간, 가슴이 따뜻해짐을 느낀다.

양순 이모와 이모부를 만나고 싶었지만 양평 집은 가기 싫었다. 어머니의 환영이 있기 때문이다. 어미를 패대기친 방이 있고 바들바들 떠는 어미에게 천둥치듯 버럭버럭 소리를 지른 괴물이 아직 거기 있다. 눈물이 그렁그렁한 눈으로 매달리는 어미를 매정하게 밀쳐버리고 나간 괴물이.

양순에게 이사 가기를 권했으나 양순은 그곳을 떠날 생각을 전혀 하지 않았다. 영혼이라도 찾아올 것 같은지, 양순이가 복선이의 죽음을 받아들이기까지는 참으로 긴 시간이 필요할 것 같았다.

그랬다. 양순은 복선이를 거두던 그 시간들을 주체하지 못하고 있었다. 아침에 눈 뜨면 맨 먼저 그 방부터 들어간다. 욕실에 들어가면 '언니야 고맙심더.' 방실방실 웃는 환영이 보였다. 자연을 좋아하던 복선이 볼품없는 들꽃만 봐도 아장아장 걸어가 바라보고 첫눈이 오면 종일 창문에 매달려 있던 복선이, 그런 복선이는 부엌에도 있었고 거실에도 있었다. 텃밭에서 일을 하다가도 복선이 나가는 것을 붙잡으려고 서둘러 일어났다가 도로 주저앉곤 했다. 그 사람이 온다고 달려나갈 때의 복선이를 볼 때가 가장 가슴이 아팠었다. 환희에 가득차서 달려 나갔다가 주검을 본 얼굴로 돌아 서던 복선이. 양순의 남편은 그런 복선이를 마중하여 가슴에 품어주고 정신적인 사랑을 채워준 사람이었다.

양순은 복선과 함께했던 시간들을 애써 거두려 하지 않았다. 그녀의 죽음을 받아들이지 못하는 것인지 아니면 우정 받아들이지 않으려는 의도인지, 양순의 남편은 그런 아내를 그냥 가만히 지켜보기만 해 주고 있었다.

전설의 여인들

태운은 서울을 벗어나 산사에서 잠시 머리를 식히고 싶다는 생각을 한다. 언뜻, 예산 수덕사가 스치고 지나간다. 학창시절 기차 타고 수학여행을 다녀왔던 기억이 떠오른다. 어린 마음에 역사의 인물인 김일엽 스님의 체취가 곳곳에 배어있어 남달랐던 기억이 있었다.

인근에 폐가로 남아있던 수덕여관도 인상적이었다. 고암 이응노 화백이 파리에서 동백림 간첩단 사건에 연루되어 옥고를 치르고 나와 조강지처가 운영하는 그곳에서 몸을 추스르며 지냈던 곳이기도 하다.

이응노 화백이 파리로 떠날 때는 새파랗게 젊은 애첩과 동행했다. 조강지처는 남편이 젊은 여자와 파리로 떠나버린 후에도 일편단심 이곳에서 남편을 기다리다가 옥고를 치르고 나온 남편을 지극정성으로 보살폈다는 글을 읽은 적이 있었다.

기약도 없이 젊은 여자와 먼 이국 땅으로 떠나버린 남자를 일생동안 기다렸다는 화백의 조강지처, 오지 않는 남자를 평생 기다리다 결국 그 남자의 환영을 쫓아서 이승을 떠난 어머니, 두 여인의 동질감에 묘한 기분이 든 태운은 저녁때가 다 된 그 시간에 예산을 향해 페달을 밟는다. 두 여인은 얼마나 질긴 인연들이기에 이승에서 그토록 끊지 못하고 생을 마감하는가. 전생이 있지 않고서야 이 얼마나 불합리한 일이던가.

수덕사 입구에 도착한 태운은 차 문을 열고 나와 인적 없는 길을 걸어본다. 산사의 밤바람은 차가웠다. 상큼한 공기가 서울과는 다른 딴 세상 공기 같았다. 오늘밤은 심신도 풀 겸 온천물에 몸을 담그고 싶었다. 내일은 새벽이슬에 발을 적셔 보리라.

간밤에 잠깐 잠짓을 한 것 같은데 선잠이 아닌 깊은 잠을 자고난 듯 오랜만에 몸이 가뿐하다. 온천을 하고난 나른함에 맥주를 두어 캔 곁들인 탓일 게다. 잠은 더 이상 올 것 같지 않아 자리를 털고 일어난다. 간편한 복장을 하고 온천장을 나서는데 벽에 걸려있는 시계바늘이 다섯 시를 향해 재깍거린다.

어제 밤에 왔던 곳까지 차를 몰고 왔다. 그때까지도 세상은 아직 어둠을 걷어내지 않고 있었다. 차를 주차장 한구석에 안전하게 세워둔다. 기약 없이, 시간적 계약과는 관계없이 머무르게 될지도 모르겠다. 태운은 새벽이슬에 발을 적시면서 걷는다. 산사의 숲들이 잠에서 깰까 조심조심 걷는다. 수덕사 일주문 옆에 있는 수덕여관에 도착했을 때는 세상이 어둠을 조금씩 밀어내고 있었다. 어둠이 물러난 새벽 숲에는 하얀 안개가 면사포처럼 씌워져 있다. 늦가을 산사의 숲은 아름다웠다. 어제는 밤이라서 검기만 하더니 안개를 털어내고 있는 숲이 지금은 한숨이 나오도록 경이로웠다. 새벽 산사의 차가운 공기에 오소소 소름이 돋는다. 어느새 안개가 산허리에 걸려 뒷걸음치고 잠을 깬 까치가 짝을 찾는지 까악 깍 목쉬게 울고 있다.

가슴이 시린 산사의 새벽, 홀로 버려진 주인 없는 여관은 잡풀과 냄새 나는 곰팡이가 검버섯처럼 깔려 있었다. 새벽 나그네는 폐가를 돌아보다가 바위에 새겨진 암각화를 본다. 이응노 화백이 남기고 떠난 작품이다. 태운은 동백림사건에 연루된 이응노 화백에 대해서 남다른 관심이 있어 그에 대한 자료를 많이 가지고 있었다.

출옥 후 먹을 갈아 바위에 그림을 그리는 힘든 작업을 마치고 또 다시 파리로 훌쩍 떠나버렸다. 일편단심 남편을 기다리던 조강지처는 변함없이 옥에 갇힌 남편의 옥바라지를 하고 출옥 후에는 이곳에서 지극정성 병구완을 해 주었다. 그런 아내를 바라보던 화백이 마지막으로 아내를 향한 자신의 심정을 그림으로 표현하고 떠난 것인지도 모른다. 아내는 내로라하는 석공을 불러 남편이 바위에 그린 그림을 한 점도 틀리지 않게 쪼아 새기게 했다. 그림은 이제 비가 와도 눈이 와도 많은 세월이 흘러도 지워질 염려가 없었다. 조강지처는 그 암각화를 바라보며 팔순을 앞둔 세월을 기다렸으나 무정한 남편은 결국 파리에서 1989년 84세를 일기로 눈을 감는다. 그가 조강지처에게 남긴 것은 바위에 새겨진 암각화와 갈대꽃이 핀 강가에 홀로 서 있는 오리 그림이었다니. 오리는 어느 곳인가 하염없이 바라보고, 조강지처도 홀로 남편 모습이 나타나기를 하염없이 바라보다가 남편이 떠나고 십년 후에는 그녀도 눈을 감는다. 그리고 이 객주는 주인을 잃고 전설이 되어 버린다.

전설이 된 이 여관에 머물렀던 역사의 인물이 또 하나 있었다. 한국 최초의 서양화가이자 여류 시인이며 문필가인 나혜석. 수덕여관이 이응노 화백의 소유가 되기 전이다. 태운은 그녀의 일대기와 그녀가 쓴 이혼 고백서 그리고 이혼사유가 된 통정남 최린에게 위자료청구소송을 제기한 글을 읽었었다.

일세기 전인 그 시대에 유부녀로서 부도덕한 것만으로도 세간이 떠들썩할 판에 감히 간부(姦夫)를 상대로 위자료 청구소송을 제기한 여자다. 소송 내용이 유부녀의 정조를 유린했다는 죄목이었다니. 네 아이를 둔 어미로서 그 시대에 가장 불미스러운 간통사건으로 이혼을 당한 여인이다. 시대에 보기 드문 신여성으로 남성 중심인 조선사회에 최초로 개혁의 바람을 일으킨 여성이다. 남자들이 첩 한둘 두는 것을 능력으로 알던 시대에 그녀의 아버지도 자식뻘 되는 첩을 버젓이 호적에 올려놓고 생활했다. 그녀는 첩 때문에 평생 눈물짓는 어머니를 지켜보며 조선 남성들의 특권인 축첩제도는 어머니의 고통이자 모든 여성들의 고통임을 뼈저리게 통감하면서 성장기를 보냈다.

그녀는 도쿄에 있는 명문대에 유학을 하여 서양화를 전공했다. 유학 시절 정조를 여성에게만 적용시키는 현모양처의 이상을 비판하는 글을 썼다. 정조는 개인의 취미로서 마음의 구속을 받을 일이 아니라는 글을 쓰기도 했다. 그 당시 여자에게 있어서 목숨과도 같은 정조를 취미의 선택으로 치부했으니만큼 나혜석이 문제의 인물이 된 것은 물론이고 남성들보다 여성들에게 더 많은 지탄과 외면을 당했다.

성(性)에는 오직 희열과 만족이 따르며 이런 정조를 고수하느라 여성은 나오는 웃음을 참고 끓는 피를 누르고 하고 싶은 말을 다 못하니 이 어인 모순인가. 우리의 해방은 정조 해방부터 해야 한다고 부르짖었다. 이는 19세기의 여자들이 남편과의 잠자리에서조차 성에 대한 생리적 반응을 보이게 되면 천박하다는 면박을 받아야 했으니 신여성으로서 이는 당연한 부르짖음이었다. 서양처럼 혼인할 때 동거를 해본 후 결혼의 여부를 결정한다는 일종의 계약결혼을 언급하기도 했다. 이처럼 정조에 남자여자 구별을 두는 것은 옳지 않다는 것이 그녀의 주장이었다.

그녀는 최초로 여성의 권리를 주장한 선구자였고 실천한 지식인이다. 멀고 험한 가시밭길을 주저하지 않았으며 그 대가는 그녀를 온통 피투성이로 만들어 놓고 말았다. 여성 권리 중에 왜 하필이면 정조의 권리였을까. 그것은 남녀평등을 주장하는 과정에서 가장 필수였을 것이다. 성차별을 무너뜨려 개방하지 않고서는 남녀평등이란 용어가 존재할 수 없기 때문이다. 그녀는 삼일운동에도 가담하여 옥고를 치르기도 했다.

그녀의 첫사랑은 고향에 아내가 있는 가난한 동경 유학생이었다. 두 사람은 불같은 열애를 했다. 첫사랑 남자가 갑자기 폐병으로 죽게 되고 나혜석은 아내와 사별한 변호사와 혼인을 한다. 남편과의 사이에서 삼남 일녀를 낳았으며 그 무렵 남편이 외무성 외교관으로 발령이 나게 되고 미국과 유럽 일주 여행을 할 기회가 온다. 그녀는 넓은 세상을 보고 싶었으며 파리에서 그림공부를 하는 것이 꿈이었다. 시댁에 아이들을 맡기고 부부는 시베리아를 횡단하는 열차를 탔다. 조선의 평민으로서는 상상도 할 수 없는 고관대작들 생활을 그녀는 누리고 있었다. 꿈에도 그리던 파리에 도착한 그녀는 꿈꾸는 도시 파리에서 야수파 화가로 다시 태어났으며 그림의 대가가 될 꿈을 꾸어 본다. 그곳에서 천도교 지도자 최린을 만나게 되는데 그녀의 주장대로 정조는 오직 취미라는 선택을 그와 몸소 실천하게 된다. 그때 남편은 독일에 한 달간 공무로 체류하고 있을 때다. 최린과 가까이 있게 된 나혜석은 한 순간에 그만 사랑에 빠져버리고 최린 또한 천재적 예술가이며 세간에 이름이 날리는 나혜석의 마력에 무심할 남자는 아니다. 먼먼 이국땅에서 서로의 마력에 빠져든 두 사람은 매일 관광과 오페라를 즐기며 저녁에는 나혜석 숙소에서 같이 지냈다. 파리 유학생 사이에서는 두 사람의 염문이 나돌았고 소문을 들은 남편은 비밀리에 파리로 돌아와 아내의 뒤를 따라가 최린과의 부정한 장면을 목격하였고 귀국하여 아내에게 이혼 통보를 한다. 그녀는 네 아이들은 물론 그동안 그림으로 벌어들인 재산을 한 푼도 받지 못하고 빈 몸으로 쫓겨 나와야 했다. 이혼 후 경제난에 시달린 그녀는 최린에게 의탁하고자 절절한 사연을 담아 편지를 보냈지만 답장도 없고 냉대를 받는다. 모든 것을 잊고 예술인으로만 살고 싶어 마지막으로 파리로 돌아갈 여비만이라도 부탁했으나 그마저도 거절당한다.

나혜석은 최린을 진정 온 마음을 담아 사랑했으나 최린은 나혜석을 상대로 잠시 객고를 풀었을 뿐이다. 이에 격분한 나혜석은 결국 자신의 정조를 유린했다하여 최린을 상대로 위자료 청구 소송을 하기에 이른다. 귀밑머리 마주 풀고 백년가약했던 부부가 헤어지면서 시시비비를 가릴 때나 법의 힘을 이용하는 것이거늘. 유부녀가 통정남을 상대로 소송을 한 것이다. 이에 세간은 뒤집어 질듯이 떠들썩했고 사회는 냉정했다. 오히려 나혜석을 향해 가정을 가진 여자가 뻔뻔하다는 질책이 빗발쳤다. 그녀의 오만함은 쏟아지는 세상 비난에도 기죽지 않고 당당하게 버티었으나 한계에 다다른다. 빈 몸으로 나왔으니 생활고까지 겹쳐 그림을 팔아 보려했지만 사람들은 그녀의 화려했던 그림조차 외면한다. 그럼에도 통정남인 최린은 여전히 거침없이 잘 나가고 있었다. 나혜석은 아무 것도 얻지 못한 채 수덕여관에서 홀연히 사라졌다가 무연고자 병동에서 행려병자로 주검이 되어 돌아왔다. 그녀 나이 52세였다. 그녀는 이처럼 자신이 부르짖던 정조 해방을 유감없이 실천했고 그 결과는 엄청났으며 정조를 취미로 여긴 대가를 톡톡히 치른다.

그녀는 부르짖는다. 여자도 사내와 같이 돈도 벌수 있고 벼슬도 할 수 있고 사내가 하는 것 무엇이든지 다 할 수 있다고, 나혜석이 부르짖다가 돌에 부딪치고 비난의 화살을 맞던 대변들이 불과 반세기 후에는 하나도 빠짐없이 다 이루어지고 있지 아니한가. 계약혼인 동거까지도.

그녀는 육체적으로도 다음다색하여 이혼 후 불행 중에 있을 때조차도 음색을 이기지 못하고 방황했다. 산속에 머물다보니 색을 써야할 대상이 하필이면 출가하여 불도를 닦는 비구승이었다니. 도무지 종횡무진 정리가 안 되는 여자였다. 그녀는 생활고 때문에 절이나 암자에 의탁하고자 돌아다녔으나 절제하지 못하는 음색 때문에 절에서도 내보낼 수밖에 없었다고 한다.

그녀의 뛰어난 재능과 훌륭한 업적들은 많다. 그러나 부도덕한 행실이 그 많은 업적들을 가린 것은 너무도 안타까운 일이다. 짧은 생애지만 그녀가 해보지 않은 것이 무엇인가. 남보다 부유한 삶을 살았고 지식인으로 불같은 열애로 설레는 청춘을 경험했다. 그 시대에 지식층이라면 한번쯤 가슴을 앓았던 독립운동에 옥살이도 했었다. 잘 나가는 남편을 만나 조선 아낙들 세상구경이라면 사립문 밖이 고작이거늘 시베리아 대륙을 횡단하는 기차를 타고 미국 유럽여행을 했었다. 외간 남자와 눈먼 사랑으로 영혼을 불사르는 혼외정사 불륜에다 이혼까지 해 보았다. 마침내 빈 몸으로 쫓겨 나와 거리를 유랑하다가 행려병자로 숨을 거둔 여자. 죄라면 시대를 잘못 타고난 죄밖에 없는 여자. 시대를 거부하고 너무 앞서 간 것이 그녀의 유죄다. 시대와 타협하지 않은 대가를 처절하게 치르고 떠난 여자였다. 반세기만 늦게 태어났더라면 아마도 세상을 굴복시켰을 여자였다.

그녀의 많은 업적들은 이처럼 시대를 잘못 타고난 한 여자의 영혼이 부르짖는 신음으로만 전해지고 있다.

한 생의 삶을 풀잎에 맺힌 아침 이슬에 비유를 한다. 짧고 허망하고 그리고 잊혀 진다는 것이리라. 최초의 천재적 여류 화가 나혜석, 그녀의 짧고 허망한 인생은 그렇게 잊혀진 채 수덕여관과 함께 전설이 되어 전해지고 있다.

속죄

아침 예불을 시작하는 목탁 소리와 스님들의 독경 소리가 산사의 고요함을 깨운다. 예불 소리의 청량한 신선함이 병든 세상을 희석시키는 느낌이 들었다. 인간이 정신의 지배를 받던 시대는 이미 사라진 지 오래다. 우울증 환자가 속출하고 자살을 선호하는 젊은이들이 구석진 방에 웅크리고 앉아 종말을 동경하는 것은 정신의 지배가 결핍된 인간들의 마지막 모습이다. 부실한 내면은 물질만능과 외모지상주의가 판을 치게 만들고 도덕을 상실한 거짓 세상에서 산사의 예불소리를 듣고 있으려니 온갖 고뇌를 잠시 등지고 평온이 찾아든다. 산사는 정신적 풍요가 아직은 존재하는 곳이다.

태운은 어머니를 비롯하여 나혜석 그리고 이응노 화백의 조강지처를 위해 불행한 세 여인의 명복을 빌어주고 싶었다. 이 평온한 아침에 떠 오른 생각이다. 그가 태어나기도 전 세상에 존재했던 전설의 두 여인, 같은 시대에 태어났으나 너무나 다른 삶을 각기 살고 간 여인들이다. 한 여인은 지아비를 향한 정신적 육체적 정조를 목숨처럼 지키며 지아비를 기다렸던 조선여인의 초상인 반면, 다른 한 여인은 당시에는 상상을 초월한 반세기 후의 시대가 도래한 듯 거침없이 종횡무진 살았던 여인이다. 어떤 삶이 옳다 그르다 감히 말할 수 없는 것이 또한 인생이 아닌가.

진정 불경에서의 윤회설이 있다면 지금쯤 두 여인은 또 다른 존재로 숨 쉬고 있을 것이다. 행여 고통 중에 있는 존재라면, 그래서 명복을 빌어 고통으로부터 조금이라도 벗어 날 수 있다면 그 의미로도 충분하리라. 어디에 어떤 모습으로 태어나든 타고난 그 무게를 감당해야 하는 것은 제 몫이다. 그것을 가리켜 운명이라고 한다. 운명은 피하고 싶어도 피할 수 없는 것이고 피할 수 없다면 주어진 몫을 어떤 형태로든 수행해야 하는 가르침이 곧 종교가 존재하는 이유라고 할 수 있겠다.

태운은 절에 올라가 아침 공양을 했다. 전에도 전국을 돌아다니다가 시간이 나면 역사 깊은 사찰에 들르길 좋아했다. 종교의 목적이 아닌 소음속의 고요가 좋아서다. 시끄러운 세상을 피해 잠시 휴식하는 평화를 느끼면서 때가 되면 공양도 하곤 했다.

이른 아침임에도 공양하는 사람들이 제법 많았다. 새벽 불공드리는 사람들이다 공양주는 뻘쭘하게 앉아있는 태운을 늘 있는 식구처럼 심상한 눈길 한번 주지 않는다.

된장 시래기국에 김치와 무말랭이를 무치고 삭힌 고추와 산나물 무침이 전부지만 진수성찬보다 맛있고 달았다. 오랜만에 오장육부가 만족해하는 식사를 해 본다. 공양을 하면서 공양주에게 당분간 이곳에서 머물 수도 있는가 물으니 그럴만한 공간이 없다고 한다. 아쉬웠다. 전에 들렀던 사찰에서는 머물 수 있느냐 무심코 물으니 공양주는 상대방을 쳐다보지도 않고 손놀림을 하면서 테이프를 틀어놓은 것 같이 읊었었다.

"당연허쥬. 기도하러 올라오는 보살들이 워디 한 둘이간유? 병들어 휴양하러 오는 보살도 있구유, 아들 날라고 백일기도하러 올라오는 새닥(새댁)도 있구유, 절은 워디나 다 매 한가지여유. 하루 밤 신세 지고 가는 보살에다 때가 되어 배고프면 올라와 공양하고 내려가는 보살, 워디서 하소연할 곳 없는 가슴 아픈 사연 안고 올라와 맘 정리하고 내려가는 보살, 인생은 다 나그네잖유? 나그네 내치는 절은 읎슈."

그랬는데 수덕사는 나그네를 내치는 특별한 사찰이었다.

공양을 끝내고 사무실에 들러 불전을 내면서 한 달간 세 여인의 명복을 비는 접수를 했다. 사무실 봉사자는 세 여인의 출생일을 받아들고 보다가 두 여인의 이름과 출생을 보더니 두 눈을 동그랗게 뜨고 쳐다본다.

"혹시 이분들은 …."

"맞습니다. 한 분은 제 어머니이고 두 분은 수덕여관에 머물렀다던 과거 여인들입니다."

그리고 이번에는 봉투의 두께에 놀란다.

"……."

봉사자는 앞에 있는 남자가 의미 심상치 않을 수 없었다.

'이 두 여인과 무슨 인연이라도 있는가?'

태운은 대웅전에 들어가 삼배를 하고 나서 한쪽 구석으로 옮겨와 좌정을 한다. 대웅전에는 여인네들 여남은 명이 진작부터 들어와 무르팍이 벗어지게 절을 하고 있었다. 어머니에게 참회를 하기 위해 눈을 감고 마음을 비워본다. 비우고 비우면서 참회를 한다. 그러나 참회를 할수록 그렁그렁 눈물을 담은 두 눈이 앞에서 왔다 갔다 했고 기어 와 매달리던 어머니를 뿌리치고 나올 때 뒤로 벌렁 넘어지면서 벽에 머리를 부딪는 모습이 다시 겹치면서 태운의 얼굴은 지옥 불 속에 있는 표정을 하고 있었다.

가슴이 답답했다. 얼굴 가까이에 불덩이가 있는 것 같이 달아오른다. 숨이 막히고 숨소리가 거칠어진다. 가슴을 쥐어뜯고 싶었다. 어머니의 마지막 모습이 죽을 때까지 따라다닐 것만 같았다. 좌정하고 있는 온몸이 뒤틀린다. 더 이상 앉아 있을 수가 없어 '아! 아!' 신음을 뱉으며 벌떡 일어나 대웅전을 뛰쳐나오고 만다. 그때 사무실 쪽에서 나오던 스님 한 분이 대웅전을 뛰쳐나오는 태운을 물끄러미 바라본다. 고뇌가 가득 찬 고통 중에 있는 얼굴이었다. 방금 봉사자로부터 어머니와 전설의 두 여인을 위한 명복을 빌어 달라며 과한 불전을 내놓았다는 얘기를 들었던 터다.

'저 깊은 고뇌를 어찌 할꼬.'

저 고뇌를 다스리려면 오랜 참선과 수양이 있어야겠기에 스님은 그냥 지나치지 못하고 태운 앞으로 걸어간다. 스님을 본 태운은 짐짓 의연한 척 하느라 서두르고 스님이 무심히 말을 건넨다.

"이제 곧 겨울이 오겠지요."

"… 예."

"가는 것이 있으면 오는 것이 있지요. 사계절이 오고 가는 것도 같은 이치지요. 붙잡고만 있으려하면 그에 상응하는 고뇌가 따르기 마련입니다."

"스님!"

"이런 날은 따끈한 차 한 잔이 평온을 가져다주기도 하지요. 어떻습니까?"

"감사합니다."

스님은 장삼 자락을 줄레줄레 흔들며 앞장을 서고 그 뒤를 태운이 새색시처럼 따른다.

스님 숙소에 들어가니 사방 벽이 썰렁할 만큼 아무것도 없다. 말로만 듣던 무(無)였다. 문설주 위 선반에 공양그릇 몇 개만이 얌전히 올려져 있을 뿐이다. 방안은 안온했다.

스님이 손수 준비한 차를 따른다. 찻잔에 노란 엽차물이 잘름잘름 차오르는 것을 보는데 스님 말대로 좀 전의 불안은 간 곳 없고 알 수 없는 평온이 잔잔하게 밀려왔다.

"스님!"

"말씀을 하시지요. 가슴에 담아두면 병이 됩니다. 다정도 미움도 훌훌 다 비우세요. 바람같이 가벼워지세요. 사람이라고 해서 바람과 다르지 않아요. 바람은 한곳에 매어있지 않지요. 인간도 마찬가지지요. 왔다가 가는 것이지요."

스님은 상대방을 쳐다보지도 않은 채 차를 따르면서 염불처럼 외고 있었다.

"… 네."

"첫 서리를 맞은 뽕나무잎차입니다. 특별한 향은 없지만 이 차를 마시고 있으면 편안하답니다. 뽕나무는 잎에서부터 열매뿌리까지 하나도 버릴 것이 없지요. 그 효능이 얼마나 탁월한지 당뇨예방이나 혈당조절에 좋고 암을 유발하는 성분을 낮추어 암을 예방한다고 해요. 중풍 예방과 혈압 강하에도 탁월하지요. 콜레스테롤과 노화 방지에도 좋다고 합니다. 버릴 것 없는 것은 비단 뽕나무뿐만이 아닙니다. 만물이 존재함은 모두가 다 그 필요에 의한 것이니 버릴 것이 없지요. 하찮은 미물이나 돌멩이 하나까지도 그 존재성이 있는 것이지요. 하물며 인간으로 존재함이야 더 말해 무엇 하겠습니까. 자 마셔 보시지요."

"감사합니다."

뽕잎 찬사를 마친 스님은 가부좌를 틀고 앉아 앞에 누가 있다는 것을 잊은 듯이 오로지 엽차만을 음미하고 있었다. 한잔을 다 마시고 나더니 또 한잔을 따라 똑같이 음미한다. 상대방이 가슴에 있는 고뇌를 토해 내기를 기다려주는 것인가. 결국 태운이 입을 열기에 이른다.

"어머니가 달포 전에 돌아 가셨습니다. 어머니는 젊은 나이에 치매의 병을 앓고 계셨습니다. 이승은 그분에게 아무것도 해주지 않았습니다.

너무나 잔혹하기만 했습니다. 그분은 ….”

스님 말대로 가슴에 남아 있는 어미를 향한 미움과 한, 가슴을 콕콕 찌르는 애증을 모두 비우고 바람처럼 가벼워지고 싶었다. 이제는 어미로부터 자유로워지고 싶었다. 태운은 주절주절 그토록 환멸스럽던 어미가 살아왔던 인생을 얘기하고 있다. 염라대왕 앞에 서 있는 어미를 변명해주는 것처럼. 그래서 어미의 죄를 가벼이 탕감해주고 나면 어미의 마지막 모습에서 풀려날 것 같은지, 한참을 주절거리다보니 바람처럼 가벼워지리라는 기대와는 달리 가슴이 터지게 아파온다. 생전에 그토록 죽어버리지 않고 살아있음이 환멸스럽던 어머니였는데 말이다. 그런 어머니를 다시는 볼 수 없다는 것이 감당할 수 없는 무게로 다가와 숨을 쉴 수 없도록 압박한다. 기억이 하얗게 지워지고 그 하얀 세상에 한 남자만을 오롯이 담고 물속에 잠긴 어머니를 얘기하다 끝내 통곡이 터지려는 입을 틀어막는다. 입을 틀어막는 손가락 사이로 눈물이 고랑처럼 흐른다. 그런 어머니 생전에 무정한 자식이었다는 말을 하려는데 격한 흐느낌이 방해를 한다.

스님은 감정을 드러내지 않고 듣기만 하고 있었다. 아니, 듣기는 하는지 모르겠다. 태운이 피를 토하듯 끙끙대며 울어도 위로 한마디 없이 냉정하기가 다듬돌 같던 스님이 흐느낌이 잦아드는 틈에 조용히 몸을 움직여 다시 차를 따라 태운에게 건넨다.

“어머니는 전생의 업을 많이 닦고 가신 겝니다. 나무관세음보살.”

“전생이 있다는 것이 사실이라면 제 어머니는 전생에 무슨 죄를 지었기에 또 전생에서 어떤 삶을 살았기에 이승에서 그 많은 고통을 당해야 했을까요?”

“부처님만이 아시겠지요. 이승은 전생의 업을 닦기 위해 태어난 것이라고 생각한다면 미움도 없고 억울할 것도 없어요. 괴로울 것도 없지요. 밉고 고움은 전생에 악이던 선이던 연이 있었으니 그런 것이요, 전생의 악연이 이승의 인연으로 다시 만나게 되어 업을 닦는다고 생각해 보세요. 그런 이치를 깨닫게 된다면 이승에서는 악연을 만들지 말아야 하겠지요. 부처님의 자비하심이 거기에 있는 겝니다."

"그런데 저는 이미 어머니를 악연으로 보내고 말았습니다. 그래서 괴롭습니다. 괴로움에서 벗어나고 싶은데 뜻대로 되질 않습니다."

무정한 자식이 저지른 얘기를 하면서 또다시 격해지는 감정을 수습할 수가 없었다.

"남을 용서하는 것도 중요하지만 자신을 용서할 수 없을 때 제일 큰 불행이 시작되는 것이지요. 먼저 자신을 용서해 보시지요."

"스님! 저를 용서할 수가 없습니다. 도저히 용서가 안 됩니다. 어떻게 해야 저를 용서할 수 있겠습니까? 방법을 아신다면 제게 가르쳐 주십시오. 제가 어머니를 죽게 만들었습니다. 어머니가 가신 후로 저는 날마다 지옥을 살고 있습니다."

"참회를 통해 자신을 용서해 보시지요."

줄탁동시(啐啄同時), 두드리고 쪼는 것이 동시에 일어난다는 뜻이다. 어미가 품고 있던 알이 부화할 때는 생명이 된 병아리가 안에서 연약한 부리로 신호를 보낸다. 어미닭은 신호를 받는 즉시 밖에서 껍질을 쪼아 줌과 동시에 안에서 병아리가 알을 깨고 나온다. 밖에서 어미가 쪼고 안에서 병아리가 쪼며 서로 도움으로써 순조롭게 생명이 될 수 있다. 참회를 한다한들 어미닭 도움 없이 순조롭게 알을 깨고 나올 수 없는 병아리처럼 스스로가 죄에서 벗어날 수가 있을까. 참회는 스스로의 몫이나 죄에서 자유롭기까지는 해탈하지 않은 중생으로서 가능할까 모르겠다.

자식이 죄를 지으면 사람들은 죄의 무게만큼 돌을 던지지만 부모는 죄의 무게만큼 상처를 입는다. 그러나 자식이 참회하고 돌아서면 부모의 상처는 씻은 듯이 치유되면서 용서해주는 것이 부모다. 이 원리는 인간과 보이지 않는 하느님과의 관계이며 그래서 형체를 볼 수 없는 하느님은 곧 사랑이라고 기독교는 가르친다.

인간의 지칠 줄 모르는 탐욕, 바로 죄의 근원이다. 탐욕의 자리에 사랑은 함께 공존하지 않는다. 사랑인 하느님은 인간의 탐욕만큼 상처를 입고. 그러나 죄의 근원인 탐욕을 죄라 하지 않고, 그 분의 상처를 치유해 드리기를 거부하는 것, 즉 회개로 하느님과의 관계를 회복하지 않는 것이 죄라고 한다. 그렇다면 십자가에 매달린 예수의 상처와 죽음은 인간의 죄로 인한 하느님의 상처를 재현한 모습이 아닐까. 내 안에 있는 사랑, 곧 하느님이 이처럼 찢기고 만신창이가 되어 피 흘리고 있음을 예수의 죽음을 통해 깨닫는 자는 회복하려는 노력을 할 것이니 곧 구원의 시작이 아닌가.

부처의 자비와 예수의 사랑은 상통하지만 부처의 자비가 가르침이라면 예수의 사랑은 실천일 것이다. 예수의 죽음으로 내가 죄로부터 자유롭게 되었다는 것이니 죄에서 벗어난 그 가벼움이랴.

그러나 줄탁동시의 원리는 병아리가 안에서 신호를 보냈을 때만이 어미닭이 밖에서 쪼아준다. 죄로부터의 속량도 같은 이치가 아닐까. 하느님과의 관계 회복을 하고자 하는 자에게만이 해당되며 예수의 십자가 수난을 통해 내 죄를 깨닫고 회개하는 자에게만이 죄로부터 벗어난 가벼움을 느낄 수 있음이며 그것이 곧 구원이 아닐까.

우리가 살아가면서 선악과의 유혹은 끊임없이 계속된다. 그것을 피하지 못하고 다시 걸려 넘어지는 나약한 인간이기에 날마다 회개를 통해 새롭게 변화하는 삶을 살아간다면 예수의 십자가상 구원은 영원하다는 것이 기독교의 진리다.

어느 사제는 말한다.

"종교적 회개는 죄를 짓고 나서 후회하는 것이 아니다. 내 안에 있는 하느님을 바라보고 자신을 돌아보면서 그분을 향해 걸어가는 것, 그것이 곧 회개다. 회개하며 바라보는 사물은 좋은 것만 보이고 회개 없이 바라보는 사물은 부정만 보이게 된다. 죄는 회개 없이 살아갈 때 얻게 되는 것이니 죄가 먼저가 아니고 회개가 먼저다. 이것이 종교인들이 살아가야 할 회개의 삶이다."

회개하지 않는 것이 죄의 근원이라는 뜻이다. 보편적으로 회개란 죄를 짓고 난 뒤의 후속 조치로서 용서를 통해 죄의 속량이 이루어지는 것이나, 종교적 회개는 용서를 구할 만한 죄를 짓지 않는 것, 이런 종교적 회개의 삶을 살아간다면 예수의 십자가상 속량이 영원하다는 기독교의 진리가 이해가 간다. 무릇 신앙인이라 함은 이런 삶을 살아야 한다는 의미일 것이다.

줄탁동시의 원리는 관계 성립을 유지하는 본질로서 병아리와 어미닭의 관계처럼 부모와 자식과의 관계이고 너와 나의 관계이며 우리의 삶속에서 끊임없이 이루어져야 할 실천으로 도움이 필요해 손을 내미는 이웃을 찾아가 잡아주는, 줄탁동시는 바로 세상의 섭리리라. 나 이외의 모두가 이웃이며 네 이웃이 곧 사랑이 실천되는 하느님이니 보이지 않는 하느님을 찾으려하지 말고 네 이웃에서 찾으라는 것이 종교의 가르침이다.

지구의 한 쪽에서는 이 순간에도 전쟁이 끊이지 않고 가난과 질병과 굶주림으로 사람들이 죽어가고 있다. 진정 구원을 받았다면 그들에게 눈과 귀를 열어야 한다. 그들의 고통을 나누는 행함이 실천될 때 십자가에 매달린 예수가 실천한 사랑이 완성되고 아름다운 세상이 될 것이다. 믿는다 함은 행함이 따라야 하는 것. 그것이 종교의 본질이고 가르침이니 선행이 결여된 믿음은 거짓 믿음일 뿐이다. 지구촌 그들은 하느님이 버린 백성으로 보이나 어쩌면 내 안에 있는 사랑의 실천을 시험하기 위한 도구로 내가 사는 동안 지구에 존재하는 천사일지도 모르잖나.

스님은 차분히 염주를 돌리면서 자분자분 이야기를 계속한다.

"어머니는 이미 세상에 존재하지 않는 분이니 그분에 대한 속죄를 살아있는 사람에게 해 보는 것이 어떨까요. 속죄는 상대가 아닌 결국 나 자신을 위해 필요한 것이니까요. 마음이 많이 가벼워질 겁니다. 용서란 본래 너를 용서하고 나면 내가 편해지는 법이지요. 내가 편하기 위해 너를 용서하고 너에게 속죄하고 나면 내 마음이 가벼우니 용서하고 베푸는 세상이 어찌 아름답지 않겠습니까. 그것이 부처님의 가르침이고 이승에서 닦고 갈 내 업이지요."

"… 네에."

"불가에서는 인간으로 태어나는 동시에 크든 작든 누구나 다 업보를 가지고 태어난다고 가르치지요. 모든 생명은 언젠가는 반드시 죽는다는 것을 모르는 사람은 없어요. 태어나는 순간부터 죽음을 향해 가는 것이지요. 그렇다면 내 업보를 군시럽다고 털어 버릴 수도 없는 물건이니 죽는 그날까지 등에 지고 가면서 잘 다스려야 한다는 것입니다. 이승에서 다 닦고 간다면 마지막 가는 길이 바람처럼 꽃잎처럼 가볍겠지요. 불가의 가르침이 거기에 있지요. 곧 이승에 태어난 이유가 전생의 업보로 인한 것이니 또 다시 업을 쌓지 말고 잘 닦고 가야 하겠지요."

불교의 가르침은 행함으로 자유로워진다는 것이고 기독교의 가르침은 믿음으로 자유로워지게 되면 행함은 저절로 이루어진다는 뜻이리라.

"불가에서 말하는 윤회는 죽어서만 있는 것이 아닙니다. 이승에 있으면서 끝없이 변하는 것을 뜻하기도 하지요. 천지 만물은 제 자리에 그대로 있지 않아요. 있다가 없고 없다가 있듯이 우리의 인연이나 인생도 마찬가지지요. 만남이 이별이고 이별이 만남이요 슬픔이 기쁨이고 기쁨이 슬픔이고 아픔이 나음이고 나음이 아픔이지요. 고통이 있으면 언젠가는 치유가 있지요."

스님의 목소리는 구슬 구르듯 하면서 막힘없이 졸졸졸 흐르는 맑은 시냇물 같았다. 전생의 업을 닦고 가신 어머니와의 아픈 기억에서 머물러 있지 말고 하루속히 벗어나라는 뜻이 담긴 말이었다.

"자 그럼 그만 일어 나 보실까요?"

"스님 말씀 감사합니다. 시간이 나면 다시 찾아뵙고 많은 말씀 듣고 싶습니다. 괜찮겠습니까?"

"아무 때고 괜찮으니 또 들르시지요. 뽕잎 차는 얼마든지 있으니까요."

빙긋이 웃으며 눙치듯 하는 스님이 한량없이 태평스럽다. 그런 스님이 얼마나 부러운지 모르겠다. 합장하는 스님께 마주 합장을 하고 돌아서면서 태운은 산사의 하늘을 향해 조용히 막힌 숨을 내 쉰다.

화해

언제 움직이게 될지 기약이 없을 것 같아 구석에 안전하게 세워둔 승용차는 불과 한나절 만에 다시 움직였다. 태운은 지금 서울을 향해 가고 있다. 이미 세상에 없는 어머니에 대한 속죄를 살아있는 사람에게 해 보라는 스님 말을 들었을 때 태운의 눈에 뜬금없이 강용철이 보였다. 그의 고단한 등이 눈앞을 가로 막고 서 있었다. 고개를 흔드는데 이번에는 어머니의 그렁그렁한 눈물이 조문하고 돌아선 강용철 얼굴에 질편하게 흐르던 눈물과 겹쳤다. 이것이 무슨 조화인가. 그리고 한량없이 태평스런 스님을 보면서 태운은 알았다. 이곳을 떠나 바로 서울로 올라가게 되리라는 것을.

공 쌓으려 말고 원한부터 풀라고 했다. 태운이 분명 아버지의 형제들에게 일등 공신임이 틀림없으나 강용철의 원한이 남아 있었다. 강용철의 원한을 그 사람의 자업자득으로 치부해 버려도 그만일 것이나 속죄는 어떤 조건이 따르지 않아야 진정한 속죄가 될 것이다. 자업자득의 고통은 온전히 본인이 치러야 할 몫이니 내 권한 밖의 일이다. 한 가지 분명한 것은 그도 똑같은 아버지의 형제이고 가족이라는 사실이다.

'그 스님이 혹시 부처님이 아닐까. 환생하여 괴로워하는 중생을 위해 잠시 깨우쳐 주고 다시 돌아간 것 이 아닐까?'

그러다가 혼자서 실소를 한다.

짐 꾸려 나갔던 잠실로 돌아온 태운은 어머니가 남긴 유산을 정리하기 시작한다. 어머니 앞으로 수유리 한식집 말고도 양평 집과 돈암동에 아파트 두 채가 더 있다. 돈암동 집은 김성만이 복선에게 차려준 살림집으로 태운을 데려가면서 복선에게 주고 간 집이다. 그 일대가 개발이 되면서 단독 주택으로 아파트 두 채를 분양받았다. 한식집과 아파트는 모두 세를 주고 있었다. 그것은 의부와 김성만에게서 받은 것이고 강용철로부터 반환받은 재산은 따로 남아 있다. 태운의 몫은 두 삼촌과 고모에게 셋방을 면하게 해 주는데 많이 써 버렸지만 어머니 몫까지 손 댈 일은 아니어서 남아있는 제 몫을 보태어 강남에 건물을 사서 사무실 임대를 받고 있다.

태운은 양평 집을 양순 부부에게 양도해 주기로 결정한다. 그만한 대가를 충분히 받을만한 사람들이다. 강용철에게는 돈암동 아파트 한 채를 양도 하고 수유리 한식집을 운영하게 해 준다면 생계는 꾸려나갈 수 있을 것이다.

등기소를 통해 먼저 상속 절차를 거치고 나서 양도절차를 다시 밟았다. 상속세와 양도세로 엄청난 금액을 납부해야 했다. 취득세보다 양도세가 월등하게 높은지라 등기소에서는 불법으로라도 매매 형태를 권했으나 태운이 거절했다. 태운의 상식으로 받아들이기에는 어림없는 제안이었다. 법은 지키기 위해 존재하는 것이고 법을 지키는 것은 국민의 의무다. 선행을 하는데 법을 어긴다면 무슨 의미가 있겠는가. 개가 물어가는 것도 아니고 어차피 국고로 들어가 국민을 위해 쓰일 것이니 말이다.

모든 서류를 정리하는데 한 달이 후딱 지나갔다. 태운은 집문서를 넘겨주기 위해 양순에게 전화를 건다.

"이모!"

"그래, 태운아. 요즘 잠은 좀 자니? 밥은 잘 챙겨먹고? 이모가 올라가서 반찬이라도 만들어 주고 오랴?"

양순의 목소리도 빈 자루처럼 기가 빠져 있다.

"그럴 필요 없어요. 접때 이모가 냉장고에 넣어준 반찬이 아직 남아 있어요."

"그게 언제 적인데 여적 남아 있어? 내가 넋이 빠졌능가 보다. 네 생각을 못하고 있었구나. 내가 당장 올라가마."

"그러잖아도 두 분 뵙고 싶은데 내일 올라오세요."

"내일? 그러자. 그런데 너야말로 양평에는 영영 안 올 거라니?"

"아직은 마음이 좀 그래, 이모. 차츰 나아지겠죠. 두 분께 근사한 식사를 대접해 드리고 싶어서요. 내일 점심때 봬요."

"그래 너 얼굴도 보고 싶고 그럼 내일 서울에서 보자?"

전화를 끊고 나자 무서운 공허가 엄습한다. 손 안에 든 전화기의 무거운 침묵. 사방이 자신을 향해 좁혀오는 듯 가슴이 답답해 오면서 그는 더 견디지 못하고 일어나 창문을 모두 열어젖힌다. 초겨울의 바람이 문이 열리기를 기다리고 있었듯이 뭉텅 몰려들어온다. 발코니 난간을 짚고 아득한 밑을 내려다보고 있는 태운의 표정이 처연하다.

다음 날 서울에 올라온 양순 부부는 칠순 잔치를 해도 손색이 없을 만큼 양손에 반찬을 바리바리 싸들고 들어 왔다.

"그냥 오시라니까. 왜 또 그러세요."

"그냥 둬라. 이모가 좋아서 하는 일이니. 여태 풀죽어 있던 사람이 어제 네 전화 받고 신이 났단다. 간 사람을 영 못 보내고 있구나."

냉장고 문을 열고 반찬을 넣는 양순을 쳐다보면서 이모부가 하는 말이다.

"나가서 사 먹는 음식이 뭐가 좋냐. 이모가 밥해 주께. 그냥 집에서 먹자."

"이모가 귀찮으니까 그렇지. 그냥 나가서 먹어요."

"나는 괜찮다. 그동안 너 따순 밥 못 먹은 생각하면 마음이 짠해서 그래. 이모가 해주는 밥 좋아 했잖어. 너 좋아하는 꽃게장도 담아 오고 고들빼기김치도 담갔다. 민물매운탕도 얼마나 좋아 했니. 그래서 다 준비해 왔다."

"이모 말대로 해라. 저렇게 먹이고 싶어 안달하는데 어떻게 말릴 재주가 있다구."

오랜만에 생기가 나는 아내를 보니 기분이 좋은지 이모부는 연신 싱글거린다.

"나야 조오치이. 이모 밥이 얼마나 그리웠는데."

"그렇지? 이모 밥 먹고 싶었지? 내가 만든 음식을 태운이가 얼마나 좋아 하는데. 여보! 그 매운탕 거리 좀 꺼내 주세요."

"이 사람아, 자네가 방금 냉장고 안에 넣고 그래?"

"아이구, 내 정신 좀 보게."

신바람이 난 양순이 똥마려운 계집 국거리 썰듯 덤벙거린다.

거실로 나온 태운은 마주 앉아 있는 이모부가 남 같지 않고 피붙이 같은 느낌이 들었다. 이 분들과 나는 전생에 어떤 인연이었을까. 이승에서의 이런 좋은 관계를 보면 분명 악연은 아니었을 것이다.

양순이 차린 밥상은 가히 훌륭했다. 냄새가 식욕을 불러일으킨다. 얼마 만에 먹어보는 밥상인지 기억도 없다. 굶거나 하루 한 끼 정도는 발길 닿는 대로 들어가 대충 먹고 그렇지 않으면 라면이나 인스턴트 음식으로 때우고 말았었다.

"맛있다, 이모."

"그래. 많이 먹어. 밥을 제대로 먹어야 하는데 매일 이렇게 해 먹일 수 있다면 얼마나 좋겠어."

양순은 맛있게 먹고 있는 태운을 쳐다보는 것만으로도 세상을 얻은 것 같은지 흐뭇한 표정이다. 밥상을 물리고 후식을 먹으면서 양평 집문서를 두 사람 앞으로 내밀었다.

"이게 뭐냐?"

"양평 집을 이모 명의로 양도했어요. 세금도 다 지불 했어요. 그 동안 두 분 은혜를 생각한다면 이것으로는 어림없지만 받아주세요. 두 분께서 그곳이 좋다고 해서 그렇게 했어요."

"야야, 태운아. 이렇게까지 할 필요 없다. 나는 느이 엄마한테 넘치게 받은 사람이여. 그 은공을 다 갚으려면 느이 엄마가 그리 빨리 가면 안 되는 것이여. 내 기력이 다 할 때까지 돌봐줘도 모자란단 말이다. 그런데 그렇게 빨리 … 그리 허망하게 가버리고 말았으니 …."

양순의 붉어진 눈에서는 또 다시 닭똥 같은 눈물이 후드득 떨어진다.

"태운아! 의논도 없이 쓸데없는 짓을 했구나. 이모가 그런 걸 받을 사람도 아니고 말이다. 아직도 간 사람을 보내지 못하는 것을 보면 두 사람은 무슨 인연이었나 싶다. 아침에 일어나면 버릇처럼 그 방부터 들어간단다. 두 사람을 보면서 나는 지고지순한 사랑이 무엇인지를 배웠다. 이런 물질적인 것 주고받는 것이 오히려 그 숭고한 사랑에 흠집을 남기게 될까 두렵구나."

"그러실 것 같아서 의논드리지 않았어요. 이 서류는 이제 저와의 관계가 끝이라는 의미가 아닙니다. 제가 의지할 곳이 두 분밖에 더 있습니까? 저를 아들이라 생각하신다면 아들이 두 분의 노후를 마련해 드리는 것이 조금도 이상할 것이 없어요. 두 분께서 이제 저를 안 보실 작정이 아니라면 다른 말씀 하지 마세요."

"엄마도 못 보는데 너 까지 못 보다니 그게 될 소리냐? 너 때문에 양평을 떠날 생각까지 했었다. 우리는 엄마하고의 추억 때문에 양평을 떠나고 싶지가 않어. 네 생각이 정 그렇다면 염치없이 받으마. 그렇지만 집문서는 그냥 니가 보관하고 있어라. 필요할 때 나하고 상관없이 처분해서 써."

"내가 필요할 때 이모한테 달라고 할께. 이모가 보관하고 있어요."

"고집도 참."

"두 분 생활비는 집세와 건물에서 들어오는 세 일부를 이모 통장으로 들어오게 했으니 찾아 쓰시면 돼요. 앞으로 수유리 음식점에서는 세가 안 들어 올 거니까요."

"수유리에서 벌어놓은 것으로도 생활비는 충분해."

"늙을수록 돈이 힘이라는데 있는 돈 다 써 버리고 나면 힘없어서 어쩌려구?"

"고맙다 태운아. 내가 무슨 덕을 쌓았다고 하늘이 느이 모자를 통해 나한테 이런 복을 주신다니?"

"이모, 덕 많이 쌓았지요."

태운은 풍성해진 양순을 한 아름 안아 주면서 얼굴을 들여다보며 익살스럽게 웃는다.

내일은 강용철을 찾아가 집문서와 가게문서를 전해 줘야 한다. 어떤 반응을 보일지 심히 걱정이 되었다. 그가 소유했던 재물에 비한다면 새끼발톱 옆에 붙어 있는 며느리발톱만큼도 안 되는 재산이다. 황감하게 받아들이는 것을 바라지도 않지마는 시비만은 걸어오지 말았으면 싶었다. 내 것 주면서 이렇게 죄인이 된 기분이라니.

아침에 눈을 뜬 태운은 습관대로 환기를 시키기 위해 창문을 연다. 첫눈이라도 오려는지 하늘이 낮다. 첫눈이 내리기에는 아직 이른 것 같은데 달력은 마지막 장을 남겨놓고 있었다. 12월 첫 주일이다.

태운은 욕조에 뜨거운 물을 받아 몸을 담그고 눈을 감는다. 따듯함이 온몸을 감싸면서 간밤에 설친 잠이 스멀스멀 밀려오고 나른한 평화에 잠긴다. 조금 있으면 본격적인 추위가 시작될 것이다. 순간, 고단한 어깨를 웅크리고 걸어가는 강용철 모습이 보인다. 추위는 다가오는데 따듯한 물도 나오지 않는 곳에서 몇 번의 겨울을 보냈을까. 그리도 경멸하던 내 어머니의 영정 앞에 엎드려 그는 무슨 생각을 했을까. 그 눈물의 의미는 무엇일까. 나른한 평화가 깨지면서 가슴이 아릿하게 아파온다. 언제부턴가 그가 흘린 눈물이 진정 거짓이 아님을 태운은 의심치 않고 있었다.

서둘러 욕실에서 나와 나갈 차비를 서두른다. 저녁 퇴근시간에 맞춰 찾아갈 계획이었다. 퇴근시간까지 기다릴 필요가 있을까. 영정 앞에 흘린 강용철의 눈물이 태운을 서두르게 만든다. 사람의 마음을 움직이게 하는데 있어서 진실만큼 큰 무기는 없을 것이다.

하루를 시작하는 거리는 출산하는 산모의 고함소리만큼이나 시끄러웠다. 자동차 홍수로 꽉 막혀 있는 출근길은 아수라장이었다. 신호가 몇 번을 바뀌었으나 꼬리를 물고 엉켜있는 차들은 꼼짝을 하지 않는다. 빵빵거리는 경적소리에 게다가 얌체 같이 끼어든다고 창문까지 내리고 욕지거리를 하다가 앞차를 박았는지 경찰이 달려간다. 구로동 강용철 집 앞에 도착하고보니 열시가 지나 있었다. 이미 출근을 했을 시간이라 낙심하면서도 혹시나 하여 계단을 내려 본다. 다른 가족이라도 있겠지.

양철을 대충 얽어맨 대문이 삐딱하게 열려있다. 열려있다기보다 게처럼 옆으로 겨우 들어갈 만큼만 벌어져 있었다. 세 평도 안 될 듯한 마당에는 칠이 벗겨진 빈 빨래 걸이가 할 일 없는 건달처럼 맹하니 서 있고 개집도 있었다. 개밥그릇이 없는 걸로 보아 개가 집을 비운지가 꽤 오래된 것 같았다. 문을 흔들어 인기척을 내 본다. 아무런 기척이 없다. 큰 소리로 불러 본다.

"계세요? 안에 아무도 안계세요?"

"누구요?"

안에서 기척이 들리고 한참 만에 부스스한 얼굴이 더벅머리를 하고 내다본다. 강용철이었다. 지금까지 자고 있었던 것 같았다.

"아니 … 네가 …."

당황한 빛이 역력한, 아주 낭패한 표정이다.

"잠시만 …,"

기다리라는 말은 무언으로 남기고 문을 닫는다. 태운은 닫힌 문을 향해 지난번 그 음식점에서 기다리겠노라 하고 돌아서 나왔다.

삼십분쯤 기다리자 강용철이 문을 열고 들어온다. 얼굴이 많이 초췌하다. 잘살던 가락이 있어서 입성은 그리 나빠 보이지는 않았으나 기가 빠져 있어 그런지 값진 옷이 제 구실을 다 못하고 있었다.

강용철은 여기까지 오면서 만감이 교차한다.

'왜 또 왔을까. 구차한 내 모습 보면서 과거의 보복을 하려는 심산인가.'

아직 영업시간으로서 이른 시간인지라 문을 열자 썰렁하게 앉아있는 태운이 보인다. 종전(終戰) 이후 두 번째 대면임에도 강용철은 태운 앞에서 탑세기를 뒤집어 쓴 것 마냥 껄끄럽다. 할 수만 있다면 되돌아 나가고 싶었다. 들어 왔으니 어쩔 수 없이 지신지신 다가간다.

태운은 예의를 갖춰 일어난다. 지금까지 자고 있는 걸로 봐서 틀림없이 아침 전일 것 같았다. 태운도 아침을 먹지 못한지라 이른 점심이지만 밥부터 먹어야 할 것이기에 그가 자리에 앉자 묻는다.

"제가 아침을 못 먹었습니다. 이른 점심이지만 괜찮으시다면 같이 하시지요."

"……."

대답이 없는 것은 일단 거절의사가 없다는 뜻이므로 선지 해장국을 주문했다.

"약주 생각 있으시면 한 병 시킬까요?"

"……."

이번에도 거절의사는 하지 않았지만 그는 지금 약주 아니라 백년 된 산삼주를 준다 해도 이 자리가 불편할 뿐이다.

"출근하고 안 계실 줄 알았는데, 어디 편찮으세요?"

"… 어제 야근을 하고 들어 와서."

"밤도 새고 그러세요?"

"가끔 경비 자리가 채워지지 않을 때는 대신 근무를 해야 하니까."

종업원이 반찬을 먼저 가져오면서 소주도 가져왔다. 태운이 한잔을 따라주고 제 잔에도 따른다. 강용철이 술병을 뺏어 따르려는 것을 사양하면서.

술 생각은 없었지만 상대방 혼자 마시기 민망함을 덜어주기 위해서다. 강용철은 술잔을 단숨에 털어 넣는다. 두 번째 술잔을 비우고 나서 비로소 용기를 내어 태운을 정면으로 쳐다본다.

"또 무슨 일로 날 찾아온 게냐?"

"도움을 청하러 왔습니다."

"아직도 내게 유감이 많은 게로구나. 그렇겠지."

강용철의 표정이 비웃음으로 일그러진다. 그때 김이 풀풀 올라오는 해장국이 나왔다. 뚝배기에는 숟가락을 꽂아도 넘어지지 않을 만큼 선지와 건더기가 빡빡하게 담겨져 있었다. 같은 서울이라도 변두리 인심은 후했다.

"먼저 식사부터 하시지요."

태운은 입안이 깔깔했다.

어떻게 접근해야만 시비가 없을까. 다행히 시비가 없다면 받는 손이 비굴하지 않게 해 줘야 하는데 어떤 방법이 좋을까. 어제 밤부터 그것이 숙제였다. 그런데 예기치 않게 도움을 청하러 왔다는 말이 툭 튀어 나온 것이다. 태운은 스스로도 대견스러웠다. 도움을 청하려면 가장 낮은 자세가 되어야 하는 것이다. 더 무엇이 필요하랴.

시장했던지 강용철의 뚝배기는 이미 반 이상이나 비워져 있었다. 마음이 짠한 태운은 병에 남은 술을 마저 따라 주는 것으로 짠한 마음을 대신한다.

"숙모님은 집에 안계십니까?"

"… 그 사람 지금 집에 없다."

"어디 있는지는 알고 계세요?"

"지금 … 유치장에 있는데 다음 달이면 육 개월 복역 끝나고 나올 게다."

"네? 무슨 죄목으로~요?"

괜히 물었다싶은 것이, 민망해서 몸 둘 바를 모르겠는 것이다.

엎친데 덮친다더니 이 판국에 관재수까지 겹쳐 들었다. 집나간 아내는 그간 상류층 부류들과 쌓아놓은 인간관계를 접지 못하고 나다니다가 어느 날 은행장 부인을 만나게 되었단다. 그 여자는 사업수완이 좋아 늘 부수입을 두둑이 벌어들이는 큰손으로도 잘 알려진 여자였다. 은행장인 남편을 통해 강용철이 처해있는 입장을 미리 다 알고 있는 부인은 그의 아내에게 넌지시 사업을 같이 해 보자는 제의를 했다. 빈털터리 아내가 망설일 필요는 없었다. 손해 볼 것이 없으므로.

그날부터 구차한 집에 들어가지 않고 은행장 부인이 얻어준 오피스텔에 기거하면서 그 여자가 준 카드로 상류층들과 어울려 다녔다. 골프도 치고 백화점 쇼핑도 다니면서 그들 속을 파고들었다. 본래 놀던 가락이 있던 터라 그녀의 행동은 조금도 어색하지 않았다. 그녀가 할 일은 상류층 여자들 안방에 있는 금고를 열게 만드는 일이었다. 사업은 골프회원들과 골프를 친후 식사를 하는 자리에서 자연스럽게 이루어졌다. 전부터 알던 회원이고 쓰임이 예전과 별 다름이 없는 그녀를 보면서 나락으로 떨어진 그녀의 형편을 의심하는 사람은 아무도 없었다. 사업 설명을 들고 처음에 재미로 조금씩 투자한 사람들은 한 달 후에 원금과 함께 이익금이라는 명목으로 원금에 버금가는 금액을 돌려받았다.

이번에는 핸드백을 수입하는데 한정된 숫자만 들여와서 백화점에 넘기기로 했다고 했고 세 배의 이문을 남길 수 있는 사업이라고 하자 원금을 받은 여자들은 그 원금에다 돈을 더 보태서 내 놓았다. 투자한 여자들은 한 달 후에 또 많은 이익금과 원금을 받은 것은 물론이다. 그 자리에서 사업은 계속 이루어졌다.

가방의 인기가 너무 좋고 주문량이 많아 가죽을 수입해 공장에서 직접 만들기로 했다고, 완제품보다 두 배 가까운 이문을 더 남길 수 있다고 했다. 그렇게 몇 달이 지나고 나서는 서로 투자하는데 끼워 달라고 아우성을 치게 만들었다. 투자금은 몇 백억을 넘어섰고 그 다음에는 은행장 아내를 볼 수가 없었다. 결국 바람잡이 강용철 아내만 쇠고랑을 차게 된 것이다.

"혼자서 누명을 다 뒤집어쓰고 끌려 다니다가 집으로 돌아왔지만 보다시피 지금 살고 있는 집을 찾아 온 여자들은 한숨만 쉬다가 가 버리더라. 그래도 법이 있으니 억울하지만 죄 값을 치러야지 어쩌겠냐."

"그랬군요. 범인은 잡았나요?"

"잡혔다는 소리가 없는걸 보면 아직 안 잡힌 거겠지. 완전히 길에 나앉게 된 사람도 많다더라. 자기 돈뿐만 아니라 아들 집까지 은행에 잡히기도 하고 친척까지 부추겨서 다 못살게 만든 사람도 있다는 구나. 남에게 못할 짓 했으니 그 죄 값은 치르고 나와야지."

과욕이 부른 화였다. 말을 다 마친 강용철 얼굴에는 마지막 체념을 하고 난 후련함인지 허탈함인지 모를 표정을 하고 창밖을 보고 있었다.

"삼촌!"

태운이 강용철에게 처음으로 불러보는 호칭이다. 한번 불러보니 찡한 정감이 스민다.

"······."

강용철은 잘못 들었나 해서 후딱 돌아본다. 아직 내게 쌓인 원망이 많겠지 싶어 어떤 원망도 다 들을 준비를 하고 나왔는데 삼촌이라니.

태운은 가방을 열고 봉투를 꺼내 강용철 앞으로 내민다.

"돈암동에 있는 아파트예요. 내일 모래 비운다고 했으니 바로 들어가도 될 겁니다. 이건 수유리에 있는 한식집인데 지금은 세를 주고 있지만 삼촌이 운영할 수 있으시면 한 번 해 보세요. 숙모님 나오시면 고모하고 같이 꾸려 나가면 괜찮을 것 같아요. 고모도 일자리가 생긴다면 좋아하시겠죠."

태운의 말을 듣고 있는 강용철은 꿈에서 아직 헤어나지 못한 멍한 얼굴이었다. 그가 시비를 걸어오면 어쩌나 밤새 걱정했던 것이 억울할 지경이다.

"영업이 꽤나 잘 되는 걸로 알고 있어요. 남의 손 빌리지 않고 지금 있는 주방장하고 식구끼리 한다면 금방 일어설 수 있지 않겠어요? 주방장은 이모가 전에 데리고 전수시킨 여자라서 이모가 하라는 대로 할 겁니다. 우선 이사부터 하시구요."

"… 너 지금 나 놀리고 있는 것은 아니냐?"

"저 삼촌한테 감정 없습니다. 아버지 얼굴도 못 본 접니다. 너무 미워하지 마십쇼."

태운을 쳐다보는 강용철 눈알이 붉은 대추알처럼 붉어진다.

"용서받을 자격도 없는 이 못난 나를 어떻게 … 정말 면목 없고 미안하다."

"저는 가족이 그리운 사람입니다. 이제야 삼촌을 찾게 되어 저도 기뼈요."

태운은 통장과 도장을 주면서 우선 급한 대로 찾아 쓰게 해 주었다. 이
사를 하고 겨울 한철을 살기에 충분한 금액이 들어 있는 통장이었다.

스님 말대로 복선이는 어쩌면 사람에게 보시하는 업보를 타고났던 것
인가. 그리 애쓰지도 않았건만 재물은 그녀 곁에 차곡차곡 쌓였다. 여태
주인 곁에서 잠을 자고 있던 재물은 이렇게 가난한 사람들의 희망이 되
고 화목의 재물이 되었다. 본인은 정작 재물이 쌓이는 것도 모르고 재물
의 가치도 모른 채 하얀 세상을 살다가 훨훨 이승을 떠난 사람이다. 얼음
꽃처럼 참혹한 삶을 홀로 살다 간 여자였다.

강용철과 헤어져 돌아오는 길은 하얀 첫눈이 꽃비처럼 내렸다. 첫눈
은 어느새 함박눈이 되어 세상을 덮는다. 금새 두꺼워지는 눈의 무게를
이기지 못하고 와이퍼가 삐그덕 삐그덕 소리를 내며 힘겨워 한다. 주행
하는 차의 열기로 순백의 눈꽃은 눈물이 되어 흙탕물이 된 바닥에 탄식
하듯 주저앉는다. 어머니의 일생처럼. 흙탕물을 뒤집어쓰고 세상을 등
진 채 캄캄한 세월을 살아야 했던 내 어머니처럼.

어머니의 체취

어머니를 떠올리자 어디선가 어머니 냄새가 스며드는 것 같았다. 술에
취해 잠들어 있던 어머니 머리맡에서 나던 비릿한 머리 냄새였다. 잠결에
도 냄새가 나는 듯하여 눈을 떠 보면 영락없이 어머니가 곁에서 자고 있
었다. 여섯 살 때 어머니 곁을 떠나고부터 그 냄새를 잊지 못해 밤이면 어
린 가슴을 앓아야 했다. 성인이 되면서 어느덧 그 냄새는 사라져 버리고

기억에서도 지워져 버렸다. 지금 갑자기 냄새의 기억이 되돌아온 것이다. 어머니에게서만 나는 그 독특한 냄새, 왜 그 동안 맡지 못했을까.

가슴이 닫히게 되면 후각도 청각도 시각도 모든 감각이 덩달아 닫히는 법이다. 무정이 그래서 모진 것이다. 닫힌 가슴이 어미를 밀어 낼 때 후각은 이미 저만치 뒷걸음질치고 있었고 청각도 시각도 모든 감각들도 함께 멀어져 버린다. 어미를 패대기칠 수 있었던 것도, 벌러덩 머리를 찧고 나자빠진 어미 곁을 미련 없이 뛰쳐나갈 수 있었던 것도 모두 가슴이 닫힌 무정이 저지른 일이다.

양평에 아직 어머니가 있다면 달려가 평생 어미 곁에서 살 것 같았다. 아들을 통해 사십년을 기다려온 그 사람을 만나는 절절함을 다시는 외면하지 않으면서. 아들에게 외면당했을 때의 그 처연함을 이제부터는 봄눈처럼 녹여 주면서. 그래서 서리서리 맺힌 한을 모두 풀어 주리라. 그런데 어머니는 어디에 있는가.

'… 어머니!'

하얀 눈발 속에 갇힌 채 이루어질 수도 없는 동화를 꿈꾸던 태운은 양평으로 방향을 바꾼다. 어미를 사지로 몰아낸 죽일 놈이 아직 그곳에 있다 해도 가지 않고는 못 배길 것 같았다. 어머니 냄새가 곳곳에 배어있을 것이다. 어머니가 베던 베게가 있을 것이고 덮던 이불이 있을 것이고 어머니가 앉았던 자리, 돌아다니던 마당과 뜰에서 어머니를 만나고 싶었다.

태운은 핸들을 잡은 손을 들어 간간히 눈물을 훔친다. 스님 말대로 살아있는 사람에게 속죄를 했으니 마음이 가벼워져야 하는데 마음은 여전히 어머니에 대한 기억에서 벗어나지 않겠다고 버티었다. 며칠을 날 잡아 통곡을 한들 이 무게가 덜어질까 싶었다. 어머니! 왜 날 낳았소.

서울 시내를 벗어나니 외곽도로는 비교적 한산했다. 눈송이도 하얗게 제 모습으로 바닥에 누워 있다. 길이 아닌 나무나 숲속에 떨어진 눈은 을 씨년스럽던 마른 가지에 풍성한 눈꽃을 피우고 있었다. 똑 같은 모습으로 지상에 떨어질진대 어떤 눈은 바닥에 떨어져 진흙탕이 되어 밟히고 어떤 눈은 숲에 떨어져 저리도 고혹하단 말인가. 하찮은 눈조차도 각기 제 길이 저리 다른데 하물며 사람임에랴.

어머니가 생전에 그리도 좋아했다던 눈이다. 머릿속이 하얗게 비어가면서도 눈이 내리면 하얀 천지를 쳐다보며 종일 창문에 매달려 있었다던 어머니. 얼음 풀리는 이른 봄, 성질 급한 들꽃이라도 발견하면 집나갔던 강아지가 들어 온 것 마냥 반긴다던 어머니. 텃밭 언저리에 알짱거리는 길고양이에게 저녁 밥상에 올라갈 생선을 유감없이 들고 나가 던져주고, 노란 장다리 사이를 날아다니는 나비를 쫓아다닐 때면 세상에 갓나온 천사의 얼굴이 되어있다는 어머니. 그토록 자연을 사랑하다가 자연으로 돌아간 어머니다.

'어머니! 지금 어디쯤 가고 있소. 먼 길 떠나면서 아들 이름도 부르지 못 하고 왜 그랬어. 왜! 왜! 당신을 그렇게 보내버린 나는 어쩌라고~ 오.'

갑자기 발작하듯 핸들을 주먹으로 마구 치면서 울부짖다가 차를 갓길에 세우고 이제는 맘 놓고 통곡을 한다. 가슴을 쥐어짜듯 온 몸으로 울었다. 통곡이 잦아들고도 마무리를 못해 끅끅거리면서 담배를 찾는다.

양평에 들어서니 세시가 넘어 있었다. 점심도 아닌 저녁도 아닌 어중띤 시간이었다. 인기척에 현관문을 비죽이 열어보던 양순은 태운을 보자 맨발로 뛰어나온다.

"아니! 이게 누구여. 무슨 바람이 불었냐? 여보! 태운이 왔어요."

어제 본 얼굴이련만 징병에 끌려갔다 살아온 것 마냥 호들갑이다. 양평에는 영영 발을 안 들여 놓을 것 같았는데 갑자기 나타났으니 그럴 만도 했다. 여태 차 안에서 울었던 태운은 고개만 약간 숙일 뿐 무거운 침묵으로 양순을 대면한다. 소란한 소리에 나른하게 내다보던 양순이 남편이 화들짝 일어나 태운을 반긴다.

"어서 오너라. 눈길 험한데 오느라 욕봤겠구나."

그러나 역시 의붓자식 인사하듯 고개만 숙이고 만다.

"자 추운데 어서 들어가자."

양순이 태운의 등을 밀어 안으로 들어간다.

마루에 올라선 태운이 거침없이 복선의 방으로 들어가더니 문을 딸깍 닫아 버린다. 뒤따라 들어가려는 양순의 팔을 남편이 붙들더니 고개를 좌우로 흔든다.

복선의 방은 생전 그대로 있었다. 잠깐 출타한 주인이 돌아올 것처럼 아무 것도 치우지 않고 제 자리에 있었다. 역시 양순이나 할 수 있는 일이었다. 태운은 다시 한 번 양순에게 고마움을 느낀다. 어머니를 이만큼 사랑한 사람이 누가 또 있었던가.

어머니가 생전에 누웠던 침대에 걸터앉아 본다. 부지런한 양순의 손을 탄 환자의 이부자리는 언제나 정갈했다. 태운은 베개를 들어 코를 박아 본다. 베개 깊숙이 배있는 냄새가 코 속으로 스며들었다.

'아! 이 냄새. 기억 속에 있는 어머니 냄새. 아련한 추억의 냄새.'

곧이어 베개에 코와 입을 박고 우는 소리는 맹꽁이 소리가 되어 새어 나온다. 맹꽁이 소리는 거실에 서 있는 두 사람 귀에도 들렸다. 맹꽁이 울음 소리는 간장을 에이듯 창자를 끊어내듯 처절했다. 쉽게 그칠 울음이 아닌 듯했다. 부부는 그가 울도록 내버려 두었다. 울고 싶으면 초상집에 가랬다고 얼마나 울고 싶어 여길 왔겠나. 속에 있는 응어리가 그리 쉽게 풀릴까마는 저렇게라도 하니 다행이었다.

한참을 울던 울음소리가 잦아드는 듯하자 그때서야 방문을 열고 들어가 본다. 태운이 어린아이처럼 침대에 올라 앉아 세운 무릎에 베개를 올려놓고 코를 묻고 있었다. 방문이 열리는 소리를 들었는지 마지못해 고개를 든다.

"니가 올 줄 몰랐다. 알았다 해도 나는 엄마 방 안 치운다. 엄마 손때 묻은 것 어떤 것도 나는 그냥 놔둘 거여. 그리 알어."

이 방을 치우지 않아서 어머니 생전 생각을 하고 그리 울었나 싶어 변명을 한다.

"방문을 열었을 때 어머니 생전 그대로 있어서 얼마나 좋았는지 몰라요. 어머니가 세상에 태어나서 이런 사랑을 받았다는 것이 그 나마 위로가 돼요. 이모한테 진심으로 감사드려요."

"무슨 소리냐? 나는 느이 엄마 없었으면 비렁뱅이가 됐을 거다. 얼굴도 고왔지만 마음씨가 천사 같은 사람이었다. 너무 여리고 착해서 그리된 것이여. 하루만 살다 죽어도 좋으니 그런 인물 한번 타고 나 봤으면 하는 것이 소원이었다. 미인 박복이라고 그리 잘 났으니 … 어떤 손이 안탈 수가 있었어."

"사실은 어머니 냄새가 맡고 싶었어요. 그 동안 잊고 있었는데 갑자기 어려서 맡았던 그 냄새가 기억나고 어머니가 보고 싶어 견딜 수가 없었어요. 그래서 달려 왔어요. 방이 치워져 있으면 어쩌나 했어요."

"그랬구나. 여섯 살 때 엄마 곁을 떠나고 말았으니 어린 그 속인들 오죽 했을까. 미안하다, 태운아. 널 보내지 않고 키웠어야 했는데 그 당시에는 널 키울 엄두도 내지 못하고 그럴 만한 처지도 아니었단다. 오죽하면 어린 널 보냈겠냐. 그래도 네 앞길을 생각 안 할 수 없더라. 돈 있는 사람이니 시설보다야 낫지 싶어서 …. 널 보내고 느이 엄마 더 마음 못 잡고 망가졌지 뭐냐."

"모두가 다 운명이죠. 누굴 원망할 수 있겠어요? 어머니가 생전에 이모를 만나지 않았더라면 어땠을까요. 두 사람은 어떤 인연이었을까 하고 가끔 생각해 봐요."

"이 사람은 여전히 간 사람을 못 보내고 있구나. 이제 그만 편안하게 보내 주라 해도 이 방에 들어와 방을 치우고 생전에 주고받던 대화를 혼자 하면서 질금거린단다."

묵묵히 침묵하고 있던 양순의 남편이 끼어들었다.

"이모! 이제 그만 보내 드리세요. 나야 워낙 어머니에게 모질었던 기억 때문이지만 이모는 피붙이라도 더 이상은 그렇게 못해요."

"글쎄다. 내가 그 사람한테 입은 은혜를 떠나서 우리 두 사람은 어미와 젖먹이 관계가 그럴까? 잠시라도 떨어지면 서로 불안해서 견딜 수가 없고 같이 있으면 세상 걱정이 하나도 없었으니 말이다. 자식을 앞세운 어미가 이런 마음일까 싶구나."

양순은 얘기를 하면서 또 질금거린다.

짧은 겨울 해는 금새 어둠을 준비하고 있었다. 양순은 남편이 태운이 곁에 있는 동안 저녁을 짓기 위해 주방으로 들어간다. 적적한 두 사람에게는 참으로 귀한 손님이다. 수라상 준비하는 부엌상궁처럼 양순은 신경을 써서 상차림을 한다.

그날 밤 태운은 복선의 침대에서 잤다. 어머니 생전에는 들여다보지도 않던 침실에서 어미 냄새를 맡으려고 쿵쿵거리며 잠을 청했다. 그리고 정말로 오랜만에 죽은 듯이 숙면으로 들어간다.

하얀 소복을 한 어머니가, 아주 고운 어머니가 조용히 다가와 무릎을 베게 한다. 하얀 손으로 머리를 짚어준다. 물수건으로 얼굴을 닦아준다.

서늘함에 진저리를 치면서도 편안하다. 어머니가 차가운 물수건을 이마에 올려놓고 내려다본다. 생전에 기저귀 찬 다섯 살 박이 어머니가 아니다. 어려서 치마꼬리 잡고 있으면 온 세상이 꽃구름이던 그런 어머니다. 너무 행복하다. 어머니 치마폭에 얼굴을 묻고 마냥 뒹굴고 싶다. 마당에 있는 빨랫줄에는 고추잠자리가 가득 앉아있다. 고추잠자리를 잡고 싶은데 어머니 무릎에서 일어나면 어머니가 가버릴 것만 같아서 일어나질 못하고 있다. 어머니가 머리를 받혀주던 무릎을 빼내고 홀연히 일어난다. 엄마를 부르는데도 그냥 가버린다. 붙잡아야 하는데 붙잡을 수가 없다. 대문 계단에 쭈그리고 앉아 엄마를 기다리던 허망함이 온 몸을 휘감는다. 순간 몸서리치게 가슴이 시리다.

"어, 어, 어머니!"

"태운아! 눈 좀 떠 봐라. 열은 많이 떨어졌는데."

"가지 마. 어머니 가지 마. 내가 잘못 했어요."

"헛소리까지 하는구먼."

"암만해도 구급차를 불러야 하지 않을까요?"

"조금 기다려 봐 열도 내렸으니까 괜찮을 거야."

태운이 눈을 떠 보니 양순이 내외가 찬 물수건을 연신 이마에 갈아 대고 있었다.

"이모! 왜 그래요?"

"정신이 좀 드니? 아이고 말도 마라 혼수상태로 헛소리까지 하더라."

"내가요?"

아침에 일어날 시간인데 기척이 없어 문을 열어 보니 태운의 온 몸이 불덩어리였다. 불러도 대답이 없었다. 우선 급한 대로 윗도리를 제치고 찬 물수건으로 닦아 주었다. 다리도 닦고 얼굴도 닦았다. 얼음으로 온몸을 문지르고 물수건을 펴서 배를 덮었다. 물수건에서 김이 풀풀 올라 왔다. 그렇게 반시간 가량 하고 있는데 열이 거짓말처럼 내린다.

"구급차를 부를까 하다가 이 양반이 조금만 기다려 보자고 해서 기다리고 있는 중이여. 어떠냐. 병원에 가 보까?"

"괜찮은데요 뭐."

"여보! 병원에 안 가도 되까요?"

아무래도 걱정스러운지 양순이 남편에게 묻는다.

"태운아! 병원에 안 가 봐도 괜찮겠냐?"

"걱정 안하셔도 돼요. 그 동안 잠을 못잔 데다가 제대로 챙겨 먹지 못해서 그럴 거예요. 기운만 좀 없지 별로 아픈 데는 없어요. 하루 이틀 쉬고 나면 거뜬해지겠죠."

"먹는 것이 부실했던 탓도 있을 것이니 여보! 우선 죽이라도 쒀요. 그 동안 모자란 영양보충을 하면서 지켜보도록 하지. 이만하기 다행이다."

"그러게요. 얼마나 놀랬던지."

"괜히 저 때문에 걱정들 하셨군요."

"그럼 누워 있어라. 닭죽을 좀 쒀야겠다."

솜씨 좋은 양순은 토종닭에다 인삼을 넣고 푹 곤 물에 찹쌀 죽을 쒀서 가져왔다. 태운은 땀을 뻘뻘 흘리며 한 대접을 다 먹더니 다시 스르르 잠에 떨어진다. 고기를 갈고 야채를 넣은 영양죽도 쑤고 단백질이 많은 콩죽도 쒀서 먹였다. 주는 대로 개구리 파리 먹어 치우듯 넙죽넙죽 받아먹고도 별탈이 없는 것을 보면 오장은 문제가 없는 것 같았다. 특별하게 아픈 곳도 없고 더 이상 열도 없는데 중병 든 환자처럼 기운을 차리지 못한다. 밖에 나와 겨울 햇살에 온 몸을 맡기고 앉아 있으면 핏기 없는 파리한 얼굴이 흡사 폐병환자 같은 것이 금방이라도 붉은 핏덩어리를 쿨럭

뱉어낼 것만 같았다. 기운이 없고 먹고 나면 잠만 쏟아졌다. 송장처럼 등
짝이 바닥에 착 들어붙어 움직여지지가 않았다. 이대로 영원히 눈을 뜨
지 않는다면 얼마나 편할까.

태운이 잠을 자는 동안 복선은 꿈속에 자주 나타났다. 태운은 언제나
여섯 살이었고 돌계단에 앉아 어미를 기다린다. 기다리던 어미를 보고
달려가다 깨기도 하고 막막한 거리에서 어미를 발견하기도 한다. 어미
를 본 아이는 그 절절함이 사무쳐 반기는데 어미는 타인을 보듯 무심하
게 사라지곤 했다. 태운은 앓고 있는 내내 몸서리치게 시린 가슴으로 눈
을 떠야만 했다.

그렇게 시린 가슴으로 눈 뜨기를 일주일을 하더니 차츰 회복이 되어가
고 있었다. 양순의 정성스런 음식 수발과 간병으로 회복기에 들어선 생
체기능은 무섭게 제 자리를 찾아 들었다. 건강은 시간을 다투듯 되돌아
왔다. 일주일을 더 머물러 몸을 회복한 태운은 이제 그만 갈 차비를 서두
른다. 며칠만 더 쉬다 가라는 양순 내외의 만류를 뒤로 하고 양평 집을
나섰다.

그 여자

겨울 하늘은 여전히 꾸무럭했다. 여차하면 또 한바탕 눈이 내릴 것만
같았다. 태운이 서울에 도착하여 막 아파트 입구를 들어서려는데 전화
벨이 울린다. 선배 오인근 이었다. 서인희 회사 사장이다. 서인희를 부탁
했던 선배이기도 하다.

'이런!'

그 선배에게는 어머니의 부고를 알리지 않았다. 직장인 신문사에는 어차피 알려야 되는 일이었고 가까운 친구 몇 명에게만 알렸었는데 서로 연락이 닿아 올 사람은 모두 다 왔었다. 그 선배에게는 연락이 닿지 않았던지 문상객 장부에도 이름이 없었고 얼굴도 보지 못했다. 다행이다 싶었는데 지금 전화가 걸려온 것이다.

"형, 저예요."

"이봐 강 기자! 얼마나 상심한가. 그런데 자네 그럴 수 있나? 아니, 나 좀 만나지."

"지금요?"

"그래 지금 당장. 거기가 어딘가? 내가 그리로 가겠네."

"집 근첩니다만."

"그럼 한 시간 후에 지난번 그 한식집 이층에서 만나지."

"네, 그러죠."

태운은 곤혹스러우면서도 한편으로는 다소 궁금했다. 오 선배를 만나게 되면 서인희의 근황을 알 것이니 말이다. 인희에 대한 자신의 감정을 오 선배는 이미 알고 있었다. 사진 사건도 알고 있었고 갈등 끝에 갑자기 해외 근무를 떠나게 된 것도 그는 알고 있었다. 태운이 우정 그에게 얘기한 것은 아니나 그는 마술사처럼 상대방 마음을 거울을 들여다보듯 정확했다. 사업을 하려면 눈치가 백단이라야 하고 속에 능구렁이 몇 마리쯤 키우지 않으면 이 바닥에서 살아남을 수 없다고 술만 먹으면 그가 하는 말이었다. 해외 근무를 신청해 놓고 떠나기 며칠 전에 오 선배를 불러냈었다. 저녁을 먹으면서 술도 거나하게 곁들여 먹었다. 그때 선배는 전후 상황을 다 알고 있다는 듯이 밑도 끝도 없이 불쑥 한마디 했다.

"이봐, 강기자. 꼭 이래야 해? 이건 도피잖아. 남녀 문제는 피한다고 되지 않아. 마음 가는 대로 부딪치기도 하고 그렇게 사는 거지. 때로는 감정에 충실할 필요도 있거든. 세상 이치가 다 그렇게 돌아가는 거 아닌가? 아무리 애쓴다 해도 감정을 속인다는 것이 그리 쉬운 일은 아니지."

"… 형! 지금 무슨 소릴 하는 거요?"

"서인희 얘기잖아. 그 여자 피해 한국 떠나려는 거잖아."

"… 선배."

"아냐? 내 말 틀려?"

"맞아. 선배 말대로 나 그 여자 피해 떠나는 거야."

"사실은 퇴근하면서 인희씨 대동하고 나올까 몇 번 망설였지. 어차피 떠나면 언제 다시 볼지 모르는데 마지막으로 한번 보고 가는 것도 괜찮을 것 같아서. 그랬는데, 차마 그러지 못했어. 강기자 의도를 내가 다 알 수가 없어서 말야."

"괜한 짓 할 뻔 했구려. 만나게 되면 내가 직접 불러내서 만나지 왜 선배가 거기에 끼어들려는 거요?"

"그러게. 내가 오지랖이 좀 넓었나?"

그랬는데 돌아 와서도 일부러 선배에게 연락하지 않았다. 만나자 할 것이고 또 오지랖 넓게 이번에는 정말로 서인희를 대동하고 나올지도 모른다 싶어서였다.

산속 하얀 눈밭에 엎드려 있던 그 날이 떠오른다. 그 황당한 사건에 이유도 모른 채 연루되고도 오히려 침착성을 잃지 않던 여자였다. 밖에서 불러내면 뒤축이 다 닳아빠진 신발 아무렇게나 꿰고 나와도 부끄러워하지 않을 것 같은 여자, 허식이나 가식이 없고 여성적인 외모 수습을 하지 않아 더 정감이 드는 여자였다. 이성간에 선이 없는 듯 함부로 할 것 같으면서도 예의를 다 지키는 여자, 어떤 상황에서 맞부딪친다 해도 거부

감이 일지 않는 여자, 참으로 편안한 사람이었다. 그랬는데,

'갑자기 생겨난 감정의 정체는 무얼까, 모성의 욕구는 분명 아니었다. 우정이라면 우정에도 색다른 사랑이 있는 것일까.'

지난 일을 떠 올리자 그녀에 대한 갈망이 안개를 뒤집어 쓴 듯 허둥거린다.

한국을 떠나있는 동안 태운은 아침의 그 처절하게 붉고 환한 햇살을 반겨보지 못했다. 그가 숨쉬고 있는 뒤편에는 언제나 참혹한 운명의 어머니가 그림자처럼 도사리고 있었다. 그림자는 어디를 가나 따라다녔다. 가슴에 담고 온 한 여자를 기억할 때만 잠시 물러나 있었다. 참혹한 그림자는 용케도 외로운 시간에 찾아들었다. 끈질긴 환영을 피해 일에 몰두하는 습관을 익혔고 인색할 만큼 여유를 두지 않고 바쁘게 지냈다. 외로울 시간이 없게 되자 겨울나무 같은 어머니가 종종 잊혀질 때가 많았다. 그림자가 물러나있는 시간이 길어지고 있을 즈음 양순에게서 전화가 걸려온 것이다. 그리고 지금 태운은 타임머신으로 되돌릴 수만 있다면 차라리 참혹한 그림자가 따르던 그 시간을 언제까지 부여잡고 싶었다.

약속 시간이 얼추 다 되어 가고 꾸무럭하던 하늘에서는 어김없이 눈이 내리기 시작한다. 오인근이 어깨에서 눈을 털어 내며 들어오고 있었다. 태운이 손을 들어 보이고 두 사람은 악수를 한 채 자리에 앉고도 손을 풀지 않는다. 오년만의 만남이다.

"얼마나 상심한가. 얼굴이 반쪽이군."

"형, 미안해. 경황이 없었어요."

"뒤늦게야 그 사고가 자네 모친이었다는 것을 알고 많이 놀랐네. 어머니는 잘 모셔드렸지? 혼자서 얼마나 애태웠나. 나라도 알았다면 …. 자네한테 많이 섭섭하더라."

"이해하십쇼. 병사로 가신 것이 아니라서."

"평소에 편찮으셨던 건 아니고?"

"알코올성 치매를 앓고 계셨어요."

"그랬었군."

"형은 여전히 잘 나가죠?"

"요즘 경제가 바닥인데 나라고 별수 있겠어? 참, 서인희씨 근황 아직 모르지?"

"네?"

서인희란 이름을 듣게 되자 가슴이 할랑할랑거린다.

"서인희 부장 그만 둔지 좀 됐지. 회사 일거리도 없는데 월급 타기가 부담스럽다고 사표를 내는데 아까운 사람이지만 붙잡을 능력이 없으니 어쩌겠어."

"그럼, 다른 곳에 들어간 것도 아니고 그냥 사표를 낸 거요?"

"차라리 그렇게라도 했다면 내가 부담을 안 가져도 되겠는데 말야. 강 기자 볼 면목이 없구만. 미안하네."

"회사 사정이 많이 어렵나 보군요."

"대기업들 빼고는 우리 같은 중소기업들은 버티기가 힘들어. 대기업들이야 은행이 알아서 운영해 주니까 속은 어떨지 몰라도 겉으로는 잘 돌아가지만 우리 같은 소기업은 아직도 은행 문턱이 높기만 하지."

태운의 눈에도 오인근이 많이 초조해하는 것이 보였다. 배려 깊은 서인희가 알아서 나갈 만도 했다.

두 사람은 저녁이 되려면 아직 이른 시간인데도 술을 마시기 시작한다. 태운은 술이 별로 입에 달지 않았으나 거절은 하지 않았다. 소주 몇 잔을 마셨을 뿐인데 취기가 확 올라왔다. 몸이 그만큼 허약해 졌다는 것이다.

"자네 전화가 안 되어서 회사에 전화를 했더니 장기 휴가를 냈다고 하던데 몸이 아픈가?"

"아니오. 당분간 좀 쉬었으면 해서요."

"그만 털고 일어나야 하지 않겠나? 몰골이 많이 상했어. 하기야 마음 상처가 그리 깊은데 쉽게 진정이 되겠나마는 그래도 어쩌겠어. 사는 사람은 살아야지."

"며칠 동안 좀 앓고 일어나서 그럴 거요. 차츰 괜찮아 지겠죠. 그런데 서인희씨가 회사 그만 둔지는 얼마나 됐죠?"

"IMF가 터지고 나서 그만두었으니까. 거의 이년 가깝게 되지 아마. IMF만 없었다면 그럭저럭 꾸려 나갈 수 있었는데 그게 터지고 나니까 모든 거래가 연쇄적으로 다 막혀 버리는 거야. 은행문은 굳게 닫혀버리고 도저히 버텨낼 수가 없더군."

"지금 회사 사정은 어떤 상태입니까?"

"직원들 다 내 보내고 접은 상태라고 봐야지. 당분간 쉬면서 다른 일자리를 찾아보려고 해."

"… 그랬군요. 서인희씨는 그 후로 연락이 없었어요?"

"처음에는 가끔 안부 전화 하면서 회사 걱정도 해 주고 내 걱정도 해주고 했었지. 같이 일하면서 손발이 잘 맞았거든. 속이 깊은 사람이었어. 그런 사람 건사하지 못한 건 내가 복이 없어서야."

그녀에게 직장은 산소와도 같은데, 다른 일자리를 구하지 못했다면 어떻게 견디고 있을까 궁금했다. 오년 전, 다니던 회사가 부도났다면서 방황하던 모습이 떠오른다. 잘 있겠지 했는데 ….

"인희씨에게 형이 내 선배라는 말은 하지 않았겠지?"

"하면 안 되냐?"

"했어요? 내가 부탁해서 회사 들어오게 된 것도 알아요?"

"너는 한국을 떠났고 다시는 볼 일 없는 사람인데 어떠랴 싶어서 마지막 송별식에서 다 털어 났다."

"뭐요? 인희씨가 뭐랍디까?"

"처음에는 멍하다가 갑자기 깔깔깔 웃더니 하는 소리가, 자기 능력을 알아주는군 하고 은근히 자만했었는데 그런 자기 모습이 얼마나 꼴불견이었냐고 되레 묻더군. 그래서 회사가 망하는 것보다 서 부장 같은 능력자를 보내야하는 아쉬움이 더 크다고 솔직히 말했어. 그날 우리는 술도 많이 마셨지만 그동안 입이 근질근질하던 얘기 다 털어 놔 버렸지. 강 기자가 해외로 떠난 이유까지도."

인희는 사장이 하는 소리를 먼 환청처럼 듣는다.

'그랬었구나 …'

사진 사건이 마무리 되고 나서 한 동안 태운으로부터 연락이 없었다. 협박 사건은 종결된 듯 했지만 오지랖 넓게도 그들 가족 간의 뒤끝이 궁금했다. 솔직히 그 사람의 근황이 더 궁금했지만 생활에 쫓기다 보니 떨어진 단추 다는 것처럼 자주 잊어버리면서 시간은 지나갔다.

사장과 거래처에 나갔다가 늦은 점심을 먹으려고 매운탕 집에 들어갔었다. 매운탕을 먹으려는데 갑자기 제부도가 떠오르면서 한남자의 동굴 같은 깊은 눈이 한을 담고 내려다보고 있었다. 왜 하필, 어머니가 의부의 씨를 잉태했다던 그의 말이 떠오르는 것일까. 그 말을 들었을 때 그가 어쩌면 그 저주받은 영혼일수도 있는데 전혀 경멸스럽지 않았고 오히려 등판을 쓸어주고 싶었던 이유는 뭐였을까.

그날 인희는 사장 앞에서 많은 양의 낮술을 마셨다. 사장은 의아해하면서도 그녀를 방해하지 않고 모른척해 주었다.

"전에 있던 제부도 현장에 매운탕 집이 있었어요. 맛이 일품이었거든 요. 그 집에서 같이 매운탕을 먹었던 사람이 생각나서요. 그 사람은 종종 불행했던 자신의 유년 시절을 얘기하곤 했어요."

인희는 모른척해 주는 사장을 흔들었고 사장은 지금 그녀가 말하는 남 자가 태운이라는 것을 알고 있었다.

"그 사람, 보고 싶어요?"

"네, 보고 싶어요. 우리는 본의 아닌 어떤 사건에 휘말려 같이 곤욕을 치르기도 했거든요."

오인근은 이미 한국에 없는 사람을 보고 싶어 하는 여자가 안쓰러워 다 털어놔 버릴까 하다가 간신히 참는다.

사장이 집 근처까지 바래다주었다. 인희는 아파트 공원 의자에 앉아 태 운의 전화번호를 누른다. 신호음 대신 상냥한 안내의 소리가 들려왔다. 이 번호는 연결할 수 없는 번호라고. 인희는 태운의 사무실 번호를 알지 못한다. 사진 기자라는 것만 알뿐 어느 신문사인지도 자세히 모른다. 핸 드폰 번호만 있으면 만사가 다 형통인 세상이지 않은가. 어느 신문사 정 도는 알아 두었더라면 하는 아쉬움이 온 몸을 휘휘 돌아다닌다. 시간은 무심히 지나가고 하루라는 시간이 세월이 되어 몇 해가 지났다. 그녀는 회사의 어려움을 맨 먼저 받아들였고 사장이 내색하기 전에 스스로 물러 나왔다. 그리고 사장으로부터 지금 이 직장이 짧은 만남과 더불어, 함께 곤경에 휘말렸던 그 사람이 알선했다는 것과, 그리고 그가 한국을 떠난 이유를 지금 환청처럼 듣는다. 서인희라는 여자를 다시 만나면 안 되는 것이 그가 고국을 떠난 이유라니. 나 보다 더 내 입장을 고려할 만큼 지나 친 도덕성에 집착하는 태운에게 잠시 알 수 없는 진저리가 쳐진다.

그날 이후로 인희는 종종 태운의 그림자를 잠깐씩 의식했다. 어쩌면 가슴 저 깊은 곳에 진작 그 사람이 들어와 있었으나 남편에 대한 신의를 지키려는 안간힘이 덮고 있었는지도 모른다.

태운은 오인근과 헤어지고 나서 곧장 집으로 들어가지 않고 거리를 배회한다. 인희를 소개할 때까지만 해도 제법 탄탄한 회사로 알고 있었는데 그렇게 허무하게 주저앉다니. 내색은 하지 않았지만 생활고에 시달리는 모습이 확연히 엿보였다.

선배의 아내는 곱상한 얼굴 빼고는 철딱서니 없기로도 소문난 여자였다. 차마 묻지는 못했지만 와이셔츠 손목에 때가 까맣게 붙어 있는 것으로 보아 아내가 집을 지키고 있을까 하는 의심이 들었다. 선배는 철없는 아내로 인해 홀어머니를 내보내야 했던 불효를 저지르기도 했다. 홀시어머니를 방바닥에 기어다니는 바퀴벌레 보듯 군시러워 하는 아내와 방문 닫고 토닥토닥 다투는 날이 잦았다. 어머니는 공기 좋은 시골에서 살고 싶다는 핑계를 대고 스스로 나와 지금도 시골에서 혼자 살고 있다.

아들과 손주들이 보고 싶으면 시골에서 거둔 곡식을 골고루 챙겨 핑계 삼아 서울나들이에 나서는 것이 어머니의 유일한 낙이었다. 아들이 집에 있을 때는 따뜻한 밥 한 끼라도 얻어먹고 돌아 왔다. 그러나 아들이 없을 때는 연락도 없이 왔다는 이유로 며느리는 문을 열어주지 않았고 아파트 복도에서 두 시간이 넘게 서 있다가 되돌아서기도 했다. 어머니는 아들 내외의 불화가 염려되어 내색을 하지 않았지만 기웃거리던 이웃들은 벌써 사태를 파악해 버렸고 소문은 아파트 단지를 뱅뱅 돌아다녔다. 참으로 애석한 일은 교회에 나가서는 천사의 얼굴을 하고 밤낮없이 노인봉사를 한다니. 가히 천의 얼굴을 가진 여자였다.

오인근도 태운처럼 아버지 얼굴을 모른다. 그의 어머니는 결혼한 지 삼년이 지나도록 태기가 없었고 극성스런 시어머니는 더 이상 기다리지 않고 며느리를 끌어내어 대문 밖으로 내동댕이쳤다. 여자는 울며 매달리는 대신 씩씩하게 시집을 등지고 친정으로 와버렸다. 배태를 못한 죄인으로서가 아니라 자존심이었다. 그런데 시집을 나와 한 달이 못되어 입덧을 했다. 태기였다. 친정에서는 삼신할미가 도왔다고 등 떠밀어 시집으로 보내려고 했지만 여자는 막무가내였다. 시집에 알리지도 못하게 했다. 시집에 알리면 집 앞에 있는 방죽에 빠져 죽어 버리겠다고 버티었다. 딸이 뱃속에 든 아이와 물에 빠져 죽는 꼴을 보려거든 당장 가서 알리라고 한나절동안 으름장을 놓고 나서야 친정에서는 포기를 했다. 그 사이에 남편은 다른 여자를 보고 있었다. 극성스런 시어머니가 여자를 물색해 놓고 며느리를 내보낸 것이다. 내막을 다 알게 된 친정에서는 딸을 더 이상 희망이 없는 시집으로 보내려는 마음을 접었다.

여자는 그 고장을 떠나 혼자서 아이를 낳았다. 아이가 세 살이 되었을 때 중매가 들어 왔다. 젊은 나이에 혼자 아이를 키운다는 것이 결코 쉬운 일은 아니므로 집안에서 서둘렀다. 자식이 셋 딸린 홀아비였다. 전처가 억척스럽게 돈만 벌어 놓고 죽는 바람에 재력이 탄탄한 자리였다. 전실 자식들은 제 스스로 앞가림을 할 만큼 다 자라 있었고 새 어머니가 할 일은 그들이 먹을 음식을 만들고 옷가지를 빨아주고 집안 청소를 하면서 홀아비 이불속만 덥혀주면 되었다.

차츰 성장한 아이들은 하나 둘 분가를 해서 나가고 큰 아들이 사업을 해 보겠다고 아버지에게 손을 내밀었다. 든든한 장남을 하늘같이 믿고 있는 아버지는 사업자금을 선뜻 마련해 주었고 한번 가져가기 시작한 사업자금은 밑 빠진 독에 물 붓듯 아버지에게 끝도 없이 손을 내밀게 했다. 결국 늘그막에 다리 뻗고 쉴 수 있는 주택 하나만 남겨놓고 모두 아들 사업에 쏟아 붓고 말았다. 아버지는 장남이 성공하는 것을 보지 못하고 숨을 거두었다. 장남은 아버지가 죽고 나서도 힘을 펴지 못하고 아버지가 새어머니에게 남기고 간 주택을 넘보았다. 그런 장남에게 여자는 두 말도 하지 않고 살고 있는 집마저 넘겨주고 월세방으로 옮겨 앉았다. 십 수 년 동안 어미 없는 아이들 뒷바라지와 홀아비의 썰렁한 이불속을 덮혀주었던 대가를 과감히 돌려주고 내 것이 아닌 본래의 주인에게 돌려준 홀가분함을 느꼈다. 여자는 다시 빈손이 되었으나 태기가 없다고 대문 밖으로 내동댕이쳐지던 그때처럼 결코 처참하지는 않았다. 장남은 이 은공 잊지 않겠노라며 여자에게 큰절을 하고 돌아갔다.

여자는 다시 혼자 힘으로 아이를 키워야 했다. 아이에게 버팀목이 될까 해서 재혼을 했는데 결국 제자리었다. 여자가 할 수 있는 노동일은 많았지만 노동의 대가는 미진했다. 곱상한 외모를 무기로 돈을 쉽게 버는 방법도 있겠으나 그럴 여자라면 십 수 년의 전실 자식들 뒷바라지와 홀아비의 썰렁한 이불속을 덮혀준 대가를 장남에게 그리 쉽게 넘겨주지도 않았으리라.

여자는 새벽에 일어나 우유 배달을 하고 오후에는 식당에서 설거지를 했다. 바느질 솜씨가 좋은 여자는 잠자는 시간을 쪼개어 삯바느질도 했다. 일이 없을 때는 봉투를 부치고 구슬도 꿰면서 아이 학비를 마련했다.

오인근과 태운이 서로 가까워지게 된 동기는 가난으로 누군가를 가까이 하기를 주저하는 소심증이 서로를 끌어 당겼다. 하나는 영혼이 가난했고 하나는 육신이 가난했다. 영혼이 가난한 태운은 육신은 가난할지언정 어머니의 울타리가 있는 오인근이 세상에서 제일 부러웠고 육신이 가난한 오인근은 영혼은 가난하나 물질 풍요를 누리는 태운을 부러워했다. 태운은 육신이 가난한 오인근을 위해 많은 것을 나눠쓰다가 유학길에 올랐다. 그리고 지금 또다시 빈곤한 선배를 위해 나눠 쓸 것을 계산해야 할 것 같았다.

이런 사정을 연로한 어머니는 아직 모른다고 하면서 커다란 손바닥으로 얼굴을 쓸어내리는 선배가 태운은 그렇게 부러울 수가 없었다.

시골 텃밭에는 고구마 줄기가 새파랗게 땅을 덮고 있었다. 땅 속에서 땅콩 영그는 소리가 수런수런 들리는 밭두렁에 앉아 노인은 고구마 줄기를 손질하고 있다. 노는 손을 조금만 움직이면 돈 들이지 않고 자식들이 다녀갈 때마다 빈손으로 보내지 않아도 되는 것이 시골 땅이 베푸는 선물이다. 봄에는 달래와 머윗잎을 뜯어 보내고 머윗잎이 제 역할을 다하게 되면 머윗대를 꺾어 껍질을 벗겨 삶아 보낸다. 들기름에 볶다가 들깨를 갈아 넣고 한소끔 지글지글 끓인 머윗대를 싫어하는 입맛은 조선 천지에 아무도 없을 것이다.

그 어머니를 찾아보는 사람은 큰절을 하고 간 전실 장남 내외와 그 형제들이었다. 정작 자기 속에서 나온 자식은 언제나 혼자서 꽁지 빠진 장닭처럼 추레한 몰골을 하고 한 번씩 다녀가곤 했다. 수시로 드나드는 전실 자식들 내외가 돌아갈 때면 얌전하게 손질된 푸성귀들을 이것저것 싸 주는 노모의 얼굴은 넉넉한 관음보살이었다. 종일 밭두렁에 앉아 손놀림을 하려면 늙은 삭신이 온전키나 할까마는 자식들 먹일 생각에 지치지도 않는다. 그것이 어미의 마음이다. 전실이든 적실이든 자식 인연으로 나한테 왔으니 그들 가슴에는 비록 내가 없을지 모르나 그들에게 어미 그늘이 되어주려는, 한량없이 푸근한 노모였다.

오늘도 노모는 밭두렁에 앉아 있기는 하지만 며칠 전에 다녀간 아들이 명치끝을 쑤시는 아픔으로 다가왔다. 어미 앞에서 내색은 하지 않아도 어머니는 안다. 어미가 누구더냐, 이국 만리 떨어져 있다 해도 자식 신변이 편치 않으면 꿈에라도 보이는 것이 어머니다. 자식이 겪는 고통은 물에 물감이 번지듯 어머니가슴이 먼저 느낀다. 본래 한 몸이던 분신을 어찌 한시인들 잊을 수 있을거나.

아들 얼굴에는 초겨울 같은 쓸쓸함이 덮여있었다. 어미 안부를 묻는 목소리는 허방에 빠진 듯 불안했고 땅을 딛는 걸음조차도 허깨비 같이 힘이 없어 보였다. 얼마나 고단하랴. 어미로서 도와주지 못하는 것이 한이 되어 가슴이 먹먹했다.

전실 자식들이 다녀갈 때마다 손에 쥐어주고 가는 용채를 모아둔 것이 어느새 기백이 되어 있던 터라 아들 몰래 호주머니에 넣어 주었다. 마당을 나서던 아들은 불룩한 호주머니를 살피다가 손에 잡히는 돈다발을 보더니 가던 발을 되돌려 들어오면서 어머니를 부른다.

"엄니이~."

"오냐, 오냐. 어서 가거라. 에미가 해 줄 수 있는 것이 이것 밖에 안 되는구나. 어서 올라 가거라."

휘이휘이 팔을 내젓는 노모를 망연자실 바라보던 아들은 코끝이 찡하고 눈알이 벌개지는 것을 감추기 위해 얼른 등을 돌려 마당을 나선다. 오늘따라 더 왜소해 보이는 아들의 등을 바라보던 어미는 아들이 손수건을 꺼내 눈물을 닦는 뒷모습을 보다가 조용히 방문을 닫는다.

노모는 무거운 마음을 어찌지 못해 밭두렁에 나와 손놀림을 하지만 며칠 전 축 처진 아들 모습이 지워지질 않고 있었다.

'밥이나 제때에 먹고 다니는지 …'

며느리의 성정을 누구보다 잘 아는지라 이미 며느리의 부재를 생각하고 있었다.

마지막 남은 아파트까지 처분하고 조그마한 빌라에 월세로 들어간 것이 불과 육 개월 전이다. 아내는 이사 가기 며칠 전부터 몇날 며칠을 울어 퍼대기만 하더니 친정으로 가버리고 두 아이를 돌보는 일까지 맡고 있는 형편이다. 이제 아내라는 존재가 지겨울 뿐이다.

 한 분 계시는 홀어머니를 내 보내던 날, 석 달 열흘 더부살이 군식구가 제 발로 걸어 나간 양, 퇴근하는 남편 맞아들이는 소리가 그렇게 낭랑할 수 있었다니. 저녁 식탁에 차려진 밥상이 그날따라 유난히 화려했지만 숟가락조차 들지 못했다.

 그날 이후로 아내라는 존재가 의식에서 멀어지기 시작했다. 한 이불을 덮었지만 아내의 몸이 달갑질 않았다. 아이들에 대한 어미의 권리까지는 그래도 보장해 주려는 노력을 무시하고 아내가 스스로 집을 나가버리고나니 차라리 집에 들어가는 발길이 가벼웠다.

 태운은 여전히 어머니의 사슬에서 벗어나지 못하고 있었다. 밤마다 불면의요정은 베갯머리에 도사리고 있다가 잠을 걷어가 버렸다. 어쩌다 설핏 잠들었다하면 영락없이 어머니가 찾아왔다. 꿈속의 어머니는 아직도 병을 앓고 있었다. 잠을 깨고 나서도 죽을 것 같이 화가 났다. 아들 가슴에 대못을 박아놓고 그 사람 곁으로 갔으면 보란 듯이 행복해야지 아직도 홀로 헤매는 것만 같아서. 어제 밤에도 어미는 꿈속에 나타났다. 신호등이 바뀌자 여러 사람들 틈에 섞여 걸어오고 있었다. 여전히 어린 아이 얼굴을 하고 있었다. 태운은 집나간 어미를 찾아다니다가 복선을 발견하고는 찾았다- 하고 달려가다가 잠을 깼다.

 잠이 깨고 나서도 어머니를 집으로 데려 오지 못한 것이 심난했다. 지금도 어딘가를 헤매고 있을 것만 같았다. 꿈이 너무나 선명해서 사위스

251

럽기까지 했다. 아들에게 맺힌 것이 너무 많아서가 아닐까. 태운은 스님이 떠오르고 빠른 시일 내에 수덕사 스님을 찾아가 어머니 영혼을 위해 천도재(薦度齋)를 부탁해 볼 생각을 한다.

아침을 우유 한 잔으로 때우고 나서 태운은 오인근에게 전화를 건다. 지난번 만났던 선배의 생활이 너무 곤궁해 보이던 모습이 계속 머릿속을 떠나지 않았다.

외로운 태운에게 오인근은 그냥 학교 선배이기 전에 가난을 함께 물려받은 동기간 같은 선배였다. 한사람은 영혼이 가난하고 또 한사람은 육신이 가난한 이 두 사람은 유난히 서로를 배려하는 마음들이 애틋하고 끈끈해서 연인처럼 붙어 다녔다. 태운이 참혹한 사춘기를 별 탈 없이 견딜 수 있었던 것도 오인근의 그늘이었다. 태운은 돌담이 높은 저택을 피해 오인근의 판자촌 집을 자주 찾았고 그곳에서 세상이 주는 평화를 느끼곤 했다. 방바닥에 방금 봉투를 부치던 종이와 풀 그릇을 대충 밀어 놓고 변함없이 맞아주는 선배 어머니의 얼굴은 언제 보아도 성스러웠다. 비록 가난이 몸에 붙어 있어도 어머니의 성역은 무너지지 않고 견고했다. 아들의 낡은 운동화를 바꿔주기 위해 낮의 고된 노동을 하고 들어와 잠자는 시간을 아껴 봉투를 붙이는 기꺼운 어머니를 볼 때, 태운은 그런 어머니가 있는 선배를 얼마나 부러워했는지 모른다.

태운은 제 운동화를 살 때면 먼저 선배 것을 사기도 했다. 그리고 발이 아파 못 신겠다는 핑계를 대고 제 것을 다시 사서 신었고 선배는 구차스런 마음을 갖지 않았다. 그러나 왜 모르겠는가. 두 모자는 태운의 속 깊음을 가슴에 깊이 담았다.

신호음이 떨어지고 무거운 저음이 고단한 세상을 한탄하듯 들려온다.

"여보세요."

"형! 나요."

"어, 강 기자. 무슨 일이야?"

"무슨 일은 아니고 다른 약속 없으면 형이랑 점심이나 할까 해서요."

"그럴까?"

그들은 그날도 낮술을 곁들인 점심을 먹었다. 태운은 아직도 술이 달지 않았지만 취하고 싶었다. 숙면을 취하지 못한 퀭한 두 눈이 붉은 핏발로 엉겨 모래바람이 들어간 듯 눈뜨기가 불편했다. 술이 달지 않으니 그동안 집에서 혼자서도 자주 마시던 술이 쳐다보기가 싫었다. 늘 두통이 동반되면서 힘이 없고 의욕이 없었다. 가슴이 두근거리는 증세가 더욱 심해지고 있었다. 긴 밤을 뜬눈으로 있으려니 고통이었고 불면은 우울을 부추겼다. 오늘은 억지로라도 취해보리라 작정을 하고 마시는데 취하기는커녕 생활이 고단해 보이는 오인근이 눈에 들어와 밟힌다.

두 사람은 여전히 가난했다. 여전히 한 사람은 영혼이 가난했고 또 한 사람은 육신이 가난했다. 삼십년 전과 똑 같이 변함이 없다. 육신이 가난한 선배의 입장에서 본다면 영혼 가난 따위는 한갓 투정이고 어리광일 테지만 지금 태운은 우울증 문턱에 한발을 들여놓고 있음을 자신도 모르고 있었다.

"형!"

"……."

"어머님은 건강 하시죠? 한번 찾아뵈어야 하는데."

"불효자식 설 자리가 없다."

"어머니가 계신 형이 부러웠어. 지금도 나는 형이 부러워. 어머니를 생각해서 용기 잃지 마슈. 다시 재기 할 수 있는 방법은 없는 거요?"

"흐흠! 돈이 원수지. 사무실 얻을 돈도 없는데 재기를 어떻게 하나."

"사무실이 꼭 넓지 않아도 된다면 우리 건물에 마침 비어있는 사무실이 하나 있는데 우선 거기서 다시 시작해 보면 안 될까? 그동안 해 오던 일이니까 거래처는 있을 것 아니오? 능력 있는 서인희씨가 아직 집에 있다면 불러서 같이 할 수 있으면 더 좋겠고….."

"……."

선배는 술을 마시려다 말고 태운을 빤히 보다가 실소를 하더니 술을 털어 넣는다.

"강 기자 배려는 고맙네만 사무실만 있으면 뭘 하나. 운영 자금이 한 푼도 없는데. 투자자가 있다면 모르겠지만 요즘 같은 불경기에 투자자가 쉽게 나타나겠어?"

"자금이 많이 필요해? 그리 큰 자금이 아니라면 내가 좀 도울 수도 있는데 투자라고 해도 좋고."

오인근은 안주를 집으려던 젓가락을 제 자리에 다시 놓는다.

"… 강 기자. 자네 같은 후배가 곁에 있다는 것만 해도 나는 복 받은 사람이네."

눈알이 뻑뻑해지면서 마음 같아서는 벌떡 일어나 넙죽 절이라도 하고 싶었다.

후배지만 태운에게는 함부로 대해지지가 않았다. 부잣집 자식이면서 그의 눈을 보고 있노라면 그늘이 안개처럼 드리워져 있었다. 그 그늘이 어릴 적 어머니를 기다리던 아픈 흔적이라는 것을 알게 되고부터는 태운 앞에서 자신의 가난이 그다지 부끄럽지 않았다. 가난한 판자촌 집에 데려온 첫날 태운의 얼굴이 처음으로 밝아지는 것을 보았다. 태운은 가난을 배려하는 데 남달랐다. 도움을 받는 입장에서 비굴한 마음이 들지 않게 하는 배려였다. 부잣집 자식으로는 절대 흔치 않은 일인데 태운은 그랬다. 지금도 태운은 또 한 번 가난한 선배를 위해 배려를 하려는 것이다. 어찌 눈알이 빽빽하지 않을 수 있으랴.

등 가려운 소 언덕이 있어야 비빈다. 조금만 뒷받침을 해 준다면 재기할 수 있는 기업들이 많다. 선거철만 되면 중소기업을 살린다는 명목으로 천문학적인 국가예산을 공약으로 내세우지만 이는 정권교체의 미끼에 불과하다. 공약을 실천하면 뭘 하나. 정작 예산을 갖다 쓰는 기업들은 따로 있었다. 은행을 좌지우지하는 대기업들이고 학연 지연 혈연 또는 인맥을 돈독히 쌓은 기업들일 뿐이다. 그런 기업들은 대부분 국가예산을 받아 정작 경제 성장을 위한 생산은 뒷전이고 부동산이나 매입해서 땅에 묵혀두었다가 땅값이 치솟을 때를 기다리는 비생산적인 기업들이 수두룩하다. 인맥도 없고 그도 저도 아닌 소기업들은 전년도 재무제표 상 매출이 떨어졌다는 이유로 은행 문턱조차 넘기 힘든 것이 현실이다. 국가예산은 그저 남의 집 잔치 구경일 뿐이다. 그러다보니 중소기업들은 이자가 비싼 제2 제3금융권이나 사채를 쓰게 되고 이자 감당을 못해 결국 살던 집마저 경매에 넘어가 버리고 거리에 나앉게 되는 것이 순서다. 이것이 현실이다. 그런 판국에 후배 태운이 등 가려운 소에게 기꺼이 언덕이 되어주겠다고 한다. 팔짱을 낀 채 감격을 추스르기 벅찬 듯 술잔만 내려다보던 오인근이 결연히 고개를 들어 태운을 본다.

"강 기자! 염치없지만 나 그 도움 받아야겠네. 마지막이라 생각하고 다시 재기해 보겠네. 최선을 다해서 이 은공 꼭 갚을게."

"그래요. 형은 할 수 있어. 반드시 일어설 수 있어요. 어머니를 위해서 힘내, 형."

"… 믿어주니 고맙네. 반드시 일어서 볼게."

오인근은 캄캄하던 시야가 갑자기 밝아지면서 제 몸 어디에선가 불끈

기가 올라오는 것을 느낀다. 멈췄던 혈관이 움직이고 피돌기를 하는 듯 가슴이 둥둥 소리를 내고 있다. 희망의 소리였다.

태운은 근래에 들어 제법 많은 술을 마시고 들어 왔다. 희망에 부푼 오인근의 표정이 되돌아 온 것을 보고나니 밀린 숙제를 한 것 마냥 홀가분했다. 그러나 그것은 그것일 뿐, 짓눌리는 가슴이 후련한 것은 아니었다. 어머니에 대한 고통의 무게는 조금도 감량이 되질 않고 여전했다. 삼촌, 선배 그리고 양순 이모는 어머니와의 관계에서 어디까지나 개체의 법칙일 뿐 총량의 법칙은 아닌가 보다. 이 정도 속죄를 했으면 지금쯤 자신도 용서가 되어 짓눌리는 가슴이 후련해져야 마땅하건대 자신이 저지른 죄의 무게는 가슴을 비집고 들앉아 요지부동이니 말이다.

잠들지 못하는 밤이 제일 무서웠다. 머리는 깨지게 아프고 눈알은 소금을 뿌린 듯 따가웠다. 가슴은 사정없이 두근거렸고 잠이 달아난 정신은 청아하게 맑으니 이대로 가다가는 결국 죽음을 동경할 것 같았다. 오늘 밤을 견뎌내야 하는 것이 태산을 넘어야 할 것처럼 부담으로 다가왔다.

재기의 희망

인희가 오인근 사장으로 부터 전화를 받은 것은 어제 저녁나절이었다. 회사 사정이 어려운 것을 누구보다 잘 알면서 모른 척할 수가 없어 회사를 나오기는 했지만 파산까지 하게 될 줄은 몰랐다. 가끔씩 회사에 전화를 걸어 안부를 묻곤 했던 것이 이년 가까이 되었다. 그런데 뜬금없이 오 사장에게서 전화가 걸려온 것이다.

내 발등에 떨어진 불 두고 남의 발등 불 꺼주는 사람 없고 내 자리 편한 다음에야 옆자리 돌아볼 여유가 생긴다. 무소식이 희소식이라는 말은 죽지 못해 사느라 죽지만 않았달 뿐 소식 전할 틈이 없거나 이미 버리기로 한 사람에게나 적용하는 말이다. 인희는 그 사이에 지독한 시련을 겪고 있었다.

회사에 충직하던 남편이 증권 바람이 불어 닥칠 때 증권에 손을 대고 있었던 것을 까맣게 모르고 있었다. 가지고 있는 돈이 그리 많지는 않았지만 쏠쏠하게 불어나는 재미를 붙이던 그는 어느 날 살고 있는 아파트를 최고한도까지 담보대출을 받아서 증권에 몽땅 쏟아 부었다. 아내에게 상의도 없이 혼자서 결정한 것이다. 곧이어 IMF가 터지고 경제가 흔들리게 되자 증권은 하루하루 바닥을 치더니 결국 깡통이 되고 말았다. 이런 경우를 당한 사람이 비단 남편뿐만이 아니었다. 직장 월급보다 증권에서 나오는 이득을 계산하던 사람들은 과감히 직장을 내던지고 퇴직금을 받아 증권시장으로 출근하는 사람들이 많았다. 증권에 손댔던 사람들 대부분이 이같은 참담함을 겪으면서 가정 파탄으로 이혼을 하거나 자살하는 사람들이 속출했고 매스컴에서는 연일 어두운 소식만 보도했다. 인희는 매스컴을 보면서 불덩어리 떨어진 남의 발등만 그저 안타까워했을 뿐이다. 그런데 알고 보니 바로 내 발등이었다. 이미 끄기에는 늦어버린 불덩어리가 발등에서 지글거리고 있었다.

부쩍 철이 들어 버린 듯한 남편이 생소한 느낌이 든 것도 그 무렵이었다. 퇴근하면 전처럼 엉기지도 않았고 말수도 줄고 아내가 묻는 말에만 단답식으로 대꾸할 뿐이었다. 처음에는 몸이 아픈가 하여 신경이 쓰였다. 계절을 타나 싶어 나름대로 구미에 맞는 밥상을 차려보기도 했다. 회사에 문제가 생긴 것은 아닌가 조심스럽고 걱정이 되었다. 어느 날 은행에서 독촉장이 날아오면서 인희의 시련은 시작이었다. 이미 사기를 잃어버린 남편을 붙들고 악다구니를 써 본들 무슨 소용인가. 급한 불부터 끄는 것이 우선이었다. 불을 끄고 나서 멱살을 잡든지 패대기를 치던지 할 일이었다.

언제나 그랬다. 남편은 물만 엎질러 놓고 망연자실하면 인희는 엎질러진 물부터 처리할 궁리를 해야 했다. 이 일 수습도 물론 아내 몫이다. 기가 막혔다. 아파트 입주시 받은 공동 대출금을 완납한지 불과 일 년 밖에 되지 않는다. 그나마 다니던 직장을 그만두고 나니 대출금 갚을 길이 아득했는데 마침 남편 회사에서 보너스와 연차가 나왔다. 눈 딱 감고 육 개월 납부금을 한꺼번에 지불해 버렸다. 그 안에 설마 일자리를 못 구하랴 했는데 그리 쉽게 구해지지가 않았다. 일 년 넘도록 허리가 휘도록 절약해서 남은 공동 대출금을 완납하고 겨우 한 숨 돌리고 있는데 다시 이 많은 대출금을 어떻게 갚는단 말인가. 월급타서 이자만 갚다가 끝장날 판이었다.

차라리 계집바람이 들었다면 망해도 이렇게까지 바닥은 치지 않는다. 계집바람이라면 잘 먹을 것이고 잘 입을 것이고 순간이나마 정신건강은 좋았을 것이니 그만한 대가쯤은 고작 제 월급 몇 푼 축나는 것으로 끝날 테니 말이다.

일단 아파트 매매를 생각하지 않을 수 없었다. 가지고 있는 통장들을 꺼내 본다. 아파트를 팔아 대출금을 갚고 난 잔액으로는 모든 통장을 정리해서 보탠다 해도 평수를 줄인 변두리 아파트값을 못 미쳤다. 아들 대학 들어갈 입학금과 4년 동안 공부할 등록금을 넣어둔 예금까지 과감히 파기하려니 처음으로 능력 없는 부모가 된 기분이 들어 참담했다.

'아들아 미안하다.'

인희는 복덕방에 아파트를 내 놓고 그날부터 변두리 아파트를 돌아다녀 보았다. 설상가상으로 부동산까지 바닥을 치고 있었다. 팔겠다고 내놓은 집은 많았으나 좀처럼 매수자가 나타나질 않았다. 인근 복덕방들이 모두 절간 같이 조용했다. 그마저도 뜻대로 되질 않으니 점점 신경이 곤두서기 시작한다. 곤두선 신경은 남편의 조그만 투정에도 여지없이 화살처럼 날아가 꽂혔다. 열 번을 투정해도 받아주던 아내였는데 말이다. 풀죽은 얼굴을 하고 출근하는 남편이 안쓰러워 마음을 고쳐먹었다가도 불현듯 짜증이 튀어 나오는 것을 억제할 수가 없었다. 집안은 냉기가 돌고 잠자리 이불 속도 서늘했다. 가난이 대문으로 들어서면 사랑은 창문으로 달아나게 돼있다. 초가삼간 오막살이 사랑 타령은 그냥 노랫가락일 뿐이다.

복덕방에서 연락이 왔다. 연락을 받고 나가보니 매수자는 보이지 않고 중개인 혼자서 썰렁하게 앉아 있었다. 매수자는 아직 도착하지 않은 것 같았다. 앉아서 기다리려는데 중개인이 낭패한 표정으로 다가온다.

"사모님! 시세대로는 거래가 힘들겠어요."

"제가 내 놓은 가격이 시세보다 월등히 떨어진 가격인데 무슨 말씀이세요?"

"사모님이 내 놓은 그 가격 받기가 힘들다는 얘깁니다."

"매수자가 나타났다고 하지 않았나요?"

"가격을 조금 더 낮춘다면 모를까 힘들겠어요."

결국 매수자는 얼굴 없이 중개인을 통해 가격 흥정을 하기 위한 수단이었고 중개인은 어렵게 잡은 기회를 놓치지 않기 위해 매수자의 입맛을 맞춰 주려는 심산이었다. 어찌 되건 중개인으로서는 거래만 이루어지면 그만이다. 매수자는 상대방의 다급함을 최대한 이용하고 있었다. 중개인을 통해 몇 번 가격 흥정을 하는 과정에서 매수자는 월등히 싼 가격을 제시해 놓고는 요지부동이었다. 기왕에 죽을 거면서 적선이나 하라는 격이었다. 가진 자의 횡포가 이런 것이구나. 지금 계약하지 않으면 앞으로의 매매를 장담하기 어렵다는 복덕방의 훈수가 아니라도 매월 나가는 은행 이자를 계산하지 않을 수 없었다. 옆에서 거드는 중개인이 두들겨 패주고 싶도록 미웠다. 매수자도 싫고 세상도 싫었다.

인희는 결국 아파트를 매매하고 돌아선다. 그런데 이상했다. 억울해서 오장이 뒤집어 질 일인데 의외로 맷돌 등짐을 내려놓은 것처럼 후련했다. 이런 상황에서 빈손의 자유가 허탈과 상실감보다 더 월등함이 이해되지 않겠지만 절대로 사실이었다. 위선이 아니다. 아직은 자존심이 가난보다 더 불편한 그녀였지만 현실 앞에 객기를 부릴 만큼 젊지도 않았으니 다시 일어설 수 있다는 자만심은 더욱 아니다.

본래 내 것이란 존재하지 않는 것. 잠시 빌렸을 뿐 때가 되면 돌려주고 돌려받는 진리를 겸허히 받아들인다면 이처럼 무소유의 평화를 느낄 수 있을 것이다.

'현실을 포기할 수 없을 바에야 즐기는 자유쯤은 가지리라.'

역시 현명한 여자였다.

달포 후에는 변두리 작은 평수를 수리하여 살림을 줄이고 또 줄여서 정착을 했다. 남편은 이제 아들처럼 엉기지는 않았지만 가벼운 투정쯤은 예전처럼 그냥 받아주었다. 측은지심에서다. 남편은 아내의 측은지심을 애정으로 착각하는지 종종 제 분수를 망각할 때가 있었다. 똥 싼 주제에 매화타령이라더니 남편으로서 권위가 실추된 것을 만회하고자 전보다 더 자존심을 내 세우면서 기고만장일 때는 도저히 봐 줄 수가 없었다. 사랑은 오래 참을 수 있지만 측은지심은 그리 인내하지 못하고 뒤집어질 때가 많아서 그때마다 인희의 인내심은 한계를 벗어나고 만다. 이

판국에 권위타령이라니. 남자는 역시 단순 세포라서 철이 없다는 말이 맞는 것인가.

오 사장의 음성이 의외로 밝았다. 파산했다는 소식은 진즉 들었지만 내 발등 불 끄느라 통 연락을 못했는데 갑자기 오 사장 전화를 받으니 여간 반갑지가 않았다.

인희는 남편이 출근하자 당장 외출준비를 서두른다. 사무실이 사당동이라고 했다. 사업을 다시 시작한 것 같은데 어떻게 일어설 수 있었을까 궁금했다. 빌딩을 찾는 데는 그리 어렵지 않았다. 사무실 호수를 찾고 있는데 오 사장이 인부 한사람과 문을 활짝 열어놓고 사무실 집기를 들여놓는 것이 보인다.

인희가 들어서자 오 사장이 하얀 이를 드러내고 환하게 웃는다. 인희는 그 동안의 안부는 뒤로하고 달려들어 책상과 집기들을 나른다. 집기들 놓는 자리를 일일이 간섭하는 것도 그녀였다. 제 사무실인양 줄자를 손에 들고 설친다. 오인근은 인희의 그 모습이 흐뭇해서 죽겠는 표정이다.

그들은 언제나 그랬다. 주종관계 이전에 손발이 아주 잘 맞는 동료였다. 이번 재기를 계획하면서 태운의 제안이 아니더라도 오 사장은 맨 먼저 서인희를 떠올렸다.

"자, 이제 웬만큼 자리가 잡혔군. 역시 서 부장 손이 무서워."

"무슨 그런 말씀을. 힘쓰는 일은 두 분이 다 하시고 저야 입으로만 했지요."

"인희씨의 가구 배치 센스가 남달라서 두 번 일을 하지 않으니까 일이 아주 수월했어요. 이제 그만 나갑시다. 시장하죠?"

"이런 날은 짜장면을 시켜먹고 시간을 아껴야죠."

"오늘은 이걸로 종칩시다. 인희씨하고 오랜만에 한잔 해야죠."

"좋지요. 그런 말 들으니 예전으로 돌아온 기분이네요."

인부는 식사 값을 얹어 보내고 두 사람은 해물탕 앞에 마주 앉았다. 해물이 쪼그라들면서 끓기 시작하자 두 사람은 술잔을 부딪치고 털어 넣는다.

"서 부장 나 좀 도와줘요. 내일부터 같이 일할 수 있어요?"

"네? 그럼 저 취직된 거예요?"

"서 부장 믿고 다시 일 시작한 겁니다."

"사장님! 저 그런 능력 없다는 거 잘 아시잖아요. 겪어 보시고도 그러세요."

"서 부장 같은 능력자 그리 흔치 않아요. 사장인 내가 능력 없어 그리된 거지요."

"그리 생각해 주시니 저 채용만 해 주신다면 정말 최선을 다해 보겠습니다."

"우리 한번 멋지게 다시 시작해 봅시다. 자! 우리의 재기를 위해 건배합시다."

무소유의 평화를 받아들이면 이런 기회도 주어지는가. 인희는 꿈만 같았다.

"서 부장은 그동안 잘 지냈어요?"

"잘 지내지 못했어요. 사장님은요?"

"나야 죽을 만큼 힘들었지요. 아파트는 경매에 넘어가 버리고 집사람까지 집을 나가버리고 말았으니 사는 게 말이 아니죠."

"세상에! 그렇다고 주부가 집을 나가면 애들은 어쩌게요."

"생각이 있는 사람 같으면 집을 나가겠습니까? 나는 그 사람 포기한 지 오래됐습니다. 애들이 있으니 어쩔 수 없었을 뿐이죠."

"그랬군요."

"그런데 서 부장이 잘 지내지 못할 이유가 있어요?"

"네, 저야말로 힘들었어요. 지금도 그렇구요."

그들은 동병상련의 아픔을 허심탄회하게 주고받는다. 그러나 그 모두가 먼 얘기가 될 것 같은 희망이 해물탕 끓듯 부글부글 끓어오른다. 희망은 삶의 원동력이다. 희망을 잃게 되면 죽은 목숨과 다를 것이 없는 것. 인희는 그 동안 남편에게 함부로 했던 일들이 아픔으로 다가온다.

'그 사람도 힘들었을 텐데, 잘 해줘야지.'

희망은 너그러운 포용력도 품게 했다. 남편을 생각하면 냉랭하던 가슴이 이렇듯 따뜻한 아픔으로 다가오다니 천당과 지옥은 온전히 내 안에 있었다.

다음날 첫 출근을 하게 된 인희는 사장보다 일찍 출근하여 어제 정리하지 못한 집기들을 정리한다. 신혼살림 정리할 때도 이런 기분이 들었던가. 가뭄에 시들던 들판이 단비를 맞은 듯 사무실 분위기는 싱싱한 물기가 함초롬히 배어든다. 그녀에게 있어서 사회적인 노동은 정말로 산소였다.

사무실에는 잡일과 전화 받는 여직원 한 사람을 더 채용했을 뿐이다. 전에 거래하던 거래처를 다시 잡는 것이 목표였으나 역시 생각했던 대로 쉽지는 않았다. 그러나 포기하지 않았다. 이 마지막 기회에서 살아남지 못한다면 희망의 여신은 다시 와 주지 않을 것이다.

회사 살림을 도맡아 하는 인희는 이럴 때일수록 경비를 최소로 줄이고 사무실에 앉아 있는 시간을 줄였다. 인희를 상대했던 거래처에서는 그녀의 처세를 기억했고 당장은 아니라도 앞으로 거래를 다시 해 보자는 데가 하나 둘 늘기 시작했다.

부를 수 없는 이름이여

사무실을 개업하고 첫 봄을 맞는다. 겨우내 꽁꽁 닫았던 창문을 열면 훈풍이 들어와 실내를 가득 메웠다.

태운이 사무실에 홀연히 나타난 것은 그 무렵이었다. 마침 인희는 외근 중이었고 오인근은 거래처에서 막 돌아 오는 길이었다. 그 동안 태운에게 연락을 몇 번 해 보았으나 전화 연결이 되지 않아 궁금하던 차여서 오인근은 반색을 하며 맞는다.

"전화 연결이 안 되던데 번호 바꿨어?"

"아니. 잠시 서울을 좀 떠나 있었어요."

"회사로 연락을 했더니 아직 휴가 중이라고 하던데."

"그래서 왔어요. 회사문제로. 너무 오래 까지 비워둘 수 없는 자리라 정리하려고요."

"그깟 회사야 자네한테 문제가 아니지만 갑자기 할 일이 없어지면 더 혼란스럽지 않을까? 건강 때문인가?"

태운은 사무실을 휘 둘러보는 것으로 대답을 얼버무린다.

그는 복선이 죽기 전 공항에서의 모습과는 완연하게 달라져 있었다. 채 일 년도 되지 않은 시간에 그리도 참혹한 일을 겪고 난 그는 지금 세상을 마무리할 것처럼 허해 보였다. 서울을 떠나있었던 것은 아니고 결국 병원 신세를 지고 퇴원했다.

잠을 걷어간 말간 밤이 계속되자 헛것이 보이고 환청이 들리기 시작했다. 헛것은 눈을 뜨고 있어도 보였다. 제대로 먹지도 못하고 불면과 헛것에 시달리는 날이 계속 되다보니 이러다가는 헝클어진 머리로 거리를 돌아다니며 쓰레기통 뒤지는 일이 머지않을 것 같았다. 죽음을 동경하게 되고 12층 베란다에 서서 아래를 내려다보는 날이 많았다. 그 무렵 양순이 내외가 들이닥쳤다. 연일 태운이가 꿈에 보여서 전화를 해 보았지만 전원이 꺼져 있다는 말만 앵무새처럼 들려 왔다.

"이게 먼 일이라냐. 폐인이 다 되었구나. 전화 연결도 통 안 되고 꿈자리가 사납더니 이 지경이구나. 미안하다. 자주 와서 챙겨줘야 하는데 내가 무심했다."

태운은 몽롱한 눈을 들어 애터져하는 양순을 멀건이 바라보기만 한다. 어떻든 사태는 심각했다. 충전이 안 된 전화기가 식탁 밑에서 뒹굴고 있었다.

양순 내외는 서둘러 태운을 정신신경과에 입원을 시키고 그날부터 곁에서 교대로 돌보기 시작했다. 양순은 병원 밥 대신 음식을 만들어 팥 바구니 쥐 드나들 듯 날랐다. 조금씩 영양분이 들어간 세포는 집나갔던 오입쟁이 돌아오듯 각기 제 기능들이 빠르게 자리를 찾아 들었다. 보름이 지나자 식욕을 되찾은 환자는 주는 대로 넙죽넙죽 받아먹었고 하루가 다르게 회복되어가고 있었다. 의사 말에 의하면 불면증보다는 영양 부족이 더 문제였다고 한다. 그러나 잠을 자지 못하는 밤은 여전해서 약 없이도 깊은 잠이 들 때까지 병원에서 나오지 않았다. 몇 달간 치료를 받고 나니 이제는 머리도 맑아지고 이성도 또렷해져 왔다. 태운이 퇴원을 하고도 양순은 한동안 양평으로 돌아가지 않고 태운이 곁에 머물러 있었다. 손색없는 어미였다. 복선이 모자와 무슨 인연이었기에 이처럼 끈끈한 것일까.

오인근이 앞으로의 계획과 그간에 일들을 설명하려 하자 태운이 손을 내젓는다.

"나한테 사업에 대해 얘기해 봐야 시간 낭비요. 형 사업이니까 형이 알아서 해요. 나는 이 사업하고는 무관하다는 것을 알면서 그래요? 회사정리하고 어쩌면 서울을 뜨게 될지도 몰라요."

"서울을 뜨다니? 또 해외 나가려고?"

"해외는 아니고."

그때 문을 열고 들어오던 인희가 태운을 보자 그만 경직되어 그 자리에 서 버린다.

"… 인희…씨?"

태운은 무심코 바라보다가 믿기지 않는지 선배를 먼저 쳐다본다. 정말로 선배가 인희를 불러들여 같이 일을 하고 있었다는 것을 이제야 안 것이다.

"맞아 인희씨가 도와주고 있어. 나 혼자서는 엄두도 못 냈을 걸?"

"오랜 만이예요. 태운씨! 해외 근무 떠났다는 얘기는 들었는데 돌아 왔군요."

한순간 서로의 변한 모습이 낯설었다. 악수를 하는 두 손이 긴장되면서 진땀이 밴다. 긴 세월이 흘러버린 탓도 있겠으나 남자는 이여자로 인해 가슴앓이 하고 있는 탓이기도 했고 여자는 이 남자가 한국을 떠난 이유를 알고 있는 탓이기도 했다. 서로의 변한 모습이 낯설었던 것은 어쩌면 세월이 담긴 외모의 변함이 아닌 도덕성이 비켜간 감성 때문이었을 것이다.

"인희씨와 같이 일을 시작했다는 것을 알려주려고 여러 번 전화를 했는데 연결이 되지 않더군. 자네가 놀라는 것도 무리가 아니지. 둘이 얼마 만이야?"

인희에게 태운의 신상에 일어난 사건이나 다시 재기할 수 있었던 동기에 대해 침묵해 오던 사장은 갑자기 대면하게 된 두 사람의 감정의 깊이를 엿보고 있었다.

인희가 태운의 맞은편 의자에 앉으면서 눈이 잠깐 마주치고 오년 전의 추억도 날개 접은 나비같이 곁에 와서 머문다. 가까이서 본 여자의 눈 주위에는 잔잔한 잔주름이 세월을 말해주고 있었다. 중년의 넉넉함이 돋보였다. 여전히 외모 수습을 하지 않는 그녀를 보면서 가슴앓이 했던 여자임을 실감하고 있는데 그러나 예전처럼 편안할 수 없음이 유감이었다.

"잘 지냈어요?"

"네, 태운씨도 잘 지냈어요?"

태운은 정말로 오랜만에 미소를 지어본다.

그들은 한적한 한식집을 찾아 반주를 곁들인 저녁 식사를 하고 있었다. 세 사람이 모인 것은 처음이다. 오인근이 두 사람을 위해 자리를 피해줄 만한 건수를 고심하고 있는데 마침 어머니가 올라왔다는 전화가 걸려왔다.

"엄니! 알았어요. 저 일찍 들어갈게요."

오인근은 노모 핑계를 대고 엉거주춤 일어나면서 두 사람 오랜만에 만났으니 천천히 얘기들 나누라하고는 서둘러 나가버린다.

남아있는 두 사람은 앞에 놓인 술잔을 비우고 다시 서로에게 술잔을 채워 주면서 어색함을 대신한다.

"그 동안 다른 일 하지 않고 집에만 있었어요?"

"누가 저 같은 사람 써주기나 하나요?"

"인희씨한테 일은 산소와도 같은데 답답했겠군요."

"알아주시는군요. 그래서 숨통을 트게 해준 오 사장님이 진심으로 고마워요. 능력은 없지만 회사를 위해 최선을 다해 보려구요."

"선배는 복이 많군요. 아직 어머니가 생존해 계신 것도 그렇고. 선배가 부러울 때가 많아요."

"참 어머니께서는 어떠세요?"

그때 태운의 동굴 같은 깊은 눈이 흔들리더니 앞에 놓인 술잔을 털어 넣는다.

도덕성 때문에 한국을 떠났다던 남자는 많이 상해 있었다. 알맹이가 빠져버린 듯, 세상 끈을 놓아버린 듯, 허탈함이 중년의 기품 뒤에 숨어 있다가 어느 순간에 나타나곤 했다. 예전에 보이던 고독과는 사뭇 달랐다. 예전의 그것은 차라리 사치처럼 기억될 정도였다. 이 사람에게 그 동안 무슨 일이 있었던 것일까.

사무실에서 그를 보았을 때 처음에는 같은 사람인가 의심을 했다. 다음에는 술렁거리는 세포들이 진정도 되기 전에 난감함이 몰려들었다. 그가 떠난 이유를 이미 알고 있는 이상 흔들리는 감정 때문이다. 그녀의 가슴 안에는 자신도 모르게 결국 한 남자가 들어와 있었던 것이다. 각박한 현실을 사느라 의식에서 밀어냈을 뿐, 지금은 이 남자를 그 동안 많이 보고 싶었던 감정까지 부정하고 싶지는 않았다.

태운은 한때 어미의 치부를 유감없이 드러내고도 부끄럽지 않던 여자에게 지금은 어미를 죽음으로 몰아간 죽일 놈을 얘기하고 있다. 스님 앞에서처럼 터지려는 통곡을 이번에는 술을 털어 넣으면서 잠재웠고 목구멍을 비집고 올라오는 격함을 잔기침으로 마무리 하면서 죽일 놈 얘기는 계속되고 있었다. 정숙치 못한 어미를 평생 미워했는데 결국 죽음에까지 이르게 했으며 그것도 물속에서 주검을 수습 했다는 말을 할 때는 울음을 삼키느라 끝을 맺지 못하고 만다. 태운은 긴 숨을 내쉬더니,

"나는 한 여자를 가슴에 담고 있었습니다. 그 여자는 나에게 잃어버린 모정을 느끼게 해 주던 여자였어요. 그런 여자를 나는 밤마다 범했습니다. 그래서 벌을 받은 것인지도 모르겠어요."

남자의 가슴에 담겨진 여자가 누군지 이미 알고 있는 인희는 이제 이 남자의 친구가 더 이상 되어줄 수 없음이 가슴 아팠다. 가슴에 뭉친 응어리가 빠져 나오려면 기약 없는 긴 시간이 필요할 것이고 혼자서 견디기에는 적잖은 고통이 동반될 것이기에.

인희는 밤마다 가슴에 담은 여자를 범했다는 말에 타인의 손길이 온몸을 더듬듯 전율을 느낀다. 순간 흔들리려는 이성이 냉정을 찾는데 잠시 허둥거리고 앞에 있는 태운이 이제는 온전히 남자로 의식이 되고 있었다. 순간,

'당신이 많이 보고 싶었다고, 절대로 잊어 본적이 없었다고,'

가슴은 말을 하는데 정작 입에서는 전혀 엉뚱한 소리가 되어 나왔다.

"가슴 아픈 일을 당하셨군요. 위로가 될지 모르겠으나 태운씨 가슴에 담겨진 여자는 당신을 용서할 겁니다. 그러니 벌을 받았다고는 생각하지 마십시오. 어머니께서는 아름다운 사랑을 품고 사신 분이예요. 마지막 순간까지 사랑을 간직하고 떠나셨으니 어찌 보면 행복하다고도 볼 수 있지 않을까 해요. 그러니 이제 그만 짐을 내려놓으세요. 우리도 언젠가는 가야 할 길인걸요."

이제 그의 친구가 되어 줄 수 없는 아픔이 가만가만 가슴을 밀고 들어왔다. 까만 하늘을 이고 서 있던 설악산 호텔 꼭대기 라운지에서처럼 친구로 다가가 위로를 해 줄 수 있었다면 집으로 돌아가는 발길이 가벼웠을지 모른다. 그러나 그의 가슴에 자신이 이미 여자로 들앉아 있는 이상 어쭙잖게 다가설 수는 없었다. 그랬다면 신선했던 기억들이 모조리 퇴색된

채 사진 사건들조차도 불륜이라는 불명예를 똥물처럼 뒤집어 쓸 수밖에 없게 될 것이니 말이다. 나아가서는 남편 앞에 불륜의 사진들을 풀떡 던져 놓고 남편을 농락한 아내가 되는 것일 테니 기막힌 일이 아닌가.

이성은 이처럼 냉정하려고 기를 쓰는데 반해 감성은 스멀스멀 마음을 열어주고 싶어 안달을 한다. 무릎걸음으로 다가가 그날처럼 가슴에 안아주고 싶었다. 풍성한 머리칼에 코를 박고 사내의 냄새를 맡고 싶었다. 그의 입술에 입 맞추고 싶었다. 한 여자를 밤마다 범했다는 이 남자와 자고 싶었다.

인희는 그날 이후로 잠을 이루지 못하고 뒤척이는 밤이 많았다. 사무실에 있을 때면 그가 문을 열고 들어올 것 같았고 거래처에서 돌아와 사무실에 들어 설 때는 그날처럼 태운이 앉아있는 상상을 했다. 어떤 관계로 어떻게 유지할 것인지 대책도 없으면서. 그냥 막연한 바람이었다. 그러나 태운을 다시 볼 수 없었다. 오 사장 말로는 사무실에 왔던 날 서울을 떠나게 될 거라는 말을 했었다고.

폭풍은 그쳤으나 폭풍을 견딘 기억을 어쩌지 못하는 태운이 인희의 눈에 자주 밟혔다. 그녀는 그런 그가 아프게 안쓰러울 뿐 순간적인 감정에 끌려 그를 찾아 나서는 무모한 짓은 하지 않았다. 그가 더 이상 세상 저편으로 떠날 사람처럼 처절하지 말았으면 하는 바램뿐이다.

태운의 환영은 일상에 쫓기는 인희 앞에 자주 나타나곤 했다. 그녀는 밀어내지 않았다. 그저 자연처럼 바람처럼 그렇게 환영이 나타나면 받아들였고 또 사라지면 보내주었다. 간혹 남는 시간이 있어 혼자 있을 때면 마음속에 들어와 있는 남자를 불러내 지나간 추억을 더듬는 낭만쯤은 즐겼다. 그리고 창밖의 남자에게 가슴 한쪽을 할애하고 있는 여자는 첫 사랑처럼 설레는 마음을 애써 감추려 하지 않았다.

고통은 내 어깨가 감당할 무게였다

산사에 초여름 햇살이 부서지고 있다. 햇살은 빽빽한 소나무 사이를 비집고 내려와 이끼 낀 바위를 희롱한다. 다람쥐 한 쌍이 햇살이 희롱하는 바위 위에 날름 앉아 있다가 쪼르르 달음질쳐 내려간다. 이름 없는 새들이 짝을 찾아 날아다니고 나른한 고요가 산사를 덮는데 장삼 자락 드리운 스님이 고요를 딛고 서서 산자락을 내려다본다. 누군가를 기다리고 있는 것이다. 한때 외로움을 말해주던 파리한 삭발이 이제 수행을 끝낸 수도자의 얼굴이 되어있다. 태운이었다. 이 길을 결심하기까지 홀로 싸운 시간은 고통을 동반한 전쟁이었다.

태운이 사무실에서 인희를 보았을 때 그 격한 감정을 들키지 않기 위해 혈관이 터져 나가는 줄 알았다. 가슴에 있던 여자가 바로 손만 뻗으면 닿는 거리에서 쳐다보는데 또다시 헛것을 보나 했다. 손을 잡아보니 헛것은 아니었다.

오인근이 나가고 그녀와 단둘이 있게 되자 오년 전, 어머니 치마꼬리를 붙들고 있을 때의 평화를 주던 여자를 떠 올려보려고 안간 힘을 써 본다. 헛일이었다. 밤마다 곁에 눕혀놓고 몸부림쳤던 여자로만 보였다. 수치스런 몰카 사진에 수없이 입을 맞추며 가슴을 헤치고 상상관계를 해오던 여자였다. 지금 그 여자가 바로 앞에 있었다. 견딜 수가 없어서 가슴에 담고 온 당신을 밤마다 범했다고 고백을 해버렸다. 그녀가 환멸을 느끼고 자리를 뜨게 하려는 의도였는데 당신을 용서할 거라고 오히려 위로를 한다. 분명히 말하건대 사방이 막힌 장소라면 끌어안고 그녀의 입술을 열고 말았을 것이다. 어미의 의부처럼 한 여자를 부정하게 만들고 말았을 것이다. 그리고 사랑해서라고, 당신을 사랑해서라고 했겠지.

그날 밤 태운도 인희처럼 잠을 이루지 못하고 뒤척인다. 아침에 일어나기 무섭게 그토록 보고 싶던 얼굴을 한 번만 더 보리라하고 나갈 차비를 서두르다가 주저앉기를 수 없이 하고 있었다. 기어이 또 한 여자가 어미처럼 부정하게 되리라는 불길한 예감에 몸서리를 치면서.

'하필이면 그토록 갈망하는 모정을 느꼈던 여자를.'

부정한 피는 유독 더 뜨거워서 천방지축 어디로 튀게 될지 두려웠다.

꼬박 사흘을 미친놈 비 오려면 쏘다니듯 하다가 들어오곤 하더니 주섬주섬 짐을 챙긴다. 환생한 부처님 같은 스님을 다시 찾아가려는 것이다. 한 여자를 지켜 주기 위해 자신을 비우는 희생을 또 한 번 감내해 보련다. 어미를 죽게 한 죄가 가슴에 맷돌처럼 무거운데 거기에 또 한 여자를 부정하게 만든 죄를 감당해야 한다면 아마도 개념 없는 죄 값은 필경 숨통을 막아 버리고 말 것이다. 병원에 입원하느라 어머니의 천도재가 많이 지체된 것이 걸리기도 했다.

고속도로에 접어들자 차들이 신호에 구애받지 않고 제 세상처럼 자유롭다. 도로 인근에 있는 산자락에는 봄의 축제가 한창이다. 가난하던 겨울 산이 하품을 하면서 추위를 털어내고 아지랑이가 피어오르는 산자락이 파도처럼 일렁인다. 앙상하던 가지에는 물이 올라 푸르고 혹독한 추위를 견딘 새싹들이 지금은 파랗게 가난을 덮어주고 있다. 요염하게 쳐다보는 진달래꽃 무더기를 차마 외면하지 못하고 고개를 돌려 창밖을 본다. 이처럼 세상은 아름다운데.

태운도 한때 세상이 아름다울 때가 있었다. 됫병 소주를 입에 물고 살던 엄마 곁을 떠나기 전까지가 태운이 아름다운 세상을 기억하는 전부다. 그 후로 세상은 그에게 늘 추웠다. 어깨를 웅크리고 가슴을 싸안아도 찬바람이 가슴으로 숭숭 들어오는 세상이었다. 이 포근한 봄날조차도.

산사의 봄날은 새아씨 볼처럼 싱그럽고도 고즈넉했다. 이미 산사 입구에서부터 관광객을 태운 버스들이 일렬 종대를 하고 서 있고 산사를 향해 올라가는 관광객들이 길목을 가득 메우고 있었다. 울긋불긋한 옷차림이 만신들 행렬처럼 화려하다. 세상이 아름다운 사람들이다. 태운은 이 많은 사람들 틈에서조차 홀로 떠나온 영혼처럼 섞이지 못하고 갓길에 밀려 걸어간다. 세상이 아름다운 사람들은 쌍쌍이 한 몸처럼 밀착되어 있었고 차마 그들 사이를 뚫고 지나갈 용기가 없었다. 모정이 비워진 서늘한 추위를 견디느라 젊은 날을 다 소진해 버리고 어느새 중년을 훌쩍 넘겨버린 태운의 어깨는 지금도 추웠다.

만신 행렬 같은 관광객은 산사 마당에도 가득했고 장터만큼이나 시끄러웠다. 그럼에도 장삼을 걸친 스님들은 흡사 꽃잎사귀 몇 개 떨어져 뒹구는 조용한 산사 마당을 걷는 표정이다. 속세의 짐을 다 내려놓은 수양 탓일 게다. 비록 육신은 속세 사람들 가운데 있을지나 오욕을 비워낸 영혼의 눈동자는 유리알처럼 맑았다.

태운은 스님의 법명을 모른다. 시간이 나면 다시 찾아뵙겠다는 것은 그냥 인사였을 뿐이어서 애써 법명까지 알아둘 생각을 하지 않았었다. 법명뿐만 아니라 스님 얼굴도 희미해서 마당을 왔다 갔다 하는 스님을 유심히 관찰해 봤으나 찾을 수가 없었다. 삭발에 장삼을 걸친 스님들을 분간하기란 남의 집 쌍둥이 마누라 분간하기만큼이나 어려웠다. 할 수 없이 법당 사무실에 들러 스님과 뽕잎차를 마시던 숙소를 가리키며 스님이 계신 곳을 물어 보았다.

우룡 스님은 이곳에 없었다. 이곳에서 그리 멀지 않은 부여 고란사 암자에 기거하면서 수행중이라고 한다. 여기를 떠난 지가 벌써 반년이 지났다니 태운을 만나고 나서 한 달도 채 안되어 떠났던가 보다. 태운은 스님이 기거한다는 고란사를 향해 다시 길을 나서는데 마음이 설렌다. 직장 새내기 때 해마다 열리는 백제문화제를 신문에 싣기 위해 기자 몇 명과 파견된 적이 있던 고장이다. 역사의 흐름에 관심이 많았던 태운은 필요한 행사 사진을 마감하고 나서 동료들이 술 먹는 시간에 혼자서 백제의 유적지를 찾아 탐방하고 돌아다녔다. 집에 와서는 유적지의 역사를 더 알기 위해 도서관에서 역사에 관한 도서를 열람하기도 했다.

백제의 마지막 수도인 부여 하면 삼천 궁녀가 먼저 떠오른다. 백제가 망할 때 꽃잎처럼 강물에 몸을 던져 절개를 지켰다는 궁녀들, 바위에서 꽃들이 떨어졌다하여 그 바위 이름이 낙화암(落花岩)이다. 백제 멸망의 한을 담고 있는 바위다. 과연 궁녀들이 삼천 명이었는지 삼백 명이었는지 확실한 증거가 있는 것은 아니나 전설처럼 전해져 내려오는 숫자다. 당시 궁궐의 면적을 파악해 봐도 삼천 궁녀가 살 수 있는 면적은 절대 나오지 않는다는 것이 현대가 밝혀낸 자료다. 조선시대 후기의 궁녀수가 오백에서 육백 명이었던 것을 감안해 볼 때 국력이 훨씬 약했던 백제시대에 삼천이란 숫자는 그 어떤 역사적 근거도 없는 숫자이며 결국 허구에 불과함을 알 수 있다. 때로는 역사적 근거도 없는 허구가 진실보다 더 사실적으로 받아들이는 경향이 짙은 것이 후손들의 의식이다.

백제의 마지막 왕인 의자왕. 그는 삼천 궁인들과 음황탐락하는 방탕생활에 젖어 살다가 나라를 망해먹은 왕임을 후손들은 그렇게만 알고 있다. 그러나 삼국사기의 기록을 보면 의로울 의(義) 사랑할 자(慈), 즉 의롭고 자애로운 왕이다. 왕의 몸으로 지방을 돌며 민정을 살피고 죄수에게 너그러워 죽을죄를 지은 자 외에는 모두 풀어주었다는 기록이 있다. 의자왕은 즉위한 지 2년 만에 신라의 최고 요충지인 대야성을 공격한 것을 계기로 20년 동안 10여 차례나 끊임 없이 신라를 공격해 왔다.

삼국사기 의자왕 16년 기록에는 왕이 한때 궁녀들과 음란 탐닉에 빠져 있어 이에 충신인 좌평과 성충이 간언하자 옥에 가두었다는 기록이 있다. 성군이던 왕이 이렇게 혼군으로 변하게 된 동기가 있었다. 계속해서 백제의 공격을 받았던 신라 김유신이 요녀를 보내 의자왕을 유혹하여 정사를 그르치도록 미인계를 썼다는 기록이다. 이러한 계략은 역사적으로도 빈번한 터인지라 의자왕이 그 술수에 넘어간 것은 결코 이상한 일이 아닐 것이다.

이같이 잘못된 역사를 바로 잡아 주는 현대문명을 무시하듯 삼천 궁녀는 여전히 삼천궁녀다. 이유가 뭘까. 현대 역사학자들은 말한다. 그것은 과거의 일부 문인들의 감성적 표현에 의한 것으로 망국의 비애를 더욱 짙게 나타내기 위한 문학적인 상징일 뿐임을.

낙화암은 지형적으로 보아 당시 자연적인 요새였다고 한다. 백제의 마지막 날 당나라 병사들에게 쫓기던 궁인들은 최후의 요새인 이 바위까지 다다르게 되었고 더 이상 피할 곳이 없게 되자 몸을 날려 강물에 뛰어 든 것이리라. 강물에 몸을 날릴 수밖에 없는 꽃 같은 궁인들의 넋이 삼천이든 삼백이든 숫자가 무슨 문제겠는가.

낙화암 절벽 아래서 백마강을 내려다보는 고란사는 임금의 정자였다고도 하고 낙화암에서 사라져간 삼천 궁녀의 넋을 위로하기 위하여 1028년(고려 현종 19)에 지은 사찰이라고도 한다.

태운은 그때 찍은 유적지 사진과 그에 대한 해설을 정리한 자료들을 지금도 가지고 있다. 그가 가는 곳마다 발길이 닿는 곳이면 어디든 사진과 해설이 담긴 자료가 있었다. 자신이 탐방한 유적지를 정리하여 책을 내 보고 싶은 것이 그의 꿈이었다. 한국뿐만 아니라 세계 유적지를 다 실어보고 싶은 것이 젊은 날의 유산인 꿈이었다.

태운이 고란사에 도착한 시간은 농민들이 오후 새참 먹을 때쯤 되어서다. 이곳에도 만신 행렬 같은 옷차림을 한 사람들이 줄을 잇고 있었다. 사찰 입장에서 본다면 횡재일 수도 있을 것이나 산사의 고요함을 동경했던 태운은 거북스러웠다. 부소산 입구에서부터 장사치들은 시골 오일장을 방불케 하는 먹거리와 지방 특색 물건들을 벌려놓고 호객을 하지만 관광 와서 시골 오일장 봐 가는 관광객은 그리 많지 않았다.

낙화암 밑에 암자 같은 조그만 사찰은 단아하고 정숙한 아낙처럼 조신해 보였다. 태운은 유유히 흐르는 백마강을 마주하고 있는 사찰이 더 없이 마음에 들었다. 출가할 것도 아니면서 사찰이 마음에 들고 말고 할 것도 없으련만 정신이 정화되는 느낌을 받는다. 참으로 오랜만에 편안해지는 기분이다.

그는 주위가 시끄러운 것도 의식하지 않고 영혼처럼 사찰 주변을 돌아다녀 본다. 마치 몸은 비록 속세에 있으나 오욕을 비워낸 눈동자가 맑던 수덕사 수도승 같이, 먼 여행에서 돌아온 내 집 같이 군더더기 없는 편안함에 영원히 안주하고 싶다는 생각을 하면서 태운은 스스로 놀란다.

다시 삼천 궁녀가 몸을 날렸다는 낙화암으로 올라가 아래를 내려다본다. 도도히 흘렀다던 금강줄기인 백마강이 지금은 바닥이 보일만큼 물이 말라있었다. 물속에 있어야 할 커다란 바위가 강물 밖으로 나와 절벽 밑에서 낙화암을 올려다보고 있다. 몸을 던진다면 강물에 닿기도 전에 바위에 부딪쳐 으깨지고 말 것이다. 지금으로서는 이곳에서 삼천 궁녀가 꽃잎처럼 몸을 날려 강물에 빠졌다는 사실이 현실적으로는 도저히 표현이 되지 않는다.

태운은 다시 내려와 왕이 약수를 마셨다는 고란정을 기웃거리다가 사찰 마당에 들어선다. 그때 스님이 사찰에서 나오고 있었다. 수덕사에서 뽕잎 차를 따라주던 스님이었다. 스님을 보고나서야 스님 얼굴이 기억되다니. 태운은 다가가 예의를 갖추고 합장을 한다. 스님은 마주 합장을 하면서,

"뽕잎 차 생각이 나신 게로군요. 다시 오실 줄 알았습니다."

하면서 태운을 알아본다. 신기했다.

"스님께서는 어떻게 저를 금방 기억하시는지요."

"모든 사람을 다 기억하지는 않지요. 마침 차를 마시려던 참인데 갑시다."

"감사합니다."

벌써 경정경정 앞서가는 스님 뒤를 따라간다. 초면이 아닌 구면이라서인지 태운은 마음을 열 준비가 다 되어 있었다. 다 쏟아버리고 나면 후련할 것 같았다. 다 털어 버리리라.

스님 숙소에 들어오니 수덕사 숙소와 다를 것이 하나도 없었다. 스님이 묵는 숙소는 어디나 다 똑 같을 것 같았다. 당연한 일이다. 탁발로 수행을 하면서 아만(我慢)과 아집(我執)을 버리고 철저한 무소유를 실천하는 승려의 숙소에 번쩍거리는 자개장롱과 장롱 속에 비단 금침이 있을 수야 없지 않은가.

스님은 선반에서 다기를 내려 차를 끓이기 시작한다. 차가 끓는 동안 가부좌를 틀고 앉아 조용히 태운을 넘겨다본다. 태운이 무슨 말이라도 해야 할 것 같아서 스님을 부르려는데 차 끓는 소리가 요란하게 들린다.

"찻물이 잘 우러난 것 같습니다. 자, 들어 보시지요."

스님이 한 손으로 늘어진 장삼자락을 잡고 태운의 잔에 차를 따르고 나서 스님 잔에도 잘름거리게 따른다. 태운이 노란 찻물을 들여다보고

있는데 스님이 대뜸,

"여태 내려놓지 못하고 있으니 얼마나 힘이 드신지요."

"… 네 …, 스님. 너무 힘이 들어 이렇게 다시 찾아왔습니다."

"그렇겠지요."

그리고 다시 침묵. 한참을 있다가 태운이 차를 마시지도 않고 찻잔을 내려놓으며 스님을 부른다.

"스님! 드릴 말씀이 있습니다."

"말씀을 해 보시지요."

"어머니의 천도재를 올려주십시오. 천도재를 올리는 동안 제가 이곳에 머무를 수 있게 해 주십시오. 스님 곁에 머무르면서 제 안에 있는 잡생각들을 모두 내 보내고 싶습니다. 그렇지 않으면 저는 또 다른 죄를 짓고 평생을 힘들게 지낼 것 같습니다."

"이곳은 기도하는 곳이니 어려울 것이 뭐가 있겠습니까. 그러지요. 다만 하루빨리 나쁜 기억에서 벗어날 수 있도록 부처님께 의탁해 보세요."

"… 스님! 제 안에는 한 여자가 있습니다. 이미 다른 사람과 인연을 맺은 여자입니다. 우연히 만나게 된 사람인데 그 여자를 보고 있으면 어릴 적 어머니 치마꼬리를 잡고 있는 것 같은 평화를 느끼던 여자입니다. 어느 날 그 신선한 끝자락에서 갑자기 내 여자로 만들어 영영 곁에 두고 싶은 욕구가 일어납니다. 어떻게 그런 마음이 들까요. 이미 오래 전에 나에게 모정을 느끼게 했던 여자를 밤마다 혼자서 범하는 불결을 저질렀습니다. 기어이 그 여자를 찾아가 죄를 지을 것만 같아 이렇게 피해 왔습니다."

스님은 태운의 얘기를 들으면서 연신 차를 마신다. 다시 빈 잔에 차를 따르면서,

"… 몸이 한 발짝 움직일 때 마음은 천리를 가지요. 아무리 몸을 피해

왔다한들 마음이 그 곳에 묶여 있다면 무슨 소용이 있겠습니까. 마음이 가 있는 이상 몸은 언제든지 움직이게 되어 있지요. 그러니 마음부터 비워야 하겠지요."

"도와주십시오. 어떻게 하면 제 마음을 비울 수가 있는지 도와주십시오."

"마음은 그 주인이 다스려야 합니다. 다른 주인은 다스릴 수가 없지요. 내가 절망했을 때는 세상 끝처럼 느껴지는 겁니다. 그래서 목숨을 내던지기도 하지요. 절망하고 있는 사람에게 세상 끝이 아니다 라고 옆에서 아무리 얘기해 준다한들 무슨 도움이 되겠습니까. 스스로 절망에서 벗어나는 것 밖에는 다른 방법이 없지요. 본래 좋고 나쁜 것은 없어요. 내 마음에 있는 모상대로 바라보니 좋게도 보이고 나쁘게도 보이는 법이지요. 이처럼 마음을 비우고 다스리는 것은 그 마음의 주인 몫이지요."

"다스리는 방법을 모르는데 다스리라고만 하시면 어떡합니까."

방향 지표도 알려주지 않고 무작정 내몰기만 하는 삼천 궁녀와 다를 것이 뭔가. 적군에게 쫓기던 궁녀들이 마지막 요새인 낙화암에까지 내몰리다가 더 이상 갈 곳이 없어 강물에 몸을 던질 수밖에 없듯 태운은 그저 답답하기만 했다. 스님이 야속해지려고 한다. 스님을 만나게 되면 마음이 후련한 묘약 처방이라도 있을 줄 알았다.

다시 침묵. 벌써 스님은 두 잔을 비우고 다시 빈 찻잔을 채운다. 태운은 처음으로 한 모금을 마시고 나서 그대로 손에 든 채 찻잔을 내려다만 보고 있다.

"서두르지 마세요. 마음은 그릇을 비우는 것처럼 서두른다고 비워지는 것이 아니지요. 세월은 나를 피해 어디로 달아나지 않아요. 나에게 오는 세월을 그냥 맞으면서 지내다 보면 어느 순간에는 옛일이 되어 돌이켜 보는 추억으로 남게 되지요. 그 추억이 아름다우면 그 이상 좋은 것은 없지요. 상처에 앉은 딱지도 급히 떼내려 한다면 더 흉한 흉터로 남게 되지요. 딱지가 제 스스로 떨어지기를 기다려야 합니다. 그러면 흉터도 남지 않고 본래의 모습으로 돌아오지요. 마음도 같은 이치라고 봅니다. 서두르지 마시지요."

고통은 온전히 내 몫이니 혼자서 견디라는 뜻이다. 내게 주어진 세월을 견디면서 살다가 늙고 병들어 죽음 앞에서는 후회 없이 본향으로 돌아가라는 뜻이었다.

"결국 내 십자가는 내 어깨가 감당해야 할 무게군요."

"내 업으로 주어진 무게이니 어쩌겠어요. 누가 대신 짊어질 수도 없으니 힘들다고 해서 벗어버리면 더 큰 무게를 덤으로 짊어지게 되는 법이지요."

그러니 내게 주어진 무게를 잘 다스리는 지혜가 더 큰 고통을 면하게 한다는 가르침이었다. 태운은 물속처럼 맑은 스님의 표정을 보면서 스님 곁에 영원히 머무르고 싶은 충동이 잠깐 스친다.

출가

태운은 어머니의 한이 깊은 만큼 천도재를 하루가 아닌 삼일동안 올려줄 것을 부탁했다. 사무실에 천도재를 접수하면서 비용으로 상상도 못할 만큼 큰 액수를 내 놓았다. 어머니 돈이다. 살아서는 써보지도 못한 돈 죽어서 쓰게 되다니. 죽은 사람에게도 돈은 이렇게 유용한 것을 보면 악착같이 벌어놓고 죽어야 하는 것이 옳지 않겠나. 그러나 모두가 살아

있는 사람들이 제 몫을 챙기느라 만들어 놓은 덫이다.

그날부터 태운은 스님이 마련해준 숙소에 짐을 풀었다. 이곳에는 주지 스님을 비롯하여 우룡 스님 외에 행자 스님 한분이 더 있었다. 우룡 스님은 태운에게 머물고 싶을 만큼 머무르라 한다.

"드는 사람 내치지 않고 나는 사람 붙잡지 않는 곳이니 괘의치 마시고 떠나고 싶을 때 떠나시지요. 들면 내 집이요, 떠나면 그 뿐. 그러니 편하게 머무십시오."

오히려 뽕잎 차 마실 친구가 생겨 좋다면서 천진하게 웃는다. 다른 스님들은 아무리 뽕잎 찬사를 하면서 권해 보지만 차라리 오줌을 마시는 것이 낫겠다며 한사코 거절을 한다고 입을 비죽이 내민다. 스님을 보고 있노라면 자연이 따로 없다. 스님이 자연이었다. 자연이 주는 평화였다.

저녁 공양을 하는데 신도들이 십여 명이 있었으나 그중에 남자는 태운이 밖에 없었다. 공양주는 어머니 천도재를 지내면서 계속 머물 사람이라는 것을 이미 알고 있는지 한쪽에 저녁상을 따로 차려주면서 여간 살갑지가 않다. 아마도 천도재 비용이 어지간한 작용을 하지 않았겠나 싶은 것이.

산사의 밤은 무겁고 조용했다. 잠자리가 바뀐 탓에 잠을 이루지 못하다가 새벽녘에야 겨우 잠깃을 했다. 그런데도 머리는 맑고 몸은 가벼웠다. 스님들의 독경소리가 산사의 새벽을 깨운다.

태운은 고란정에서 약수를 받아 마시고 가볍게 얼굴을 씻는다. 폐가 팽창하도록 심호흡을 하고 나서 산사주변을 산책하다가 낙화암으로 발길을 옮긴다. 이름 모를 새들이 제 짝을 찾느라 청량한 소리로 우짖고 진달래 철쭉꽃이 아침 이슬을 털어내며 하품을 한다.

멀리 보이는 강줄기가 지금은 물이 말라 마른 북어처럼 누워 있다. 물이 없는 사전(砂田)에는 벌써 부지런한 농부들 모습이 간간히 보인다. 태운은 물이 마른 모래사장이 지금에 와서는 농민들의 목숨줄이 되어 있다는 것까지는 아직 모르고 있었다. 이곳을 쉽게 떠날 수가 있을는지. 산사의 새벽은 이처럼 태운의 마음을 온통 사로잡고 있었다.

오늘부터 복선의 천도재가 시작된다. 공양주를 비롯하여 재색 옷을 입은 몇몇 신도들이 아침 일찍부터 올라와 제상 준비를 돕고 있었다.

스님들의 독경이 끝나고 지금은 아침 공양시간이다. 어제 저녁처럼 공양주는 태운의 밥상을 따로 차려서 들고 왔다. 태운은 엉덩이를 반쯤 들어 예를 갖춘다. 탁자를 잇대 놓은 밥상에는 천도재를 돕는 신도들이 모여 아침 공양을 하고 있었다. 그네들은 한쪽에서 밥을 먹고 있는 태운을 훔쳐보면서 서로 무슨 말인가 주고받으며 밥을 먹는다. 아마도 삼일 동안이나 천도재를 올린다는 가족이 의외로 썰렁한 중년 남자 혼자라는 것이 도무지 이해가 가지 않는 모양이다. 더구나 그렇게 많은 제비(祭費)를 내 놓을 정도라면 여간 시끄럽지도 않을 터인데 말이다. 그 정도의 제비면 상이 몇 번 뒤엎어진대도 용서가 되는 비용임을 그들은 잘 알고 있는 터였다. 태운은 못 본 척 그릇에 담긴 밥을 다 먹고 일어나 나오는데 신도들의 쑥덕거리는 눈짓들이 태운의 뒤꼭지를 따라 붙는다.

어머니의 천도재를 올리는 삼일 동안 태운은 신도들 틈에 끼어 매일 삼천 배를 했다. 말이 삼천이지 오천 배 육천 배가 넘을 때도 있었다. 무릎이 벗겨지고 지쳐 쓰러지면서도 쉬지 않았다. 어미를 저주했던 죄의 무게만큼 몸을 혹사시키고 나면 어미로부터 자유로워진다는 약속을 받은 것처럼 집요했다. 우룡 스님은 그런 태운을 모른척 하면서 뽕잎 차도 권하지 않았다. 기도하는데 분심이 들어서야 되겠는가.

천도재 마지막 날 삼천 배를 마친 태운은 법당에 그대로 앉아 눈을 감고 지친 몸을 쉬고 있었다. 몸이 심연 깊숙이 가라앉는 것 같이 점점 몽롱한 상태에 빠져 들면서 비몽사몽을 헤매는데 소복을 한 여자가 다가오더니 큰절을 나풀 하고 일어선다. 복선이었다. 깜짝 놀라 눈을 번쩍 떴다. 눈앞에는 방금 절을 하던 어머니는 보이지 않고 다른 신도들이 죽기 살기로 절을 하고 있었다. 사방을 두리번거리다가 태운은 머리를 흔들어 본다. 꼭 손에 잡힐 듯 너무나 영물했다. 다시 눈을 감아보지만 그냥 캄캄한 암흑만 보일 뿐이다.

지친 몸으로 법당을 나오는데 우룡 스님이 기다리고 있었던 것처럼 앞에 와서 뽕잎 차 마시러 가자고 장삼 자락을 흔들면서 앞장을 선다. 그렇잖아도 차 생각이 났던 참이다. 따끈한 차를 한잔 마신다면 정신을 차릴 것 같았다. 스님이 차를 끓이는 동안 태운은 소복을 한 어머니 모습이 눈앞에서 떠나질 않았다.

"자, 오랜만에 마시는 차 맛이 어떤지 마셔보구려. 그 동안 뽕잎 차 생각이 간절하지는 않았는지요."

스님이 따라주는 차를 한 잔 마시고 나니 몸이 후끈거리면서 진정이 되는 것 같았다. 스님이 빈 잔을 다시 채워준다. 태운은 그러나 이번에는 차를 거들떠보지도 않고 스님을 부른다.

"스님! 좀 전에 어머니를 뵀습니다."

"차부터 드시지요."

"믿으실지 모르시겠지만 마지막 삼천 배를 마치고 지쳐서 눈을 감고 있었습니다. 몸이 너무 탈진되어 움직일 수가 없었어요. 그런데 소복을 한 어머니가 제 앞으로 오시더니 제게 큰 절을 하는 겁니다. 눈을 떠 보니 꿈이었어요. 무슨 의미일까요?"

스님은 별 시답잖은 소리를 다 한다는 듯이,

"차가 식으면 맛이 없지요."

하고는 식은 차를 주전자에 다시 붓고 데운다. 태운이 재차 스님을 부르려는데 스님의 차분한 소리가 들린다.

"이제 그만 짐을 내려놓으시지요. 어머니께서 그리 큰절까지 하셨는데 더 무슨 빚이 남아 있겠는지요. 어머니께서는 극락왕생하셨으니 이제 홀홀 털어 버리셔도 되겠습니다 그려. 그렇게 믿고 맘을 편하게 가지십시오."

태운은 순간 세상이 없어진 것 같은 정적을 느낀다.

"정말 그럴까요? 그렇게 믿어도 될까요?"

"믿는 자에게 복이 있나니. 믿고 나면 마음이 편한 것을, 무엇을 더 바라는지요. 사람들은 재물복만 으뜸으로 알아요. 마음이 편안하지 않으면 건강을 잃어요. 건강을 잃게 되면 재물은 매정하게 돌아서지요. 그런 이치를 안다면 마음의 평화가 가장 으뜸이요 재물은 가장 낮은 복이지요."

스님의 그윽한 눈이 태운을 바라본다. 태운은 등짐을 내려놓은 듯 답답했던 숨이 쉬어지는 것을 느낀다. 방금 데운 차 맛이 그렇게 좋을 수가 없다.

며칠 머무는 동안 태운은 법당에서 밤낮으로 좌선을 했다. 어머니가 과연 극락왕생을 했다면 다른 증표를 또 한 번 보여 줄 것 같은 기대를 하면서. 그러나 그 후로 어머니의 모습은 나타나지 않았다. 오히려 어미에게 무정했던 기억만 새록새록 떠올라 감았던 눈을 번쩍 뜨게 되고 결국 법당을 나와 버리고 만다. 우룡 스님은 그런 태운을 예사롭게 대하면서 여전히 뽕잎 차를 따라 주었다.

그날도 태운은 법당에 들어가 가부좌를 하고 앉아 무념무상의 상태에 들어가 보려고 무진 애를 쓰고 있었다. 그런데 이번에는 어머니 대신 인희의 얼굴이 또렷하게 보였다. 감미로워서 눈을 뜨고 싶지 않았다. 오히려 사라져 버리면 어떡하나 집요하게 붙들었다. 또렷한 얼굴이 점점 다가서더니 가슴에 안긴다. 심장이 뛰고 뜨거워지면서 어느새 그녀를 안고 몸부림을 친다. 태운은 또 다시 그녀를 범하고 있었다. 이 신성한 법당에서.

두 눈을 뜨게 된 그는 법당을 뛰쳐나오고 우룡 스님이 이번에도 기다리고 있었던 것처럼 나타나더니 장삼자락을 흔들면서 앞장을 선다. 태운은 지은 죄가 있는지라 잔뜩 주눅이 들어 따라간다.

뽕잎 차가 끓고 있는데 스님은 차를 따르지 않고 창문만 멀건이 쳐다만 보고 있었다. 태운은 감히 그런 스님 심기를 건드릴 수도 없었지만 좀 전에 신성한 법당을 모독한 자신이 한탄스럽기만 해서 덩달아 침묵을 하고 있었다. 스님이 드디어 몸을 움직여 차를 따르고 태운은 노란 찻물을 바라보면서 이 뽕잎 차가 마지막이 될지도 모른다는 생각을 한다.

"인연은 맺는 순간부터 고통이 따르지요. 인연이 아닌 줄 알면서 인연을 맺는 어리석은 중생들이 많아요. 비켜가야 할 인연인데 순간적 욕심에 비켜가지 못하고 고통을 안고 사는 불쌍한 중생들을 보면 안타깝기만 하지요. 나무아미타불."

태운은 뒤통수를 된통 얻어맞는 기분이다. 방금 신성한 법당을 모독한 행실을 스님은 이미 다 알고 있다는 얘기가 아닌가. 혼자서, 그것도 마음으로 한 간음을 귀신이 아니고서야 어떻게 알 수 있는지 태운은 슬그머니 겁이 나고 무서운 생각이 든다.

"……"

"마음을 비우지 못한다면 참선은 의미가 없지요."

285

"스님께 불교 교리를 좀 배워보면 어떨까요. 교리를 익히다 보면 마음을 비우는 길이 보일 수도 있지 않을까요?"

"굳이 교리를 배우겠다면야. 허나 견디지 못하고 중간에 그만 둘 것 같으면 처음부터 시작을 안 하는 편이 낫지요. 더 혼돈스럽기만 할 겝니다."

그렇게 교리를 배우기 시작한 태운은 새로운 철학에 심취되어 차츰 세속적인 사념에서 벗어나면서 마음에 평온이 찾아들었다. 그리고 개나리꽃 철쭉꽃이 두 번 더 만발하고 지금은 깊은 가을이다.

그동안 복선이가 남기고 간 물질은 살림이 궁색한 산사에서 심청이 효녀노릇을 하고 있었다. 지방 인구가 줄다보니 기도하겠다고 절을 찾는 신도들이 별로 없었고 봄가을에 한철 메뚜기처럼 찾아드는 관광객이 고작이었다. 태운은 어머니 위패를 여기에 모셔 놓았다. 그러나 아직 삭발까지 할 생각은 없었다.

내 아이를 낳은 여자

깊은 가을, 산사의 가을 정취는 슬프도록 아름다웠다. 단풍잎이 애터지게 붉을 대로 붉어지고 밤나무가 털어내는 밤송이는 이리저리 뒹굴면서 신음한다. 다람쥐들이 알밤을 움켜쥐고 달리고 개구리가 동면할 구멍을 찾아 튀어다닌다. 돌아갈 곳 없는 낙엽이 마당을 뒹구는데 차마 쓸어내지 못하는 마음은 의미 없이 살아온 한 해를 보내야 하는 아쉬움 때문일까.

태운은 산사 주위를 돌아다니면서 쓰레기를 줍고 있었다. 하루에 몇 자루씩 줍다보면 허리가 뻐근했다. 일부 몰지각한 관광객들의 소행들이다. 그때 전화벨이 울렸다. 번호를 보니 모르는 번호다.

"여보세요?"

대답이 없고 긴장한 듯 깊은 숨을 들이쉬는 소리가 전화선을 타고 들려온다.

"여보세요? 누구십니까?"

"실례지만 전화 받으시는 분이 혹시 김태운씨가 맞으신지요."

"네, 제가 한때는 김태운이었지요. 지금은 강태운 입니다만, 그런데 누구신지."

"그렇다면 혹시 오소영이라는 분을 아십니까?"

"오소영이라면 J신문 기자였던 그 오소영 말입니까?"

"맞습니다."

"그 분이라면 물론 알고말고요. 그런데 그분에게 무슨 일이 있습니까?"

"… 혹시 지금 전화 받고 계신 곳은 어디죠? 서울인가요?"

"서울은 아니고 여기는 충청남도 부여에 있는 고란사 사찰입니다만 그런데 댁은 그 분과 어떻게 되시는지 물어봐도 될까요?"

"다음에 다시 걸겠습니다."

"여보세요. 여보세…"

전화는 저 혼자 끊겨 있었다. 태운은 손안에서 침묵하고 있는 전화기를 쳐다보다가 고개를 갸웃하고는 주머니에 넣는다. 먼저 전화를 건 사람으로서 무례하지 않은가.

'오소영이라.'

술집에 엎어져 있는 태운을 집으로 데리고 와서 하룻밤 재워준 여자다. 그 일을 빌미로 석 달 동안 한 공간에서 아침에 같이 눈을 뜨다가 합의하에 헤어진 여자다. 매사가 활달하고 시원한 여자였다. 마음이 넉넉한 여자였다. 동거를 하다 헤어진 남자와 한 건물에서 마주치면서도 동료 이외 별다른 감정 없이 씩씩하게 잘 지내던 여자였다. 어쭙잖은 보호본능 따위를 일으키는 연약함과는 거리가 먼 여자였다. 태운이 소영과의 단기간 동거생활을 접고 서로 헤어지면서 가슴이 아팠다거나 책임감에 우울했다거나 하는 감정은 그녀 앞에서 차라리 주접이었다. 그런 여자가 어느 날 돌연 사표를 내더니 잠적해 버렸다. 국제결혼을 하여 LA에서 살고 있다는 말만 풍문으로 들었을 뿐이다. 그런데 난데없이 자기 신분도 밝히지 않은 남자가 그 여자를 아느냐고 물어왔다. 물론 안다고 했거늘, 그런데 무엄하게도 다음에 다시 걸겠다는 무책임한 약속을 하고는 끊어버리다니.

궁금하기에 앞서 왠지 예감이 이상했다. 인간의 예지는 때로는 동물적 감각을 능가할 때가 있어서 그 예감은 다음날 한나절이 지나서 화살이 과녁에 꽂히듯 태운의 가슴에 꽂혔다.

늦가을 붉은 단풍바람을 몰고 젊은 청년 하나가 산사에 들어선다. 그때 태운은 우룡 스님과 뽕잎 차를 마시면서 사심 없는 얘기를 나누다가 나오는 길이다. 청년은 마당에 서서 산사를 이리저리 살피면서 서 있었다. 그 청년이 태운의 눈에 그리 낯설지가 않았다. 더풀한 머리에 허벅지가 탱탱하게 들어난 청바지에다 가죽으로 된 타이트한 상의를 입은 모습이 인상적이었다.

'어디서 본 청년인가?'

한때 카메라 가방을 메고 천지를 누비고 다닐 때의 자신도 저런 젊음이 있었지. 태운은 묘한 느낌이 들었다.

"관광 오신 게로군."

"아닙니다. 어느 분을 좀 만나 뵈려고 왔습니다."

"여기에 계신 분인가?"

"그 분이 여기 계시다고해서 왔습니다. 강태운씨라는 분인데요."

태운은 잠시 머리가 하얘지고 있었다.

"잠깐! 어제 전화하지 않았었나?"

순간 청년의 표정이 긴장하면서 절실한 목소리로 되묻는다.

"네, 제가 전화 드렸습니다만. 그럼 전화 받으셨던 분이."

"그러네. 내가 전화 받았었네. 나를 찾아온 모양인데 여기서 이럴 것이
아니라 따라오시게."

"아!"

태운은 청년의 얕은 탄성을 듣지 못하고 앞장서서 숙소로 데리고 들어
간다. 엉거주춤 서 있는 청년에게 앉으라하고 그도 맞은편에 좌정하고
앉는다.

"어제 전화로 오소영 기자를 찾는 것 같던데?"

"… 네, 그 분이 … 제 어머니십니다."

"자네 어머니라면 … 사표를 내고 나간 후로는 한 번도 보지는 못했
지만 소문으로 듣기는 결혼을 하여 LA에서 산다고 들었네마는."

"맞습니다. 그 분은 저를 낳고 바로 국제결혼을 해서 LA로 떠났습
니다."

"음, 소문이 맞는구먼. 그런데 어머니를 아느냐 했는데 그게 무슨 소
린가?"

"… 석 달 전에 돌아가셨습니다."

"저런! 사고였나?"

"어머니는 국제결혼을 했지만 얼마 살지 못하고 헤어졌습니다. 그리

고…"

소영은 태운과 헤어지고 두 달이 거의 다 되었을 때 임신증상이 나타났다. 태운의 아이였다. 그녀의 성격상 아이를 볼모로 태운을 잡고 싶지 않았다. 배가 불러오기 전에 사표를 냈다. 그리고 혼자서 아이를 낳았다. 아들이었다. 그녀의 오빠는 앞날이 창창한 동생을 위해 아이를 자신의 아들로 입적시키기로 한다. 키우기는 소영이 키웠다. 아이가 세 살이 되었을 때 그녀는 한국에 주둔하고 있는 육군 대령과 국제결혼을 했다. 남편이 아이를 그다지 좋아하지 않아 오빠의 집에 맡겨놓을 수밖에 없었다. 아이를 떼어놓아야 하는 소영은 아이에게 미안한 생각에 앞서 비참한 마음이 들었다. 그러나 매일 드나들면서 보살폈다. 일 년 후에 남편이 예편을 하게 되어 고향인 LA로 돌아가야 하는데 아이를 데려갈 수가 없었다. 소영은 난감했다. 오빠는 소영의 마음을 충분히 헤아리면서 동생을 위해 또 한 번 큰 결심을 한다.

"아이는 걱정할 것 없다. 어차피 내 호적에 올릴 내 자식인 게야. 내 자식 내가 잘 키울 테니 아이는 절대 신경 쓰지 말고 가서 잘 살면 된다."

"오빠! 나는 여태 오빠한테 짐만 되었는데 어떻게 그렇게 해요. 차라리 그 사람하고 이혼하고 그냥 오빠 곁에서 살까 봐요."

"쓸데없는 소리 하지 말아라. 결혼이 어디 소꿉장난이더냐?"

오빠는 불같이 화를 내어 소영의 마음을 접게 만들었다. 처녀 몸으로 아이를 낳은 것 까지는 어쩔 수 없지만 이혼까지 하는 불상사는 겪게 할 수 없었다.

오빠에게 아이를 맡기고 남편을 따라 태평양을 건너온 소영은 생활이 넉넉지 못한 오빠에게 아이 양육비로 과한 돈을 송금하기 시작했다. 결혼 파탄 원인이 거기에 있었다. 한국에 많은 돈을 송금하는 것을 알게 된 남편은 소영에게서 경제권을 빼앗아 버렸다. 티격태격하던 다툼은 결국 무지막지한 손찌검을 하게 되고 소영은 만신창이가 되도록 얻어맞는 날이 많았다. 남편은 피투성이가 된 아내를 안고 행위를 하는 객기 성향까지 있었다. 아내가 경찰에 신고할 것을 막기 위해 감금을 시켜놓고 폭행을 일삼았다. 자주 싸우는 소리가 들리고 어느 날부터 여자가 보이지 않는 것을 수상히 여긴 이웃집이 경찰에 신고를 했다. 신고를 받은 경찰이 도착했을 때는 만신창이가 된 소영이 바닥에 널브러져 있었고 남편은 그런 아내를 이글거리는 눈빛으로 내려다보고 있었다. 결국 경찰의 도움을 받아 이혼을 하게 되었고 남편은 아내에게 위자료를 지불해야 했으나 남편의 직업이 뚜렷하지 않아 큰 도움은 되지 못했다. 혼자가 된 소영은 그곳에 있는 출판사에 나가면서 독립을 했다. 통이 큰 소영도 먼 이국땅에서 이혼까지 하고 홀로서기를 한다는 것이 그리 쉽지가 않았다. 무엇보다 외로움을 견디기가 어려웠다. 현지에서 몇 남자를 거치면서 외로움을 삭혔지만 남는 것은 경멸과 이별뿐이었다.

소영은 아이를 데려오고 싶어 했다. 곁에 아이가 있으면 의지가 되어 외로움을 견딜 수 있을 것 같았다. 오빠의 도움을 받아 아이를 데려오기는 했지만 사춘기에 접어든 아이는 제 안에 이미 다른 세상을 형성해 놓고 있었다.

아이는 어머니 곁에 왔으나 어린 가슴에 꽁꽁 숨겨져 있던 어머니가 이미 아니었다. 영혼이 깃든 어머니를 찾아 왔는데 그런 어머니는 없었다. 아이는 생소한 어미한테 적응을 하지 못하고 물에 기름 돌듯 했다.

소영은 자식이 곁에 있어도 여전히 꺼질듯이 외로웠다. 외로움과 자식과는 별개였다. 평소에도 술을 먹던 습관이 아이를 데려오고 나서도 여전히 마시더니 점점 양이 늘면서 거의 중독이 되어 버렸다. 아들은 늘

술에 절어있는 어머니가 죽도록 싫었다. 이국 땅 문화가 낯설어 미처 깃을 접지 못하고 있는 아이에게 영혼의 주인인 어머니마저 그 지경이었다. 아들은 다시 한국으로 돌아가려고 몇 번을 시도해 봤지만 차마 눈앞에 보이는 무너져가는 어미를 두고 혼자 가버릴 수가 없었다.

그날은 유독 안개가 짙었다. 간밤에도 술을 마시고 있는 어머니가 싫어서 집을 나와 밤거리를 돌아다녔다. 거리는 밤에 더 미쳐 돌아가고 있었다. 불빛으로 휘황찬란한 거리에는 흑인 백인 남녀 쌍쌍이 술에 취해 휘청거렸고 세상도 술에 취해 휘청거렸다. 육척장신 백인 옆구리에 흑인 여자가 강아지처럼 끼어 걸어가면서 깩깩 소리를 지른다. 거의 옷을 입지 않은 여자들이 가슴을 풍선처럼 드러내 놓고 담배를 꼬나문 빨간 입술을 남자들에게 비죽이 내밀면서 유혹을 한다. 밤에 피는 꽃들이다.

아들은 지칠 만큼 거리를 쏘다니다 늦은 시간에 들어와 제방에 들어가 잠을 잤다. 늦게까지 잠을 이루지 못하다가 새벽에야 겨우 잠이 들었는데도 제 시간에 눈이 떠졌다. 지금쯤 어머니가 일어나 돌아다닐 시간이다. 어머니는 아침에도 술에 취한 듯 비틀거렸지만 영락없이 아들에게 아침밥을 먹이려고 돌아 다녔다. 그런데 오늘은 아무런 기척이 없었다. 그는 일어나 소변을 보고 다시 자리에 누우려다가 기척이 없는 어머니가 궁금해서 일어나 어머니 방을 향해 걸어간다. 혹시 술 병이 난 것이 아닌가?

방문을 열어본다. 눈에 들어 온 것은 반듯하게 누워있는 어머니보다 붉게 젖은 침대였다. 바닥이 피로 흥건했다. 침대 밑으로 떨어져 있는 팔목에서 방울방울 피가 바닥으로 떨어지고 있었다. 팔뚝을 그었던 면도날이 바닥에서 핏물에 섞여 처연하게 바라보고 아침 햇살이 짙은 안개를 뚫고 창문을 비집고 들어와 백지장 같은 소영의 얼굴에 머물러 있었다. 뛰어 들어가 어머니를 흔들어 본다. 혁대를 찾아 아직도 피가 방울방울 떨어지고 있는 팔목을 동여매 놓고 경찰에 신고를 했다. 소영이 병원에 실려 갔지만 끝내 돌아오지 않았다.

아이가 스무 살이 되자 소영은 아이 아버지에 대해 모든 것을 얘기 해 주었다. 같은 직장에 다녔었고 사진 기자였다는 것과 이름이 김태운 이라는 것. 그리고 소영은 그렇게 주검이 되어 버렸다.

'바로 내 자식이었구나.'

태운은 젊은이가 얘기하는 동안 이 모자(母子)가 자신과는 무관하기를 내내 가슴을 졸이며 바라고 또 바랬다. 그런데 지금 자신도 한 여자의 일생을 비참하게 망친 자책감에 부들부들 떨고 있다. 그토록 경멸하던 어미의 의부와 조금도 다를 것이 없었다. 이제 겨우 어미에게 무정했던 기억으로부터 자유로워지려는 그의 어깨는 또다시 커다란 짐이 슬금슬금 올라오고 있었다.

"지금 몇 살인가. 이름을 무어라 부르지?"

"제 이름은 오형석이고 스무 살입니다. 아버지라는 분을 한번은 만나야 할 것 같아서 이렇게 찾아 왔습니다."

사찰 마당에 서있는 젊은이가 낯설지 않았던 것은 젊은 자신을 보는 듯해서였나 보다. 태운은 다가가 젊은이를 안는다. 가슴이 퉁탕퉁탕 뛰는 소리가 들린다.

'이 젊은이가 내 자식이라니. 싱싱한 이 젊음 속에 내 피가 흐르고 있다니.'

탄탄한 근육이 손가락을 튕길 것 같은 등짝을 쓸어내린다.

"미안하다. 이 못난 사람이 아비라는 사실이 부끄럽구나."

태운은 펑펑 쏟아지는 눈물을 애써 감추려고 하지 않고 소리 내어 운

293

다. 아들도 그 아비처럼 찬바람 드는 가슴을 안고 성장했을 것을 생각하니 가슴이 미어지듯 아팠다. 아비와 아들의 운명이 어찌 이리 같더란 말이냐.

그날 밤 아들과 나란히 잠자리를 펴고 누워 있으려니 소영과 아들에 대한 죄책감이 동아줄처럼 온몸을 옥죄어 들었다. 아들은 고단했던지 곤한 숨소리가 들린다. 태운은 가만히 일어나 잠든 얼굴을 들여다본다. 까만 공간이 아들 얼굴을 덮고 있었지만 태운의 눈에는 아들모습이 환히 보인다. 내 아들이라는 것이 실감이 나질 않고 꼭 꿈을 꾸는 것만 같았다. 소영이 혼자서 내 아이를 낳고 그렇게 망가지고 있는 동안 나는 무엇을 하고 있었던가. 어쭙잖게 한 여자를 지켜주겠다고, 그 여자를 지켜주지 않는다면 어미의 의부처럼 돼버릴 것이 두려워 겨울 하늘을 가르고 한국을 떠났었다. 그때가 소영은 먼 타국 땅에서 인생이 걸레처럼 망가져가고 있을 때라니. 이미 자신도 어미의 의부처럼 구역질나는 사내가 되어 있었던 것을, 부정한 어미를 경멸하면서 이성을 기피하는 것으로 한 점 부끄럼 없다고 혼자서 고고했었다니.

태운은 심한 자책감에 견딜 수가 없었다. 아들이 눈 뜨기 전에 사라져버리고 싶었다. 그렇게 되면 아들은 아비라는 사람에게서 두 번 버려지는 것이다. 그럴 수는 없었다. 앞으로 죽을 때까지 모자에게 속죄하며 살아도 부족할 시간이다. 속죄하리라. 이 순간부터 나는 없다. 이제 내 인생은 없다.

태운은 방문을 열고 밖으로 나온다. 밤하늘에 박혀있는 별들이 얼음조각처럼 차갑다. 산사의 마당을 딛고 서서 하늘을 보던 그는 낙화암을 향해 발걸음을 옮긴다. 잠이 든 세상은 주검처럼 조용했다. 삼천 궁녀의 넋을 품은 강물도 출렁거림을 멈추고 잠속에 빠져있다. 태운은 그 밤에 낙화암 절벽 끝에 서서 암컷 찾는 늑대 소리를 내며 울었다. 가슴을 도려내는 고통으로 울었다. 어미를 죽음으로 몰았던 무정한 기억하고는 또 다른 고통이었다. 어쩌다 소영이의 인생에 끼어들어 그토록 밝고 똑똑한 그녀를 그 지경이 되게 했는가. 내 아들도 그 아비처럼 어미를 이국땅 멀리 떠나보내고 춥고 스산한 가슴으로 살았을 것을 생각하며 창자를 끊어낼 듯이 울었다.

까만 들판에 소영의 얼굴이 보인다. 밝은 미소로 웃고 있다. 미소가 사라지고 고통스런 표정을 짓는다. 무지막지한 사내가 소영이를 개 잡듯이 두들겨 팬다. 옷가지가 찢어지고 머리가 산발 되어 짐승 같은 사내에게 시달리고 있다. 그리고 걸레처럼 처참한 소영이 하얀 주검으로 누워 있다.

"소영아~ 소영아, … 미안하다…."

태운은 검은 들판을 향해 세상에 존재하지 않는 소영을 부르고, 가슴을 치고, 늑대울음을 울었다. 먹물 어둠이 잿빛으로 묽어질 때까지 울었다. 차가운 바람이 마른 강줄기를 거슬러 올라와 얼굴을 스치고 지나간다. 눈물에 젖은 뺨이 시리다.

숙소로 돌아오는데 스님의 예불 목탁소리가 산사의 적막을 깨운다. 태운이 그때 번개처럼 스치는 생각에 발을 멈춘다. 삭발, 속죄의 실천을 물질이 아닌 내 몸으로 해 보리라.

아들은 지금도 자고 있었다. 태운은 그림자처럼 조용히 들어와 벽을 기대고 앉는다. 어둠이 묽어지자 아들의 얼굴이 또렷하게 보였다. 거기에는 이십 몇 년을 되돌아간 자신이 누워있었다. 사진첩에 있는 자신의 젊은 사진과 똑 같았다. 태운의 입가에 빙긋이 미소가 돈다. 고통만 있다면 어찌 숨을 쉬고 살까. 고통을 덮을만한 희열이 이렇게 대기하고 있으니 세상은 그래서 살만한 것이리라. 여태껏 밤 늑대소리를 내며 울고 들어와서 지금은 잠든 아들을 바라보며 저능아처럼 '히' 웃고 있으니 말이다.

"언제 일어나셨어요?"

아들이 눈을 뜨더니 단정히 앉아있는 태운을 보고 황망히 일어난다.

"아니, 아니다. 그냥 누워있지. 아직 이른 새벽인데 좀 더 자도 되는데 그래."

"아닙니다. 간밤에는 아주 잘 잤습니다."

아들은 일어나 예의바르게 태운 앞에 마주 앉는다.

"어린 나이에 혼자서 어머니 상 치르느라 얼마나 고생을 했겠나."

태운은 울컥 가슴이 멘다.

"어머니 유골은 한국에 모셔 와서 가까운 납골당에 모셨습니다. 저도 이제 외국에 계속 체류할 수가 없으니 아주 귀국을 해야 할 것 같아서요."

"하던 공부는 어쩌고?"

"그럴 능력이 없습니다. 그 동안 어머니가 학비를 대 주셨지만 돌아가실 무렵에는 일 년간 제가 벌어서 겨우 학비는 마련할 수 있었습니다. 그런데 앞으로는 좀 ….."

"그렇다면 이 못난 사람이 아버지라고 생각해 준다면 앞으로의 일은 모두 내가 맡을 테니 하던 공부를 마저 하는 것이 어떨까? 공부는 때가 있는 것이니 기왕 하는 공부, 석사든 박사든 할 수 있는 데까지 마저 마치는 것이 좋을 것 같은데. 어머니는 앞으로 내가 자주 찾아 볼 것이니 그건 걱정 안 해도 될 것이고."

"……."

아들은 아직 잠속에서 덜 깬 표정이고 꿈인가 눈만 껌벅이면서 쳐다볼 뿐이다.

"그런데 나를 찾을 생각은 어떻게 했지?"

"어머니 장례가 끝나고 나서 외삼촌이 서두르셨어요. 저는 망설였죠. 이미 가정을 꾸리고 계실 텐데 내가 아들이라고 나타나서 좋을 것이 없을 것 같아서요. 저로 인해 단란한 가정에 화가 미칠 수도 있겠고. 그러나 외숙은 단호했어요. 아버지 입장에서 본다면 제 자식이 이 세상에 존재하고 있는 것을 모르고 눈을 감는다면 얼마나 기막힐 일이겠냐는 거죠. 어른들 사고는 우리하고는 많이 다른 것 같아요. 어머니가 다니셨다는 신문사를 가르쳐 주면서 성화를 하셨어요. 사실 저도 아버지라는 분이 어떤 분이실까 늘 궁금하기는 했습니다. 한번쯤은 먼발치로라도 보고 싶었으니까요. 그래서 신문사엘 들러봤는데 이미 퇴직을 하셨더군요. 마침 한 분이 전화번호를 가지고 있다면서 저에게 알려 주었어요."

"그랬었군. 외숙 되시는 분은 지금 뭘 하고 계시지?"

"아파트 경비하시는데 넉넉한 살림이 아닌데다 아직 아이들도 어려서 가르치고 하려면 걱정이 많죠. 거기에다 저까지 묵을 수가 없을 것 같아 취직해서 나올 생각을 하고 있습니다."

"음."

내 자식을 호적에 입적한 사람이 그리 어렵게 산다는데, 복선의 재물이 또 한 번 움직일 것 같다.

태운은 날이 밝는 대로 아들 호적부터 정리할 생각이다. 이렇듯 이들 부자는 성을 바꿔야 하는 운명까지도 같았다. 태운은 기분이 묘했다. 불과 하루도 안 된 시간인데 저 아이를 위해서라면 섶을 지고 불구덩이라도 뛰어들 것 같았다. 지금까지 그가 강용철이나 양순 이모 그리고 오인

297

근에게 베푼 것은 적선이었다. 이 아이에게는 계산이 되지 않는다. 주고 또 주고 아무리 줘도 부족해서 목숨까지도 기꺼이 내 줄 것 같았다. 사랑이었다. 혈육에서만이 느낄 수 있는, 심장이 뜨거워지는 사랑, 끝이 없는 기쁨 환희, 이런 느낌 처음이다. 오십년 가깝게 살면서 이런 사랑이 있다는 것조차도 모르던 태운은 생명이 태동하는 듯 죽어있던 혈관들이 한꺼번에 우우 소리를 내며 활발하게 움직이는 것 같았다. 그 동안 개념 없이 보냈던 시간들이 죽도록 억울했다. 할 수만 있다면 모조리 되찾아오고 싶었다. 지구에 내 분신이 존재함이 이런 기분이라니. 이미 세월에 묻혀버린 미움이지만 한때 아버지로 알았던 김성만의 기분이 어떠했을까 조금은, 아니 충분히 알 것 같았다.

아침 공양을 하고 태운은 아들을 앞세워 소영의 오빠를 만나기 위해 서울을 향해 가고 있다. 서울을 떠나올 때는 진달래가 화려하던 야산이 지금은 울긋불긋 노랑 물을 뒤집어 쓴 단풍으로 가을산은 마치 불붙듯 요란하다. 세상을 피해 속세를 떠나듯 했던 서울을 지금은 장성한 아들을 옆에 태우고 다시 입성하게 될 줄 누가 알았겠나. 이렇듯 한 치 앞을 알 수 없는 한 생의 삶이 어찌 그리도 고단한지. 내가 누구냐 물으니 우주의 먼지 한 톨이라고, 그 먼지 한 톨이 소멸되기 까지 얼마나 많은 역경을 거치던가.

아들의 외숙은 창신동 꼭대기 허름한 주택을 얻어 세를 살고 있었다. 마침 쉬는 날이라서 외숙 혼자 집에 있었다. 집안이 적막했다. 다른 가족들은 학교나 벌이를 나간 것 같았다. 아들이 먼저 성큼 방으로 들어가고 태운은 마당에서서 기다린다. 잠시 후 외숙이 방문을 열고 나오고 태운은 서 있는 그 자리에서 땅바닥에 무릎을 꿇는다.

"죄송합니다. 제가 죽일 놈입니다. 저 때문에 소영이가 그리 된 겁니다. 제가 소영이를 죽게 만들었습니다. 저를 용서하지 마십시오.”

외숙은 당황하여 신돌에 내려서지만 미처 신발도 신지 못한 상태로 서서 그러나 무거운 저음으로 형석에게 이른다.

“어서 아버지 일으키지 않고 뭐하냐?”

형석이 태운의 등을 안아 일으킨다.

“누추하지만 예까지 왔으니 들어오시오. 형석아! 아버지 방으로 모시거라.”

초면이고 예의상 존대는 붙였으나 말투에 시퍼런 날이 서 있었다. 어찌 그러지 않으랴. 앞날이 유망한 동생의 인생을 하루아침에 거꾸러뜨린 사낸데. 아마도 한창 혈기왕성한 나이라면 일단 코뼈부터 주저앉혀 놓고 봤으리라.

오십 중반이 넘어 뵈는 외숙은 비록 생활은 고달파 보였지만 기상에는 범접하기 어려운 위엄이 있었다. 감정을 드러내지 않고 조절할 줄 아는 것으로 보아 세상을 함부로 산 사람이 아니었다. 그러나 입에서 나오는 말투까지는 조절이 안 되는 모양이다.

방에 들어와 보니 궁색한 생활이 한눈에 보였다. 생활까지 넉넉지 않은 오빠에게 아이를 맡겨 놓으려니 소영의 마음이 얼마나 불안했을까. 결국 친정에 보내는 돈 때문에 불화가 시작되었고 종단에는 우울증에 자살까지 한 동생의 유골을 받아야 했던 오빠의 심정이 헤아려지면서 태운은 앉은자리가 가시방석이다.

“아버지가 없다면 모를까 이렇게 건강하게 있으니 아들을 찾으시오. 호적을 옮긴다고 내 핏줄이 아니거나 내 동생 자식이 아닌 것으로 변하지 않을 것이니.”

소영이 어려서 부모를 잃었다는 것을 태운은 지금 외숙으로부터 처음

듣는다. 갑작스런 사고였다고 한다. 그때 소영 오빠는 고등학교 일학년 이었다. 하루아침에 가장이 되어버린 그는 가방을 들고 학교에 가는 대신에 철물 공장으로 출근을 했다. 그때부터 어린 동생 소영에게 오빠는 오빠가 아닌 아버지였다. 동생을 키우고 가르치느라 결혼이 늦어졌고 그래서 아이들이 아직 어렸다. 부모도 없는 소영이 그 자리까지 오게 된 것은 오직 오빠의 희생이었다.

오빠는 동생 소영이 사생아를 낳아서 안고 들어 올 때까지 배부른 모습을 보지 못했다. 처녀가 아이를 낳았다는 것 보다 혼자서 애태웠을 동생이 더 안쓰럽고 가슴 아팠다. 이번에도 동생을 위해 아이를 자신의 아들로 받아들였다. 그랬는데 끝내는 유골로 돌아왔다면서 그러나 아이 아버지를 찾은 이유는 동생이 결코 사생아를 낳은 것이 아니라는 것을 확인하고 싶어서였다고. 남자의 인지를 얻는다면 아이는 아버지가 누군지 모르는 사생아가 아니기 때문이다. 오빠로서 마지막 자존심이었다.

"내 동생 소영이가 사생아나 낳으면서 함부로 살았다는 것을 인정할 수가 없었소. 그래서 아이 아버지를 찾았던 것이요. 부담을 주려는 것이 아니니 달리 오해는 마시오. 이제 알았으니 있는 가족들과 종전대로 편히 사시오. 혼자서도 잘 자란 아이요."

"면목 없습니다. 저 역시 결혼을 하지 않아서 가족이 없습니다. 아직 혼자입니다. 이제 제게도 이런 가족이 생겼는데 더 무엇을 바라겠습니까."

순간 아들은 물론 외숙의 눈빛이 섬광처럼 열리면서 입에서는 한숨 같은 얕은 탄성이 새어 나온다.

"… 그럼 여태 혼자서 살고 있었다는 말이오?"

태운은 붉어지는 눈을 들어 고개를 끄덕인다.

"어허!"

담배 한 개비를 꺼내는 외숙의 손끝이 바르르 떨고 있다. 이십년의 배신감으로부터 해방되는 느낌보다는 배신을 확인하지 않고 받아들인 빗나간 이십년 세월의 한(恨)이 어처구니없었다.

소영이 아이를 안고 들어왔을 때 앞이 캄캄하고 기가 막혔다. 이성이 돌아오고 나서는 처녀 몸으로 애를 낳을 수밖에 없는 동생이 혼자 애태웠을 생각에 다른 생각을 하지 못했다. 소영의 앞날이 먼저 와 닿았고 아내를 얻게 되면 아이를 내 아들로 입적시키리라는 마음만 분분했었다. 진작 아이 아버지를 찾아 나서지 않은 것이 지금에 와서 철천지 한이 되어 밀려들었다. 그리만 했더라면 소영이 그리 비참하게 죽지 않았을 것을 생각하니 오빠로서 동생을 죽게 한 책임이 뼈를 깎는 아픔이 되어 온몸을 휘젓는다. 외숙은 자리를 차고 일어나 거칠게 방문을 열고 나가더니 한참 만에 벌겋게 충혈된 눈으로 들어왔다. 그는 울음 끝을 마무리하는 마른기침을 삼키면서 태운을 바라본다.

"지금 생각하니 소영이는 내가 죽인 것이오. 변변찮은 오라비를 둔 죄로 우리 소영이가 그리 된 거요."

"무슨 말씀을 하시는 겁니까. 저를 용서하지 마십시오. 용서받을 자격이 없습니다."

"좀 전까지는 나도 그렇게 생각을 했었소. 당신을 절대로 용서하고 싶지 않았었소. 내 앞에 나타나면 먼저 팔 다리 하나쯤은 부러뜨려 놓을 작정이었소. 그런데 그게 아니었소. 핏덩이를 안고 들어 왔을 때 아이 아버지를 찾아 나섰어야 했던 것이오. 왜 진작 그 생각을 못한 것인지 발등을 열 번 백번을 찍어도 시원치 않소."

"형님! 그러지 마십시오. 제가 몸 둘 바를 모르겠습니다. 차라리 형님게 죽도록 맞기라도 한다면 오히려 제 마음이 이렇게 괴롭지는 않을 것 같습니다."

"형석아 나가서 술 좀 사 오너라. 아버지와 술이라도 마셔야 할 것 같구나."

이렇게 해서 아들인 형석을 태운의 호적에 양자로 재입적시킴으로 제자리를 찾아주었다. 태운은 복선에게서 상속받은 돈암동 아파트 두 채 중 한 채는 강용철에게 이미 양도해 주었고 남아있는 한 채를 외숙명의로 바꿔 주었다. 생계수단으로 강용철에게는 양순 이모와 복선이 운영했던 수유리 음식점을 주었지만 외숙에게는 분식집을 따로 내 주었다. 식당에 나가 손가락 지문이 닳도록 설거지를 하는 숙모는 앞으로 자신의 가게에서 장사를 하게 될 것이다. 아이들 학비도 대 주겠다고 했다. 외숙은 동생 목숨을 돈과 바꾸라는 말이냐고 불같이 화를 냈다.

"소영이가 아니라 제 아들과 바꾸는 것입니다. 형석이가 제 자식이 되는데 그깟 돈이 어디 어림이나 있겠습니까? 저를 받아 주신다면 처가댁이니 앞으로는 정식으로 형님이라 부르고 싶습니다. 가족으로 받아 주십시오."

"그거야 형석이가 있으니 어쩌겠소. 소영이도 좋아할 것이외다. 허나 다른 것은 허락지 않소. 여태도 잘 살아 왔는데."

외숙은 태운을 가족으로 선선히 받아주면서도 굽히려 하지 않는다. 그러나 도인이 아니고서 물질 앞에 무너지지 않는 사람 누가 있던가.

악한 끝은 없어도 착한 끝은 있는 것이다. 늦게나마 이런 복락을 누릴 수 있게 된 데는 아내의 심덕이 컸다. 가난하고 아이까지 딸린 노총각한테 시집와서 이날까지 허리 한번 펴 보지 못하던 아내였다. 신혼 첫날부터 누이동생 아들을 품에 안고 자려니 아내한테 미안하고 면목 없는 표현을 못하고 입만 딥다 내밀고 퉁명스럽기만 했었다. 일터에 나갔다가도 철없는 아내가 행여 아이를 함부로 할 것 같아 몸이 달았다. 일터에서 돌아오면 곧장 들어오지 않고 몰래 숨어 아내의 거동을 엿보기도 했다. 아이는 자고 있었고 아내는 푸성귀를 다듬거나 빨래를 개키고 있거나 다른 일을 하고 있을 때가 많았다. 호들갑 떨지 않아도 집안은 별 탈 없이 조용했다.

그 날도 일터에서 돌아와 아내의 거동을 엿볼 양으로 치한처럼 목을 쭉 늘이고 들여다보고 있었는데 그의 눈에 기막힌 그림이 하나 들어왔다. 엎디어 마루를 닦고 있는 아내 등에 아이가 올라타고 앉아 있었다. 아이는 아내 궁둥이를 철썩 철썩 치면서 이랴! 이랴! 하다가 고사리 같은 손을 아내의 가슴으로 쑥 집어넣는다. 아내는 간지러운지 키득대더니 걸레질을 하다말고 아이를 돌려 안고 같이 간지럼을 태우며 장난을 친다. 까르르 웃는 아이의 웃음소리가 구슬처럼 사방으로 흩어진다. 그 모습을 보고 있자니 코끝이 찡했다. 세상에 이처럼 아름다운 그림이 다시 있을까.

그 이후로 그는 아내의 거동을 엿보지 않고 곧장 들어왔고 오늘까지 살면서 아이로 인해 다툼 한번 하지 않았다. 소영이가 아이를 데려 가겠다고 했을 때 제일 심난해 한 사람이 아내였다. 지금도 아내는 내 호적에 있으니 내 아들이란다. 내 아들이 아니라고 생각해 본적이 단 한 번도 없었다니 그런 아내가 곁에 있었기에 지금의 결과를 얻게 된 것이 아니라고는 결코 말할 수 없으리라.

뒤늦게 호적 정리를 해서 삼촌이 되고 고모가 된 가족들에게 아들 인사를 시키던 날은 강용철이 운영하는 수유리 한식집에서 친척들이 한자리에 모여 식사를 했다. 잔칫집이었다. 많은 친척에게 둘러싸인 두 부자

(父子)는 맨살에 닿는 양털처럼 잔잔한 행복이 온몸에서 녹고 있었다.

태운은 양평에도 다녀왔다. 그러나 오인근 사무실에는 들르지 않았다. 인희를 볼 자신이 아직은 없었다. 외숙을 찾던 날 서울이 가까워지자 인희가 떠올랐고 옆자리 아들을 쳐다보며 그녀를 비켜갔다.

양평에 가던 날 양순은 형석이를 보자 입을 딱 벌리고는 고개만 좌우로 흔든다. 태운에게 이렇게 장성한 아들이 있었다는 것은 접어두고 부자가 같아도 이렇게 똑 같을 수 있을까 해서다. 양순은 태운이 유학가기 전에 그를 찾아갔을 때를 생각한다. 삼십년 전 그 아비 모습과 너무도 똑같은 젊은이를 보면서,

"세상에! 세상에! 이럴 수가 ⋯."

"내 아들이우."

태운은 장한 표정을 지으며 턱을 끌어당기면서 으스댄다.

"이게 뭔 일이여. 이렇게 닮을 수가 있다냐? 내리 삼대가 붕어빵 판박이다. 세상에! 장가 안 간다고 뻗대더니 언제 이런 아들을 만들었나?"

양순 내외는 제 손자를 보는 듯 신기하고 반가워서 어쩔 줄을 모른다. 방으로 들어온 태운은 아들에게 양순 내외를 가리켜 당당하게 할머니 할아버지라고 소개를 했고 정식으로 큰절을 받게 해 주었다. 양순의 눈이 붉어지면서 절을 하고 일어서는 형석을 덥석 안는다. 형석의 단단한 등판을 쓸어내리더니 기어이 눈물을 쏟는다. 소생이 없는 양순에게 기막힌 아들 손자가 생겼으니 어찌 눈알이 젖지 않으랴.

가슴이 시리도록 외롭게 성장해온 태운은 아들에게 많은 가족을 만들어 주고 싶었다. 남은 세월 살면서 가족들로부터 사랑을 많이 받으며 살게 해주고 싶었다. 그래서 내 아들이 더 이상 외롭지 않았으면 싶었다.

두 내외는 귀한 아들 손자를 위해 남편은 토종닭 목을 비틀고 양순은

손에든 식칼이 도마에서 춤을 춘다. 비록 제 속으로 낳은 자식은 없어도 이렇듯 정성을 다하더니 전실 자식을 비롯한 많은 가족이 생겼다. 아름다운 인연들이 아닌가.

아들과의 동행은 태운에게 기이한 기분이 들게 했다. 어머니의 죽음으로 바닥이던 삶의 의욕이 아들의 출현으로 지금은 지칠 줄 모르게 충천하고 있었다. 살아야 할 이유가 이만큼 확실해 본 적 있던가. 무중력으로 생명 없이 떠돌던 그는 이제 부모로서의 중력이 생명이 되어 되돌아온 것이다.

가족이 무엇인가. 끝없이 희생을 요구하고 끝없이 희생을 감당해야 하는 삶의 근원이다. 그 안에는 희생하는 고통보다 희생함으로 얻는 기쁨이 너무 커서 감히 희생이라 하지 않고 사랑이라는 표현을 쓴다. 사랑은 쉽게 포기하지 않는다. 참을 줄도 알고 기다릴 줄도 안다. 미움도 쉽게 희석이 되고 절망하지 않고 원망하지 않는다. 그 사랑이 기꺼이 실천되고 있는 곳, 바로 가족이다. 가족은 사랑의 옹달샘이다. 어떤 조건에서도 사랑은 마르지 않는다. 그런 가족이 있기에 살아야 할 이유가 충분하고 세상이 아름답고 지구가 존재하는 것이리라.

형석이의 성장기도 그 아비처럼 절절거리는 외로움에 많은 방황을 했었다. 언어 소통도 되지 않는 낯선 이국땅에서 친구도 없고 집에 들어오면 술에 찌든 어머니 보는 것이 죽기보다 싫었다. 집에 있는 시간이 지옥 같았다. 낯선 거리의 사람들은 모두가 나와는 상관없는 유령처럼 보였다. 너무 힘들어서 한때는 죽음을 동경하기도 했다. 그 아비 태운은 됫병 소주를 입에 물고 있는 어머니가 곁에 있으면 세상이 아름다웠었는데 그 아들은 술에 찌든 어머니를 보는 것이 죽기보다 싫었다니. 그런데 지금 아버지 곁에 있는 세상은 다른 세상이었다. 자신에게 이런 세상이 주어진 것이 도무지 믿기지가 않아서 아버지 손을 잡아본다. 태운은 손안에 들어 온 아들의 손을 힘주어 잡으면서 뭉클한 가슴을 수습하지 못하고 붉어진 눈을 들어 아들을 바라본다.

하루가 지옥이던 형석은 이십년 만에 만난 아버지 곁에서 백일이라는 시간이 꿈같이 지나갔다. 아직 결혼을 하지 않은 아버지가 의아했지만 섣불리 물어볼 수가 없었다. 산과 같은 아버지의 존재가 무너질 것이 두렵기 때문이다. 공부를 계속하기 위해 LA로 다시 돌아가는 날 공항 대합실에서 아들은 처음으로 태운에게 묻는다.

"아버지께서는 다시 사찰로 돌아가실 건가요?"

"그래야 할 것 같구나."

"언제까지 사찰에서 홀로 계실 건지."

"글쎄다. 그곳에 있으면 마음이 편하단다. 언제까지 있게 될 건지는 나도 모르겠다. 옮기게 되면 연락하마. 시간이 되었구나. 건강 잘 챙겨야 한다."

"네. 아버지도 건강하셔야 해요. 아버지를 찾게 되어 기쁩니다. 제 아버지가 되어 주셔서 감사합니다."

"아니다. 이 애비를 원망해도 괜찮다. 그런 말 들을 자격 없는 사람이다. 약속하마. 지금부터 그동안 못했던 애비노릇 다 할 것이다. 고맙다 내 아들."

좀처럼 떨어지지 않을 것 같던 뜨거운 포옹을 풀고 태운은 돌아서는 아들의 듬직한 등짝을 황홀한 듯이 바라본다. 아들 모습이 사라진 뒤에도 태운은 그 자리에 석상처럼 움직이지 않고 서 있다. 방금 사라진 젊은 이가 내 아들이라는 것이 꿈인 듯 잠깐 혼란스럽기까지 했다.

돌아서는 그의 눈알이 붉어지더니 지짐지짐 눈물이 비집고 나온다.

밖으로 나오니 아들을 태운 비행기가 굉음과 함께 공중을 치솟고 그는 젖은 눈을 들어 사라지는 아들을 언제까지 바라본다.

삭발식을 한 것은 아들을 보내고 백일쯤 되어서다. 삭발을 하고 나서 속세의 기억들로부터 자유로워지기 위해 기도에만 몰두했다. 법당에는 복선과 오소영의 위패가 나란히 놓여 있다. 기구한 두 여인이 세상에 떨어뜨리고 간 두 남자는 이제 절대로 외롭지 않았다.

태운은 가슴에 담고 있던 인희를 맨 먼저 보내 주었다. 그토록 가슴을 짓누르던 복선에 대한 무정했던 기억은 이제 소영에게 저만치 밀려나 있었다. 태운은 그러나 소영에게 진 죄만큼은 우정 붙잡고 털어 내지 않고 있었다. 쉽게 털어낸다면 소영에게 도리가 아닐 것 같아서다. 소영이가 받은 고통만큼 자신도 겪지 않고서는 결코 죄의 무게가 덜어지지 않을 것이라는 아집이 딱딱한 호두알처럼 뭉쳐 있었다. 그는 날마다 삼 천 배를 하면서 소영의 극락왕생을 빌며 속죄를 했다.

그 날도 우룡 스님과 뽕잎 차를 마시고 있었다. 스님은 천천히 몸을 좌우로 흔들면서 음미하듯 차를 마신다. 이제 차 끓이는 당번이 태운으로 바뀌었다. 태운이 다시 잔을 채운다. 스님은 잔을 들려다 말고 느닷없이,

"어디를 가야겠는데 누가 붙잡고 있다면 갈 수 있겠소?"

"붙들려 있는데 갈 수가 없겠지요."

"그것을 알면서 왜 붙잡고 있는 게요?"

"제가 누구를 붙잡고 있다는 말씀이신지 … 저는 아무도 붙잡지 않았는데요?"

"영혼도 마찬가지지요. 극락왕생하기를 기원하면서 왜 가지도 못하게 붙들고만 있지요?"

"네?"

"그만 보내고 가벼워지라는 것이오. 붙들고 있는다고 내 지은 죄가 없어질 줄 아시오? 참회는 그런 것이 아니지요. 참회는 내가 편해지기 위해 하는 것이지요. 편해지지도 않는 참회를 힘들게 왜 합니까? 진 죄는 없어지지 않아요. 스스로 벗어나야지요. 결국 나를 위해서 참회를 하는 것이라 그 말이지요."

스님은 지금 태운이 우정 소영에 대한 죄책감에서 벗어나려 하지 않고 있음을 얘기하는 것이다. 태운은 순간, 황당한 기분이 들었다.

"스님께서는 사람 마음속을 들여다보는 초능력이 있으신 것 같습니다."

"초능력은 무슨."

시답잖다는 듯이 새끼손가락으로 귀지를 후벼내더니 후 불어 버린다. 언제 무슨 말을 했냐는 듯 아무렇지 않게 후룩후룩 소리 내어 차를 마시더니 훌렁 일어나 바람처럼 나가 버리고 스님이 마시던 찻잔이 버려진 듯 댕그라니 바라본다.

태운은 혼자 앉아 깊은 생각에 잠긴다. 붙들고 있는다고 지은 죄가 없어질 줄 아느냐는 스님 말이 마치 질책처럼 들렸다. 소영의 고통을 스스로 공유하는 것으로 죄가 탕감될 줄 알았는데 스님 말을 듣고 보니 그게 아닌 것 같았다. 참회는 내가 편해지려는 의도일 뿐 그 이상은 아니란다. 법당에 쪼그리고 앉아 참회를 한들 내가 나를 용서하지 않는데 어떻게 편해질 수가 있을까. 살아 있는 상대라면 달려가 용서를 빌고 물질로라도 상쇄하여 짐을 내려놓을 것이다. 화해할 수도 없는 영혼이니 내 죄는 죽는 날까지 어깨에 짊어지고 살아야 한다는 뜻이다. 내가 나를 용서하기까지 말이다. 그것은 해탈하지 못한 태운에게 있어서 영원한 수수께끼였다.

햇살이 따가운 초여름, 오인근과 인희가 태운을 만나기 위해 산사 입구에 들어선다. 태운이 대주주이므로 그 동안의 사업 결과 보고를 해야 하는 것이다. 두 사람이 온다기에 태운은 아까부터 산자락에 서서 그렇게 내려다보고 있었던 것이다. 드디어 저만치서 올라오는 두 사람이 보이고 태운은 그들을 맞으러 서둘러 내려간다. 그들은 태운이 바로 앞에까지 와 있는데도 범상한 스님으로 알고 그냥 지나친다.

"오시느라 수고들 하시었소."

무심코 돌아보던 두 사람은 그만 경악을 하는데 태운은 평온한 미소를 얼굴에 가득 담고 쳐다본다. 아름다운 고장인 부여 고란사 절에 머물고 있다기에 건강 때문에 수양하는 줄만 알았었다. 그런데 삭발을 한 스님이라니.

"강 기자, 자네 뭐야. 언제부터 …."

오인근은 말을 잊지 못한다.

태운은 오인근의 뒤에 단정하게 서 있는 인희를 담담하게 바라본다. 한때 정신적 반란을 일으키던 여인이 눈앞에 있는데도 편안하게 바라볼 수 있음을 감사하면서.

인희는 장삼 자락을 흔들며 앞서 가는 태운의 뒷모습을 바라보면서 만감이 교차한다. 젊음을 한껏 돋보이게 하던 더풀거리던 머리카락이 지금은 파리하게 깎이어 세상과의 단절을 의미하고 있었다. 스스로 헤어나오기가 그리도 힘이 들었나 보다. 저렇게 꽁꽁 숨어버린 것을 보면 왠지 안타까웠다. 인희는 가슴이 먹먹해 오고 눈앞이 흐려지려는 것을 가까스로 넘긴다.

태운은 두 사람에게도 뽕잎차를 끓여 주었다. 커피에 익숙해진 그들의 입에는 그저 밍밍한 맛이었지만 무소유 스님 숙소에는 아주 걸맞는 차 같았다. 인희는 차를 마시면서 태운이 참 편안해 보인다는 생각을 한다. 동굴 같은 깊은 눈 속에는 예전의 그 한(恨)도 갈망도 보이지 않았다. 세상 끈을 놓아버린 듯 허탈함도 이제는 찾아 볼 수 없다. 그럼에도 애잔한 이 마음은 왜일까.

오인근은 속세의 때가 절은 사업 보고를 할 장소가 아닌 것 같아 익숙하지 않은 뽕잎 차만 두 잔째 마시고 빈 잔을 내려놓는다. 태운이 다시 차를 따르면서 담담하게 말을 하는데,

"나에게 아들이 하나 있어요. 스무 살이고 지금은 LA에서 공부하고 있지요."

"……"

무슨 귀신 곡하는 소린가 하여 오인근과 인희는 서로를 쳐다본다.

"아들이라니? 자네 아들을 말하는 건가?"

태운이 빙긋이 웃으며 고개를 끄덕인다. 차를 한 모금 마시고 잔을 손에 든 채 두 눈을 지그시 감았다가 뜨더니 그 동안에 있었던 일들을 자분자분 얘기한다. 인희는 얘기하는 태운의 얼굴이 너무 새로워 다른 사람을 보는 것 같은 착각을 하고 있었다. 저 사람에게 저런 표정이 있었다니. 황홀한 표정은 금방이라도 사방으로 퍼져 나갈 웃음소리가 다투듯 비집고 나올 것 같이 얼굴에 쫙 깔려 있었다. 삭발에 장삼을 걸친 스님 얼굴에서는 보기 드문 희열로 가득 차 있었다. 분명 자식을 떠올리는 어버이 얼굴에서나 나타나는 표정이었다. 우주가 사라져도 변질되지 않을 사랑, 자식을 향한 어버이 사랑이다. 태운은 지금 그 사랑을 하고 있었다.

이제야 알겠다. 깊은 눈에 출렁이던 갈망도, 세상 끈을 놓아버린 듯하

던 허탈함도 자식을 향한 사랑이 덮어버린 것을. 예전에 그를 지배하던 고독과 숙면을 말갛게 걷어 가던 고통과 그로 인해 탈진된 영혼은 이제 먼먼 뒤안길에 묻혀 보이지 않는다. 생명이 없던 식물이 봄이 되니 파릇파릇 돋아나는 것 같았다. 참으로 반가운 일이다. 그럼에도 인희는 혼자서 버림받은 듯 가슴이 먹먹한 이유를 모르겠다.

결국 사업 보고도 하지 못하고 그들은 돌아갈 준비를 한다. 태운이 들으려고도 하지 않았다. 예까지 왔는데 유적지는 돌아봐야하지 않겠냐며 태운이 앞장을 선다.

백제 하면 먼저 삼천 궁녀가 떠오르고 뒤이어 강물에 몸을 날렸다는 낙화암이 궁금하다. 삼천 궁녀의 실체는 사라졌고 낙화암은 존재함이다. 관광객들을 몰려들게 하는 것은 삼천 궁녀가 아니고 낙화암이라는 바위덩어리다. 역사에 있어서 본질은 그리 중요하지가 않은 것 같다.

인희는 낙화암에서서 마른 강줄기를 내려다본다. 여기가 낙화암이구나. 궁녀가 꽃잎처럼 몸을 날린 바위라는 뜻으로 붙여진 이름. 강물에 몸을 던져 절개를 지켰다는 궁녀들보다 궁녀들이 이곳에서 몸을 던졌다는 바위가 세간의 관심사가 되고 있는 것이 역사다. 태운이 인희 곁으로 다가와 강물을 바라본다. 인희는 강물을 향한 고개를 돌리지 않은 채 태운에게 묻는다.

"전생에 인연이 있었다면 우리는 어떤 인연이었을까요?"

"서리꽃 인연이었겠지요. 해 뜨면 간곳없이 무(無)가 되는 수증기처럼 나를 스쳐간 모든 인연들이지요. 내 어머니도, 내 아이를 낳은 여자도."

"우리는 또 어디서 무엇으로 다시 만나게 될까요?"

"인연이 된다면 꽃으로 만나고 싶어요. 사심 없이 바라볼 수 있는 꽃."

인희가 고개를 돌려 바라본다. 속세를 버린 스님의 그윽한 눈빛을 바라보는 인희의 가슴이 속절없이 저려온다. 마음속에 들어와 있는 이 남자를 불러내 추억을 더듬는 낭만도 이제 여기서 끝내야 할 것 같았다. 그만 보내줘야 할 것 같았다.

궁궐이 있었다는 부소산 유적지를 다 돌아도 두 시간이 채 못 미치는 좁은 면적이다. 그럼에도 그곳에는 삼천 궁녀가 존재할 것이고 삼천이란 영원한 숫자에 어느 누구도 토를 달지 않았으면 좋겠다. 삼천 궁녀 곁에 태운을 두고 내려오는 두 사람은 침묵한 채 묵묵히 발길을 떼고 있다.

'까악 깍, 까악 깍,…'

까치소리가 바로 머리 위에서 인사를 한다.

'잘들 가시오.'

(끝)

<작가의 말>

　내 어머니는 7년 동안 치매를 앓다가 가셨다. 슬하에 3남 2녀를 두셨지만 돌아가실 때까지 어머니를 지킨 자식은 장남이나 차남이 아닌 두 자매가 어머니 곁을 지키다가 보내 드렸다. 오산에 있는 언니가 모셨고 나는 매주 토요일마다 새벽 전철을 타고 내려가 하루를 꼬박 도우미 노릇을 하고 올라왔다. 집 현관문을 나서서 언니 집 문턱을 넘기까지 꼬박 3시간이 걸리는 거리였다. 주말의 교통체증과 부족한 잠을 보충하기 위해 주로 대중교통을 이용했고 7년 동안 한 번도 빠진 적이 없었다. 요양원도 많고 시설도 많았지만 우리 형제들은 어머니를 그런 곳에 방치한다는 것은 꿈도 꾸지 않았다.

　치매 중에는 기물을 부수는 파괴적 치매도 있고 욕을 하는 욕 치매, 물건을 감추고 의심하는 불신치매, 이성을 그리는 성적 치매 누가 부른다고 밖으로 나가는 치매 등 갖가지 치매가 다 있다. 어머니의 치매는 비교적 예쁜 치매다. 어머니는 당신 의사를 노래로 표현을 했다. 배가 고프면

　ㅡ아침에 우는 새는 배가 고파서 울고요 … ㅡ

하면서 딸을 졸졸 따라다녔고 배가 부르고 기분이 좋으면

　ㅡ오동추야 달이 밝아 … ㅡ

손목을 까딱까딱 흔들면서 춤을 추며 식탁을 떠났다.

　어떤 때는 딸이 아랫집 남자를 끌어들인다면서 헛것을 볼 때도 있었다. 딸한테 남편 있는 년이 그러면 못쓴다며 훈계를 하다가 딸한테 된통 야단을 맞고 나면

　ㅡ죽자하니 청춘이요 살자하니 고오생이라 … ㅡ

두 딸들은 엄마가 무슨 청춘이냐 하면서 깔깔깔 웃고.

하루는 아침 잘 드시고 일어나 거실로 나가시면서 사위하고 딸한테 너희들한테 긴히 할 얘기가 있으니 잠깐 나오라고 하시더란다.

"긴히 하실 말이 뭐랴? 아무도 모르는 유산이라도 줄라나?"

장난스럽게 반문하면서 어머니 앞에 가 앉으니 심각하게 하시는 말씀은

"여태 먹은 것은 안 받을 테니 그냥 놔두고 이제 그만 느이끼리 나가 살아라. 언제까지 나한테 얹혀 살 거냐?"

남들은 부모 모시고 나면 살던 아파트를 준다 땅 한쪽을 뚝 떼어 준다 한다는데 이건 내 집도 뺏기게 생겼다면서 깔깔거리며 웃었다. 어머니가 하는 짓은 왜 그리 예쁘기만 하던지.

어찌 웃을 일만 있었겠나. 세 살 박이가 되어버린 어머니는 기저귀를 차고서도 수시로 대소변을 흘리는 바람에 퀴퀴한 냄새가 온 집안을 휩쓸고 다녔다. 그럼에도 힘들다는 생각 없이 우리에게는 그냥 일상이었다. 7년을 인내로만 견디기에는 참으로 긴 시간이다. 사랑이 있기에 일상이 가능했다고 생각한다.

어머니 돌아가시고 6년이 지났지만 가장 큰 추억과 기억으로 남아있다. 가족이 아니라면 그런 사랑이 어디에서 솟을까.

가족, 끝없이 희생을 요구하고 끝없이 희생을 감당해야 하는 삶이다. 희생하는 고통보다는 희생함으로 얻는 기쁨이 너무 커서 감히 희생이라 하지 않고 사랑이라 한다. 사랑은 쉽게 포기하지 않는다. 참을 줄도 알고 기다릴 줄도 안다. 미움도 희석이 되어 절망하지 않고 원망하지 않는다. 그런 사랑이 기꺼이 실천되고 있는 곳, 바로 가족이다. 가족은 희망이고 사랑의 원천이다. 희망이 없다면 삶은 아무런 의미가 없다. 사랑은 가족으로부터 실천된다. 가족이 있기에 살아야 할 이유가 충분하고 세상이 아름다울 수 있다.

지구가 중력을 잃는다면 곧 죽음이 아닌가. 지구의 중력이 생명이듯 어깨의 무게는 결코 짐이 아닌 내가 살아야 하는 이유이고 생명이다.

책임감이 싫고 구속감에서 벗어나고자 결혼도 자녀도 포기하는 젊은 세대들이 이 글을 읽고 가족이란 굴레의 신성함을 깨달을 수 있었으면 좋겠다. 물론 현실에서 가정을 꾸리기에 사회적인 여건이 여의치 않다는 것을 잘 안다. 지금 우리가 존재하는 것은 전쟁의 상흔에도 가정을 꾸리고 신이 허락하는 대로 많은 후손들을 거부하지 않고 낳아 사랑을 실천한 우리 선조들의 가장 큰 업적이 아니겠는가.

이성간의 불같은 사랑과는 또 다른 가족 사랑을 알지 못한다면 그보다 더 불행한 일은 없을 것 같다. 현실적으로 가족이란 굴레가 당장은 걸림돌처럼 여겨질지 모르나 사랑이 실천되는 가족이라는 결정체는 언젠가는 훌륭한 디딤돌이 될 수 있다는 희망을 갖는다면 젊은이들이여 당신들의 젊음을 더 이상 낭비하지 말았으면 좋겠다는 생각이다. 사랑할 수 있는 대상이 없다는 것만큼 불행한 일은 없을 것이니 말이다.

세화 김덕중

〈작품평〉

문학박사 짚신문학회장 송골 오동춘

소설은 있던 일, 있는 일, 있을 수 있는 일을 작가의 상상력에 의해 창작하는 예술작품이다. 이제 활발한 중견작가가 된 김덕중 작가가 그의 풍부한 상상력과 치밀한 입체적 작품구성 그리고 뛰어난 문장력으로 가공의 진실인 허구의 인간세계를 적나라하고 아주 흥미 있게 손에 땀을 쥐고 단번에 읽을 수 있는 장편소설 『다시 만나랴 서리꽃 인연』 작품을 탄탄하게 잘 엮었다.

이 소설은 제목부터 인생의 존재를 의미하는 표현들이 특징이다. 작가는 박진감 넘치는 흥미진진한 이 작품에서 인생은 곧 아침안개 아침이슬 같은 존재로 허무하며, 살아가면서 서로 엮인 인연 또한 유리창 따위에 서린 김이 얼어서 꽃처럼 엉긴 서리꽃 같이 해 뜨면 간곳없는 허망한 관계로 보고 있다. 그러나 예수 부활이나 불교의 윤회설처럼 끝나지 않는 관계로서 가족이라는 인연은 소중하고 아름다운 존재일 것이라는 김덕중의 작가정신으로 소설의 주제의식을 잘 일깨워준다.
또한 소설 구성의 3요소인 인물 사건 배경이 짜임새 있게 잘 배치되어 있는 소설이다.
『다시 만나랴 서리꽃 인연』에 등장하는 복선 태운 인희 성만 용범 용철 양순 등의 등장인물에 대한 성격묘사가 잘 표현되었으며 시간적 배경으로 인도주의적인 모럴 속에 치열한 구조적 허구성과 사건의 필연적인 인간관계를 엮어 개성적인 사실적 묘사와 생동감 있는 뛰어난 문장력으로 예술적 가치가 높은 작품임을 보여준다.

이 작품에는 오늘날 의부들이 자식인연으로 온 의붓딸을 성폭행하는 부도덕한 행위가 근절되기를 바라는 비판 고발의식이 강한 소설이다. 순간적인 욕정을 이기지 못해 인륜의 도덕을 거스름으로 한 인생을 평생 늪 속에서 허우적거리게 만든다는 것을 다시 생각하게 만든다.

의부로부터 폭행을 당한 한 여자의 불행을 시작으로 엮인 소설 속에서 화해와 용서 이웃 간의 우정과 사랑이 더욱 돋보이는 소설이다. 또한 재물을 어떻게 사용하느냐에 따라 재물의 가치를 일깨워 주기도 한다.

작가 김덕중 소설은 사실적 문장력과 표현력이 뛰어나 소설이 단숨에 다 읽히는 장점이 있다. 성적 충동이나 묘사장면도 비유법에 의해 적나라하지 않고 천박하지 않으면서 그러나 충분히 실감할 수 있도록 잘 표현이 되고 있다.

군데군데 극적으로 발생되는 성 묘사장면이나 사실적으로 묘사되는 외양과 개성적인 성격 묘사를 접하면서 독자는 이 소설이 주는 쾌감으로 손에 땀을 쥐며 단숨에 다 읽게 될 것이다.

작가 김덕중의 소설을 접할 때마다 인간 사랑의 사상 곧 인본사상을 주제로 사랑의 인도적 가치의 인생관을 보여준다. 특히 가족 간의 숭고한 가치관, 부모가 자식을 향한 사랑은 지구가 없어지고도 소멸되지 않을 영구불멸의 사랑임을 느끼게 한다.

이 소설에서 특히 돋보인 것은 용서를 통한 화해의 장면이다.

"내 죄를 생각하면 감히 조문할 자격도 없다는 것을 잘 안다. 그래도 마지막으로 형수님께 용서를 빌고 싶었다. 막상 가서 보니 네 얼굴을 볼 면목이 없더라.… 내가 세상을 한참 잘못 살았다. 용서해라.”

용철은 음식이 나오기도 전에 일어나 저만치 가고 있었다. 태운은 잡지 않았다. 그도 음식을 먹을 기분은 아니었다.

'저렇게 선량했던 사람이었나.'

강용철 그는 조카인 태운을 죽이기 위해 기회만 엿보던 사람이었다. 회개하는 모습에서 전에 쥐약 먹은 개처럼 날뛸 때의 본래의 악하던 그 모습을 찾아볼 수가 없다. 여기에서 마음의 변화는 그대로 외부에 나타난다는 숨길 수 없는 사실을 말해준다.

“삼촌!”

태운이 강용철에게 처음으로 불러보는 호칭이다. 한번 불러보니 찡한 정감이 스민다.

“…….”

강용철은 잘못 들었나 해서 후딱 돌아본다. 아직 내게 쌓인 원망이 많겠지 싶어 어떤 원망도 다 들을 준비를 하고 나왔는데 삼촌이라니.

한때 자신을 죽이려 했던 사람이지만 태운은 강용철이 이 비참한 현실을 탈피할 수 있도록 아파트를 비롯한 식당문서와 통장을 내민다. 용서의 강물은 흘러 넘쳐도 이처럼 결코 재앙이 아니다.

“… 너 지금 나 놀리고 있는 것은 아니냐?”

“저 삼촌한테 감정 없습니다. 아버지 얼굴도 못 본 접니다. 너무 미워하지 마십쇼.”

태운을 쳐다보는 강용철 눈알이 붉은 대추알처럼 붉어진다.

"용서받을 자격도 없는 이 못난 나를 어떻게 … 정말 면목 없고 미안하다."

"저는 가족이 그리운 사람입니다. 이제야 삼촌을 찾게 되어 저도 기뻐요."

태운은 통장과 도장을 주면서 우선 급한 대로 찾아 쓰게 해 주었다. 이사를 하고 겨울 한철을 살기에 충분한 금액이 들어 있는 통장이었다.

이 소설에서 기독교에서의 핵심인 구원이란 곧 용서와 화해의 의미가 아닐까 하는 생각을 하게 된다.

이 소설은 신성을 잃어버린 병든 어머니의 군시러운 무게로부터 도망치던 자식이 어머니의 시신을 물에서 수습하고 나서야 비로소 그 무게는 지구의 중력이 생명이듯 신성치 못한 어머니가 자신을 지탱해 온 생명이었음을 뒤늦게 깨닫는다.

어머니의 죽음으로 무정했던 자식이었음을 괴로워하며 삶의 끈을 놓으려는 어느 날 자신도 모르는 아들이 다 큰 성인이 되어 찾아온다. 그 아들로 인해 가족이란 무게는 결코 고통의 무게가 아닌 신성한 무게이고 사랑의 무게이고 내가 살아야 하는 삶의 근원임을 알게 해 주는 소설이다. 사랑은 가족으로부터 시작된다는 것을 새삼 느끼게 해 준다.

베스트셀러가 될『다시 만나랴 서리꽃 인연』— 이 소설을 누구나 다 읽어보길 바란다. 읽는 동안 소설의 흥미에 즐거움이 클 것이다.